ANNA SALTER

Tödliches Vertrauen

W0360411

Buch

Normalerweise sind Klienten von Dr. Michael Stone weder so reich noch so ehrlich oder selbstsicher wie Reginald Larsen. Denn Dr. Stone ist Gerichtspsychologin, Spezialgebiet: Sexualstraftaten mit minderjährigen Opfern. Reginald Larsen ist ein erfolgreicher Anästhesist, Sohn eines beliebten Kinderarztes und auf dem besten Wege zu einer großen Karriere. Nun steht er unter Verdacht, sich an Patientinnen vergriffen zu haben – und räumt bereitwillig ein, tatsächlich ein Verhältnis mit einer Patientin gehabt zu haben. Sonst allerdings ist er sich keiner Schuld bewusst. Er ist bereit, jede Untersuchung und Befragung über sich ergehen zu lassen, um seinen Ruf als untadeliger Arzt wiederherzustellen. Michael Stone spürt, dass Reginalds äußere Ruhe trügt. Als sie erfährt, dass eine Patientin Larsens unter mysteriösen Umständen im Krankenhaus starb, beginnt sie, seine Vergangenheit genauer unter die Lupe zu nehmen, und fördert dabei Erschreckendes zutage …

Autorin

Anna Salter ist in North Carolina geboren und aufgewachsen. Sie hatte zunächst Literaturwissenschaft und Psychologie studiert, bevor sie sich in Harvard der Kinderpsychologie und klinischen Psychologie zuwandte. Ihre wissenschaftlichen Publikationen gelten als Leitfaden für die Therapie von Sexualstraftätern, und Dr. Salter ist gefragte Beraterin bei Gericht und im Strafvollzug. Berühmt wurde sie mit ihren Thrillern um die Psychologin Dr. Michael Stone, die bei Goldmann erhältlich sind. Mit »Tödliches Vertrauen« liegt nun der dritte Titel aus dieser Serie vor.

Von Anna Salter bisher bei Goldmann erschienen:

Die Psychologin. Roman (43859)
Der Schatten am Fenster. Roman (44282)

Anna Salter

Tödliches Vertrauen

Roman

Aus dem Amerikanischen
von Thomas Stegers

GOLDMANN

Die Originalausgabe erschien 2000 unter dem Titel
»White Lies«
bei POCKET BOOKS,
a division of Simon & Schuster Inc., New York

Umwelthinweis:
Alle bedruckten Materialien dieses Taschenbuches
sind chlorfrei und umweltschonend.

Deutsche Erstausgabe Dezember 2001
Copyright © der Originalausgabe 2000
by Dr. Anna Salter
Copyright © der deutschsprachigen Ausgabe 2001
by Wilhelm Goldmann Verlag, München,
in der Verlagsgruppe Random House GmbH
Umschlaggestaltung: Design Team München
Umschlagfoto: Mauritius/Stock Image
Satz: deutsch-türkischer fotosatz, Berlin
Druck: Elsnerdruck, Berlin
Titelnummer: 45118
Redaktion: Alexander Groß
AB · Herstellung: Katharina Storz/Str
Made in Germany
ISBN 3-442-45118-3
www.goldmann-verlag.de

1 3 5 7 9 10 8 6 4 2

Für meine Schwester Linda,
»die vor langer Zeit den Funken entzündete«

1

Man fragt sich, warum Spione eigentlich hingerichtet werden. Soldaten vergewaltigen, brennen alles nieder, was ihnen in die Quere kommt, und walzen mit ihren Panzern Häuser platt, auch wenn sich noch Menschen darin befinden. Spione dagegen fahren nicht bei Rot über die Ampel, verhalten sich auch sonst nicht verkehrswidrig und machen meistens nur Fotos von militärischen Anlagen oder anderen Dingen. Man stelle sich vor, die Japaner hätten die Bombenflugzeuge über Hiroshima und Nagasaki abgefangen – sie wären dazu verpflichtet gewesen, die Piloten über ihre Rechte als Kriegsgefangene aufzuklären und dafür zu sorgen, dass das Rote Kreuz ihnen ihre Post zustellt, selbst wenn den Aufsehern nicht im Geringsten danach gewesen wäre, aber so lauten nun mal die internationalen Bestimmungen. Einen Spion, der beim Ablichten der Schuttberge erwischt worden wäre, hätten sie dagegen standrechtlich erschießen dürfen.

Ich sagte mich von meinen quälenden Gedanken los, die die meiste Zeit in solch niederen Gefilden verweilen, und widmete mich wieder dem Tagesgeschäft. Ich saß in meinem Büro und wartete auf einen Mann, den ich nicht kannte und der ein Problem hatte, über das mir ebenfalls nichts bekannt war. Es war nicht das übliche Procedere, aber es war auch nicht ganz ungewöhnlich, wenn man bedenkt, was für eine Sorte Psychologin ich bin. Ich beurteile und behandle Täter und Opfer von Gewaltverbrechen, unterschiedlichster Art von Gewalt. Insofern ist es nachvollziehbar, wenn nicht gleich jeder freimütig gesteht, was ihm auf der Seele brennt. Ob Opfer oder Täter, es kam selten vor, dass jemand mit einem wildfremden Menschen am Telefon sprechen wollte.

Normalerweise kannte ich den Namen der betreffenden Person oder wusste wenigstens irgendwas anderes über sie, aber diesmal wusste ich rein gar nichts. Der geheimnisvolle Anrufer hatte sich lediglich als Reggie vorgestellt. Als ich ihm mitteilte, ich könnte ihn schlecht beurteilen oder behandeln, wenn ich nicht wüsste, wer er sei, sagte er, er würde mir seinen vollen Namen lieber erst nennen, wenn wir uns Auge in Auge gegenübersäßen.

Die Stimme des Mannes am Telefon hatte ich nicht erkannt, aber seine Heimlichtuerei legte nahe, dass mir wahrscheinlich sein Name oder sein Gesicht bekannt sein würde, was mich allerdings auch nicht weiter erstaunt hätte. In einer Welt, in der ein Nobelpreisträger dabei erwischt wird, wie er kleine Jungen belästigt, in der ein Universitätsprofessor obszöne Telefonanrufe tätigt, die mitgeschnitten werden, in der ein Richter bei einem Kongress über Kindesmissbrauch dabei ertappt wird, wie er das Kind eines Kollegen unsittlich berührt, in so einer Welt hätte mich ein berühmter Name mehr in diesem Zusammenhang nicht überrascht.

Ich musterte den Mann genau, als er schließlich bei mir aufkreuzte, aber sein Gesicht kam mir trotzdem nicht bekannt vor. Der Mann hatte einen Bart, war gut gekleidet, Anfang vierzig und wirkte mit seinem kurzen dunklen Haar irgendwie vornehm. Er trug eine Hornbrille, einen teuren Anzug und eine Rolex-Armbanduhr. Uhr und Anzug deuteten auf mehr hin als nur Geldbesitz. Die meisten Chirurgen, die ich kenne, tragen Jeans und billige Digitaluhren, einer fährt sogar auf Rollerskates zur Arbeit, und was für einen Haufen Geld diese Leute verdienen, weiß man ja. Hier hatte ich es also mit jener Spezies des auffälligen Konsumjunkies zu tun, der der Welt demonstrieren will, wie erfolgreich er ist.

Er kam aus dem Wartezimmer in mein Sprechzimmer und ging schnurstracks zu der Wand, an der meine Zeugnisse hingen. Ich betrachtete ihn dabei neugierig. Mit meinen Zeugnissen war alles in Ordnung – meine Promotionsurkunde war nicht aus dem Versandhaus, meine Zulassung hatte ich mir auf legalem Weg erworben –, aber nur wenige Menschen machen sich die Mühe, sie zu überprüfen. Leute, die Bedenken haben, erkundigen sich in der Regel vorher über mich.

Jede Wette, dass er das ebenfalls getan hatte. Warum aber las er sich dann den fein säuberlich geschriebenen Text auf jedem Empfehlungsschreiben und jeder Auszeichnung an der Wand durch? Ich sagte nichts und wartete ab. Weiß der Himmel, welche Schau er hier abziehen wollte, aber ich ließ ihn gewähren.

»Harvard«, sagte er. »Keine schlechte Uni. Da habe ich mein Vordiplom gemacht. Ich habe nicht viele Psychologieseminare belegt, nur das von Larry Kohlberg. Waren Sie zufällig auch bei dem?«

Ich schmunzelte und sagte: »Bestimmt gibt es da Parallelen zwischen uns, aber ich habe das Gefühl, dass Ihre Zeit sehr wertvoll ist, und ich möchte nicht, dass Sie sie vergeuden. Haben Sie irgendwelche Bedenken wegen meiner Zeugnisse? Ich bin gerne bereit, alle Ihre Fragen zu beantworten.«

»Nein, nein«, sagte er und ging zu einem Stuhl mir gegenüber. »Ich bin am Boston Harbour View Hospital. Das Krankenhaus hat Sie mir empfohlen. Ich muss gestehen, dass mein Rechtsanwalt Sie gründlich unter die Lupe genommen hat.«

»Boston Harbour View? Das ist ja ganz schön weit weg von hier.« Ungefähr drei Stunden mit dem Auto. Ich ließ die Frage in der Schwebe.

»Ich bin sicher, dass sich die Fahrt gelohnt hat«, erwiderte er diplomatisch. »Außerdem, um ehrlich zu sein, lebt meine Mutter hier in der Gegend, und es ist eine gute Gelegenheit, sie wieder mal zu besuchen.«

»Was kann ich für Sie tun?«, fragte ich. »Zunächst, wie heißen Sie?«

»Reginald Larsen«, sagte er und wartete meine Reaktion ab, »aber Sie können Reggie zu mir sagen.«

Ich warf einen Blick auf die Zeugnisse an der Wand, wo auch die Urkunde des Reginald-Larsen-Preises für herausragende Lehrtätigkeit hing.

»Sind Sie ein Verwandter?«

»Ich bin sein Sohn.«

»Tatsächlich?«, sagte ich. Reginald Larsen war früher Leiter der Pädiatrie am Jefferson University Hospital gewesen, in dem auch ich arbeitete. Er war der Begründer jenes Preises für herausragende Lehrtätigkeit, den ich vor einigen Jahren erhalten hatte und der nach ihm benannt worden war. Ich war seinerzeit in der psychiatrischen Abteilung tätig gewesen, aber da ich mit Kindesmissbrauch zu tun hatte, war ich gleichzeitig Mitglied der pädiatrischen Abteilung. Allerdings hätte es keine Rolle gespielt, wo ich gearbeitet hätte, denn jeder in dem medizinischen Zentrum kannte Reginald Larsen.

Larsen war zu einer Legende in der Pädiatrie geworden. Er war seit über zehn Jahren tot, aber er war immer noch in aller Munde. Dr. Larsen hatte eine außergewöhnliche Herzlichkeit und Wärme besessen, besonders im Umgang mit Patienten; er hatte Großes mit dem Fachbereich vorgehabt, stets die Zukunft im Blick – im Gegensatz zu seinen Nachfolgern. Noch immer habe ich das Stöhnen der Fachbereichsmitglieder im Ohr: »Wenn Reginald jetzt hier wäre … Reginald hätte niemals … Was Reginald wohl dazu gesagt hätte …« – als wäre sein Tod, er war vor zehn Jahren an einem Herzinfarkt gestorben, erst wenige Monate her.

Ich schwieg einen Moment und überlegte, ob die Behandlung seines Sohnes für mich möglicherweise einen Interessenkonflikt darstellte. Die Frage lautete, ob ich durch die Tatsache, dass er der Sohn von Reginald Larsen war, beeinflussbar war oder nicht.

Vielleicht. Ich hatte keinen sehr intensiven Kontakt zu Reginald Larsen gehabt, aber die Erinnerung an ihn war immer noch lebhaft.

»Ich weiß nicht, ob ich Sie behandeln kann oder nicht«, sagte ich. »Ich habe Ihren Vater gekannt, und sein Einfluss auf das medizinische Zentrum ist immer noch spürbar. Aber ich höre mir gerne Ihr Problem an und würde Sie dann an jemanden weiterempfehlen, wenn ich der Meinung bin, ich selbst sollte Sie lieber nicht behandeln.«

»Ich hoffe doch sehr, dass Sie mich nicht abweisen«, sagte er mit einem Hauch von Verbitterung in der Stimme. »Anscheinend gibt es an der Ostküste niemanden, der meinen Vater nicht gekannt hat, vor allem in Boston, wo er Jahrzehnte seines Lebens verbracht hat. Nach Vermont zu fahren ist schon schlimm genug. Ich hoffe nur, dass ich nicht erst bis an die Westküste reisen muss, um eine Beurteilung zu bekommen.«

»Ich werde es mir überlegen«, sagte ich. »Erzählen Sie mir doch erst einmal, worum es überhaupt geht.«

Er seufzte und machte eine Pause; er hatte Schwierigkeiten, den Anfang zu finden. »Ich bin Anästhesist«, sagte er schließlich, »am Boston Harbor View Hospital. Ich bin seit drei, vier Jahren dort. Vorher war ich in Fort Wayne ... Ausgebildet worden bin ich in Texas. Noch weiter konnte ich mich dem Einflussbereich meines Vaters nicht entziehen.« Sein Lachen hatte einen seltsamen, verdrießlichen Unterton. Bei dem Namen »Fort Wayne« war seine Stimme ein Idee tiefer gerutscht, und die Worte verloren sich irgendwie, als bedauerte er, dass er sie überhaupt ausgesprochen hatte. Ich merkte es mir. Ich wusste nicht, was Fort Wayne mit dem aktuellen Problem zu tun hatte, aber irgendwas musste dran sein.

Ich ging zunächst nach Erickson vor. Milton Erickson ist in Psychologenkreisen mindestens so berühmt wie Freud. Er war – unter anderem – ein Genie der Mikroanalyse noch so winziger Signale in der Körpersprache während der Gespräche mit seinen Klienten. Er achtete auf mögliches Stocken in der Stimme, auf Stirnrunzeln, er schaute hin, bei welchen Worten sein Gegenüber mit den Augen blinzelte, hörte auf Veränderungen in der Atmung und merkte sich, in welchen Momenten diese Veränderungen einsetzten. Aus alldem konnte er schließen, worauf es der betreffenden Person wirklich ankam und was nur Fassade war.

»Jedenfalls«, fuhr Reggie jetzt fort, nachdem sich seine Stimme wieder gefangen hatte, »haben sich die Dinge in beruflicher Hinsicht sehr gut für mich entwickelt. Vor einigen Jahren habe ich eine Forschungsreihe über negative Reaktionen auf Narkosemittel initiiert.« Seine Stimme wurde selbstsicherer, und seine Atmung ging regelmäßiger. Jetzt befand er sich auf sicherem Terrain. »Um es kurz zu machen: Ich habe einen Test erfunden, der anzeigt, ob jemand bei einer Narkose, die bei dreiundachtzig Prozent der Operationen angewendet wird, mit hoher Wahrscheinlichkeit negative, lebensgefährliche Reaktionen zeitigt oder nicht.

Dieser Test funktioniert wie ein Hauttest, der allgemein bei Allergieverdacht angewendet wird. Bis jetzt sind bei zweiundneunzig Prozent der Personen, die auf Narkose eine nachteilige Reaktion zeigen, auch nachteilige Reaktionen auf den Hauttest festgestellt worden. Zurzeit überprüfen wir die Ergebnisse noch, aber es sieht so aus, als wären wir in der Lage, die allergischen Reaktionen auf das Betäubungsmittel während des chirurgischen Eingriffs durch einen Test im Vorfeld stark zu reduzieren.

Ich brauche Ihnen nicht zu erläutern, welche Vorteile es hat, wenn man vorher weiß – und es nicht erst merkt, wenn man bereits mitten in der Operation ist –, ob der Patient negativ auf die Narkose reagiert oder nicht. In diesem Fall kann man auf eine andere Gruppe von Betäubungsmitteln ausweichen. Sie sind komplizierter in der Anwendung, deswegen greift man nicht gern auf sie zurück, aber nur wenige Menschen reagieren negativ auf beide Mittel.«

In Reginalds Stimme schwang ein aufgeregter Unterton mit, den er zu verbergen suchte. Vielleicht war er verliebt in seine Arbeit, vielleicht besaß er auch bloß irgendein Patent auf den Test.

Wie auch immer seine Motivation aussehen mochte, auf jeden Fall hatte er erreicht, dass ich schwer beeindruckt war. Wenn es zutraf, was er mir erzählte, dann würde der Mann, der da vor mir saß, schon sehr bald eine Berühmtheit in Medizinerkreisen werden, wenn nicht darüber hinaus.

Unglücklicherweise würde seine Berühmtheit es auch mit sich bringen, dass jedermann von Fort Wayne bis Sibirien herausfinden würde, worin sein augenblickliches Problem bestand. Berühmte Menschen, selbst solche, die nur auf ihrem begrenzten Gebiet Berühmtheit erlangen, haben große Probleme, ihre Geheimnisse für sich zu behalten.

»Das ist ja unglaublich«, sagte ich aufrichtig. »Wenn der Test klappt, wäre das eine großartige Leistung.«

»Ja«, sagte er, »da haben Sie Recht.« Er schaute einen Moment zur Seite. Was geht ihm bloß durch den Kopf?, dachte ich. Wollte er es auf die Titelseite des *Time Magazine* bringen, oder wollte er bloß seinem Dad beweisen, dass er doch zu etwas taugt?

»Aber deswegen sind Sie nicht zu mir gekommen«, sagte ich sanftmütig. Er hatte sicheren Boden unter den Füßen, und wenn man ihn sich selbst überließ, würde es wahrscheinlich dabei bleiben.

»Nein«, sagte er und machte ein langes Gesicht. Zwischen seiner Nobelpreisfantasie und dem Problem in seinem beruflichen Alltag, weswegen er zu mir gekommen war, herrschte offenbar eine große Kluft.

»Ich ... Das Krankenhaus hat mir nahe gelegt ... Ich meine ...« Er schwieg.

»Also gut«, sagte ich geduldig. »Warum?«

»Warum?«

»Warum hat das Krankenhaus Sie überwiesen?«

»Weil ... also ... in Wahrheit ... ich weiß es nicht. Ich meine, ich glaube zu wissen, warum, aber ich bin mir nicht sicher.«

»Wie bitte?«

Er rutschte nervös auf seinem Stuhl herum. »Man will mir nicht sagen, wie die Vorwürfe lauten. Ich weiß nur, dass man mich eines sexuellen Vergehens gegenüber jemandem bezichtigt.«

»Einem Patienten?«

»Nicht einmal das will man mir sagen. Es heißt, gegenüber einem Patienten oder einem Mitglied des Personals … aber ich glaube, es ist gegenüber einem Patienten.«

»Warum glauben Sie das?«

»Weil es stimmt.« Er sah mich direkt an, und zum ersten Mal erkannte ich seinen Vater in ihm wieder. Ich lehnte mich zurück und musste unwillkürlich schmunzeln. Das Schmunzeln auf seine Worte war völlig unangebracht, aber mir fiel die Situation wieder ein, als ich zum ersten Mal merkte, dass mit seinem Vater nicht zu spaßen war.

Es war über fünfzehn Jahre her, und ich war neu in der psychiatrischen Abteilung und bitter enttäuscht. Gleich an einem der ersten Tage hatte ich eine Fallbesprechung über mich ergehen lassen, bei der ein Mann, der seine Frau vor den Augen ihrer gemeinsamen Kinder erschossen hatte, nicht als Mörder bezeichnet wurde, sondern als jemand, der Beihilfe zum Selbstmord geleistet hatte.

»Stellvertretender Suizid«, wie der behandelnde Klinikarzt sich ausdrückte, weil die Frau sich schick gemacht und ihrem Mann gesagt hatte, sie ginge jetzt mit anderen Männern feiern. Die Kollegen im Raum glaubten anscheinend, ihr Verhalten hätte das Ganze zu einer Art Selbstmord gemacht. Ich hatte zu bedenken gegeben, dass sie nur eine Seite der Geschichte gehört hätten – die Person, die die andere Seite vertrete, sei tot – und was sie denn von einem des Mordes Überführten erwarteten. Dass er sie aus Lust und Laune umgebracht hätte? Meine Bemerkungen waren natürlich im höchsten Maße unerwünscht.

So deprimiert war ich von dem Ganzen, dass ich die folgenden Tage ernsthaft daran gedacht habe, den Job zu schmeißen und mir etwas anderes zu suchen, egal was – als Hot-Dog-Verkäufer schien man ganz gut zu verdienen. Da ereignete sich auf der Kinder-Intensivstation ein schlimmer Vorfall. Ein Frühgeborenes war nur knapp dem Tod entkommen, weil eine Schwester den Hahn an einem intravenösen Tropf versehentlich offen gelassen hatte. Der kleine Körper wurde von Kalium geradezu überschwemmt, was einen Herzstillstand zur Folge hatte. Es hatte einen Großeinsatz erfordert, das Neugeborene zu retten.

Der Fall wurde auf der M&M diskutiert, der Konferenz Mortalität und Morbidität, bei der die Mediziner aus ihren Fehlern lernen sollen. Unter anderem wurde darüber gesprochen, was man den Eltern sagen sollte.

Die Teilnehmer stimmten darin überein, die Mitteilung an die Eltern, eine Schwester habe versehentlich beinahe ihr Kind getötet, würde das Vertrauen in das Personal der Kinderstation unterminieren. Ich konnte es nicht fassen, dass sie sich darauf einigten, die Eltern zu belügen, um ihre eigene Haut zu retten. Im Kopf füllte ich bereits meine Bewerbung um eine Lizenz als Hot-Dog-Verkäuferin aus, als Reginald sagte: »Ich glaube, bei diesem Punkt brauchen wir uns nicht lange aufzuhalten. Es versteht sich von selbst, was wir den Eltern sagen werden.«

Keiner sprach ein Wort. Es verstand sich überhaupt nicht von selbst, und auch ich begriff nicht, was er meinte. Ich bin mir sicher, Reginald interpretierte die Stille richtig, aber er zwang niemanden zu einem Eingeständnis, sondern sagte bloß in einem sachlichen Ton: »Wir werden ihnen mitteilen, dass jemandem ein Fehler unterlaufen ist und der Hahn an der Infusion offen gelassen wurde.«

Noch immer sagte niemand etwas. Schließlich ergriff der Vertreter der Abteilung Risikomanagement das Wort: »Äh, Reginald, ich habe Verständnis dafür, aber, hm, die Frage ist doch, warum wir ihnen das mitteilen sollten. Es gibt …«

»Weil es stimmt«, hatte Reginald geantwortet und ihn dabei direkt angesehen, genauso wie sein Sohn jetzt mich ansah. Wahrscheinlich gab das den Ausschlag für mich, nicht zu kündigen, denn ich hatte zumindest einen Menschen sagen hören: »Weil es stimmt.«

Ich wandte meine Aufmerksamkeit wieder Reggie Larsen zu. »Erzählen Sie«, sagte ich, und im selben Moment war mir klar, dass ich den Fall eigentlich nicht übernehmen sollte. Dieser Reggie hängte sich schamlos an den Rockschoß seines Vaters. Er konnte sich meiner Sympathie sicher sein, trotz Rolex und aller anderen Insignien, und das war nicht gut. Reggie mochte das Ebenbild seines Vaters sein, aber vielleicht war er ja auch ganz anders. Manche Äpfel fallen nicht weit vom Stamm, andere meterweit davon entfernt.

»Ich hatte ein Verhältnis mit einer Patientin«, sagte er seufzend, »aber das ist Jahre her. Ich habe keine Ahnung, warum das jetzt wieder aufs Tapet kommt. Und ich verstehe auch nicht, warum man mir nicht sagt, wie der Vorwurf gegen mich lautet. Man tut so, als hätte diese Person Angst vor mir. Was soll ich machen? Sie anzeigen, weil sie die Wahrheit sagt?

Ich bin nicht stolz auf das, was ich getan habe. Die Frau hatte ein Fibrosarkom, einen Tumor, der sich an die innere Bauchdecke heftet. Man konnte ihn entfernen, aber anschließend hatte sie starke Schmerzen, die einfach nicht nachlassen wollten. Sie wurde mir zur Schmerztherapie überwiesen. Seitdem denke ich oft darüber nach, ob sie sich wirklich mit mir einlassen wollte oder ob sie nur Angst hatte, die Person, die ihre nicht unerheblichen Schmerzen behandelte, könnte sich ihr entziehen.«

Gute Frage, aber es gab noch eine andere Frage: Inwieweit verspürte jemand mit akuten oder chronischen Unterleibsbeschwerden überhaupt den Wunsch nach Sexualität mit einem anderen? »Was ist denn passiert?«, fragte ich.

»Nichts«, sagte er. »Es war kurz nach meiner Scheidung, und ich weiß, es ist keine Entschuldigung, aber ich war schrecklich deprimiert, und sie war eine sehr nette Frau. Als ich meinen Verstand wieder beisammen hatte, habe ich die Beziehung beendet. Wir hatten sowieso nicht besonders viel gemeinsam. Das ist alles.«

»Und die Schmerzen?«

»Oh, das ist schließlich besser geworden. Es ging ihr gut, jedenfalls zu dem Zeitpunkt, als ich sie das letzte Mal sah.«

»Wann war das?«

Er überlegte einen Moment. »Vor zwei Jahren, glaube ich. Sie zog gerade um und kam zu einer letzten Untersuchung. Die Schmerzen waren kurzzeitig wieder aufgetreten, aber es war nichts Schwerwiegendes.«

»Wie verlief das Treffen? War sie wütend auf Sie?«

»Nein, überhaupt nicht. Sie kam mir ziemlich aufgeräumt vor. Unser Verhältnis schien endlos lange zurückzuliegen. Sie wollte wieder heiraten – sie war auch geschieden, so wie ich – und sie zog zu ihrem Verlobten.«

»Warum glauben Sie dann, dass es bei den Vorwürfen um diese Frau geht?«

»Weil es nichts anderes gibt, worum es gehen könnte«, sagte er. »Es ist sonst nichts weiter vorgefallen.«

Ich hatte mir zwischendurch, während er redete, Notizen gemacht, und ich ließ mir beim Schreiben Zeit, damit ich nachdenken konnte. Er klang glaubwürdig, völlig glaubwürdig. Allerdings traf das auf viele Leute zu, die dennoch logen, dass sich die Balken bogen. Ich hatte so einiges gesehen und erlebt in meinem Beruf, und ohne Bestätigung von dritter Seite glaubte ich gar nichts mehr – eine Tatsache, die mir eigentlich verhasst war. Es war traurig, aber wahr: Wenn ich gute Arbeit leisten wollte, musste ich jeder Menschenseele misstrauen.

Eine Kleinigkeit war mir aufgefallen. Larsens Körpersprache war leicht unstimmig. In dem Moment, als er anfing, von dem Verhältnis zu der Frau zu erzählen, hörte er auf, die Hände zu bewegen, mit denen er vorher, als es um seine Arbeit ging, heftig gestikuliert hatte. Das war kein gutes Zeichen. Die Forschung hat gezeigt, dass Menschen, die beim Sprechen normalerweise ihre Hände benutzen, dazu neigen, beim Lügen die Hände still zu halten – vermutlich, weil sie sich stark auf das Gesagte konzentrieren müssen.

Und noch etwas, nichts Weltbewegendes, aber es war deutlich genug: Es gab keinerlei physische Reaktionen auf das, was er sagte, nicht einmal dann, als er erzählte, er habe ein Verhältnis zu einer Frau gehabt, die wegen einer Schmerztherapie immerhin abhängig von ihm war. Und ich wusste, was Anästhesisten meinten, wenn sie von »nicht unerheblichen« Schmerzen sprachen.

Eigentlich hätte es physische Reaktionen bei ihm auslösen müssen. Wenn es zutraf, dass er etwas getan hatte, das seitdem immer mit einem Gefühl der Angst behaftet war, hätte sich die Stimmlage verändern müssen, wenn auch nur leicht. Die Pupillen hätten sich beim Reden über quälende Dinge zusammenziehen, die Atmung hätte etwas schneller gehen, irgendein Signal hätte es geben müssen. Tatsächlich gab es keinerlei Anzeichen, dass er überhaupt irgendetwas empfand, wenn er über emotionale Dinge sprach.

Vielleicht glaubte er wirklich, dass nichts Schlimmes daran war, eine Affäre mit einer Patientin anzufangen, die in einem Abhängigkeitsverhältnis zu ihm stand. Oder er war von Natur aus ein ruhiger Mensch, der keinen Kontakt zu seinen Gefühlen hatte. Es konnte auch sein, dass er das Ganze einfach nur erfunden hatte. Alles zusammen betrachtet, konnte ich nicht ausschließen, dass Reginald Larsens Sohn mich hemmungslos belog.

»Warum sind Sie hier?«, fragte ich ihn. »Was erwarten Sie von mir?«

»Das Krankenhaus hat mich beurlaubt«, sagte er. »Man besteht auf einer Beurteilung meiner Person, einem psychologischen Gutachten, bevor ich wieder an meinen Arbeitsplatz zurückkehren kann. Ich möchte es so bald wie möglich hinter mich bringen. Je länger ich draußen bin, desto unglaubwürdiger werden die vorgeschobenen ›persönlichen Gründe‹. Ich bin ruiniert, wenn das herauskommt, selbst wenn sich die Vorwürfe als haltlos erweisen. Der Zeitpunkt könnte nicht ungünstiger sein. Meine Erfindung spricht sich herum, und ich bekomme Anrufe und E-Mails aus ganz Amerika. Ich darf nicht einmal mehr mein Büro betreten!«

Das war allerdings wirklich seltsam. Der medizinische Apparat funktioniert anders als die freie Wirtschaft. Im Normalfall werden diejenigen, gegen die ermittelt wird, nicht aus ihren Büros ausgesperrt, nicht mal bei einer regulären Kündigung. »Ist die Krankenhausleitung bereit, mir mitzuteilen, worum es überhaupt geht?«, fragte ich ihn.

»Warum?« Er schien erstaunt. »Müssen Sie mit denen reden? Können Sie mich nicht einfach so beurteilen? Mehr erwartet man doch gar nicht.«

»Nein«, sagte ich. »Das kann ich nicht. Ich will Ihnen sagen, was dieser Prozess beinhaltet, damit Sie für sich entscheiden können, ob Sie sich ihm unterziehen wollen oder nicht. Solange ich nicht jeden einzelnen Vorwurf gegen Sie kenne, werde ich keine Beurteilung über Sie abgeben. Ich muss wissen, worin das eigentliche Problem besteht.

Außerdem: In einer Situation wie dieser ist eine Beurteilung eine heikle Sache. Es gibt keine Interviewtechnik und keinen psychologischen Test, der mit absoluter Sicherheit feststellen kann, ob jemand ein Sexualstraftäter ist oder nicht. Sagen wir zum Beispiel, Sie wären angeklagt, eine Patientin in einem Aufzug vergewaltigt zu haben« – Reggie erbleichte – »egal welche Technik ich anwende, ich kann niemals mit Sicherheit sagen, ob Sie diese spezifische Tat begangen haben oder nicht. Letztendlich kann die Frage nach der Schuld oder der Unschuld im Zusammenhang mit einem bestimmten Verbrechen nur von einem Gericht beantwortet werden.« Bei dem Wort Gericht wich noch mehr Farbe aus Reggies Gesicht.

»Je mehr ich über Ihre spezifischen sexuellen Probleme erfahre, und je bereitwilliger Sie darüber reden, desto leichter kann ich herausfinden, was Sie in puncto Therapie brauchen – wenn Sie überhaupt eine brauchen – und was Sie in puncto Arbeitsumgebung brauchen, um einen Rückfall unwahrscheinlich zu machen.

Um so eine Beurteilung vorzunehmen, muss ich Ihre Aussagen mit den Aussagen der Beschwerdeführer vergleichen. Dabei erfahre ich nicht nur etwas über Ihre Probleme, sondern auch darüber, ob Sie sich ihnen ehrlich stellen.«

»Aber vielleicht lügen die Beschwerdeführer«, brachte Reggie stotternd hervor.

»Kann sein«, erwiderte ich ruhig, »aber Sie vielleicht auch. Das herauszufinden, darin besteht ja gerade meine Arbeit. Vielleicht besitzen die Beweise nicht die Stichhaltigkeit, die vor Gericht nötig wäre, aber sie geben doch genügend Gewissheit, um sagen zu können, ob Sie eine Therapie brauchen, was für eine Therapie das sein könnte und ob Sie danach dieselbe Arbeit in derselben Umgebung wieder aufnehmen können.«

»Nur so, um das einmal festzuhalten«, warf Reggie ein, »ich verwahre mich dagegen, dass Sie über mich wie über einen Sexualstraftäter reden. Ich will das Verhältnis mit der Patientin nicht beschönigen, aber mit einer Vergewaltigung in einem Aufzug ist das nicht zu vergleichen.«

»Was ich sagen will«, antwortete ich gelassen, »ist Folgendes: Ich weiß nicht, ob Sie ein Sexualstraftäter sind oder nicht. Vielleicht sind Sie ein unschuldiger Mensch, vielleicht haben Sie aber auch jedes Kind auf der pädiatrischen Station belästigt. Ich weiß es nicht. Aus diesem Grund, unter anderem, muss ich erfahren, wie die Vorwürfe lauten, damit ich überhaupt weiß, was man Ihnen zur Last legt.«

»Aber ich habe Ihnen doch gesagt …«

»Sie haben mir gesagt, Sie wüssten nichts, Sie könnten nur vermuten, was man Ihnen vorwirft. Selbst wenn Sie mir sagen würden, Sie wüssten es genau, würde ich mich bei den anderen erkundigen. Sie müssen verstehen: Viele Menschen, denen man sexuelle Verfehlungen vorwirft, sagen nicht die Wahrheit. Nehmen Sie es nicht persönlich – aber ich habe nicht den geringsten Hinweis darauf, ob Sie ehrlich zu mir sind oder nicht.«

»Ach so«, sagte er, aufatmend und sich zurücklehnend, »wenn es mehr nicht ist …«

»Ich bin noch nicht fertig«, sagte ich. »Das ist erst der Anfang. Nachdem ich die Beschwerden eingeholt habe, müssen Sie jeden von der Norm abweichenden Sexualakt auflisten, den Sie je in Ihrem Leben begangen haben. Das Ganze nennt sich ›Autobiografie der sexuellen Devianz‹.

Geschlechtsakte mit Erwachsenen, die in gegenseitigem Einvernehmen stattgefunden haben, interessieren mich dabei nicht. Ich will es nur dann wissen, wenn es in Verbindung steht mit der Belästigung von Kindern, mit Vergewaltigung, Exhibitionismus, Voyeurismus et cetera. Alles, wo Kinder eine Rolle spielen, wo Gewalt eine Rolle spielt oder die Verletzung von persönlichen Grenzen anderer Menschen.«

»Meine Güte«, sagte er, und mir fiel die flache Atmung auf, die zusammengezogenen Pupillen und die höhere Stimmlage, die besagten, dass er in diesem Gespräch schließlich doch emotional involviert war. »Jetzt bezeichnen Sie mich sogar als Kinderschänder. Ich habe in meinem ganzen Leben noch nie ein Kind als Sexualobjekt auch nur angesehen.«

»Dann dürfte das für Sie kein Problem sein«, sagte ich. »Das Verfahren zur Beurteilung von Sexualstraftaten ist heutzutage standardisiert. Wir fragen jede Art von Abweichung ab. Ich will Sie nicht mit den neuesten Forschungsergebnissen langweilen, es sei denn, Sie möchten mehr darüber erfahren – aber unterm Strich lässt sich sagen, dass die meisten Sexualstraftäter sich in mehrfacher Hinsicht deviant verhalten.«

»Ich aber nicht«, erwiderte er zornig, »das habe ich Ihnen doch schon gesagt. Ich bin kein Sexualstraftäter.«

»Gut«, sagte ich, »gegen eine kurze Devianzautobiografie ist nichts einzuwenden. Nichts gegen ein leeres, unbeschriebenes Blatt Papier.«

Er sah erleichtert aus, und seine Atmung erholte sich wieder.

»Aber bedenken Sie, dass Sie sich einem Lügendetektortest unterziehen müssen.«

»Wie bitte?«, sagte er. »Das ist doch wahnsinnig. Lügendetektoren sind vor Gericht nicht zugelassen.«

»Wir sind hier nicht vor Gericht«, sagte ich trocken. »Hier geht es um eine Beurteilung, und wir bedienen uns dabei aller Hilfsmittel, die wir für angemessen erachten. Und nur zur Information«, fügte ich hinzu, »in immerhin achtunddreißig Staaten sind Lügendetektoren zugelassen, aber das ist ein anderes Thema.« Es gab keinen Weg drum herum. Einen mutmaßlichen Täter zu beurteilen bedeutete, Angst zu verbreiten. Bei Tätern musste man, wenn man überhaupt irgendetwas erreichen wollte, mit der Angst handeln. Was einem mit dem ganzen Procedere versöhnte, war die Tatsache, dass wirklich unschuldige Menschen viel weniger Angst haben als schuldige – und so sollte es auch sein.

»Aber sie sind nicht exakt«, sagte er.

»Auch das trifft eigentlich nicht zu. Nach Auskunft des Polygraph Institute des Verteidigungsministeriums und der John Hopkins University sollen die neuen Computer-Polygraphen mit dem richtigen Prüfer an ihrer Seite bei der Feststellung von Unschuld eine Genauigkeit von neunzig Prozent erreichen und eine noch höhere Rate, nämlich achtundneunzig Prozent, bei der Feststellung von Schuld. Auf jeden Fall sind sie seit Jahrzehnten zuverlässiger als Menschen, die selbst einschätzen müssen, ob jemand lügt oder nicht.«

»Das muss ich mir erst überlegen«, sagte er. Sein Verlangen nach einer Beurteilung hatte sich bei der Erwähnung eines Lügendetektors merklich abgekühlt.

»Das sollten Sie unbedingt«, sagte ich. »Es ist ein sehr langwieriger Prozess, und ich empfehle Ihnen, sich das gut zu überlegen und sich mit Ihrem Anwalt zu beraten. Ich muss es mir auch überlegen, weil ich mich Ihrem Vater, den ich sehr geschätzt habe, verbunden fühle. Rufen Sie mich doch bitte kommende Woche an.«

»Nächste Woche? Das ist viel zu lange hin«, sagte er rasch. »Ich werde morgen entscheiden. Ich muss diese Beurteilung umgehend kriegen, sonst spielt es keine Rolle mehr, wie das Ergebnis lautet. Die Gerüchte bringen mich um.«

»Besprechen Sie sich zuerst mit Ihrem Anwalt«, sagte ich. Das war nur gerecht. Leute, die sich dem Vorwurf eines sexuellen Vergehens ausgesetzt sehen, können häufig nicht mehr klar denken. Ich fand nichts dabei, solche Leute, die jemanden hatten, der sie vertrat, unter Druck zu setzen, aber wenn sie keinen Interessenvertreter hatten, hätte ich das Gefühl gehabt, sie auszunutzen.

Wir vereinbarten einen Telefontermin, und Reggie stand auf, um zu gehen. An der Tür hielt er inne und drehte sich noch einmal um. »Meine Mutter kennt Sie«, sagte er. »Sie sagte, mein Vater hätte Ihnen immer vertraut. Er meinte, Sie seien ein Segen für die Psychiatrie. Meine Mutter sagte, wenn die Karriere meines Vaters auf dem Spiel gestanden hätte, hätte er sich Sie für die Beurteilung ausgesucht. Ich soll Sie von ihr grüßen.«

Er war weg, bevor ich antworten konnte. Anschließend hatte ich ein beklemmendes Gefühl, und das Gewicht seiner Worte lastete auf mir. Die zehn Jahre in der Tretmühle der Psychiatrie hatten mich immun gegen Attacken gemacht, für Vertrauensbekundungen dagegen war ich höchst anfällig. Diesen Glauben an mich rechtfertigen, das war das Einzige, was ich wollte, mehr nicht.

Warum sollte ich Reginald Larsen junior seine Geschichte nicht abnehmen? Es klang alles einsichtig, was er sagte, und er wirkte extrem ernsthaft. Diese nörgelnde Stimme in meinem Kopf wollte jedoch nicht verstummen. Das, worüber Reggie keine bewusste Kontrolle besaß – Zusammenziehen der Pupillen, Veränderungen der Stimmlage, Atmung –, hatte sich in den Momenten, in denen man es hätte erwarten können, nicht gezeigt.

Und es gab noch etwas, eine Kleinigkeit nur, nämlich das, was er abstritt, und das, was er ausließ. Weglassen ist auch eine Form von Lüge. Zwingt man die Leute nicht zum Lügen, streiten sie das, was sie gemacht haben, nicht rundheraus ab, nein, sie lassen es einfach unerwähnt. Ich hatte Vergewaltigung, Kindesmisshandlung, Voyeurismus und Exhibitionismus angesprochen, ein breites Spektrum perverser Hobbys. Das Einzige, bei dem er wütende Empörung gezeigt hatte, war Kindesmisshandlung.

Vielleicht hielt er sie einfach bloß für schlimmer als alles andere. Vielleicht war es auch das Einzige, dessen er sich nicht schuldig gemacht hatte. Was hätte wohl Mrs. Reginald Larsen senior, an die ich mich gut erinnern konnte, von alldem gehalten?

2

Es war zwischen zwei Kliententerminen, und ich dachte immer noch an Reginald Larsen, als das Telefon mich aufschreckte. »Michael«, sagte Marv mit Erleichterung in der Stimme. »Ich wollte dich um einen Rat bitten. Es geht um einen bestimmten Fall. Hast du heute Abend Zeit?« Marv war, bis vor kurzem, mein Lieblingskollege in der psychiatrischen Abteilung gewesen – was sage ich, mein Lieblingspsychiater überhaupt. Momentan stand es zwischen uns beiden nicht zum Besten, aber nicht so schlimm, dass ich ihm seine Bitte um Hilfe abgeschlagen hätte.

»Heute Abend?«, sagte ich und wunderte mich über die Eile. Marv nahm seine Bitte nicht zurück, sodass ich schließlich einwilligte: »Gut, da kann ich.«

»Schön. Es ist … wenn du nichts dagegen hast, sage ich dir alles weitere heute Abend.«

»Kein Problem«, erwiderte ich. »Soll ich nach der Arbeit bei dir vorbeikommen?«

»Ach, die Fahrt zu dir nehme ich gern in Kauf«, sagte Marv. »Ich bin ja schließlich derjenige, der um Hilfe bittet, nicht umgekehrt.« Marv wohnte in einem Haus in der Stadt, unweit der psychiatrischen Abteilung, und ich lebte auf dem Land.

»In Wahrheit komme ich wegen deiner Kunstsammlung. Sie gewinnt Macht über mich:«

»Wenn das so ist.« Marvs Stimme wurde sanfter. »Dann komm her. Ich habe eine neue Holzschnitzarbeit aus Bali. Ziemlich detaillierte Darstellung. Exquisit.«

»Ich habe um sechs Uhr Feierabend«, sagte ich.

Ich hatte so gut wie keine Ahnung von Kunst. Ich wusste nicht einmal genau, was mir gefiel. Aber ich sah gerne das Leuchten in den Gesichtern von Menschen, wenn sie sich über Dinge ausließen, die sie liebten, vor allem, wenn ich selbst nichts von diesen Dingen verstand. Dann offenbarte sich auf einmal das Geheimnis, warum der eine gerne kocht und der andere mit Vorliebe an Dieselmotoren herumbastelt. Es waren nicht Marvs Gemälde, die Macht über mich gewannen, es war Marvs Liebe zu ihnen.

Außerdem brauchten wir etwas, um uns voneinander abzulenken. Ich hatte noch nie viel Geschick darin, zerbrochene Freundschaften wieder zu kitten. Normalerweise ließ ich den Betreffenden einfach fallen, wenn es größere Probleme gab. Ich gestehe, es zeugt nicht von Reife, es ist albern und pubertär, und meinen Klienten hätte ich dieses Verhalten niemals empfohlen. Bla, bla, bla.

Diese endlosen, tiefen, grässlichen Gespräche, um wieder mit jemandem ins Reine zu kommen, waren mir verhasst. Auf einem Grabstein habe ich mal die Inschrift gelesen: »Weiß Gott, ich hab's versucht.« Aber inwieweit nützen solche Versuche wirklich? Manche Menschen reden über Beziehungen, als handle es sich um Autos, die man zu Bruch fahren kann, man tauscht hier ein Ersatzteil aus, schmirgelt da den Rost vom Blech. Diese Einstellung konnte ich nicht akzeptieren. Für mich war alles viel flüchtiger, viel schwerer zu fassen. Beziehungen war ein Zauber eigen, den man nicht reklamieren konnte, wenn das Vertrauen erst einmal dahin war.

Marv hatte einmal einen schlimmen Fauxpas begangen. Er hatte eine intime Information, mich betreffend, an einen Klienten weitergeleitet, um ihn sich vom Hals zu schaffen. Dass er hinterher einsah, was er falsch gemacht hatte, nutzte nichts. Es fehlte nicht viel, und wir hätten uns auf den Gängen nur noch mit einem Kopfnicken gegrüßt. Ich weiß auch nicht, warum ich mich nicht einfach gänzlich von ihm abwendete. Es hatte einmal eine Zeit gegeben, da hätte ich das getan. Vielleicht war ich erwachsener geworden, vielleicht hatte ich mich auch verschlissen – es ist immer schwierig, das eine vom anderen zu unterscheiden.

Marv trug lila Hausschuhe, als er mir die Tür öffnete. Manchmal hatte ich das Gefühl, er suchte sich absichtlich Kleidungsstücke in den hässlichsten Farben aus, so wie die Kunstwerke, die er sich an die Wand hängte, die herrlichsten Farben hatten. Es war nur eine der Seltsamkeiten an ihm, und nie wusste ich, ob und wie ich sie zur Sprache bringen sollte. Was sollte ich sagen? »Marv, du läufst herum wie der letzte Trottel. Mir kann es ja egal sein. Ich begreife es nur nicht. Wie kommt es, dass du so viele Gedanken darauf verschwendest, wie du deine farbenprächtigen Bilder an der Wand arrangierst, aber nie darauf achtest, welche Farben du am eigenen Leib trägst? Hast du keinen Spiegel im Haus?«

Ich war bekannt für meine direkte Art, aber das schien selbst mir ein bisschen zu freimütig. Deswegen habe ich es nie geäußert, was zur Folge hatte, dass ich jedes Mal daran dachte, wenn ich ihn sah.

Der Mann vor mir war klein, untersetzt und fast kahl. Angeblich hat man in der DDR schon bei Kindern nach Körpertypen unterschieden und sie später auf dem Gebiet ausgebildet, das dem jeweiligen Typus am besten entsprach. Marv wäre mit fünf Jahren für eine psychoanalytische Ausbildung ausgewählt worden, da bin ich mir sicher. Irgendwie hatte er seinen eigenen Weg dorthin gefunden.

»Komm rein«, sagte er, und seine Herzlichkeit umfing mich gleich wie ein warmer Mantel. Vielleicht war das der Grund, warum ich ihn nicht zu einer »Nickbekanntschaft« degradieren wollte.

»Oh Marv«, rief ich aus, auf die Wand in seinem Wohnzimmer zusteuernd, »du hast ja alles umgehängt.« Marvs Bilder hatten in seinem Haus immer denselben Platz eingenommen, seit ich ihn kannte.

»Ein Neuanfang«, bestätigte er und schaute zur Seite. »Komm, ich zeige dir meine neueste Erwerbung.«

Ich folgte ihm ins Arbeitszimmer. Dort stand, in seiner gewissermaßen einsamen Herrlichkeit, ein filigran geschnitztes Schachspiel. Ein Neuanfang? Sollte das irgendwas mit mir zu tun haben? Mit dem furchtbaren Fall, in dem wir beide beruflich engagiert gewesen waren? Oder war

Marvs Beziehung zu seinen Kunstwerken so komplex wie die Beziehungen, die andere Menschen mit ihren Mitmenschen haben? Wer weiß?

Das Schachspiel war ein erlesenes Stück, das konnte selbst ich erkennen. Marvs Blick auf die Figuren teilte mir jedoch mehr mit, als wenn ich sie mir selbst angesehen hätte. Kein schlechtes Leben: immer eine neue Geliebte, wenn man sich eine leisten konnte.

»Ein Schachspiel?«, sagte ich. »So etwas habe ich nie als Kunstwerk betrachtet, aber das hier könnte meine Meinung ändern.«

»Oh ja«, antwortete er, nahm eine der Figuren in die Hand und reichte sie mir, damit ich sie genauer betrachten konnte. »Schau dir die Details im Gesicht an. Außerordentlich, findest du nicht? Die Herstellung von Schachspielen hat bei Künstlern sogar eine lange Tradition. Sie reicht Jahrhunderte zurück. Häufig wurden Schachspiele als Geschenke für Könige angefertigt. Manche Könige haben sie auch in Auftrag gegeben. Früher habe ich solche Spiele mal gesammelt.«

Ich bewunderte die Figur gebührend, als wüsste ich, wovon ich redete, und stellte sie dann schweren Herzens wieder hin. Die winzige kriegerähnliche Figur hatte etwas Einnehmendes. Ich ging in die Hocke, auf Augenhöhe mit dem Brett, und stellte mir eine Schlacht vor. Marv reichte mir die einzelnen Figuren und erschien mir dabei auf einmal ganz wie ein Kind. Wir waren wie zwei Zehnjährige, die sich über Actionfiguren unterhielten, so deutlich war die Begeisterung aus seiner Stimme herauszuhören. Schließlich rissen wir uns los.

»Kannst du spielen?«, fragte ich und ließ mich in einem besonders bequemen, üppig gepolsterten Sessel nieder.

»Meinst du Schach?«, erwiderte Marv. »Ein bisschen. Jedenfalls früher. Es ist lange her. Ich spiele schon seit Jahren nicht mehr. Willst du ein Glas Eistee?«

»Klar«, sagte ich. Eistee ist Muttermilch für uns Südstaatler. Das heißt, eigentlich gibt es zwei Sorten von Südstaatlern: die Eistee- und die Jack-Daniel's-Trinker. Ich gehöre zu den Eisteetrinkern, aber in meiner Verwandtschaft gibt es viele, die Jack Daniel's bevorzugen – ein hinreichender Grund, um bei Eistee zu bleiben.

Als er mit dem Tee wiederkam, fragte ich ihn: »Warum hast du aufgehört?«

»Mit Schach?«, fragte er. Meine Güte, Marv, dachte ich. Womit wohl sonst? »Das ist eine lange Geschichte«, sagte er und servierte umständlich den Tee. Es war deutlich, dass er nicht die Absicht hatte, mir die Geschichte zu erzählen.

»Na gut«, sagte ich. »Dann sag mir, wozu du meinen Rat brauchst.«

»Also, ich habe eine Klientin.« Marv sah mich an – er konnte besser in meinem Gesicht lesen als sonst irgendjemand. »Die Eile kommt daher, weil eine verschüttete und jetzt wieder entdeckte traumatische Erinnerung sie eingeholt hat, an ihren Vater, der sie vergewaltigt hat. Nun will sie ihren Vater damit konfrontieren.«

»Das ist ein ziemlich heikles Unterfangen, Marv. Da darf man nichts überstürzen. So etwas kann in jeder Hinsicht schief gehen.« Ich lehnte mich in den Sessel zurück. Meine geliebte Finnhütte auf dem Land würde ich so schnell nicht wiedersehen. »Fang doch einfach ganz von vorne an.«

»Die Frau heißt Jody«, sagte Marv. »Sie ist siebenundzwanzig Jahre alt, geboren in …«

»Äh, so weit vorne meinte ich eigentlich nicht«, unterbrach ich. Ich kannte Marv. Er wusste sogar, was seine Mutter gegessen hatte, als sie mit ihm schwanger gewesen war.

Marv machte eine Pause, während der er überlegte, wo er neu ansetzen sollte. »Sie kam vor etwa sechs Wochen zu mir«, sagte er schließlich. »Ich bin ihr dritter Therapeut. Ihre Krankengeschichte weist häufige Depressionen und Angstattacken auf. Die Symptome zeigen sich, mit Unterbrechungen, seit der Highschool; im zweiten Jahr dort wurde sie wegen eines Selbstmordversuchs stationär behandelt. Ihr Studium begann sie an einem kleinen College in der Nähe von Manchester, wo ihre Familie wohnt, aber nach einem Semester hat sie wegen ihrer Depressionen alles hingeschmissen. Damals wurde sie wieder ins Krankenhaus eingeliefert.

Dieser zweite Aufenthalt war im Jefferson-Hospital. Nach ihrer Entlassung entschied sie, nicht wieder nach Manchester zurückzukehren, und arbeitete stattdessen hier ein Jahr als Kellnerin. Zum Herbst hat sie sich an der Jefferson University eingeschrieben, aber sie hat gleich wieder schwere Depressionen bekommen.

Sie hat sich wegen der Depressionen in Therapie begeben, aber sehr schnell hat sich der Schwerpunkt verlagert. Sie ist zunehmend beunruhigt wegen eines ständig wiederkehrenden Traums, der gegen Ende diesen Jahres einsetzte. Es geht in diesen Träumen um einen Mann, der sich bedrohlich über sie beugt, während sie schläft. Sie kommt sich furchtbar klein vor, und er erscheint ihr riesig groß. Beim Aufwachen ist sie überzeugt, dass ein Mann sich in ihrem Zimmer befindet, und sie ringt nach Luft. Es fühlt sich an, als läge eine schwere Last auf ihrer Brust.

Dann, vor zwei Wochen, auf der Fahrt zur Arbeit, kommen bei ihr plötzlich kleine Erinnerungsfetzen wieder hoch. Die Bilder gleichen denen aus den Träumen, nur dass meine Klientin dabei hellwach ist. Die Bilder werden so überwältigend, dass sie an den Straßenrand fahren muss. Sie sagt, sie erinnert sich daran, dass ein Mann in ihr Zimmer kommt und sich bedrohlich über sie beugt, genau wie in ihrem Traum. Sie sagt, er hätte sie vergewaltigt, und im Auto sei ihr auch klar geworden, dass dieser Mann ihr Vater sei, obwohl sie sein Gesicht nicht hätte erkennen können. Sie ist ausgestiegen und hat sich übergeben.«

»Woher weiß sie, dass es ihr Vater ist, wenn sie sein Gesicht nicht erkannt hat?«

»Das konnte sie auch nicht sagen. Sie wüsste es einfach, meint sie.«

»Irgendwelche Hypnoseversuche?«, fragte ich.

»Nein«, sagte Marv.

»Kein Sodiumamytal?«

Marv schüttelte den Kopf.

»Ich weiß, dass du nicht gerne mit den psychologischen Techniken der geleiteten Bildfantasie oder der Wiederbelebung verschütteter Erinnerungen arbeitest. Was ist mit den beiden anderen Therapeuten?«

Erneut schüttelte Marv den Kopf. »Ich kenne die beiden. Sie hat zwei Psychiater in der Umgebung von Manchester aufgesucht. Sie sind sehr engagiert in der Psychoanalytischen Gesellschaft, und sie vertreten immer noch die Ansicht, dass die Frauen, die Freud gegenüber von sexuellem Missbrauch sprachen, hysterisch waren. Sie wollen nicht wahrhaben, dass es sexuellen Missbrauch von Kindern in dieser Gesellschaft überhaupt gibt, schon gar nicht in größerem Umfang.«

»Gibt es keinen Hinweis, dass jemand ihr die Erinnerung an den Missbrauch eingeredet haben könnte?«

»Nein«, sagte Marv. »Sie hat auch keine Freundinnen, die ihr gegenüber erwähnt haben könnten, selbst mal missbraucht worden zu sein. Ihre anderen Therapeuten haben jedenfalls nicht gezielt danach gefragt. Und ich«, fügte er trocken hinzu, »habe es auch versäumt. Ich habe mich nur gefragt, ob ihre Depressionen vielleicht etwas mit dem Problem der Unabhängigkeit zu tun haben. Solche Krisen sind immer während familiär bedingter Übergangsphasen aufgetaucht. Missbrauch habe ich nie in Erwägung gezogen.«

»Hättest du aber tun sollen«, sagte ich offen. »Schon bei deiner Differenzialdiagnose. Depression und Angststörungen in allen Varianten treten bei Missbrauchsopfern vermehrt auf.«

»Aber warum in Übergangsphasen?«, fragte Marv. »Warum immer dann, wenn sie aus dem Elternhaus ausgezogen ist?«

»Was weiß ich?«, erwiderte ich. »Warum treten sie bei anderen erst mit vierzig, fünfzig oder sechzig auf? Niemand weiß, warum solche Dinge bei dem einen früher und bei dem anderen später wieder hochkommen.«

»Heute kam Jody zur Sitzung«, fuhr Marv fort, »und sagte, sie wolle das nächste Mal ihren Vater einladen. Sie will ihn mit der Missbrauchsgeschichte konfrontieren.«

»Marv«, sagte ich, »das wäre vollkommen verfrüht. Ich halte das für keine gute Idee. Was meint sie wohl, wird er antworten?«

»Das weiß ich nicht, aber ich glaube, sie ist wild entschlossen«, erwiderte Marv. »Es ist mir gelungen, sie ein, zwei Sitzungen hinzuhalten, aber ich befürchte, sie wird auf ihrem Willen bestehen.«

»Mach das nicht, Marv. Hör auf mich. Mach es nicht. Ihre Erinnerung, oder was immer das sein soll, ist noch ganz frisch. Sie weiß ja nicht einmal, ob die Erinnerung stimmt oder nicht. Jede Wette, dass sie sich in ihrer Fantasie ausmalt, sie würde ihren Vater damit konfrontieren und er würde vor ihr auf die Knie fallen und sie anflehen: ›Meine liebe kleine Jody, es tut mir ja so Leid. Seit zwanzig Jahren schleppe ich das mit mir herum. Wie kann ich das je wieder gutmachen?‹ Sie will nur, dass er ihre Erinnerungen bestätigt.

Von der Mutter ganz zu schweigen. Die soll ihm mit der Handtasche auf den Kopf hauen und ihn anschreien: ›Du böser Kerl, du, wie konntest du meinem armen kleinen Kind nur so wehtun?‹

Aber das wird nicht passieren, Marv. Ich sage dir, was stattdessen passieren wird: Ihr Vater wird sagen: ›Was? Ich bin ein angesehener Geschäftsmann. Wie kannst du nur so etwas behaupten?‹ Und die Mutter wird sagen: ›Du weißt, dass dein Vater dich liebt. Wie kannst du nur so etwas behaupten?‹ Jody wird aus der Familie verstoßen, und die Familie tritt dem Verein für fälschlich beschuldigte Familien bei. Du hast bestimmt schon mal von dem VfbF gehört, oder nicht? Die geben die Geschichte an die Zeitungen weiter – oder umgekehrt, zuerst wendet sich die Familie an die Zeitungen. Ihre Eltern landen in einem Gesprächskreis des VfbF, und Jody landet in einer geschlossenen Abteilung. Und du, du kriegst eine Anzeige an den Hals. Ich kann es nicht genug betonen, Marv: Mach es nicht!«

Marv war still geworden. »Ich glaube, ich habe gar keine Wahl«, gestand er schließlich. »Sie hat gesagt, sie würde es so oder so machen, ob mit oder ohne mich. Wenn es stimmt, was du mir erzählst, dann wird sie, ohne einen Therapeuten an ihrer Seite oder jemand anderen im Raum zur Unterstützung, zum Schluss am Boden zerstört sein.«

»Du hast nicht verstanden, worum es geht, Marv«, sagte

ich. »Die Stimmung gegen das ganze angebliche Gerede um sexuellen Kindesmissbrauch schlägt gerade erst um. Zunächst einmal: Sobald du im Raum bist, wird man dir die Schuld geben. In dem Moment, wo du den Raum betrittst, schlägt die gesamte Dynamik um. Daddy wird nicht zu seiner Tochter sagen: ›Wie kannst du das nur behaupten?‹, nein, er wendet sich an dich und wird sagen: ›Sie haben meine arme Tochter so lange bearbeitet, bis sie diese Dinge über mich behauptet. Wie konnten Sie nur? Meine arme Tochter ist ein Opfer, jawohl, aber hier liegt kein Missbrauch von Seiten des Vaters vor, sondern von Seiten des Therapeuten.‹

Es ist ihm egal, ob du mit Hypnose gearbeitet hast oder nicht. Es ist ihm egal, ob du Techniken zur Wiederbelebung traumatischer Erinnerungen benutzt hast oder nicht. Es ist ihm egal, ob Jody die Erinnerung hat, seit sie fünf Jahre alt ist, und es ist ihm egal, ob die Erinnerungen in allen Punkten exakt sind oder nicht. Wenn sie exakt sind, fällt seine Reaktion sogar noch schlimmer aus. Sobald du den Raum betrittst, wirst du zum Sündenbock gemacht. Du bist Teil der Inzestmaschinerie, die angeblich riesige Summen Geld umsetzt, indem sie angepassten jungen Menschen einredet, sie seien Opfer eines sexuellen Missbrauchs.

Ich verspreche dir, er wird Anzeige erstatten, und es wird zu einem Prozess kommen, Marv, gegen dich und gegen Jody wahrscheinlich auch. Ich verspreche dir, du wirst wegen Verletzung der Standespflichten verklagt. Ich verspreche dir, es wird die schlimmste Tortur deines Lebens. Und alles wird vor Gericht verhandelt, Marv. Vor *Gericht.*«
Marv hatte eine krankhafte Angst vor Gerichten. Der einzige Grund, warum er die Hölle nicht dem Gericht vorziehe, hatte er mal geäußert, sei der, weil sie für ihn ein und dasselbe seien.

»Soll das wirklich heißen«, sagte Marv gelassen, »dass sie ihren Vater lieber allein mit der Geschichte konfrontieren soll? Oder soll ich mich einfach nur heraushalten, um mich selbst zu schützen, und meine Klientin im Stich lassen?«

Jetzt war es an mir zu schweigen.

3

Auf dem Heimweg ärgerte ich mich, und ich machte mir Sorgen wegen Marv. Vielleicht hatte er Recht. Vielleicht hatte ich mich bereits so oft in Gerichtssälen herumgetrieben, dass ich anfing, wie ein Rechtsanwalt zu denken. Eine ernüchternde Erkenntnis.

Die eigene Haut zu retten, sollte nicht das oberste Ziel in meinem Beruf sein. Meine Aufgabe war es, mir zu überlegen, was der Klient brauchte, und nicht, eine Methode auszuhecken, wie man am besten einer Anzeige entging. Aber so eine Aussprache mit der Familie konnte Marvs Klientin jetzt am wenigsten gebrauchen, es wäre verhängnisvoll. Es ging nicht darum, ob Marv dabei anwesend sein sollte oder nicht. Das Treffen sollte am besten gar nicht stattfinden, jedenfalls nicht zu einem so frühen Zeitpunkt.

Ich bog in die Einfahrt zu meiner kleinen Finnhütte und staunte, als ich Adams Wagen am Straßenrand stehen sah. Oh Scheiße! Ich hatte mich mit dem Polizeichef, der gelegentlich auch als mein Geliebter fungierte, zum Abendessen verabredet. Sofort überkamen mich Schuldgefühle. Das ist das Problem mit dieser Welt: Diejenigen von uns, die das Versäumnis, sich nicht gebührend für eine Sache bedankt zu haben, als ihr schlimmstes Vergehen betrachten, leben so schwer beladen mit dieser Schuld, dass sie nur noch gramgebeugt durch die Welt gehen, während die andere Hälfte der Menschheit – solche Leute, die berufsmäßig alte Damen überfallen – gar nicht genau weiß, was das Wort überhaupt bedeutet. Wenn Gott das alles wenigstens etwas gerechter verteilt hätte!

Ich konnte Adam nirgendwo finden, und mein Haus war zugesperrt. Ich schloss schleunigst die Tür auf und ging hinein. »Adam?«, rief ich, obwohl ich mir ziemlich sicher war, dass niemand, wirklich niemand, ohne Schlüssel in mein Haus hineinkam. Adam hatte mir dabei geholfen, dass es so war. Ich erhielt keine Antwort, und ich schritt durchs ganze Haus und öffnete die Tür zur Terrasse. Er musste seitlich um das Haus herumgegangen sein.

Ich erspähte ein Herrenhemd auf dem Lattenrost, ein Stück weiter eine Hose. Hmhm. Der Abend nahm Gestalt an. Die Spur abgeworfener Kleidung setzte sich fort und führte um die Ecke. Dort, versteckt in einem L-förmigen Kabuff, das auf der einen Seite von der Hauswand, auf der anderen von der Garagenwand gebildet wurde, befand sich meine heiß geliebte Badewanne, die so ausgerichtet war, dass man in ihr liegend durch die darüber hängenden Zweige der Tannenbäume den Mond und die Sterne sehen konnte.

»Da sitzt ja ein nackter Mann in meiner Badewanne«, stellte ich fest und ging auf ihn zu.

»Ruf lieber gleich die Polizei«, antwortete Adam.

»Ach, die kommt ja sowieso nie, wenn man sie braucht«, sagte ich und bückte mich, um ihm einen Kuss zu geben.

»Wetten, doch?«, sagte Adam, packte meine Bluse und zog mich zu sich hinunter in die Wanne.

»Liebe Güte, Adam«, stotterte ich, erschrocken über das unerwartete Tauchbad. Er schlang die Arme um mich, meine Kleider saugten sich voll, und alles an mir war im Nu nass. »Ich bin angezogen, du Witzbold«, sagte ich blöderweise.

»Willst du Anzeige erstatten?«, fragte er und rieb seine Nase an meiner Schulter.

»Ja«, sagte ich. »Du hast meine Kleider nass gemacht. Und meine Schuhe habe ich auch noch an.« Adam hatte mich überrumpelt, aber ich war längst nicht so missgelaunt, wie es klang. Eigentlich war ich überhaupt nicht schlecht gelaunt. Der Mann in meiner Badewanne erschien mir in dem Mondlicht so nahe und so lebendig, dass ich am liebsten mein Gesicht an seiner Schulter vergraben hätte, damit er es nicht sah. Mein Gesicht war nackter als sein Körper.

»Du hast ja Recht«, sagte er. Lieber Himmel, diese testosterongetränkte Stimme im Mondschein bewirkte genau das, was er erreichen wollte. Gewisse Regionen meines Körpers, die ich den ganzen Tag über nicht gespürt hatte, erwachten zum Leben. »Nasse Kleider schaden dir nur«, erklärte er und fing an, meine Bluse aufzuknöpfen.

»Du bist ja ganz schön munter heute Abend«, sagte ich lachend, schob aber seine Hand nicht beiseite.

Er kam zum untersten Knopf meiner Bluse und streifte sie über meine Schultern ab. Er fasste nach hinten, hakte den BH aus und streifte ihn ebenfalls genüsslich ab. Er lachte jetzt nicht mehr und schob mich von sich weg, um mich ganz im Mondlicht betrachten zu können. Die Stimmung war irgendwie zärtlich und ernsthaft, was mich immer beunruhigte. Ich mochte es lieber, wenn er lachte. Ohne das Lachen fühlte ich mich – wie soll ich sagen – ausgeliefert.

»Du bist wunderschön«, sagte er und berührte mein langes, lockiges blondes Haar.

»Na ja«, stammelte ich, »na ja …«

Adam sagte nichts mehr. Er strich mit seiner Hand langsam über meine Wange bis hinunter zur Halsbeuge. Als er die Brüste erreichte, verlangsamte sich die Bewegung; er strich einmal um die Brüste herum und umfasste sie dann sanft mit beiden Händen. Ich schloss die Augen und hielt den Atem an.

»Adam«, sagte ich schließlich, »ich würde gerne einen Fall mit dir besprechen.«

»Jetzt nicht«, erwiderte er.

»Es ist wirklich wichtig.«

»Jetzt nicht«, wiederholte er streng.

In Wahrheit gab es gar keinen Fall, den ich mit ihm besprechen wollte, aber mir wäre schon einer eingefallen. Bloß, bei Adam, mehr als bei jedem anderen Geliebten vor ihm, war der Sex inniger, wenn man so will.

Das machte mir höllische Angst. Die meisten Frauen beklagen sich, sie hätten gerne einen zärtlicheren Geliebten. Ich wollte nur einen guten Mann, der etwas Distanz bewahrte. Schlimm genug, dass Adam Single war, viel schlimmer, dass er nicht auf schnelle Nummern stand. Der reinste Wahnsinn.

Keine Sorge, dachte ich, als seine Hand unter Wasser glitt.

Es würde sowieso nicht lange dauern.

Tennessee Williams hat Recht. Der Mensch wacht morgens mit einem Lächeln im Gesicht auf. Ich fasste geistesabwesend zur Seite und tätschelte das leere Kopfkissen. Adam war früh aufgestanden; es war Freitag, ein ganz normaler Arbeitstag. Dennoch, zu meinem Ärger musste ich feststellen, dass Adam mir fehlte. Es war immer das Gleiche mit den Männern. Sie machten süchtig wie Erdnussflips, aber, rief ich mir ins Gedächtnis, nicht ganz so süchtig wie Vollblüter. Ich war eben nie über meine jugendliche Pferdemacke hinweggekommen. Meiner Meinung nach stehen Vollblüter ganz oben, und danach kommen jede Menge andere Tiere – einschließlich Menschen.

Als Spezies kamen Männer lange nicht an Vollblüter heran, und trotzdem vergossen Frauen Tränen wegen ihnen. Mir war dieses ganze weibliche Getue um Männer verhasst. Mir waren auch Liebesromane verhasst und diese immer wieder neu aufgelegten Ratgeber, wie man sich einen Mann angelt, wie man ihn an sich bindet und wie man ihn sich zurückerobert. Mir war die Vorstellung verhasst, Jahre meines Lebens beim Frisör zu verbringen; und wenn Gott mir angeboten hätte, alle Musikberieselung zu verbannen, nie und nimmer hätte ich mir die Fingernägel lackiert.

Und dennoch: Selbst wenn man von seiner Einstellung her dagegen war, sein Leben lang nach einer Gruppe Menschen zu schmachten, die für neunzig Prozent der Verbrechen auf dieser Welt verantwortlich sind, für alle Kriege dieser Welt, Menschen, von denen die Hälfte keine Alimente zahlt – es gab immer noch ein Problem: wie ging man mit dem Östrogen um?

Östrogen ist ein unterschätztes Suchtmittel. Es sollte nur unter Aufsicht ausgegeben werden. Immerhin kriegen manche Frauen wahnhafte Vorstellungen davon. Es gibt nämlich nicht wenige, scheinbar gesunde Frauen, die mit absolut unverantwortlichen und sogar gewalttätigen Blödmännern zusammenleben – und keine Frage, Östrogen hatte unbedingt etwas damit zu tun.

Schlimmer noch, Östrogen führt zu Hirnhautentzündung, was nicht einmal Schokolade vermag. Die beste Schokolade, welche die Frauenwelt kennt, hat niemals die Fantasie genährt, sie würde einen schlank machen, aber es braucht nur einen sexy Kerl, und viele Frauen entwickeln die Fantasie, er würde es nie wieder tun ... was auch immer. Nie wieder würde er mit ihren besten Freundinnen schlafen, nie wieder sie mit einem Besenstiel vermöbeln, nie wieder ihr gemeinsames Wohnzimmer in einen Drogenumschlagplatz umfunktionieren. Er würde ein neues Kapitel aufschlagen, sagt er. Ja, ja, und das nächste würde genauso aussehen wie das davor.

Andererseits: Gegen Östrogen zu stänkern, war eine Sache, aber dann ereigneten sich solche Nächte wie gestern. Adam hätte mit diesen Händen Pianist werden sollen. Und die Umrisse seiner Schultern vor dem Hintergrund des Himmels über meinem Bett ... das war fast so schön wie mit einem Pferd, das sich wie Seide im Wind bewegte, über eine Hürde zu fliegen. Mit anderen Worten, himmlisch schön.

Ich schlüpfte aus dem Bett und hob meinen Bademantel auf, ein Luxusstück aus Frottee, das mir mal eine Freundin geschenkt hatte. Es war ein Mantel, der einem die Wunden leckte, und leider hatte ich ihn viel zu häufig zu diesem Zweck gebraucht. Aber für den Tagesanfang war er nicht schlecht, auch nicht, um seinen Geliebten an einem hellen Sommermorgen damit zu umschlingen. Ich ging nach unten, um Kaffee zu kochen, und dann nach draußen auf die Terrasse. Ich hoffte immer noch, Adam würde in der Sonne sitzen, Kaffee trinken und darauf warten, dass ich uns beide nackt in den Frotteebademantel hüllte.

Er saß nicht auf der Terrasse. Die Nacht war vorbei, und er war jetzt wieder auf Verbrecherjagd. Ich sah an mir herab, und in der einen Hand hielt ich plötzlich das Handy, ausgerechnet. Was hatte ich mir dabei gedacht? Wollte ich ihn anrufen? Ich hatte doch gerade erst die Nacht mit ihm verbracht, da brauchte ich ihn wohl kaum um halb sieben Uhr morgens anzurufen. Wie sagen die Anonymen Alkoholiker immer so schön, wenn man morgens Lust auf ein Glas verspürt? Ruf einen Freund an. Ich nahm das Handy und wählte eine Nummer.

4

Carlottas Küche bestand aus strahlend weißen Regalen mit rötlich abgesetzten Kanten, und sie hatte eine hohe Decke. In der Mitte stand ein Tisch mit einer zehn Zentimeter dicken Platte aus Redwood-Holz. Redwood beherrschte den ganzen Raum. Es war nicht zu übersehen, und man konnte sich nicht in der Küche aufhalten, ohne nicht auf einem Möbelstück aus diesem Holz zu sitzen oder an einer Schrankwand aus diesem Holz zu lehnen. Gedankenverloren fuhr ich mit den Fingern die unregelmäßigen Ränder der Tischplatte ab.

»Carlotta«, sagte ich. »Heute Morgen hätte ich beinahe Adam angerufen.«

»Na und?«, sagte sie. Meine älteste Freundin saß mir in einem türkisfarbenen Hauskleid aus Seide gegenüber, das vermutlich teurer gewesen war als mein Auto. Schlimmer noch: Sie trug passende Ohrringe dazu. Ohrringe! Um sieben Uhr morgens! Aber ich war nicht in der Stimmung, sie wegen ihrer Obsession in Bezug auf alles Weibliche zu tadeln.

»Es war dumm von mir. Er ist über Nacht bei mir geblieben. Er ist eben erst gefahren.«

»Und?«

»Und deswegen brauche ich ihn nicht anzurufen.« Irgendwie hatte ich das Gefühl, dass ich mich nicht verständlich machen konnte.

Carlotta schwieg einen Moment. »Ist das etwa ein Verbrechen?«, fragte sie gereizt. Vielleicht war sieben Uhr morgens nicht ihre beste Zeit. Also gut, ich gebe zu, ich wusste, dass sieben Uhr nicht ihre beste Zeit war.

Ich seufzte. »Ich hatte ihm gar nichts mitzuteilen«, sagte ich. »Ich wollte nur mit ihm plaudern …« Ich verstummte.

»Michael, Michael«, sagte sie. »Du bist wirklich ein harter Brocken. Du würdest mich nicht mal anrufen, wenn sich ein wahnsinniger Killer in deinem Haus herumtreiben würde. Wie wir wissen, hat sich *tatsächlich* mal ein wahnsinniger Killer in deinem Haus herumgetrieben, und du hast mich nicht angerufen.« Carlotta trug einem aber auch jede Kleinigkeit nach. »Und dann willst du einen Mann anrufen, mit dem du die Nacht verbracht hast, einen Mann, der dir lieb und teuer ist, und gleich glaubst du, das sei ein Notfall?«

»Also?«, sagte ich herausfordernd.

»Also komm endlich zur Vernunft«, sagte sie, nahm sich ihren Kaffee und legte sich wieder ins Bett.

Um neun Uhr fing ich mit meinem Seminar zum Thema Kindesmissbrauch für die Internen der psychiatrischen Abteilung an und ärgerte mich im Stillen über Marv. Er weiß nicht, worauf er sich einlässt, tönte die schräge Sopranstimme in meinem Hinterkopf. Die werden ihn bei lebendigem Leib in Stücke zerreißen.

Ich schloss die Tür und wandte mich der Gruppe zu. Es gab einmal die Normalzeit, und es gab die Psychiatrie-Zeit. Ich glaube, als Erstes kriegen die angehenden Ärzte an den medizinischen Fakultäten beigebracht, dass man die Leute warten lässt. Keiner erschien zu den Seminaren pünktlich, es sei denn, man stand mit der Knute in der Hand da. Ich galt als ungeduldig mit Nachzüglern, das war allgemein bekannt, deswegen waren meine Internen im ersten praktischen Jahr ihrer Ausbildung in der Psychiatrie bereits alle um den runden Tisch versammelt, als ich die Tür zumachte.

Alle anderen medizinischen Dienste nannten ihre Auszubildenden im ersten praktischen Jahr schlicht und einfach Assistenzärzte, nur in der Psychiatrie, immer ein wenig minderwertig, weil sie ja keine »richtigen Ärzte« waren, wurden die Assistenzärzte gleich in den Stand der »Internen« erhoben. Es änderte nichts an der Tatsache, dass diese Jugendlichen bis vor wenigen Wochen immer bloß im Seminarraum gesessen und sich fleißig Notizen gemacht hatten. Das einzige Mal, dass sie einen Patienten zu Gesicht bekommen hatten, war, wenn sie mal einem Professor über die Schulter blicken durften.

Es war das erste Treffen in diesem Semester. Im Monat Juli rücken die neuen Assistenzärzte und Internen an, und die alten steigen auf oder machen ihren Uni-Abschluss. Da in allen medizinischen Diensten die Assistenzärzte im ersten praktischen Jahr die meiste Arbeit leisten, sollte man sich als normaler Mensch die Monate Juli und August lieber nicht zum Krankwerden aussuchen: Die Assistenzärzte haben von nichts eine Ahnung, und meistens haben sie viel zu viel Angst, das offen einzugestehen, und fragen im Notfall lieber eine Schwester.

Tatsächlich ist das Ende des Frühjahrs die einzige Zeit, in der man es sich leisten kann, krank zu werden. Man *kann* sterben, *muss* aber nicht. Es ist die Zeit, in der die Assistenzärzte im ersten praktischen Jahr alles Wissen angesammelt haben, das ihnen je vermittelt werden wird. Mehr kriegen sie nicht. Am ersten Juli sind sie weg, und der nächste Schwung von Ahnungslosen erscheint.

Ich fing an, im Raum umherzugehen und die Assistenzärzte nach ihrem Wissen in Bezug auf Kindesmissbrauch zu befragen. Normalerweise eine deprimierende Angelegenheit. Im Allgemeinen wussten sie absolut nichts und gestanden es nur widerwillig ein.

»Nichts«, sagte der Erste überraschenderweise, ein gut aussehender Junge, der Dexter hieß. »Das ist unser erster Turnus, und gleich werden wir in die geschlossene Abteilung gesteckt. Wir wissen weniger als das Hauspersonal in diesem Gebäude, und wir sind verantwortlich für die am schlimmsten Erkrankten. In meiner Schicht ist eine Frau, die sich die Vagina aufschneidet. Kann mir vielleicht mal jemand sagen, warum sich eine Frau, die nicht unter einer Psychose leidet, die Vagina aufschlitzt?«

Der Junge war goldrichtig, in meinen Augen endlich mal einer, der kein Blatt vor den Mund nahm, in den Augen meines Vorgesetzten dagegen ein Störenfried. Ich sah mich im Kreis um. Niemand antwortete, aber es widersprach auch niemand.

Reginald Larsen konnte ich nicht lange aus meinem Gedächtnis verbannen – zwei Nachrichten waren auf dem Anrufbeantworter in meinem Büro. Larsen hatte sich nicht damit zufrieden gegeben, eine Nachricht unter meiner Privatnummer in der Praxis zu hinterlassen, er hatte mich auch noch in der psychiatrischen Abteilung aufgespürt und zweimal innerhalb einer Stunde auf Band gesprochen. Ich rief ihn zurück.

»Michael«, sagte er warmherzig, als spräche er mit seinem besten Freund.

»Dr. Larsen«, antwortete ich gelassen. Ich war fest entschlossen, in dieser Sache objektiv zu bleiben.

»Ich habe entschieden, die Beurteilung durch Sie vornehmen zu lassen. Wann können wir anfangen?«

Ich war überrascht. Eigentlich hatte ich Larsen längst abgeschrieben. Immerhin wandten sich die meisten mutmaßlichen Sexualstraftäter, wenn ich die beiden Begriffe Autobiografie der sexuellen Devianz und Lügendetektor erst einmal in einem Atemzug genannt hatte, stillschweigend an einen Therapeuten, der an das Gute im Menschen glaubte. Ich versuchte, mein Erstaunen zu kaschieren. »Haben Sie mit Ihrem Anwalt gesprochen?«

»Ich habe versucht, sie telefonisch zu erreichen, aber sie ist heute am Gericht. Ich habe ihr eine Nachricht hinterlassen. Ich möchte die Beurteilung auf jeden Fall vornehmen lassen.«

»Sie müssen sich unbedingt zuerst mit Ihrer Anwältin beraten. Sie müssen verstehen, welche unmittelbaren Folgen die Untersuchung für Sie haben kann.«

»Ich verstehe sehr wohl, welche Folgen das für mich haben kann«, sagte er gereizt. »Wenn ich nicht sofort eine Beurteilung bekomme, verliere ich meinen Job.«

»Dr. Larsen«, sagte ich genervt, »gehen Sie davon aus, dass Sie Ihre Einwilligung zur Herausgabe von Informationen zurückziehen können, wenn die Beurteilung nicht so ausfällt, wie Sie sich das wünschen? Ich meine, dass Sie sie unterschlagen können?« Er klang mir zu zuversichtlich, und das machte mir Sorgen.

»Das wird nicht nötig sein, aber natürlich, ja, das könnte ich durchaus. Wollen Sie mir sagen, dass ich es nicht kann?«

»Ja und nein. Sie können die Einwilligung zur Herausgabe von Informationen verzögern und mir sagen, dass ich die

Beurteilung dem Krankenhaus nicht übergeben darf. Sollte diese Angelegenheit jedoch, aus welchem Grund auch immer, jemals vor die bundesstaatliche Zulassungskommission der Ärztekammer kommen, kann diese die Herausgabe aller Informationen in der Beurteilung verlangen oder Ihnen die Zulassung entziehen.«

»Ich bin mir nicht so sicher, ob das eine Verzögerung ...«

»Tut mir Leid, aber ich schon. Glauben Sie mir, hat man sich erst einmal auf das Procedere eingelassen, kann man nicht so einfach einen Rückzieher machen, wenn einem das Ergebnis nicht passt. Sprechen Sie mit Ihrer Anwältin und rufen Sie mich zurück«, sagte ich und legte auf.

Warum machte er alles noch komplizierter? Ich hatte seinen Besuch bei mir noch mal Revue passieren lassen und war zu dem Schluss gekommen, dass Larsen etwas verheimlichte, vielleicht nicht viel, aber irgendetwas hielt er unter Verschluss, und da ich mich seinen Eltern gegenüber mehr als verpflichtet fühlte, würde ich dafür sorgen, dass er sich die Spielregeln durchlas, bevor er mir seine Leichen im Keller präsentierte.

»Heute hat mein Seminar angefangen«, sagte ich zu Marv und ließ mich in den Sessel in seinem Büro fallen. »Was ist bloß los mit der Psychiatrie? Wo sind all die eingebildeten Lackaffen geblieben, die früher immer bei uns angefangen haben? Diese Pfeife rauchenden Fünfundzwanzigjährigen mit Ellbogenflicken an ihren Jacketts, die nicht zugeben wollten, dass sie keinen blassen Schimmer hatten. Die neuen Studenten benehmen sich ja wie ganz normale Menschen. Irgendwas ist zusammengebrochen in dem System. Toby muss einen Schlaganfall gekriegt haben.«

Marv lachte. »Ganz bestimmt«, sagte er. »Wenigstens

lenkt das unseren ehrenwerten Chef für ein, zwei Wochen von dir ab.«

»Niemals«, antwortete ich. »Er wird es so drehen, als würde ich hinter der neuesten Entwicklung stecken.« Marv lachte wieder, obwohl wir beide wussten, dass ich Recht hatte. Das war das Problem, wenn man als der Querkopf der Abteilung galt: Ich bekam Anerkennung für lauter Dinge, von denen ich mir nur wünschen konnte, ich hätte sie in die Wege geleitet.

»Ich wollte dich mal etwas fragen. Ganz im Vertrauen natürlich.« Marv sah mich neugierig an. Es verstand sich von selbst, dass alles, was wir uns gegenseitig über unsere Klienten erzählten, vertraulich behandelt wurde. »Ohne den zugehörigen Namen hat die Frage keinen Sinn«, erklärte ich. Normalerweise ließen wir die Namen aus, wenn wir über einzelne Fälle sprachen.

»Würdest du für Reginald Larsens Sohn eine Beurteilung schreiben, wenn es um mehr ginge als um das übliche ›Mir geht es schlecht, ich sehe keinen Sinn mehr in meinem Leben?‹ Wenn es vielleicht um etwas Ungesetzliches ginge, jedenfalls etwas, das möglicherweise das Ende seiner beruflichen Laufbahn bedeuten könnte?«

»Nein«, erwiderte er sofort, viel zu schnell für meinen Geschmack.

»Warum nicht?«, fragte ich erstaunt nach.

»Weil seine Eltern einmal vor Jahren mit mir über ihn gesprochen haben«, sagte er. »Vor vielen Jahren. Mehr kann ich dazu nicht sagen, Michael, wirklich nicht.«

Ich sah ihm unmittelbar in die Augen. »Haben sie sich Sorgen um ihn gemacht?« Marv antwortete nicht. »Was waren das für Sorgen?«, versuchte ich es erneut. Es hatte keinen Zweck. Marv würde nichts herausrücken, so sehr ich auch insistieren mochte. Und genau genommen hatte ich gar kein Recht, weiter in ihn zu dringen.

»Na gut«, sagte ich. »Nur noch eins. Soll das heißen, du würdest ihn deswegen nicht behandeln, weil seine Eltern vor Jahren mit dir über ihn geredet haben, oder würdest du ihn nicht behandeln, wenn du an meiner Stelle wärst?«

»Ich würde ihn nicht behandeln, wenn ich an deiner Stelle wäre.« Schweigen.

»Okay«, sagte ich gedehnt. Ich musste es mir also noch mal überlegen. »Themenwechsel: Wie steht es mit dieser Gegenüberstellung, von der wir gestern Abend sprachen?«

»Als ich heute Morgen ins Büro kam, war eine Nachricht von Jody auf meinem Anrufbeantworter«, sagte Marv. »Sie will zur nächsten Sitzung ihre Eltern mitbringen und ihren Vater mit dem Vorwurf konfrontieren.«

»Und was hast du ihr gesagt?«

»Ich bin einverstanden.«

Wir schwiegen beide. Ich hatte ein ungutes Gefühl wegen dieser Geschichte. Es würde nicht funktionieren. Es war verfrüht, und es würde alle in Gefahr bringen.

Ich überlegte, wie ich Marv vermitteln konnte, dass er sich damit zum Idioten machte, ohne es ihm explizit zu sagen. Mein kleiner Verstand war leider nicht so gepolt. Als ich nichts erwiderte, fuhr er fort: »Sie hat mir ein Ultimatum gestellt. Sie meinte, sie müsste es unbedingt tun. Zuerst hatte sie vor, nach Hause zu gehen und es ihrem Vater ins Gesicht zu sagen. Ich habe sie gebeten, wenigstens bis zur nächsten Sitzung damit zu warten, die ist am Freitag. Mehr konnte ich beim besten Willen nicht erreichen. Sie würde sich ihm ohnehin stellen, ob ich dabei bin oder nicht.«

»Marv«, sagte ich schließlich, »wenn sich jemand erschießen will, würdest du ihn ja auch nicht bitten, es in deinem Büro zu tun, weil es dadurch irgendwie erträglicher wäre.«

Alles in ihm sträubte sich. »Ich glaube nicht, dass solche übertriebenen Vergleiche hilfreich sind.«

»Das ist keine Übertreibung«, sagte ich und merkte, dass ich lauter wurde. »Hast du noch nie was von der Gegenreaktion auf diese ganze Missbrauchsdebatte gehört?«, platzte es aus mir heraus. »Die Kollegen, die das tun, was du vorhast, werden systematisch fertig gemacht. Sie verlieren ihre Zulassung, wenn sie in ihren Sprechzimmern mutmaßliche Täter mit den Vorwürfen konfrontieren. Von den Klienten ganz zu schweigen, die verlieren nämlich ihren Verstand. Jody ist auf einem selbstquälerischen Trip. Auf den Zug brauchst du nicht auch noch aufzuspringen. Du solltest sie lieber davon abhalten, statt mit ihr gemeinsame Sache zu machen.«

»Michael«, sagte er, und sein Gesicht lief rot an. »Ich kann sie nicht aufhalten, und ich werde eine Klientin nicht im Stich lassen. Du weißt genauso gut wie ich, dass es mit Unterstützung leichter für sie sein wird als ohne, egal was passiert.«

»Na gut, na gut«, sagte ich. »Es geht mich sowieso nichts an. Du machst das, was du für richtig hältst. Was soll ich dazu sagen, wenn du so selbstzerstörerisch sein willst?« Ich wandte mich zum Gehen, kam aber nur bis zur Tür und hielt inne. »Na gut«, sagte ich noch mal, diesmal etwas gefasster. Ich blieb eine geschlagene Minute lang stehen und schaukelte von einem Fuß auf den anderen. Wahrscheinlich war ich nicht nur wegen Jody sauer; wahrscheinlich war ich auch sauer, weil Marv mir nicht mehr zu Reginald Larsen gesagt hatte. Das war natürlich unfair meinerseits. Ich drehte mich um. »Okay«, sagte ich, »ich will dabei sein.«

»Michael«, sagte er trocken, »nichts gegen dich, aber das wäre das Letzte ...«

»Marv«, sagte ich, die Stimme endlich unter Kontrolle. »Ich meine nicht im gleichen Zimmer, obwohl ich mich, wenn nötig, ganz gut beherrschen kann.« Das hätte Marv wissen müssen, wenn er mich im Gerichtssaal genauer beobachtet hätte.

»Ich meine natürlich hinter einem Einwegspiegel, mit Einwilligung aller Beteiligten. Du brauchst einen Zeugen, der sich Notizen macht, es sei denn, du lässt ein Aufnahmegerät laufen, aber ich gehe jede Wette ein, dass Jodys Dad das nicht erlauben wird.«

»Wozu brauche ich einen Zeugen?«

»Weil du dir nicht vorstellen kannst«, sagte ich mit einem Höchstmaß an Geduld, »was für Behauptungen über solche Sitzungen in die Welt gesetzt werden. Allein, nur mit der Klientin und ihrem Vater im Raum, gehst du ein viel größeres Risiko ein. Ich bin nur assoziiertes Mitglied der Abteilung und nicht in dem Fall engagiert. Wenigstens könnte ich für dich aussagen, wenn du verklagt wirst«, ergänzte ich nüchtern.

»Setzt du dich mit deiner Anwesenheit im Nebenraum nicht der Gefahr aus, ebenfalls verklagt zu werden? Wenn ich schon zu Jody auf den Zug aufspringe«, sagte er, »musst du mir das nicht unbedingt nachtun.«

»Erstens«, erwiderte ich mürrisch, »arbeite ich in der Regel mit der Sorte Menschen, die nicht erst lange überlegen, ob sie mich verklagen wollen oder nicht, sondern mich lieber gleich erschießen. Man könnte also sagen, das hier stellt eine Verbesserung für mich dar. Zweitens wirst du es sowieso machen, ob ich dabei bin oder nicht, und ich kann dich doch nicht einfach im Stich lassen, obwohl du ein Idiot bist.«

Ich wandte mich zum Gehen. Wir wussten beide, dass ich soeben seine Entscheidung gebilligt hatte. Denn wie konnte ich ihm vorwerfen, dass er Jody nicht sich selbst überließ, wenn ich ihm in seiner Zwangslage nicht zur Seite sprang.

Um vier Uhr klingelte das Telefon. Reginald Larsen war wieder am Apparat. »Ich habe mit meiner Anwältin gesprochen«, legte er gleich los, bevor ich Gelegenheit hatte, etwas zu sagen, »und ich würde gerne einen Termin vereinbaren. Mit der Sexualbiografie habe ich schon angefangen. Wollen Sie die in einer speziellen Form haben?«

Ich sah auf die Uhr. Ich hatte Reginald Larsen vor noch nicht einmal vierundzwanzig Stunden kennen gelernt, und schon hatte er weiß Gott wie oft bei mir angerufen. Es musste ein ungeheurer Druck auf ihm lasten. Woher der wohl kam?

»Sie können wählen«, sagte ich. »Es gibt ein Formblatt, das Sie benutzen können, Sie können es aber auch mit eigenen Worten schildern. Wenn Sie bis zum nächsten Termin warten wollen, kann ich Ihnen das Formular …«

»Warum so lange warten«, unterbrach er. »Ich fange einfach an, und dann können wir es gemeinsam durchgehen.«

»Bitte denken Sie daran«, fügte ich noch hinzu, »dass es hier nur um sexuelle Verfehlungen oder abweichendes Sexualverhalten geht. Einvernehmliche sexuelle Akte mit Erwachsenen außerhalb des Krankenhauses gehen mich nichts an. Ich erwarte jedoch, dass Sie jeden sexuellen Kontakt mit Mitgliedern des Personals, Angestellten oder Patienten des Krankenhauses und jeden Geschlechtsakt auflisten, der jemals mit einer Person auf dem Krankenhausgelände stattgefunden hat, ob Sie ihn als Verfehlung betrachten oder nicht. Selbst wenn Sie das Krankenhaus dabei nur aus der

Ferne gesehen haben, will ich es wissen. Außerdem jeden sexuellen Kontakt in Verbindung mit Gewalt, und natürlich mit Kindern. Haben Sie mich verstanden?«

»Ich sagte Ihnen ja bereits ... ach, lassen wir das«, sagte er. »Ich habe Sie verstanden.«

»Ich werde Ihnen ein Einwilligungsformular zufaxen, das Sie bitte unterschreiben, damit ich mich mit dem Krankenhaus in Verbindung setzen kann. Ich möchte das möglichst bald machen, bevor der Prozess allzu weit fortgeschritten ist.«

»Um den Papierkram habe ich mich bereits gekümmert«, sagte er. »Ich habe die Formulare für die Einwilligung zur Weitergabe von Informationen da. Ich fülle eins aus und schicke es Ihnen zu.«

Bei seiner Eile überraschte es mich nicht weiter, als er sagte: »Ich kann das in den nächsten Tagen erledigen. Wie wäre es mit einem Termin am Donnerstag?«

»Donnerstag ist in Ordnung«, sagte ich. »Passt Ihnen elf Uhr?«

»Ja«, sagte er, »und noch etwas, Michael.« Er senkte die Stimme, sodass sie weicher und warmherziger klang. »Vielen Dank, dass Sie sich so schnell für mich freimachen konnten.«

»Kein Problem«, sagte ich, den Ton, den er anschlug, ignorierend. Lag hier vielleicht doch das Problem? Reggies Name, mit dem er mich ködern wollte?

Donnerstag also. Das versprach eine interessante Woche zu werden. Reggie Larsens Sohn würde am Donnerstag wer weiß was gestehen. Marv würde am Freitag einem emotionalen Blutbad beiwohnen. Bis zum Wochenende würde sich das Leben einiger Personen verändert haben, vermutlich zum Schlechten.

5

Am Donnerstag kam ich noch mal heftig ins Grübeln, ob es wirklich klug war, sich auf Reginald Larsen einzulassen. Ich fragte mich, wie es mir passieren konnte, dass ich die übliche erste Phase, Zuhören und Überweisen an einen Kollegen, übersprungen und gleich einen Termin für eine Beurteilung angesetzt hatte, ohne eine richtige Entscheidung getroffen zu haben. Irgendwie hatte ich in der Hektik der Telefonanrufe einfach einen Termin festgesetzt, und jetzt, da Reginald Larsen nach einer dreistündigen Fahrt bereits in meinem Wartezimmer saß, brachte ich es nicht übers Herz, ihm zu sagen: »Äh, ich muss mir das noch mal überlegen.«

Er war über eine Stunde zu früh da, was mich bei den vielen Telefonanrufen, mit denen er mich an nur einem Tag bombardiert hatte, nicht wunderte. Eigentlich hatte ich Zeit, aber ich ließ ihn nicht in mein Büro. Wenn ich das tat, würde er das nächste Mal noch früher kommen und wäre beleidigt, würde ich ihn nicht gleich drannehmen, selbst wenn ich noch mit einem anderen Klienten zu tun hätte. Manchmal, so schlau war ich auch, war es angebracht, in Maßen Akzente zu setzen.

Zu dem verabredeten Zeitpunkt kam er in mein Büro gehüpft und legte eine glänzende, sehr teure Lederaktentasche ab, eine Sonderedition von Neiman Marcus für sechshundert Dollar, die nur für eine begrenzte Zeit zum Verkauf angeboten worden war. Ich sah sie mir an. Wie war es möglich, dass ein Mann, der so eine Ledertasche spazieren führte, einen Vater gehabt hatte, der mit einer vierzig Jahre alten vergammelten Arzttasche herumgelaufen war, die noch aus der Zeit stammte, als er Hausbesuche gemacht hatte.

Aber wieso wunderte mich das eigentlich? Wusste ich doch aus Erfahrung, dass die Reginald seniors dieser Welt Kinder hervorbrachten, die entweder die gleiche Tasche trugen oder etwas völlig anderes. Das Ebenbild seiner Eltern oder das genaue Gegenteil zu sein, war nicht weiter schwierig. Viel schwieriger war es, weder das eine noch das andere zu sein.

»Wie geht es Ihnen?«, sagte ich förmlich.

»Danke, gut«, antwortete er beim Hinsetzen und zog einen Stapel Blätter, sauber getippt und mit einer großen Klammer zusammengeheftet, aus der Aktentasche hervor. »Ich habe meine Hausaufgaben gemacht«, sagte er.

Ich sah den Haufen Blätter. Es waren viele, sehr viele. Ein auffälliger Gegensatz zu seinem Einwand, was er mitzuteilen habe, passe auf ein einziges Blatt Papier.

Ich war überrascht, und dann auch wieder nicht. Ich wusste, dass viele Menschen beim Thema Sex logen wie gedruckt; trotzdem hätte ich ihn am liebsten angebrüllt: »Was? Vor vier Tagen haben Sie hier noch mit Unschuldsmiene gesessen und beteuert, da sei nichts dran, und jetzt kommen Sie mir mit fünfzig Seiten!«

Ich hütete mich natürlich davor, es zu sagen. »Alle Vorkommnisse von deviantem Sexualverhalten aufgelistet?«, fragte ich ruhig. Jede Andeutung von Staunen über den Umfang hätte ihn zum Schweigen gebracht. Ein Wort der Verwunderung, und er hätte die Blätter zusammengerafft, in seine Tasche gesteckt und wäre weggelaufen.

»Ja«, sagte er stolz. »Ein gutes Gefühl, mal alles loszuwerden. Wie eine Erleuchtung. Ich habe gemerkt, es ist das erste Mal, dass ich die Wahrheit sage, die ganze Wahrheit und nichts als die Wahrheit, seit ich elf war. Elf Jahre, ehrlich. Es ist wunderbar, alles auf den Tisch zu packen. Es kommt mir vor wie ein Neuanfang.«

Eins erstaunte mich allerdings wirklich: Er zeigte nicht die geringste Reue, dass er das Blaue vom Himmel heruntergelogen hatte.

»Und jetzt«, fuhr er fort, »liegt es in Ihren Händen. Seien Sie nachsichtig mit mir.« Er lachte bei den Worten und übergab mir den Packen. Als ich mich vorbeugte, um ihn entgegenzunehmen, trafen sich unsere Blicke. Seine Augen waren strahlend blau. Er hielt meinen Blick einen Moment lang fest und sah mich dabei an, als wollte er in mein Gewissen schauen.

Ich beendete den Blickkontakt und blätterte in dem Stapel Papiere in meiner Hand. Junge, Junge, wenn man bedachte, dass das die erste Überprüfung war! Wahrscheinlich waren in dem Stapel sogar mehr als fünfzig Seiten – über fünfzig, am Computer getippte Seiten mit einfachem Zeilenabstand. Vielleicht schätzte ich Reggie auch nur falsch ein; vielleicht hatte er die Instruktionen falsch verstanden. Ich konnte erklären, so viel ich wollte, die meisten Leute listeten ihre einvernehmlichen Sexualkontakte auf. Und Reggie hielt ich für den Typ Mann, der mir gerne mitteilen wollte, wie erfolgreich er bei Frauen war.

Andererseits war er vielleicht einfach auch nur besessen von dem Thema. Wer war es doch gleich, der auf fünfzig Seiten einen Penis beschrieben hatte? Proust? D. H. Lawrence? Auf jeden Fall jemand, der zu viel Zeit hatte, darauf konnte man Gift nehmen.

Ich überflog die Seiten, und mir wurde unbehaglich zumute. Ich hatte nicht den Eindruck, dass er mich falsch verstanden hatte. Die ersten paar Seiten las ich etwas gründlicher: Mit zwölf hatte er angefangen zu spannen. Manchmal hatten andere Kinder mit ihm zusammen die Gegend durchstreift und in Nachbars Fenster gespäht, aber die anderen Kinder hatten schnell die Lust daran verloren. Bei ihm hatte es sich zu etwas Zwanghaftem entwickelt. Er ging früh zu Bett und schlich sich dann durchs Fenster aus seinem Zimmer nach draußen. Er kletterte auf Bäume und legte sich auf Dächer. Er verbrachte Stunden mit seinen nächtlichen Streifzügen durch die Stadt, auf der Suche nach einem erleuchteten Fenster, sodass er am nächsten Tag in der Schule regelmäßig einschlief. Das war alles noch vor seinem zwölften Geburtstag. Von da an ging es steil bergab. Irgendwie musste ich immer an seinen Vater denken. Ob er wohl eine Ahnung gehabt hatte, wo sich sein Sohn in all den Nächten herumtrieb, in denen Reginald Larsen senior im Krankenhaus gearbeitet hatte?

Ich schaute auf. Wieso nur strahlte Reggie übers ganze Gesicht? Auf den nächsten neunundvierzig Seiten würde sich bestimmt genug Material finden, um zu bewirken, dass er nie wieder als Mediziner würde praktizieren können, jedenfalls nicht, wenn sein abweichendes Sexualverhalten in irgendeiner Weise mit dem Krankenhaus in Verbindung stand. Er hatte nichts begriffen. Wahrscheinlich dachte er, er müsste nur alles freimütig gestehen – egal, was er getan hatte –, und ich würde ihm sagen, er sei ein braver Junge, und alles wäre vergeben. Nach dem Motto: Jugendsünden sind lässliche Sünden.

Das Phänomen war mir nicht unbekannt. Manche Menschen meinten, sie hätten das Recht, ihre »Fehler« wegzuwischen, so wie man zu Hause Staub wischte, als hätten sie nur etwas Dreck gemacht und nicht Menschen misshandelt. Jemand, der eine Neunzigjährige mit einer Kettensäge ermordet hatte, brachte es fertig zu sagen: »Schade, dass es passiert ist, aber daran kann ich jetzt auch nichts mehr ändern. Es ist vorbei, und ich muss mit meinem eigenen Leben klarkommen.« Fünfzig Prozent aller Verbrecher, die ich kannte, hatten keinen Schimmer, warum sie für etwas bestraft wurden, das hinter ihnen lag und das sie jetzt sowieso nicht mehr rückgängig machen konnten.

»Dann wollen wir den Bericht mal durchgehen«, sagte ich bedächtig. »Seite für Seite.«

»Warum?«, fragte er erstaunt. »Es steht doch alles drin. Sie brauchen es nur zu lesen.«

»Es steht nicht alles drin«, sagte ich mit Nachdruck. »Es steht nie alles drin. Es ist ein guter Anfang, aber ich glaube, wenn Sie Ihr Gedächtnis weiter erforschen, werden Sie noch mehr Vorkommnisse finden. Sie werden feststellen, dass an diesen Vorkommnissen mehr dran ist, als Sie beim ersten Mal notiert haben. Es ist immer mehr dran. Was Sie mir gegeben haben, ist nur die Spitze eines Eisbergs. Ich arbeite seit fünfzehn Jahren in diesem Bereich, und immer ist es nur die Spitze eines Eisbergs. Neunzig Prozent allen devianten Sexualverhaltens, das Sie fantasiert haben, mit dessen Vorstellung im Kopf Sie onaniert haben, an das Sie gedacht haben und das Sie vollzogen haben, stehen nicht in diesem Bericht.«

Es war eine Taktik, die ich immer anwandte, auch wenn der Täter beim ersten Mal noch so viel Material anschleppte. Kein Sexualtäter, nicht ein Einziger, sagt beim ersten Mal immer nur die Wahrheit, die ganze Wahrheit und nichts als die Wahrheit. In diesem Punkt hatte ich mich bisher nie getäuscht, und ich wusste es mit der gleichen absoluten Sicherheit, mit der meine Mutter wusste, an was es mir fehlte.

Sein Gesicht wurde länger, und es sah aus, als schmollte

er. Ich übersah sein Schmollen und beugte mich wieder über die Seiten. Ich übersprang bis zu der Stelle, an der ich den ersten deutlichen Hinweis auf eine Irreführung fand, und las etwas langsamer:

> Meine Assistenzzeit fing in Fort Wayne an. Nach einiger Zeit bohrte ich ein Loch in die Wand zwischen meinem Büro und dem Untersuchungszimmer, damit ich den Patientinnen beim Ausziehen zuschauen konnte. Ende der Assistenzzeit, Eintritt in die Armee, damit ich noch etwas von der Welt sah, bevor ich mich niederließ.
>
> Mein erste enge Beziehung zu einer Patientin hatte ich bei der Armee. Die Frau eines Obergefreiten kam zu einer allgemeinen Untersuchung in mein Büro. Ich hatte mir gerade ihre Ohren angesehen, da knöpft sie ihr Unterhemd auf und fragt mich, ob bei ihr nicht eine Operation zur Verkleinerung der Brüste nötig sei. Sie hat große, herrliche Brüste. Ich gestehe ihr ganz offen, ihre Brüste seien wunderschön. Sie lacht, und eins führt zum anderen. Mir ist bewusst, dass das nicht richtig war, aber damals war mir nicht so klar, wer hier eigentlich wen verführte! Sie war Ende dreißig, und ich war vielleicht sechsundzwanzig und noch grün hinter den Ohren.

Ich las nicht weiter. Wie konnte jemand in zwei kurzen Absätzen nur so viele Lügen unterbringen? Meine Güte. Und über vierzig Seiten hatte ich noch vor mir. Später, wenn er gegangen war, wollte ich eine ausführliche SCAN-Analyse seines Berichts vornehmen, eine Technik zur Feststellung irreführender Aussagen, die Allen Goldstein entwickelt hatte, ein ehemaliger Mitarbeiter des israelischen Geheimdienstes Mossad, bei dem ich studiert hatte. Aber auch ohne eine solche Analyse konnte ich diese Aussage, die vor Selbsttäuschung nur so zum Himmel stank, mit einem Blick erfassen und hatte genug in den Händen, um den Mann aufzurütteln.

Ich kehrte noch mal zum ersten Absatz zurück. Er teilte mit, wo er seine Assistenzzeit angefangen hatte, nicht, wo er sie beendet hatte. »Anfangen« ist eines der Schlüsselworte, bei denen die Alarmglocken schrillen sollten. Man schreibt nicht »Meine Assistenzzeit fing da und da an«; die meisten schreiben »Meine Assistenzzeit verbrachte ich da und da«, es sei denn, irgendetwas war passiert und die Ausbildung musste abgebrochen werden.

Ich suchte nach einer Bestätigung meines Verdachts. Häufig reichte ein einziger Hinweis auf Irreführung aus, aber mit zwei oder mehr hatte man bessere Chancen.

Eine Bestätigung war schnell gefunden. »Damit ich … zuschauen konnte; damit ich noch etwas von der Welt sah.« *Damit* war ein Wort, das wie *weil* funktionierte. Reggie erklärte sein Verhalten. Ich hatte ihn nicht gebeten, mir zu erklären, *warum* er dieses oder jenes getan hatte, ich hatte ihn nur gebeten, mir zu sagen, *was* er getan hatte. Wenn Menschen anfingen, ihr Verhalten zu erklären, besonders wenn es zweimal in einem Absatz geschah, handelte es sich mit Sicherheit um ein sensibles Thema.

Ich las mir durch, was zwischen den beiden »Damits« stand. Zwischen den beiden »Damits« standen zwei Sätze ohne Präposition. »Ende der Assistenzzeit. Eintritt in die Armee.« Zwei knappe, abgehackte Sätze ohne Präposition, und das aus der Feder eines Mannes, der sich auszudrücken verstand. Er hatte nicht geschrieben, dass *er* seine Assistenzzeit beendet hatte; in beiden Sätzen hatte er das Pronomen *ich* weggelassen.

»Kein persönliches Engagement«, hörte ich Goldstein,

den Meister des SCAN-Systems, sagen. »Wenn er nicht engagiert bei der Sache ist, dann sollten Sie es auch nicht sein.«

»Wo haben Sie Ihre Assistenzzeit beendet?«, fragte ich.

Reggie sah mich verdutzt an. »Meine Assistenzzeit?«, sagte er. »Wieso fragen Sie danach? Ich habe doch geschrieben …«

»Sie haben geschrieben, wo Sie Ihre Assistenzzeit angefangen haben. Sie haben nicht geschrieben, wo Sie sie beendet haben.«

»Aber das geht doch eindeutig aus …«, sagte er.

»Ich will Sie nicht reinlegen, Reggie«, unterbrach ich. »Bevor Sie antworten – denken Sie daran, dass Vermittlungsstellen für Assistenzärzte Buch führen. Wo haben Sie Ihre Assistenzzeit beendet? War es in Fort Worth oder nicht?«

Es folgte eine Pause. »Also, eigentlich nicht, nein. Ich dachte, es wäre nicht wichtig. Ich habe die Stelle gewechselt.«

»Wohin sind Sie gewechselt?«

»Ich glaube, mein erstes Jahr in der Armee war gleichzeitig mein letztes Assistenzjahr. Vielleicht habe ich das nicht klar genug ausgedrückt.«

»Kann man so sagen«, antwortete ich. »Erster Knackpunkt.«

»Das ist nicht fair«, protestierte Reggie. »Sie stoßen sich an Kleinigkeiten, die mit meinem angeblichen Problem nichts zu tun haben.«

Angeblich. Jetzt waren seine Probleme nur noch angebliche Probleme. Fünfzig Seiten voller »angeblicher« Probleme. Es verlieh dem Wort eine ganz neue Bedeutung.

»Warum haben Sie dann gelogen, wenn es nichts mit Ihren Problemen zu tun hat?«, fragte ich.

»Ich habe nicht gelogen«, sagte Reggie.

Ich ersparte mir eine Antwort. Genau genommen hatte er Recht, er hatte nicht gelogen. Er hatte etwas ausgelassen, und genau das machen die meisten Lügner. Wenn der Mensch Informationen verheimlichen will, neigt er dazu, in Deckung zu gehen, sich zu winden, etwas nur anzudeuten, ohne es tatsächlich in Worte zu fassen. Aus irgendeinem verrückten Grund war es sehr viel schwieriger zu lügen, als etwas auszulassen. Den meisten Menschen musste man auf die Pelle rücken oder sie festnageln, bevor sie einen wirklich anlogen.

Reggie war anders. Denn im nächsten Absatz über die Frau des Obergefreiten hatte er mich rundheraus angelogen. Diese blöde Geschichte war so gut wie frei erfunden. Reggie hatte sich verraten, indem er ins Präsens gewechselt war, denn genau das machen die meisten Menschen, die einem ein Märchen erzählen. Dinge aus der eigenen Erinnerung werden in der Vergangenheitsform erzählt, weil der Betreffende aus der Erinnerung an ein tatsächlich stattgefundenes Ereignis schöpft, das in der Vergangenheit liegt.

»Ich tippe mal, dass es wirklich eine Frau gegeben hat, vielleicht die Frau eines Obergefreiten, und Sie haben ihr die Ohren untersucht. Der Rest, dass sie Ihnen ihre Brüste so verlockend präsentiert und sich nach einem chirurgischen Eingriff zur Brustverkleinerung erkundigt hat – das hat nur in Ihren Träumen stattgefunden. Sie haben ihr gesagt, was für herrliche Brüste sie hat, was man bei einem Arzt, der sich ihre Ohren ansieht und eine allgemeine Untersuchung vornimmt, nicht gerade als professionellen Befund bezeichnen kann.

Aber das war nicht das erste Vorkommnis, Reggie, denn in Fort Wayne hat man Ihnen wegen irgendetwas die Assistenzstelle gekündigt, und es hatte ganz sicher mit dieser Sache zu tun. In den Dienst der Armee tritt ein aufgeweckter und ehrgeiziger junger Assistenzarzt nämlich nur dann, wenn keine andere Institution ihn nimmt, das ist der einzige Grund, denn medizinisch gesehen ist die Armee auf dem Stand von Sibirien.

Und Sie wurden auch nicht wegen irgendeiner Lappalie gefeuert, etwa weil Sie einen Patienten getötet haben, das steht nämlich bei den Armeemedizinern auf der Liste der leichten Vergehen, über die man hinwegsehen kann, es sei denn, Sie hätten es sich zur Angewohnheit gemacht oder wären mit der Axt auf die Patienten losgegangen. Bleiben also nur wenige Möglichkeiten. Entweder haben Sie sich mit einer Entscheidung schwer getan, weswegen man Sie auf jeden Fall entlassen hätte, oder, und das ist wahrscheinlicher, Drogen oder Sex haben eine Rolle gespielt. Jedenfalls muss es etwas sehr Schlimmes gewesen sein, denn im letzten Assistenzjahr wird nie jemand – wirklich niemand – aus dem Dienst rausgeworfen.«

Reggie war überwältigt. »Und noch etwas«, fuhr ich fort. »Sie können sich nicht vorstellen, was Ihnen blüht und was ich Ihnen ersparen will. Von Täuschung und Irreführung verstehe ich nur so viel«, ich hielt Daumen und Zeigefinger im Millimeterabstand voneinander hoch, »im Vergleich zu dem Lügendetektorexperten, zu dem ich Sie schicken werde. Ich persönlich würde John Davis niemals belügen, und ich rate Ihnen, es ebenfalls nicht zu tun.«

Reggie war blass geworden, und wieder registrierte ich, dass er bei Aufregung körperliche Reaktionen zeigte. Umso wichtiger war es, darauf zu achten, wann er körperlich nicht reagierte, obwohl es angezeigt wäre.

»Wie hieß die Frau des Obergefreiten?«, fragte ich ihn.

»Das ist so lange her, wie soll ich mich da an ihren Namen erinnern?«, erwiderte er.

»Das sollten Sie sehr wohl«, sagte ich, »falls es die erste Patientin ist, die Sie je belästigt haben. Wenn Sie sich nicht erinnern, war es vielleicht bereits die zehnte oder zwanzigste. Also sagen Sie mir: Erinnern Sie sich an ihren Namen oder nicht?«

»Ich habe das Gefühl, ich brauche einen Anwalt«, sagte er leise.

»Das habe ich Ihnen von Anfang an geraten«, antwortete ich. »Ich behalte das hier«, sagte ich und steckte die Blätter in eine Mappe. »Sie haben Ihren Bericht im Computer. Gehen Sie nach Hause und schreiben Sie ihn noch mal, diesmal ehrlich.

Dr. Larsen, lassen Sie uns Klartext reden. Ich werde die Wahrheit nicht mit dem Holzhammer aus Ihnen herausprügeln. Es ist mir egal, wer Ihr Vater war. Ich werde nicht hundert Sitzungen damit verbringen, Ihnen jede einzelne Lüge aus der Nase zu ziehen. Wenn Sie mich weiter belügen, schicke ich Sie zum Lügendetektortest, bei dem Sie mit Pauken und Trompeten durchrasseln, und danach werde ich einen Bericht schreiben, in dem steht, dass man Ihnen in keiner Hinsicht mehr trauen kann. Das beinhaltet natürlich die Empfehlung, dass Sie nie wieder als Arzt praktizieren dürfen.«

»Was?«, sagte er. »Das können Sie nicht machen. Wie können Sie so etwas sagen? Niemand würde Ihnen glauben!«

Ich faltete die Hände, legte sie auf die Mappe und sagte in aller Ruhe: »Doch. Allein was in dieser Biografie steht, reicht aus, um diese Empfehlung zu untermauern. Ich sage nicht, dass Sie nie wieder als Arzt praktizieren dürfen, das wäre zu diesem Zeitpunkt verfrüht. Es hängt von vielerlei Dingen ab: wie ehrlich Sie sind, ob Sie bei der Behandlung kooperieren, welche Fortschritte Sie in der Behandlung machen und welche Art der Überwachung wir einrichten können. Aber wenn ich nicht in jeder Hinsicht informiert bin, besteht gar keine Möglichkeit, eine effektive Behandlung anzusetzen, und dann werde ich die Empfehlung aussprechen, dass Sie nie wieder praktizieren sollten. Lieber ein Irrtum zu viel als einer zu wenig – wenn es der Patientensicherheit dient.

Und sollten Sie Ihre Einwilligung zur Weitergabe von Informationen widerrufen und meine Einschätzung zurückhalten, wird das Krankenhaus natürlich wissen wollen, warum. Es ist wie bei den Einfahrten zu Autovermietungen: Man kann nur vorwärts fahren, nicht rückwärts, sonst werden die Reifen zerschreddert. Für einen Rückzug ist es jetzt zu spät.«

»Ich glaube, Sie schätzen mich falsch ein«, sagte Reggie. Er richtete sich auf und gewann seine Würde zurück. »Ich habe nichts von einem Rückzug gesagt. Was ich einmal angefangen habe, bringe ich auch zu Ende.«

Die letzte Bemerkung legte ich zu den Akten. Seine Stimme klang anders, als er es sagte, und sie hatte einen bedenklichen Unterton, den ich nicht genau einzuordnen vermochte.

»Bis nächste Woche. Selber Ort, selbe Zeit, und erledigen Sie Ihre Hausaufgaben. Vergessen Sie auch nicht, Ihre Formulierung ›Nach einiger Zeit‹ mit etwas mehr Leben zu füllen.«

»Nach einiger Zeit?«, fragte Reggie.

»Es ist der zweite Satz in Ihrem Bericht«, sagte ich. »Ein Zeitsprung. Was geschah in dieser Zeit?«

Reggie saß bewegungslos da. »Nächste Woche? Das geht nicht. Ich habe dem Krankenhaus gesagt, die Beurteilung sei nächste Woche da.«

»Warum?«, fragte ich erstaunt. »Wozu die Eile?«

»Ich muss das hinter mich bringen«, sagte er mürrisch. Es war keine Antwort auf meine Frage.

»Es wird Zeit, dass ich mich einmische«, sagte ich. Es war deutlich, dass Reggie mir etwas verheimlichte. »An wen wende ich mich?«

»An Margaret Jones«, erwiderte er. »Medizinische Direktorin und orthopädische Chirurgin.« Ich hatte den Namen Dr. Jones noch nie vorher gehört, aber so wie Reggie ihn aussprach, klang es, als müsste man ihn kennen.

»Was ist das für eine Person?«, fragte ich.

»Das herauszufinden, überlasse ich lieber Ihnen.« Zum ersten Mal, seit ich Reggie kennen gelernt hatte, schwang ein gewisser Humor in seiner Stimme mit.

Nachdem er gegangen war, griff ich zum Telefonhörer. Ich musste sowieso mit dieser Margaret Jones sprechen, aber Reggie hatte mich neugierig gemacht.

Beim Wählen stellte ich sie mir vor. Weibliche Chirurgen waren immer noch eine Seltenheit, vor allem im Supermacho-Reich der Orthopädie. In einem Punkt konnte ich mir sicher sein: Sie war eine außergewöhnlich gute Chirurgin. Um in die Chirurgie zu kommen, musste man als Frau so überragend sein, dass die männlichen Kollegen die Tatsache, dass man eine Frau war, einfach übersahen. Bei gleicher Qualifikation eines weiblichen und eines männlichen Bewerbers stand schon vorher fest, wer genommen wurde. Die Chirurgen waren alle Männer. Sie hatten männliche Assistenzärzte, sie verstanden sich besser mit ihnen, sie bildeten sie seit Jahrzehnten aus. Sie kannten es nicht anders.

In den chirurgischen Abteilungen gab es keine Antidiskriminierungsprogramme, Gerechtigkeit wurde überhaupt sehr klein geschrieben. Die Chirurgie war im Grunde eine Mischung aus einer Gilde und den Green Berets. Bei Margaret Jones kam hinzu, dass sie es außerdem bis zur Position einer medizinischen Direktorin gebracht hatte, was bedeutete, dass ihre Kollegen sie respektierten, ob es ihnen passte oder nicht.

»Ich hätte gerne Dr. Margaret Jones gesprochen.«

Ich wurde umgehend verbunden, und es meldete sich eine schneidige Stimme am anderen Ende. »Büro Dr. Jones.« Die Stimme klang nicht gerade freundlich, aber wahrscheinlich nahm man im Büro Dr. Jones im Laufe des Tages hunderte Anrufe entgegen, und die meisten kamen von Leuten, die die medizinische Direktorin sprechen wollten, diese aber nicht mit ihnen. Die Hauptaufgabe der Sekretärin bestand höchstwahrscheinlich darin, die Anrufer abzuwimmeln.

»Hier Dr. Michael Stone. Ich hätte gern Dr. Jones gesprochen, es geht um ...«

»Ach ja, einen Moment bitte, Dr. Stone. Dr. Jones erwartet Ihren Anruf bereits.«

Nicht zu fassen. Reggies Problem hatte offenbar oberste Priorität, sonst hätte man der Sekretärin nicht Bescheid gegeben, mich gleich durchzustellen.

Sekunden später meldete sich eine zweite Stimme: »Dr. Jones ist gerade im OP.« Ich fing schon an, ihr meine Nummer zu diktieren, als die Stimme hinzufügte: »Wenn Sie sich einen Moment gedulden – sie hat Anweisung gegeben, sie bei der Arbeit zu unterbrechen, wenn Sie anrufen.«

Wie bitte? Man zerrte sie aus dem OP, weil ich mit ihr reden wollte? Ich war verblüfft. Eine Operation wurde niemals unterbrochen. Von nichts und niemandem. Der Präsident hätte anrufen können, und niemand hätte Dr. Jones aus dem OP geholt, damit sie mit ihm reden konnte. Mein Magen verkrampfte sich. Was hatte Reggie verbrochen?

Ich schluckte schwer. Schon sah ich irgendeinen armen Pechvogel mit ausgeklinktem Hüftgelenk vor mir, während draußen bereits das nächste Opfer wartete. Ganz bestimmt würde man sie nicht aus dem OP holen. Man beließ doch die Patienten nicht länger in der Narkose als unbedingt nötig.

Beruhige dich, sagte ich mir. Sie hat einen tollen Assistenzarzt, der das Skalpell geschickt übernimmt, sobald sie es aus der Hand legt – wenn kein Skalpell, dann eben die Kettensäge, wir waren schließlich in der Orthopädie.

Nach etwa fünf Minuten meldete sich eine Stimme. »Dr. Jones hier«, sagte sie. Die Stimme klang klar und kräftig, und die Worte kamen schnell. Ich musste mir die Umgangsformen der Mediziner erst wieder ins Gedächtnis rufen: zur Sache reden, kein unnötiges Blabla über das Wetter.

»Dr. Stone hier«, erwiderte ich umgehend. »Ich nehme an, Dr. Larsen hat Sie ermächtigt, mit mir zu sprechen. Ich kann Ihnen ein entsprechendes Formular zufaxen.«

»Nicht nötig. Er hat hier eins unterschrieben.«

»Was können Sie mir über ihn mitteilen?«, fragte ich. »Worin besteht sein Problem?«

»Wir haben gedacht, das könnten Sie uns verraten«, sagte sie. Sie klang leicht verärgert.

Ich fühlte mich in die Defensive gedrängt. »Vielleicht kann ich das ja«, erwiderte ich. »Am Ende. Aber normalerweise schaue ich mir erst die Symptome an, bevor ich eine Diagnose stelle.« Es trat eine Pause ein. Zwei Gegner, die sich abschätzten, wobei ich meinerseits nicht wusste, warum. Ich fragte mich, ob sie das Gleiche dachte.

»Im Verlauf der letzten zwölf Monate hat es drei Anzeigen gegeben«, sagte sie schließlich. »Alle stammen von Patientinnen, die sich darüber beschweren, er hätte sie begrapscht, während sie noch benommen von der Narkose gewesen seien.«

»Drei?« Ich war erstaunt. »In den zurückliegenden zwölf Monaten? Seit wann ist er vom Dienst suspendiert?« Nicht gerade taktvoll, diese Frage.

»Seit zwei Monaten«, sagte sie, und ich konnte wieder die Gereiztheit heraushören. Vielleicht war das Krankenhaus in irgendeiner Weise haftbar, dass es nicht früher gehandelt hatte. Wenn man gleich nach der ersten Anzeige tätig geworden wäre, wären die beiden anderen Vorfälle vielleicht nicht passiert.

Kein Wunder, dass sie mit der Auskunft zögerte. Ich sagte nichts, und sie fuhr fort: »Bei der ersten Anzeige wussten wir nicht, was wir damit anfangen sollen. Die Patientin war fix und fertig. Sie hatte sieben Stunden Narkose hinter sich und wachte gerade erst auf. Es gibt Leute, die sehen in so einer Situation weiße Mäuse.«

»Und die beiden anderen Anzeigen?«

»Die folgten kurz hintereinander. Bei der zweiten haben wir die Ethikkommission einberufen. Und die dritte platzte mitten in die Sitzung der Kommission.«

»Hat es vorher bereits derartige Anzeigen gegeben?« Wie war es möglich, dass Reggie solange hatte operieren können, ohne einmal erwischt worden zu sein, und dann erwischte man ihn gleich dreimal innerhalb eines Jahres? Das ergab doch keinen Sinn.

»Nicht aktenkundig«, sagte sie bedächtig.

»Was heißt das?«

»Es heißt, dass unbegründete Anzeigen vernichtet wurden. Ich habe allerdings keine Ahnung, ob mein Vorgänger Anzeigen abschlägig beschieden hat oder nicht.« Hier sollte mir eindeutig etwas mitgeteilt werden, sonst hätte sie diesen Umstand nicht erwähnt – mir fiel nur so schnell keine raffinierte Frage ein, um ihre Meinung über ihren Vorgänger zu erfahren.

»Sie wissen also nicht, ob es noch andere Anzeigen gegeben hat?«

»So ist es.«

»Sonst noch etwas, das ich wissen müsste?«

Sie schwieg. Das Schweigen dauerte an, und ich merkte, dass es auf jeden Fall noch etwas Mitteilenswertes gab; sie überlegte nur noch, ob sie es mir sagen sollte oder nicht. Ich wartete ab.

»Uns liegt ein Hinweis eines Mitglieds des Personals vor, das aber auf Vertraulichkeit besteht«, sagte sie. »Ich bin nicht befugt, diese Information weiterzugeben.«

»Würde es an der Sache etwas ändern, oder geht der Hinweis mehr oder weniger in die gleiche Richtung?«

»Er geht ungefähr in die gleiche Richtung«, sagte sie.

»Das bringt mich in Verlegenheit«, erwiderte ich. »Sie wissen von einem Symptom, das Sie mir aber nicht schildern wollen.«

»Ich kann Ihnen nicht mehr sagen«, entgegnete sie. »Ich bin nicht dazu berechtigt.«

»Können Sie mir sagen, worauf der Vorwurf abzielt?«

»Nein«, sagte sie. Es klang endgültig, »wie hingebellt«, wie meine Mutter das immer genannt hatte. Ich wusste nicht, woher diese Redensart kam, aber ich wusste, was sie bedeutete.

Es war sinnlos, weiter in sie zu dringen. »Dann tun Sie mir bitte einen Gefallen«, sagte ich. »Rufen Sie die Person an und geben Sie ihr meinen Namen und meine Telefonnummer. Vielleicht überlegt sie es sich ja und will von sich aus mit mir reden.«

»In Ordnung«, erwiderte sie. »Ich werde das veranlassen.«

Während des ganzen Gesprächs hatte ich mich gefragt, warum Reggie gesagt hatte, er würde es lieber mir selbst überlassen herauszufinden, was Margaret Jones für ein Mensch sei, ganz so, als wäre sie besonders schwierig. Ich fand sie überhaupt nicht schwierig, aber vielleicht wusste ich auch mit einem »wie hingebellten Wort« etwas anzufangen. Jemand, der Dinge gerne schleifen ließ und andere gern beschwatzte und der ein »Nein« für ein »Vielleicht« hielt, könnte so eine Person durchaus schwierig finden.

»Noch etwas«, sagte ich unumwunden. »Steht die Frage, ob er seine Arbeit wieder aufnehmen wird, wirklich noch aus, oder haben Sie sich bereits entschieden? Es überrascht mich insofern, als drei Anzeigen doch recht viel sind, und ich kann nur hoffen, dass eine Haftpflicht besteht, wenn Sie ihn wieder einstellen und er rückfällig wird.«

»Die Haftpflicht ist in jedem Fall sehr hoch«, sagte sie seufzend. »Es könnte bedeuten, dass man einen Anästhesisten um seinen Lebensunterhalt bringt, was, wie mir unser Anwalt versichert hat, die Gerichte nicht auf die leichte Schulter nehmen. Abgesehen davon, dass Dr. Larsen ein besonders begabter Arzt ist – es wäre eine furchtbare Vergeudung.« Sie schien hin und her gerissen.

Wie sollte es auch anders sein?, überlegte ich. Rechtlich gesehen, waren dem Krankenhaus die Hände gebunden, wie auch immer es sich verhielt. Man würde das Haus verklagen, wenn Reggie entlassen wurde. Die Zeugen waren nach der Narkose noch halb betäubt gewesen. Man konnte nicht einmal davon ausgehen, dass sie im Zeugenstand auch tatsächlich aussagen würden, sie seien hundertprozentig sicher, dass es sich um Dr. Larsen handelte, der sie belästigt habe. Hinzu kam, dass er ja wirklich ein begabter Arzt war, kurz davor, die Erfindung des Jahrzehnts zu machen, und das Krankenhaus würde seine Laufbahn beenden.

Eins war sicher: Falls Reggie Bedenken hatte, seine Chefs würden ohne vorherige Kenntnis meines Berichts handeln, war er auf dem Holzweg. Sie warteten meinen Bericht ab und hofften, die ganze Sache auf mich abwälzen zu können. Zu gerne hätten sie jemanden gehabt, der eine Empfehlung abgab, mit der sie halbwegs aus dem Schneider waren.

»Also gut«, sagte ich. »Wollen Sie noch etwas von mir wissen?«

»Wir würden gerne wissen, wie Sie bei solchen Beurteilungen vorgehen.«

»Ich faxe Ihnen eine Kurzbeschreibung zu. Das spart Zeit.«

»Wann sind Sie damit fertig?«

»In einigen Wochen«, antwortete ich. »Es hängt davon ab, wann mir ein Lügendetektor zur Verfügung steht.«

»Ein Lügendetektor?«, fragte sie konsterniert.

»Es ist Usus in dem Verfahren«, sagte ich. »Personen mit abweichendem Sexualverhalten neigen dazu, ihre Taten zu beschönigen. Wenn sie wissen, dass sie einen Detektortest über sich ergehen lassen müssen, reduziert sich das Lügen auf ein zahmes Gebrüll.«

»Ich bin sehr gespannt, was Sie herausfinden.«

»Sie wären noch viel gespannter, wenn Sie wüssten, was ich bereits herausgefunden habe.«

Es war eine unverhohlene Warnung davor, welchen Verlauf diese Untersuchung einschlagen würde. Ich weiß auch nicht, warum ich ihr das sagte. Ich hatte die Vollmacht dazu, aber normalerweise gab ich keine private Meinung ab, bevor nicht die Evaluation zum Abschluss gebracht worden war. Vielleicht spürte ich eine gewisse Verwandtschaft zu dieser groben, aber ehrlichen Frau, die andere Menschen, einen Kopf größer und etliche Pfunde schwerer als sie, zum Spuren brachte und die sich selbst nicht die Butter vom Brot nehmen ließ. Vielleicht hegte ich auch bloß Bewunderung für eine Frau, die mit einer Kettensäge in den Körpern anderer Menschen herumfuhrwerkte und etwas Produktives dabei zuwege brachte. Ich kannte bisher nur Täter, die mit Kettensägen in den Körpern anderer Menschen herumgefuhrwerkt und dabei absolut nichts Produktives zuwege gebracht hatten.

6

Am Freitagmorgen fummelte ich nervös an der Gegensprechanlage der Beobachtungskabine herum, die mit dem Sprechzimmer verbunden war, in dem Marv, Jody und ihre Eltern Platz genommen hatten. Solche Situationen waren mir verhasst. Man konnte nichts machen, wenn etwas schief lief, wenn Marv oder Jody Hilfe brauchte oder gar Schlimmeres passierte. Man war wie eingesperrt hinter der Glasscheibe und abhängig von der Technik, die, das wusste ich aus Erfahrung, gelegentlich sadistische Anwandlungen bekam.

Maschinen mochten einen, oder sie mochten einen nicht, und einige Maschinen hatten mich besonders ins Herz geschlossen. Nachdem mein Ex-Mann mich verlassen hatte – der genetisch mit einem guten mechanischen Verständnis ausgestattet war –, konnte ich wetten, dass jede Woche mindestens eine Maschine im Haushalt ihren Geist aufgab.

Mit einem Mal erwachte der Lautsprecher zum Leben. Vielleicht würde er ja diesmal während der gesamten Sitzung funktionieren, vielleicht aber auch nicht. Wenn Jodys Vater sein Geständnis ablegte, würde er sicher prompt ausfallen.

Ich ließ mich auf einen Stuhl nieder. Marv saß, auf meinen Wunsch, mit dem Rücken zu mir. Jodys Eltern wollte ich ins Gesicht sehen können, darum hatte Marv sie so platziert, dass sie mir direkt gegenüber saßen.

Ihr Vater war ein sehniger Mann, Ende vierzig, und seine nervöse Energie schien den Raum zu dominieren. Er spielte unruhig mit einem Schlüsselbund, und immer wieder warf er einen Blick in den Spiegel vor sich. Wahrscheinlich wünschte er sich jetzt, er hätte der Observation nicht zugestimmt, aber wenn dem so war, äußerte er es nicht.

Jodys Mutter, Mary Jo, wirkte irgendwie behäbig, eine leicht übergewichtige Frau, im gleichen Alter wie ihr Mann. Wenn Jodys Vater gereizt war, dann war ihre Mutter ungewöhnlich still. Nichts in ihrem Gesicht und an ihrem Körper bewegte sich. Sie sah hinüber zu Jody, aber ich war mir absolut sicher, dass ihre ganze Aufmerksamkeit dem Mann an ihrer Seite galt.

Jody war schmal und winzig, so winzig, dass ich mich fragte, ob sie früher mal an Magersucht gelitten hatte. Sie sah nicht aus, als gehörte sie zu einer der beiden anderen Personen am Tisch. Plötzlich dachte ich, es wäre besser gewesen, wenn ich Jody wenigstens heute Morgen noch kennen gelernt hätte. Sie machte einen verschlossenen Eindruck, als wollte sie sagen: Bitte schlagt mich nicht! Lief sie ständig mit diesem Ausdruck durch die Welt, jeden Tag, von morgens bis abends? Oder führte sie uns nur das vor, was die meisten machen, wenn sie mit ihren Eltern reden: Regression auf eine Altersstufe von zehn Jahren. Wenn das der Fall war, dann war das kein schönes Alter in ihrem Leben gewesen.

Jody stierte immerfort auf die Schlüssel, die ihr Vater in der Hand hielt. Sie sah hin, guckte weg, sah wieder hin. Scheißkerl, dachte ich. Irgendwas veranstaltete er mit seinen Schlüsseln. War Marv das auch aufgefallen? Anscheinend nicht. Er beachtete es überhaupt nicht, und Jodys Mutter ebenfalls nicht. Das Spiel mit den Schlüsseln, was immer es auch bedeuten mochte, funktionierte nur zwischen Vater und Tochter.

Marv sprach mit sanfter Stimme, erklärte, dass Jody um dieses Treffen gebeten habe, weil sie ein paar Dinge mit ihren Eltern besprechen wolle. Dieses Treffen sei nicht seine Idee, betonte er. Er sei nur hier, um Jody zu unterstützen.

Ein vernünftiger Anfang. Wenn ihr Vater ein Täter war, würde er wahrscheinlich als Erstes versuchen, Jody jegliche Überlegenheit abzusprechen. Täter gestatteten ihren Opfern nicht einmal die Würde, ihre Anklage in eigene Worte zu fassen. Er würde behaupten, man habe sie einer Gehirnwäsche unterzogen oder sie sei sonstwie verführt. Sie sei eine Marionette, eine Wachsfigur in den Händen eines skrupellosen Therapeuten. Es hätte mir nichts ausgemacht, wenn es zuträfe – manchmal stimmten solche Vorwürfe –, aber im wirklichen Leben sieht vieles anders aus. Meist wurde es dann am vehementesten vorgetragen, wenn es am wenigsten gerechtfertigt war.

Sam, Jodys Vater, unterbrach, bevor Marv mit seinen einleitenden Worten zu Ende war. »Ich will wissen«, sagte er, »was los ist.« Er wandte sich an Jody. »Wenn du mir was zu sagen hast, dann hattest du zwanzig Jahre Zeit dazu.«

Ich wäre beinahe vom Stuhl gefallen. Meine Güte, der Kerl war ganz schön aggressiv, und was er gesagt hatte, war beinahe ein indirektes Eingeständnis. Damit hatte ich am wenigsten gerechnet.

»Dad«, fing Jody an. »Ich will nur …«

»Du willst nur … Du willst nur … Du willst dies, du willst das. Immer willst du irgendwas. Denkst du auch mal daran, was deine Mutter will, oder was ich will? Meinst du nicht, wir hätten ein bisschen Frieden in unserem Alter verdient? Natürlich haben wir Fehler gemacht. Welcher Mensch macht keine Fehler? Wer hat schon eine perfekte Kindheit? Ich jedenfalls hatte keine. Aber das kann dir ja schnuppe sein, oder?«

Mir stockte der Atem. Gerade mal eine halbe Minute hatte das Treffen gedauert, und der Aggressionspegel des Mannes war umgehend in die Höhe geschnellt und stieg weiter an. Er war fuchsteufelswild. Entweder hatte er sich schon im Vorfeld aufgeregt, aus Angst vor dieser Sitzung, oder er war Choleriker. Vielleicht aber veranstaltete er das alles auch nur, um seine Tochter zu kontrollieren.

Wie auch immer, dieses Treffen hier würde zu nichts führen. Zu gern hätte ich Marvs Gesicht gesehen. Brech die Sitzung ab, Marv, dachte ich. Brech sie ab. Er weiß, was auf ihn zukommt, und er wird ihr eine Szene machen.

»Dad, bitte lass mich …«

»Dad, bitte lass mich«, äffte er Jodys jammernden Tonfall nach. »Was soll ich lassen? Ich habe dein Gejammer satt. Ständig jammerst du uns etwas vor. Dein ganzes Leben hast du nur gejammert. Nichts als Ärger hat man mit dir, seit du auf der Welt bist.« Seine Worte nahmen Jody allen Wind aus den Segeln.

Ich stand auf, obwohl ich gar nichts unternehmen konnte. Er machte sie nach Strich und Faden fertig, und ich konnte nur dabei zuschauen.

»Mr. Carlson.« Marv hatte endlich seine Stimme wiedergefunden. »Mr. Carlson. Sie scheinen ziemlich erregt, obwohl bisher niemand …«

Sam Carlson sah Marv zum ersten Mal ins Gesicht. »Für wie blöd halten Sie mich eigentlich? Ich weiß doch, was hier gespielt wird. Sie schiebt uns die Schuld für ihr verpfuschtes Leben in die Schuhe. Da schuftet man sein ganzes Leben, um sein Kind mal aufs College schicken zu können, und was macht sie? Liegt den ganzen Tag im Bett und zieht die Decke über den Kopf! Und auf einmal soll man an allem schuld sein. Liege ich vielleicht den ganzen Tag im Bett? Nein! Den Luxus kann ich mir nicht leisten. Ich muss nebenbei noch Geld für diese Blutsauger verdienen.«

Ich sah Jodys Mutter an, aber ihr Gesicht blieb absolut ungerührt, nur die Falten darin schienen sich zu vertiefen. Jody fing an zu weinen. Marv gab sich Mühe, die Kontrolle zurückzugewinnen.

»Mr. Carlson«, fing er an, aber Carlson unterbrach erneut.

»Hören Sie doch auf mit dem Scheiß.« Er wandte sich an Jody. »Nun sag schon«, forderte er sie auf. »Sag endlich, was los ist, egal, was es ist, oder du brauchst nie wieder davon anzufangen. Nie wieder. Hast du mich verstanden? Sag's, oder halt deine Klappe, endgültig.«

Ich dachte schon, sie würde aufgeben. Es sah ganz danach aus. Sie sackte auf dem Stuhl zusammen und schluchzte noch heftiger. Doch dann sah sie ihn durch die Tränen an und flüsterte: »Du hast es getan, Dad. Du weißt es ganz genau.«

Carlson erhob sich. »Gar nichts habe ich dir getan! Ich

habe dich wie eine Prinzessin behandelt, und was ist der Dank dafür?«

Jody krümmte sich wie in Fötushaltung. Marv hob die Hände, um alle zu besänftigen, aber es war zwecklos. Die Beteiligten kamen gerade erst in Fahrt.

Jodys Vater machte den Mund auf, um wieder etwas zu sagen, als Jody sich mit einem Mal aufrichtete und ihn anbrüllte, dass alle aufschreckten: »Du hast mich gefickt! Das weißt du ganz genau. Du hast mich jeden Tag gefickt. Du hast mich gefickt, wenn Mom einkaufen war. Du hast mich sonntags morgens gefickt, wenn du mit mir im Auto spazieren gefahren bist. Du hast mich gefickt, immer und immer wieder. Ich war gerade erst in der Schule, verdammt noch mal!« Sie heulte und japste nach Luft, aber sie hörte nicht auf zu schreien. »Du hast mich an meinem Geburtstag gefickt! Nachts bist du in mein Zimmer geschlichen! Jedes Mal wenn meine Mutter weggeschaut hat, hast du mich gefickt! Du hast mich gefickt, und du weißt es ganz genau!«

Alle waren wir vor der Wucht ihres Ausbruchs zurückgewichen, alle außer Carlson. Er trat einen Schritt vor, bis er bedrohlich über ihr stand. Jody bedeckte den Kopf mit den Händen, wie um einen Schlag abzuwehren. Marv stand auf und versuchte sich zwischen Sam und Jody zu drängen.

»Mr. Carlson, das geht zu …«

Carlson ging um den Tisch herum, als wäre er Luft und ließ die Schlüssel vor Jodys Gesicht baumeln. »Ich habe dich nie missbraucht«, rief er. »Wie kannst du behaupten, ich hätte dich missbraucht?« Er schüttelte laut das Schlüsselbund. Sie sah auf die Schlüssel und bedeckte den Kopf. Sie hörte auf zu reden. Jetzt endlich drängte Marv sich zwischen die beiden. »Aufhören«, sagte er mit etwas mehr Nachdruck. »Das hilft keinem weiter.«

Jodys Vater trat einen Schritt zurück und sagte mit etwas leiserer Stimme, aber mit einem giftigen Unterton: »Ich habe dir nicht wehgetan. Ich habe dir nie wehgetan. So was muss ich mir nicht bieten lassen.« Er machte kehrt und wandte sich zur Tür.

Jodys Mutter hatte während der ganzen Auseinandersetzung nichts gesagt. Jetzt erhob sie sich langsam und folgte ihrem Mann.

»Mommy«, sagte Jody, und ich schloss die Augen, weil ich den Klang ihrer Stimme nicht ertragen konnte. Ihre Mutter verschloss offenbar ihre Ohren, denn als ich die Augen wieder aufschlug, waren die Eltern aus dem Raum verschwunden.

Ich blieb noch ein paar Minuten in der Kabine sitzen, um mich zu beruhigen. Dieses Arschloch. Ich hatte soeben einer Schlachtung beigewohnt, und weder ich noch Marv hatten etwas dagegen unternehmen können.

Wer hatte aber auch damit rechnen können? Ich hatte gedacht, er würde lediglich den Vorwurf des Missbrauchs bestreiten, Jody würde sich zum Schluss wie eine Irre vorkommen, ihre Mutter würde nicht wissen, wem sie glauben sollte, und vielleicht wären sogar Marv und mir Zweifel gekommen.

So lief es in den meisten Fällen ab. Aber das war gerade das Problem: Man wusste einfach nicht, mit wem man es zu tun hatte, bis der mutmaßliche Täter im Raum war. Es konnte ja auch sein, dass er überhaupt nichts getan hatte. Und wenn doch, dann waren sie Meister im Herunterreden und Vertuschen. Die meisten zogen empört ihre Nummer ab, nach dem Motto: Wie kannst du so etwas über deinen lieben Daddy sagen? Dieser Therapeut hat dich doch erst darauf gebracht! Am Ende fragten sich alle – selbst das Opfer –, wie man den Betreffenden nur hatte beschuldigen können. Aber dann gab es da noch die andere Sorte Täter, den gewalttätigen, drohenden, cholerischen, und ab und zu, wenn man es am wenigsten erwartete, trat er in Erscheinung.

Marv saß der schluchzenden Jody gegenüber, und am liebsten hätte er wohl seine Arme um sie gelegt, damit sie sich an seiner Schulter ausweinen konnte. Ich hatte diesen Impuls auch verspürt und hilflos dagesessen, so wie er, aber mir war klar, dass jeder Körperkontakt mehr Probleme heraufbeschwor als er löste. Marv rührte sich nicht, und er täuschte auch nicht vor, dass Worte irgendetwas nutzen würden. Er blieb einfach nur neben ihr sitzen, während sie weinte.

Ich verließ die Beobachtungskabine und klopfte sachte an die Tür. Normalerweise hätte ich eine Sitzung niemals unterbrochen, aber ich hatte Jody kurz vor der Sitzung gesehen, und sie wusste, dass ich in der Kabine gewesen war. Ich wollte nur Bescheid geben, dass ich jetzt ging.

Ich steckte den Kopf durch die Tür. »Tut mir Leid, Jody«, sagte ich leise. Sie hob nicht einmal den Kopf. »Marv? Wir sehen uns später«, sagte ich. Ich sah das Fragezeichen auf seinem Gesicht. »Nein«, antwortete ich. »Habe ich nicht. Ganz und gar nicht.« Es stimmte. Ich hatte etwas Heimtückischeres von Sam Carlson erwartet, nicht diesen aggressiven Ausbruch. Heimtücke schien allerdings nicht zu Carlsons Repertoire zu gehören.

Marv saß zusammengesunken im Ledersessel meines Büros. Er hatte über eine Stunde gebraucht, um Jody so weit zu beruhigen, dass sie wieder allein zurechtkam. Er sah irgendwie aufgelöst aus.

»Er schlägt sie«, sagte ich.

»Wen?«

»Mom. Er schlägt sie. Sie wird sich ihm nicht entgegenstellen.«

»Bist du dir da so sicher?« Marv schien nicht sonderlich interessiert. Es war nur ein weiterer Aspekt in einem einzigen großen Kuddelmuddel.

»Sie wird ihr keine Hilfe sein. Jetzt nicht, und auch in Zukunft nicht. Wie geht es Jody?«

Marv reagierte nicht. Er schloss die Augen. »Ich weiß es nicht«, sagte er schließlich. Ich schwieg ebenfalls. Mir fiel einfach nichts mehr ein. »Sie steht kurz vor einer Dekompensation. Ich rufe sie heute Abend an.«

Falls sie bis dahin durchhält, dachte ich. Wahrscheinlich bricht sie zusammen und landet im Krankenhaus, bevor er noch dazu kommt, sie anzurufen. Das Telefon klingelte, und ich hob ab. »Der ist hier«, sagte ich. Ich hörte eine Weile meiner Sekretärin zu und reichte dann den Hörer weiter an Marv. »Melissa ist dran. Jodys Bruder will dich sprechen. Er lässt sich nicht abwimmeln.« Marv nahm den Hörer entgegen, als wäre es eine Klapperschlange.

»Natürlich«, sagte er, ohne jede Überzeugung. »Stellen Sie ihn durch.« Wahrscheinlich fühlte er sich dazu verpflichtet, aber er hörte sich wenig begeistert an.

»Dr. Gliesen hier«, sagte er. Die Stimme am anderen Ende der Leitung setzte augenblicklich ein. Sie war so laut, dass Marv den Hörer ein Stück vom Ohr entfernt halten musste, und sie klang so unheimlich ähnlich wie die Stimme von Jodys Vater, dass ich mich im ersten Moment fragte, ob der Anrufer wirklich Jodys Bruder war.

»Wie können Sie es wagen?«, sagte die Stimme. »Meine Mutter hat mich heulend angerufen. Mein Vater ist gebrechlich. Wie können Sie es zulassen, dass meine übergeschnappte Schwester ihn so aufregt? Wissen Sie, was sie damit meiner Mutter angetan hat? Welches Recht haben Sie überhaupt, sich in unsere Familienangelegenheiten einzumischen?«

Marv unterbrach ihn. »Mr. Carlson«, sagte er, »ich habe keinerlei Befugnis von Seiten meiner Klientin Jody Carlson, mit Ihnen über die Situation zu sprechen. Es tut mir Leid, aber ohne diese ...«

»Jetzt hören Sie mir mal zu, Sie Scheißseelenklempner. Ohne meine Begleitung werden meine Eltern nie wieder einen Fuß in Ihr Büro setzen. Richten Sie meiner Schwester aus, es sei das letzte Mal gewesen, dass sie unserer Familie solche Qualen beschert. Sie und ihre verrückten Anschuldigungen. Nichts als Ärger hat man mit der, seit sie auf der Welt ist.«

Marv sah mich an. Es war nicht Jodys Vater, aber er hörte sich genauso an. Der Bruder hatte Dads Sprüche voll und ganz verinnerlicht. Es musste die reinste Freude für Jody gewesen sein, in so einem Haus aufzuwachsen. Zu Hause, das war nicht nur Dad, das war auch noch Dad junior, und die blasse, abgestumpfte, gepanzerte Mutter, die sich pflichtbewusst im Hintergrund hielt.

»Es tut mir Leid, dass Sie so verärgert sind, Mr. Carlson, aber ich kann Ihnen auch nicht weiterhelfen«, sagte Marv. Am anderen Ende der Leitung wurde so heftig aufgelegt, dass selbst ich es hören konnte. Von mir aus hätte Carlson junior ruhig noch länger am Apparat bleiben können. Er hatte uns bereits einiges offenbart, und wenn wir ein bisschen nachgeholfen hätten, wäre noch mehr dabei herausgekommen. Zehn zu eins, dass er etwas von dem Spiel mit diesen Schlüsseln wusste, aber jetzt war nicht der Zeitpunkt, das mit Marv zu besprechen.

»Sie wird dekompensieren«, sagte ich zu Marv. »Das kann ich dir garantieren. Bis heute Abend schafft sie es vielleicht, aber die Nacht übersteht sie nicht. In ihrem Kopf dröhnt nicht nur die Stimme von Dad, sondern auch die von ihrem Bruder, und das Schweigen ihrer Mutter ist sogar noch lauter.

Ich glaube, es wird schlimm, Marv. Sie hat es ja schon mal angesprochen, und wir wissen nicht einmal, was damals passiert ist. Aber jede Wette, dass es nichts Gutes war. Vielleicht liegt da einer der Gründe, warum sie die Erinnerung verloren hat. Ruf lieber die Station an und frag, wie es mit freien Betten aussieht und wer Dienst hat.«

»Woher weißt du, dass sie es vorher schon mal angesprochen hat?«, fragte Marv geistesabwesend. Er war immer noch zu geschockt, um klar denken zu können.

»Das hat uns ihr Bruder soeben mitgeteilt«, antwortete ich. »Das war das letzte Mal – wohlgemerkt, das letzte Mal, nicht das erste Mal –, dass sie die Familie mit ihren verrückten Anschuldigungen spaltet. Sie hat immer nur Ärger gemacht. Abgesehen davon: Er ist stinkwütend, aber er ist nicht erstaunt.

Im Moment kriegen wir nur das zu hören«, sagte ich, »was Jody andauernd zu hören kriegt. Die Wirklichkeit setzt sich aus dem zusammen, worauf sich alle Beteiligten verständigen. Alle haben ihr immer wieder eingeredet, es sei nicht wahr, es würde nicht geschehen. Und der Preis, wenn sie es doch zur Sprache gebracht hat, war Rache von allen Seiten, außer von ihrer Mutter. Mom hat ihre Tochter schlicht und ergreifend aufgegeben. Ich an deiner Stelle würde mich um ein Bett auf der Station kümmern. Sie wird den Missbrauch noch mal durchleben, und nicht nur das. Sie wird auch den ganzen Scheiß, der ihr zugestoßen ist, als sie versucht hat, über den Missbrauch zu reden, noch mal durchleben.«

Ich hatte den Eindruck, dass er mir nicht glaubte. Allerdings hatte er auch nicht viele Fälle dieser Art erlebt. Ich schon, leider, und was ich nach langen Berufsjahren endlich verstanden hatte, war dies: Der eigentliche Missbrauch war nicht das einzige Problem, vielleicht nicht einmal das schwerwiegendste. Es war nicht allein die Gewalt, die man dem Körper des Kindes angetan hatte, die so destruktiv war. Hinzu kam die Gewalt, die man der Realität des Kindes angetan hatte. Es war so, als müsste man mit einem Nazi-Schergen unter einem Dach leben, den alle für den nettesten Mann der Welt hielten.

Marv traf keine Anstalten, den Hörer in die Hand zu nehmen. Er saß wie versteinert da, als stünde er kurz vor einem Komaanfall. Was war los mit ihm? Bestimmt hatte er doch schon mal mit verrückten Patienten und durchgeknallten Familien zu tun gehabt. Ich beugte mich vor und nahm das Telefon. Ich musste die Initiative ergreifen, denn er machte auf mich den Eindruck, als könnte er nicht mal eine Pizza bestellen, geschweige denn ein Krankenbett organisieren. Kurzzeitig überlegte ich, ob ich nicht gleich zwei Betten bestellen sollte – eins für Jody, eins für ihn –, aber ich habe schon oft von anderen Leuten gehört, ich würde mir immer den ungünstigsten Zeitpunkt für meine Witze aussuchen. Es konnte sein, dass sie in diesem Fall Recht hatten.

Ich rief die Zentrale an. »Dr. Stone hier. Wer hat heute Dienst auf der psychiatrischen Station?«

»Dr. Dexter«, sagte die Stimme umgehend. Es war Rich, der angenehmste unter den Telefonisten. Ich hatte den Mann noch nie zu Gesicht bekommen – die Telefonisten arbeiteten in einem fensterlosen Raum irgendwo tief in den Eingeweiden des Krankenhauses –, aber von allen, mit denen ich zu tun hatte, war er am geschicktesten darin, die von mir gewünschte Person aufzuspüren.

»Und wer hat Bereitschaft?«, fragte ich.

»In diesem Monat ist Dr. Johnson dran.«

Oje, Dexter war mir heute Morgen in meinem Seminar als ganz vernünftiges Kerlchen erschienen, aber Johnson, Fachbereichsmitglied und sein Tutor, war verschrien als Anhänger von Pharmacocktails. Er pumpte die Leute derart mit Medikamenten voll, dass sie nicht mehr wussten, wo rechts und links war. Wir mussten es so drehen, dass Paul unserer Patientin Jody einen Platz zuwies, wenn sie auf der Station erschien, und Johnson dabei außen vor blieb.

»Würden Sie Dr. Dexter bitte anfunken«, bat ich Rich. »Er möchte in meinem Büro anrufen, wenn es ihm passt.« Es war die beste Methode. Die Notärzte waren immer beschäftigt, und ihn aus wer weiß was herauszuholen – Sitzung mit einem selbstmordgefährdeten Zwölfjährigen – wegen einer nur potenziellen Gefährdung eines anderen, damit würde ich mich nicht beliebt bei ihm machen.

»Wie sieht dein Terminplan aus?«, fragte ich Marv, nachdem ich aufgelegt hatte.

»Das wird schwierig«, antwortete er. »Ich habe durchgehend bis neun Uhr heute Abend Klienten. Ich habe schon überlegt, welchen Termin ich verschieben kann. Aber ehrlich gesagt, wäre es bei allen schwierig. Morgen ist der Terminplan auch eng. Jeder, dem ich absagen würde, müsste bis nächste Woche warten, und keinem von denen geht es sonderlich gut.«

Verwundert sah ich ihn an. Wieso ging es keinem von denen sonderlich gut? Marv gehörte immer noch zu den besten Therapeuten, die ich kannte. Er sollte trotzdem nicht nur Patienten behandeln, denen es allesamt schlecht ging.

Urplötzlich stieg Ärger in mir hoch. Ich kam mir vor wie in einem Auto, ich auf der Rückbank, jemand anders am Steuer, der Fahrer verfährt sich, und zum Schluss sitzen wir fest. Ich sah Marv an und dachte, dass ich ihn auch einfach sitzen lassen könnte. Eigentlich ging mich die Sache nichts an. Marv würde es schon überstehen, und Jody auch – irgendwie. Jedenfalls war das, was sie augenblicklich durchmachte, auch nicht schlimmer als das, was sie bereits hinter sich hatte. Ich hatte ohnehin schon mehr getan, als ich hätte tun müssen, zum Beispiel einem emotionalen Blutbad sondergleichen beigewohnt. Es gab keinerlei Verpflichtung zu bleiben.

Ich seufzte. »Schilder Paul den Fall«, sagte ich, »und sag ihm, er soll mich anrufen, wenn Jody da ist. Und jetzt geh und kümmer dich um deine Patienten.«

Marv schaute auf. »Eigentlich geht dich das alles gar nichts an«, stellte er fest. »Du brauchst das nicht zu tun.«

»Ich werde andauernd mit solchen Fällen konfrontiert«, sagte ich. »Außerdem möchte ich doch nur erreichen, dass du mir was schuldig bist. Wart's nur ab, bis ich meinen Tribut verlange.«

Marv blickte zweifelnd. Man sah es förmlich in ihm arbeiten; er überlegte, ob er nicht besser daran täte, sich selbst um Jody zu kümmern. Ich lachte. »Und jetzt hau ab«, sagte ich. »Ich muss arbeiten. Ich stelle Paul durch, wenn er anruft.«

»Vielen Dank«, sagte er schließlich mit etwas mehr Mitgefühl in der Stimme, als mir lieb war. Er stand auf, um zu gehen, und ich sah ihm eine Weile lang nach. Er war wie ein Achtzylindermotor, der nur auf zwei Zylindern lief. An guten Tagen war er sozusagen ein therapeutischer Ferrari, jetzt dagegen zockelte er wie ein alter Volkswagen-Käfer durch die Gegend.

Ich widmete mich wieder meiner Arbeit, aber ich merkte, dass mich etwas wurmte. Ich hatte gelogen, gewissermaßen. Nicht Marv gegenüber, aber mir selbst. Ich mischte mich nicht nur deswegen ein, weil ich Jody oder Marv helfen wollte. Zu einem großen Teil machte ich es, weil ich mir Sam Carlson noch mal vorknöpfen wollte. Es ist verrückt, aber Leute wie er haben auf mich immer die gleiche Wirkung. Jeder andere Mensch wäre am liebsten weggerannt und hätte sich verkrochen. Ich wollte noch mal mit ihm in den Ring steigen und die Fetzen fliegen lassen.

Hier brach Mama in mir durch. Einmal, auf der Jagd nach einer Wassermokassinschlange, war Mama in einen Schuppen gegangen, an sich nichts Schlimmes, wäre der Schuppen nicht so winzig gewesen, dass er gerade Platz für den Heißwassertank bot. Zwischen dem Tank und der Wand war kaum Platz für eine Person. Die Schlange hatte sich um den Tank gewickelt, und es war stockfinster in dem Schuppen. Mama hatte ihr kleines Beil mitgenommen, das ihr bereits gute Dienste geleistet hatte; sie war seitlich durch die Tür ins Innere geschlüpft, und ich hatte keinen Zweifel, wer von beiden lebend wieder herauskommen würde.

Ob ich gegen die Sam Carlsons dieser Welt das Gleiche ausrichten konnte, war nicht so klar. Meine Angewohnheit, ihnen das Leben schwer zu machen, hatte mir einiges eingebracht: einmal war mir jemand an die Gurgel gegangen, einmal hatte mir jemand aufgelauert, und einmal wäre mir beinahe die Kniescheibe zertrümmert worden. Aber ich konnte es einfach nicht lassen: Immer musste ich diesen Schuppen betreten. Kein schönes Erbteil. Warum hatte ich das bloß abgekriegt, warum nicht die Hingabe meines lieben Vaters an das Vergessen durch den Suff?

Was machte ich mir bloß für Sorgen? Die Sam Carlsons dieser Welt machten sich an Menschen heran, über die sie Macht hatten: die deprimierten und verzweifelten Frauen, die sie kennen lernten oder die sie in die Verzweiflung getrieben hatten; die Kinder, die diese Frauen bekamen, für deren Schutz zu sorgen diese aber zu schwach waren. Nie suchten sich solche Typen gleich starke Opfer. Es war keine besondere Fähigkeit meinerseits, die mich davor bewahren würde, eins zu werden. Ich war einfach nicht jung genug oder klein genug oder krank genug für Sam Carlson.

7

Sie wurde wegen der Schnittwunden eingeliefert. Vermutlich wäre es nicht passiert, wenn sie nicht ein Stück zu weit gegangen wäre, nicht ein Stück zu tief geschnitten hätte. Aber der Anblick des Blutes war so schlimm, dass sie Angst bekommen hatte, und als sie sich von dem tranceähnlichen Zustand, der durch solche selbst zugefügten Schnittwunden anscheinend ausgelöst wird, erholt hatte, war sie auch noch in der Blutlache ausgerutscht. Sie hatte sich in der Notaufnahme gemeldet, um sich wieder zusammenflicken zu lassen.

Bevor sie zu mir kam, hatte ich ihre Krankenakte von vorne bis hinten studiert; mir war also bekannt, dass sie eine Selbstverletzerin war. Konkret wussten wir bislang nur von einem Selbstmordversuch, aber eine vorherige medizinische Untersuchung hatte eine ganze Reihe von Narben an Armen und Oberkörper offenbart. Von da an war mir klar, dass sie zu Selbstverletzung neigte, dass sie zu den Menschen gehörte, die sich durch selbst zugefügte Schnittwunden am Körper einen kurzen, aber kostbaren Frieden schenkten.

Warum? Weil es Endorphine tief im Gehirn freisetzte – was bedeutete, dass Selbstverletzer eine Art innere Morphiumdosis abbekamen. Vielleicht nährten die Schnittwunden den Selbsthass, vermittelten ihnen das Gefühl, dass sie die Strafe bekamen, die sie ihrer Ansicht nach verdienten. Vielleicht war es auch einfach nur eine Art Hypnose. Selbstverletzer schneiden immer langsam und sorgfältig, und gewöhnlich sagen sie, sie hätten in dem Moment nicht das Geringste gespürt.

Wie auch immer, es machte wahnsinnig süchtig. Hatten die Betreffenden einmal damit angefangen, ritzten sie sich ins Fleisch wie Kinder ins Holz ihrer Schulbänke.

Es war furchtbar. Am liebsten wäre ich auf diesen Rasierklingen herumgetrampelt und hätte Menschen dabei ins Gesicht geschrien, sie sollten den Unsinn lassen. »Haben andere sich nicht schon genug an Ihnen vergriffen? Wollen Sie sich auch noch an sich selbst vergreifen?«

Für mich stellte es ein großes Problem dar, wenn Täter und Opfer in ein und demselben Körper steckten. Ich konnte einfach kein Mitgefühl für jemanden aufbringen, der an einem lebenden Körper herumschnippelte, auch wenn es der eigene Körper war. Vom Kopf her konnte ich nachvollziehen, dass Menschen, die starke Schmerzen litten, jedes Medikament schluckten, das gerade zur Hand war – und Endorphine waren nicht zu verachten. Aber ich empfand dennoch Abscheu gegenüber Menschen, die sich wie ein Huhn aufschlitzten.

Als Jody daher mit halb zerfetzten Armen auftauchte, versteifte ich mich innerlich, was mir immer passierte, wenn ich warmherzig und mitleidsvoll reagieren sollte, in Wahrheit aber nur total genervt war.

»Ist doch egal«, stellte sie fest, als sie meinen Blick sah. Es war acht Uhr abends, und Marv hatte immer noch Patienten, sodass Paul mich angerufen hatte, als die Notaufnahme ihm Bescheid gegeben hatte. Ich war gerade erst in den Raum geschlüpft und beobachtete den Notarzt, der Jody versorgte. Nicht mal Guten Tag hatte ich gesagt.

»Es ist natürlich nicht egal«, sagte ich. Meine Stimme klang gereizt, aber die Hoffnungslosigkeit in ihrem Blick hatte meinen Zorn deutlich abgeschwächt.

»Mir ist es egal. Ihm ist es egal. Warum sollte es Ihnen nicht egal sein?« Die Worte hätten sich wütend anhören können, aber tatsächlich hörte ich eine große Müdigkeit heraus. Sie versuchte, ihren Körper in Richtung Wand zu drehen, aber der Notarzt bat sie, still zu sitzen, weswegen sie nur ihren Kopf abwandte.

»Wann haben Sie damit angefangen?«, fragte ich leise. Keine Antwort. »Können Sie mir sagen«, fragte ich erneut, »wann Sie damit angefangen haben?«

Es war eine wichtige Frage, nicht weil die Antwort uns auch nur einen Zentimeter weitergebracht hätte, sondern weil jede Antwort, egal welche, mir gezeigt hätte, ob Jody überhaupt bereit war, mit mir zu reden. Und das wiederum würde mir sagen, ob sie Hilfe haben wollte oder ob sie sich – jedenfalls für heute Abend – mir entzog.

Sie sagte noch immer nichts. Und dann, urplötzlich, hatte ich einen Geistesblitz. Keine Ahnung, woher die Eingebung kam oder ob sie stimmte, aber ich hatte nicht viel zu verlieren, da Jody sowieso nicht mit mir sprach. »Es hat wegen der Schlüssel angefangen, stimmt's? Es hat angefangen, als das mit den Schlüsseln losging.«

Ihr Körper versteifte sich. Langsam wandte sie mir wieder ihren Kopf zu. Sie sprach nicht, sah mich nur an. Ihre Pupillen weiteten sich und schrumpften dann auf die Größe von Stecknadellöchern. Die Veränderung war so auffällig, dass der Arzt, der die Wunden an ihrem Arm nähte, erst sie und dann mich ansah. Keiner sagte etwas.

Der Arzt widmete sich rasch wieder seiner Näherei. »Ich bin gleich fertig«, sagte er. Endlose Minuten verstrichen. Jody machte keine Anstalten, sich erneut abzuwenden.

Der Arzt setzte zu einem letzten Stich an, sammelte dann seine Instrumente ein und verließ schleunigst den Raum.

Jody richtete sich langsam auf. Sie zitterte leicht. »Woher wissen Sie das?«, fragte sie. »Dr. Gliesen weiß es nicht. Keiner weiß es.«

»Ihr Vater wedelte mit den Schlüsseln vor Ihrem Gesicht herum«, lautete meine ehrliche Antwort. »Ich habe es selbst gesehen.« Jetzt war es an mir, den Atem anzuhalten. Was hatte ich da losgetreten? Wenn sich solche Dinge auftaten, konnte es bedeuten, dass es den Klienten anschließend sehr viel besser ging – oder sehr viel schlechter. Wenn ich doch bloß gewusst hätte, wovon überhaupt die Rede war. Aber das wollte ich auf keinen Fall zugeben, sonst würde Jody sich ganz verschließen.

»Wie alt waren Sie?«, fragte ich. Es war die erstbeste Frage, die mir in den Sinn kam.

»Sechzehn«, sagte sie, und mit einem Mal fügte sich alles zu einem Bild zusammen. Ich hatte begriffen. Ich wusste, wofür die Schlüssel standen und warum er mit ihnen herumwedelte. Und ich verstand auch, warum Jody sich deswegen so schämte.

Ich stieß einen Seufzer aus. Kein Wunder, dass sich das arme Mädchen in diesem Zustand befand. Sie sah sich selbst nicht als Opfer. Sie sah sich als Kollaborateur, vielleicht sogar als Täter. Sam Carlson, dachte ich, wirkte nicht so glatt und gerissen, dass er Opfer verführen könnte. Er verhielt sich so wie ein roher Gewalttäter, als sei Einschüchterung seine Masche. Falsch getippt, Sam hatte auch das einkalkuliert.

»Der Mensch kann sich an alles Mögliche gewöhnen«, sagte ich. »Und er hält alles unter Kontrolle, was er nur kann, weil Ohnmacht ein schreckliches Gefühl ist. Es gibt viele Kinder, die das machen, was Sie gemacht haben. Viele.«

Jody sagte nichts. Sie sah mich an wie eine Fremde, die sie beim Ankleiden gestört hatte. Ich war ein Eindringling, keine Frage. Ich hatte eine Tür aufgestoßen und war in das einzige Zimmer in ihrem Haus marschiert, in das sie niemanden hineinlassen wollte. Ich war nicht eingeladen, und sie wollte mich nicht in diesem Zimmer haben. Aber ich ging nicht wieder hinaus. Ich befand mich in dem Zimmer, in dem die Selbstverletzungen angefangen hatten, das einzige Zimmer, in dem sie davon geheilt werden konnte.

»Nicht weitersagen«, bat sie mich. Ihre Stimme klang wie die einer Fünfjährigen. Sie sprach so leise, dass ich sie kaum verstehen konnte.

»Wem soll ich es nicht weitersagen?«, fragte ich und zog mir einen Stuhl heran. Plötzlich war mir klar geworden, dass ich diese zarte kleine Person, die auf dem Behandlungstisch hockte, überragte. Es war besser, wenn ich diejenige war, auf die man herabblickte.

Sie schien die Veränderung nicht wahrgenommen zu haben, jedenfalls nicht bewusst. Sie schwieg und starrte mich nur an, und für einen Augenblick fragte ich mich, ob sie überhaupt noch im Raum war. Würde sie sich auflösen, einfach davongehen und ich zum Schluss nur noch mit einer Hülle reden? Schließlich sagte sie: »Dr. Gliesen.«

»Einer von uns beiden muss es ihm sagen«, erwiderte ich. »Wenn er das Problem nicht kennt, kann er Ihnen nicht helfen. Das ist so, als würde man mit einem gebrochenen Arm zum Arzt gehen und sagen, der Fuß tut weh.«

Sie sah mich an, dann schloss sie die Augen. Kein Zweifel, sie hatte wirklich einen schlimmen Tag hinter sich. »Nicht heute Abend«, sagte sie. Sie fing an zu feilschen, so wie sie mit sechzehn gefeilscht hatte, und um die gleiche Sache: so viel Zeit bis zur nächsten Quälerei herauszuschinden wie irgend möglich. Aber diesmal brauchte sie nicht zu bezahlen, wenn sie die Autoschlüssel zurückbrachte.

Ich ließ mich gerne auf ihr Gefeilsche ein. Morgen, das war nur einen Augenaufschlag weit entfernt, jedenfalls von meiner Warte aus gesehen. »Abgemacht«, sagte ich. »Nicht heute Abend.«

Ich sah die Erleichterung, die aus ihrem Blick sprach. Für sie war morgen keinen Augenaufschlag weit entfernt. Sie lebte von einer Sekunde zur nächsten, und morgen, das lag irgendwo in unendlicher Ferne, Lichtjahre weit weg, Jahre voller Schmerzen. Ich wusste genau, was sie dachte: Mit etwas Glück würde es ein Morgen vielleicht gar nicht geben.

8

Ich hätte nach Hause gehen können, so wie jeden Abend, aber aus irgendeinem Grund fuhr ich bei Adam vorbei, und, nun ja, es war wirklich schon spät, und mein Zuhause war meilenweit entfernt. Vermutlich würde es ihm nichts ausmachen, wenn ich ihn überfiel.

Er machte die Tür auf, seine Augen leuchteten, und ich spürte große Erleichterung. Als ich merkte, wie erleichtert ich darüber war, dass er sich über mein Kommen freute, ärgerte ich mich schon wieder über mich selbst. Beinahe hätte ich auf dem Absatz kehrtgemacht und wäre wieder gegangen. Ich zögerte, dann sagte ich: »Irgendwie entgleitet mir das Ganze.«

»Was entgleitet dir?«, fragte Adam. Er war barfuß und trug Jeans, und er sah sehr gut aus.

»Das hier«, sagte ich. »Was habe ich vor deiner Haustür zu suchen?«

»Wieso? Ist das ein Problem?« Er lachte. »Ist das vielleicht politisch nicht korrekt oder so?«

»Lust auf Gesellschaft?«

»Hängt davon ab«, sagte er, die Arme verschränkt. »Wie schlecht gelaunt du bist.«

»Ich bin schon wieder weg«, sagte ich und wandte mich zum Gehen, aber Adam stellte sich vor mich hin, immer noch lachend.

»War nur ein Scherz«, sagte er, legte die Hände auf meine Schultern und schritt rückwärts vor mir her. Meine Güte, er ist wirklich schnell, wenn er will, dachte ich. Wie war er bloß so rasant an mir vorbeigekommen? Aber dann fiel mir ein, wie langsam er sein konnte, wenn er wollte. Sehr langsam. Auch das. Seine Schnelligkeit bewirkte, dass er urplötzlich vor mir stand und mich aufhielt, und seine Langsamkeit bewirkte, dass ich mich wieder umdrehte und ihm ins Haus folgte.

Um vier Uhr früh klingelte das Telefon. Adam hob verschlafen den Hörer ab und reichte ihn mir. »Michael?«, sagte die Stimme am anderen Ende, »hier ist Ruth von der Kinderstation. Wir haben Probleme mit einem Kind, das von der Ladefläche eines Pick-ups gefallen ist.«

»Ruth«, sagte ich gedehnt, setzte mich auf und versuchte mich zu orientieren. Ruth war leitende Assistenzärztin in der Kinderabteilung, und ich mochte sie gern. Sie verstand was von ihrem Beruf und würde nicht anrufen, wenn es nicht wirklich dringend wäre.

Ich schüttelte den Kopf, um zu Verstand zu kommen. Ich hatte mich in einem Zustand tiefster Bewusstlosigkeit befunden, an einem Ort, der für Träume unerreichbar war, wo sich der Körper nächtens zur Arbeit hinbegibt, um hier und da die Chemikalienvorräte aufzufüllen und schon mal alles für den nächsten Tag vorzubereiten. Es war ein Ort, an dem der Körper nur ungern gestört wird, und meiner protestierte laut und vernehmlich. »Wie haben Sie mich gefunden?« Ich war ja nicht einmal bei mir zu Hause, verdammt noch mal, ich war bei Adam.

Es folgte eine Pause. »Michael, wachen Sie auf.« Ruth hatte Recht. Adam und ich waren beide Single. Die Tatsache, dass wir viel Zeit miteinander verbrachten, war kein Geheimnis, und selbst wenn: Das Jefferson mochte eine große Spezialklinik sein, aber die Stadt, in der sie sich befand, war doch relativ klein.

»Moment mal. Habe ich überhaupt Rufbereitschaft? Ich glaube nicht.«

»Ich weiß«, sagte sie. »Aber hören Sie mich trotzdem an. Wir haben hier einen Zwölfjährigen, der bei einem Zusammenstoß mit einem anderen Auto von der Ladefläche eines Pick-up-Trucks gefallen ist. Er hat sich den Stirnlappen verletzt, und er wirkt desorientiert. Er hat einer Krankenschwester einen Schlag mit der Faust verpasst und ihr das Siebbein gebrochen. Wir haben ihn ans Bett geschnallt.«

»Sie haben ihn angeschnallt?«, fragte ich aufs Äußerste alarmiert. »Sie haben ein Kind ans Bett geschnallt? Haben Sie die Rufbereitschaft der psychiatrischen Abteilung angerufen?«

»Natürlich. Er hatte die Idee, ihn in Gewahrsam zu nehmen. Wir konnten ihm wegen der Kopfverletzungen kein Beruhigungsmittel geben. Wir müssen seinen Bewusstseinszustand beobachten. Der Kollege von der Rufbereitschaft war höchstens zwanzig Minuten hier.«

Ich stieß einen Seufzer aus. Das Ausbildungsprogramm der Assistenzärzte in der Psychiatrie ging von erwachsenen Patienten aus: die Pädiatrie fand so gut wie keine Berücksichtigung. Da es kein eigenes Programm für Kinderpsychiatrie gab, traf es die für die Belange der Erwachsenen ausgebildeten Assistenzärzte, die in Notsituationen zur Beratung auf die Kinderabteilung gerufen wurden, und für sie waren Kinder einfach nur kleine Menschen.

»Wo sind seine Eltern?«

»Sie wurden bei dem Unfall verletzt, ein Elternteil schwer.«

»Na gut«, sagte ich, mich ins Unvermeidliche fügend. »Ich komme sofort.«

Um halb fünf Uhr morgens ist nicht viel los im Jefferson-Krankenhaus. Das ländliche Vermont ist nicht Boston, und jeder, der Erfahrungen mit Schussverletzungen sammeln wollte, hätte sich für einen Anschauungsunterricht nach Boston City begeben müssen. Wir dagegen hatten es eher mit Kindern und Jugendlichen zu tun, die auf der Ladefläche von Pick-ups oder ohne Helm auf Motordreirädern durch die Gegend fuhren.

Ich nahm zwei Stufen auf einmal und blieb vor dem

Schwesternzimmer stehen. Die Krankenakten waren nebeneinander in einem kleinen Drehregal auf der Ablage angeordnet, aber ich hatte nicht einmal nach dem Namen des Kindes gefragt, jede Suche zwischen den Akten wäre also zwecklos gewesen.

»Der Unfall mit dem Pick-up«, sagte ich bloß. »Ein Zwölfjähriger.«

Die Sekretärin der Nachtschicht blickte auf. »Michael«, sagte sie. »Gut, dass Sie da sind. Wir haben Rocky Balboa in Zimmer elf gesteckt. Ich überlasse Ihnen den Jungen.«

Ich nickte nur und drehte das Regal herum, bis das Fach für Zimmer elf erschien. Curtis Todd. Ich schnappte mir die Akte und verzog mich zum Lesen ins Ärztezimmer. »Kommen Sie ihm nicht zu nahe«, rief die Sekretärin hinter mir her. »Wir hatten schon genug Aufregung für den Abend.« Sie hörte sich genervt an, und ich wusste auch, warum. Es machte allen höllische Angst, wenn ein Mitglied des Personals tätlich angegriffen wurde, und wer Angst hat, wird wütend.

»Hey, Michael«, sagte sie.

Ich blieb stehen und drehte mich um. »Wir sind unterbesetzt«, sagte sie. »Es ist niemand da, der Ihnen helfen könnte.«

»Öfter mal was Neues«, witzelte ich. Sie zuckte nur mit den Schultern. Seit die Krankenpflege betriebswirtschaftlich organisiert ist, leben wir mit personeller Unterbesetzung.

Das Ärztezimmer war leer, und ich setzte mich hin, um die Akte zu studieren. Der Neurochirurg war schon da gewesen, und der Junge hatte bereits eine Computertomographie hinter sich. Der Befund war negativ, und der Neurologe meinte, der Junge habe lediglich eine schwere Gehirnerschütterung abbekommen. Er war ziemlich verwirrt, und man hatte ihn zur Beobachtung in ein extra zu diesem Zweck hergerichtetes Zimmer gesteckt, das an die Station angrenzte.

Die Sozialarbeiter hatten versucht, einen Familienangehörigen des Jungen zu erreichen, aber es war niemand zu Hause. Kein Wunder, da beide Eltern im Krankenhaus waren. Jetzt suchte man nach entfernteren Verwandten.

Ich konnte ihn schon von weitem hören. Er schrie etwas, das ich nicht ganz verstand, aber dieser Schrei der puren Angst ging mir durch Mark und Bein. Ich schlang die Arme um meinen Körper, als ich an die Ecke kam, hinter der sein Zimmer lag, aber es nützte nichts.

Durch das halb geöffnete Rollo fiel schräg das Morgenlicht, und die Streifen, die die Sonnenstrahlen auf das Bett warfen, sahen aus wie Gitter vor einer Zelle. Curtis Todd war mit Riemen, die um Hand- und Fußgelenke gelegt waren, am Bett festgeschnallt, eine Zelle, die noch kleiner war als die eines Gefangenen. Er kämpfte gegen die Riemen an und schrie, aber mit seinem Kopf war irgendwas nicht in Ordnung, und die Worte waren nicht zusammenhängend. Alle paar Minuten musste er eine Pause machen und nach Atem ringen. Dann fing er erneut an zu schreien.

Einen Menschen in eine dermaßen hilflose Lage zu bringen, ist etwas Schreckliches. Es sieht aus wie Folter, und es ist Folter, und für jemanden, der aufgrund einer Kopfverletzung verwirrt ist, muss es noch schlimmer sein. Allein der Anblick eines an ein Bett festgeschnallten Menschen ist erschütternd.

Warum war dieses Kind allein? Warum hatte man keine Verwandten oder Freunde aufgetrieben? Warum lag dieses verwirrte, verängstigte, mit Riemen gefesselte Kind laut schreiend einsam hier in diesem Zimmer?

Warum niemand anwesend war, wusste ich: Es gab einfach nicht genügend Personal. Die Station war voll belegt mit schwer kranken Kindern, um die man sich kümmern musste. Dass man diesen Jungen zur Beobachtung über einen Monitor in ein Zimmer gesperrt hatte, war nur ein Kompromiss. Es stellte lediglich sicher, dass sich sein Zustand nicht verschlimmerte, ohne dass es jemandem auffiel. Den Jungen zu beruhigen, dafür hatte hier niemand Zeit.

Aber das war nicht der einzige Grund. Jede Wette, dass auch niemand wusste, was in so einem Fall zu tun war. Mit komplizierten Dingen, mit technischen Apparaten und genau austarierten Mischungen aus toxischen Chemikalien, die man auch als Flugbenzin hätte verwenden können, damit wusste jeder umzugehen. Aber mit den einfachen Dingen, mit einem verwirrten Zwölfjährigen, der angeschnallt war und eine Heidenangst hatte, damit konnte niemand umgehen.

Er sah mich im Türrahmen stehen, das heißt, seine Augen hörten auf, sich zu bewegen, als sie auf meine Gestalt fielen, aber sein Blick fixierte mich nicht im eigentlichen Sinn. Es war nicht zu erkennen, wie viel er von seiner Umgebung wahrnahm. Ich betrat das Zimmer, langsam schreitend, immer in seinem Blickfeld bleibend. Menschen, die sich in einem extrem verwirrten Zustand befinden, verstehen nicht, was um sie herum vorgeht. Sie verlieren das Gespür dafür, wo sie sich befinden und wer die anderen sind, und meistens glauben sie, man wolle sie angreifen, wenn man ihnen doch nur zu helfen versucht. Behutsam zog ich einen Stuhl heran und setzte mich. Ich rückte so nahe wie möglich, ohne in seinen begrenzten Bewegungsradius zu geraten.

Ich wartete, bis er wieder kurz mit Schreien aufhörte,

und sagte dann: »Du bist in einem Krankenhaus. Du bist von einem Pick-up gefallen. Hier wird dir keiner wehtun.« Er sah mich nicht an, aber die Unterbrechung dauerte länger als vorher. Er atmete weiterhin schwer, und mir fiel auf, dass er anfing, mit den Augen zu blinzeln. »Du bist in einem Krankenhaus«, wiederholte ich. »Du bist an ein Bett festgeschnallt, damit du dich oder andere nicht verletzt. Du musst dich beruhigen, damit wir dich losbinden können.«

Wieder fing er an zu schreien, als hätte ihn die Erinnerung daran, dass er gefesselt war, nur noch mehr aufgeregt. Ich wartete. Nach einigen Minuten machte er eine Pause, und ich sagte: »Du bist in einem Krankenhaus. Du bist von einem Pick-up gefallen. Du hast dich am Kopf verletzt, aber du wirst wieder gesund. Du heißt Curtis Todd.« Sehr wahrscheinlich hatte er seinen Namen behalten. Es passierte selten, dass jemand so verwirrt war, dass er seinen eigenen Namen vergessen hatte, aber ich dachte mir, den Namen auszusprechen würde ihm vielleicht helfen, sich zu orientieren.

Ich hielt den Atem an. Ich konnte den Jungen beruhigen, jeder hätte ihn beruhigen können, wenn nur sein Verstand klar genug war, das Gesagte zu begreifen und zu verarbeiten. Sollte sich jedoch sein akuter verwirrter Zustand nicht verbessern, dann wäre das Angebot, ihn loszubinden, möglicherweise eine Täuschung. Er brauchte ja nicht viel zu verstehen, aber ein paar Dinge musste er auf jeden Fall verstehen, wenn wir die Riemen lösen wollten.

Diesmal dauerte die Pause noch länger, und für einige Sekunden hielt er den Kopf in meine Richtung. »Michael«, sagte ich, während er mich ansah. »Ich heiße Michael.« Er wandte den Blick wieder zur Decke und versuchte zu sprechen. Es hörte sich nicht mehr so zornig an, eher wehleidig, und ich glaube, es standen Tränen in seinen Augen, aber ich konnte keine Worte ausmachen.

»Du bist von einem Pick-up gefallen«, sagte ich wieder. »Du bist hier in einem Krankenhaus. Die Leute versuchen dir zu helfen. Ich kann dich nicht verstehen. Du hast dich am Kopf verletzt, und du sprichst nicht deutlich.« Er drehte sich wieder zu mir, was mich ermutigte weiterzumachen. Sein Blick war nicht klar, das konnte man nicht behaupten, aber es gab Momente, da wirkte er konzentriert.

»Das hier ist ein Krankenhaus«, sagte ich. Es sollte sich in den nächsten Stunden einige hundert Male wiederholen. »Du bist von einem Pick-up gefallen. Pass auf, Curtis. Wir haben hier eine Regel. Man darf keinen anderen Menschen schlagen. Das ist eine Regel.« Regeln waren ein bewährtes Hilfsmittel bei Kindern, sie funktionierten besser als jede Vernunft. Kinder, die nicht klar bei Verstand waren, behielten Regeln viel leichter. Sie mochten kaum ihren Namen zusammenkriegen, aber Regeln verstanden sie in jedem Fall. Regeln gab es, solange sie denken konnten. Regeln brauchten keinen Sinn zu ergeben. Regeln brauchten sie nicht zu verstehen. Dafür waren es Regeln.

»Es ist eine strenge Regel«, sagte ich. »Man darf keinen anderen Menschen schlagen.«

Er drehte den Kopf in meine Richtung, und ich hatte den Eindruck, als wollte er etwas sagen, ganz langsam. Ich starrte auf seine Lippen, die sich zu einem Laut formten. »Ma aaa ... Ma aaa.« Ich neigte den Kopf, um mich zu sammeln. Er rief nach seiner Mutter.

Endlich konnte ich ihm ins Gesicht schauen. »Deine Mutter wurde bei dem Unfall verletzt«, sagte ich. »Ich weiß nicht, wie schlimm sie verletzt wurde.« Er fing wieder an, heftig mit den Augen zu blinzeln, und jetzt war deutlich zu sehen, dass er weinte. Ich wollte ihm nicht versprechen, mich nach ihr zu erkundigen, und ich wollte ihm auch nicht versprechen, dass sie bald hier sein würde. Woher sollte ich wissen, dass sie nicht vielleicht tot war, und das dem Jungen in diesem Moment zu sagen, wäre nicht sehr hilfreich gewesen.

»Hör zu, Curtis«, sagte ich. »Wir müssen dafür sorgen, dass du wieder freikommst. Wir haben hier eine Regel. Wie lautet die Regel?« Er antwortete nicht, aber er schrie wenigstens auch nicht mehr. »Die Regel lautet, man darf keinen anderen Menschen schlagen. Kein Schlagen. Hast du mich verstanden? Und auch kein Treten.«

Ich wiederholte es immer und immer wieder, endlos lang, wie mir schien, dabei war es höchstens eine Stunde. Als Curtis ganz aufgehört hatte zu schreien und sich einigermaßen beruhigt hatte, erhob ich mich und ging in Zeitlupe zum Fußende des Bettes. »Ich binde jetzt einen Beinriemen los, Curtis. Nicht treten! Das ist eine Regel.«

Ich war mir nicht sicher, ob er damit umgehen konnte, aber was konnte er schon mit einem einzelnen Bein ausrichten, meine Güte! Als ich dichter ans Bett herantrat, sah ich, dass beide Beine leicht zitterten, ob wegen der Verletzung oder weil er Angst hatte, war schwer zu sagen. Ich band den Riemen los und trat zurück. Er zog das Bein an und streckte es dann wieder, das war alles. »Nicht treten«, sagte ich streng, ging zurück und setzte mich wieder auf den Stuhl. Es würde ein langer Tag werden, aber bis jetzt war alles gut verlaufen.

Es nahm weniger Zeit in Anspruch, als ich erwartet hatte, einige Stunden nur, um Curtis Todd von allen Riemen zu befreien. Ruth schwirrte zwischendurch rein und raus. Sie griff nicht ein, aber sie machte sich Sorgen, bei ihrer nächsten Stippvisite könnte sie mich bewusstlos auf dem Boden liegend vorfinden.

In ausgeruhtem Zustand war Ruth eine Kanone, aber unausgeschlafen machte sie schneller schlapp als andere. Ich sah zwischen ihren Augen und denen von Curtis hin und her; beide hatten einen trüben, abgelenkten Blick, und mir fiel auf, dass eigentlich kein großer Unterschied zwischen ihnen bestand. Das war mir überhaupt nicht recht.

»Wie geht es Ihnen?«, fragte ich sie.

»Vier Einweisungen«, gab sie zur Antwort. Jede Einweisung brachte mehrere Stunden Arbeit mit sich, das hieß, sie hatte keine leichte Nacht hinter sich. Hinzu kam, dass sie bereits gestern Schicht gehabt hatte, und heute würde sie noch mal den ganzen Tag arbeiten: Dauerstress ohne Schlaf. »Läuft es gut bei Ihnen?«

»Wie Sie sehen, sind alle Riemen gelöst.«

»Wird er auch keinen von uns anfallen, wenn Sie wieder weg sind?«

»Können wir uns draußen weiter unterhalten, Ruth?«, sagte ich und trat auf den Gang. »Er kann Sie verstehen.«

Sie zuckte mit den Schultern. Sensibilität geht bei Schlafentzug als Erstes flöten. »Und?«

»Er kommt zu Bewusstsein. Er ist nicht gewalttätig. Er war einfach nur verwirrt.«

Sie schien nicht überzeugt. »Er hat meiner Kollegin das Siebbein gebrochen.«

»Wenigstens ist sie so zu einer Pause gekommen«, sagte ich.

»Ein heiles Siebbein wäre mir lieber.«

»Noch ein paar Einweisungen mehr«, sagte ich, »und Sie ändern vielleicht Ihre Meinung.«

»Wenn ich dann überhaupt noch bei Verstand bin. Bisher

hatte ich vierzehn Hilferufe von Müttern.« Hilferufe von Müttern, das waren Anrufe mitten in der Nacht, wegen Ohrenschmerzen, geringfügigem Fieber und anderen Sachen, die eindeutig keine Notfälle waren. Die quetschten sich dann zwischen die üblichen Autounfälle, Kindesmisshandlungen und Fälle mit akuten lebensbedrohlichen Krankheiten. Den Assistenzärzten waren diese Anrufe ein Gräuel. Ruth spähte noch mal ins Zimmer. »Hier kann ich jetzt nichts mehr tun. Medizinisch gesehen heißt es jetzt abwarten und Tee trinken.«

»Es ist alles in Ordnung. Sie können gehen.« Sie verschwand, ohne ein Wort zu sagen.

Um zehn Uhr war Curtis bereits einige Stunden nicht mehr angeschnallt und hatte auch noch niemanden getötet. Schließlich war er sogar eingeschlafen. Müde schleppte ich mich den Gang entlang, faltete die Hände und streckte die Arme über den Kopf. Vier Uhr war einfach viel zu früh, um seinen Tag zu beginnen, und das Ende war ja auch noch nicht absehbar.

Susan, die Sekretärin der Tagesschicht, hatte die Kommandozentrale übernommen. Sie war klein und untersetzt und hatte Haare, die mir jedes Mal, wenn ich sie sah, kürzer vorkamen. Sie spielte als Catcher in der örtlichen Softballmannschaft, was ganz guter Anschauungsunterricht war, womit man in der Abteilung für Pädiatrie so rechnen musste, obwohl Hockey oder Football vielleicht noch geeigneter gewesen wären.

»Ich brauche deine Hilfe, Susan«, sagte ich. »Es geht um den Jungen mit der Kopfverletzung in Zimmer elf. Sie haben ihn festgeschnallt. Er hat ziemlich randaliert, als er herkam. Jetzt ist niemand bei ihm. Seine Eltern waren auch in den Unfall verwickelt. Der Junge muss Angehörige haben, Familie oder so was, irgendjemanden. Die Sozialarbeiter sind angeblich an der Sache dran, aber du weißt ja, dass so was leicht vergessen wird, wenn die Fälle nachts eingeliefert werden.«

»Ich kümmere mich darum«, sagte sie. »Keine Sorge. Ich klemme mich dahinter und werde schon jemanden auftreiben.«

»Die Sozialarbeiter sollen sich nach den Eltern erkundigen. Der Junge kommt langsam zu Bewusstsein und fragt nach ihnen.«

»Schon geschehen«, sagte sie. »Sie sehen müde aus. Sie verschwinden besser, ehe Sie jemand entdeckt und noch einen Beratungstermin von Ihnen haben will.«

Müde winkte ich Melissa zu, als ich durch die psychiatrische Abteilung ging, aber sie hielt mich zurück. »Eine Nachricht für Sie«, sagte sie. Ich schaute auf den Zettel, den sie mir hinhielt: nur eine Dienstnummer aus dem Krankenhaus und der Name Zania.

»Mehr nicht?«, wollte ich wissen.

»Sie hat um Rückruf gebeten.«

»Eine Konsultation?«, fragte ich. Susan hatte Recht: Ich wollte nicht schon wieder zu einem Termin gerufen werden.

»Ich glaube nicht.«

»Wieso nicht?« Ich wollte nicht gleich zurückrufen, wenn es um eine Konsultation ging.

»Hörte sich ganz so an wie einer Ihrer üblichen Fälle. Irgendwie heimlichtuerisch. Sie wollte ihren Namen nicht nennen.«

»Es ist nicht gesagt, dass Ratsuchende immer ihren Namen hinterlassen. Es könnte um einen Beratungstermin gehen.«

»Es könnte auch das Weiße Haus gewesen sein. Aber ich glaube nicht. Die Frau hatte Angst.«

»Hm. Wahrscheinlich doch ein Fall für mich.«

9

»Ich muss mit Ihnen über Reginald Larsen reden«, sagte sie, kaum hatte sie sich hingesetzt. Zania war jung, Ende zwanzig. Ich hatte ihr sofort einen Termin gegeben, weil sie am Telefon so zaghaft klang, dass ich dachte, sie würde ihren Entschluss ändern, wenn sie keinen bekäme.

»Larsen?«, sagte ich erstaunt. Diesen Namen zu hören, damit hatte ich am wenigsten gerechnet.

»Ich habe im Boston Harbor View mit ihm zusammengearbeitet«, erklärte sie. »Die Verwaltung hat mich angerufen und mir gesagt, ich könnte vertraulich mit Ihnen reden.«

»Ach, Sie sind das?«, sagte ich, leicht verwirrt. »Was machen Sie denn hier?«

»Ich bin Schwester auf der Intensivstation«, sagte sie, »und in Neuengland, außerhalb von Boston, gibt es nur wenige Intensivstationen. In Boston konnte ich nicht bleiben, nachdem ...« Sie verstummte.

Es hörte sich vernünftig an, so vernünftig, dass ich die erste Regel im Umgang mit Sexualtätern vergaß, nämlich die, dass es keine Zufälle gab.

»Man hat mir gesagt, es sei vertraulich«, ergänzte sie besorgt.

»Zunächst einmal sollten Sie wissen, dass ich absolut nichts von dem verwenden kann, was Sie mir vertraulich mitteilen. Vertraulichkeit bedeutet Vertraulichkeit. Sie können mir nicht etwas mitteilen, wenn Sie meinen, es sei vertraulich, und gleichzeitig davon ausgehen, ich könnte es verwenden, ohne das Eingeständnis, dass ich Bescheid weiß.« Diese Arie musste sein, ich hatte es schon einige Male durchexerziert.

Es folgte eine Pause. »Aber man hat mir gesagt ... Ich meine ... Ich dachte ...« Sie verstummte erneut.

»Ich weiß nicht, was man Ihnen gesagt hat. Natürlich können Sie mir etwas im Vertrauen mitteilen, aber mit den Informationen kann ich herzlich wenig anfangen. Wenn Sie mir etwas mitteilen und dazu sagen, ich soll Ihren Namen aus der Sache heraushalten, dann wissen Sie so gut wie ich, dass der Beschuldigte schnell dahinterkommen wird, von wem ich die entsprechende Information habe. Ehrlich gesagt, die meisten kommen dahinter. Wenn Sie mir dagegen etwas mitteilen, und ich darf Ihren Namen nennen, dann kann ich es natürlich verwenden. Aber ich weiß gar nicht, wovor Sie Angst haben. Haben Sie Angst vor Larsen?«

»Ja, aber nicht vor ihm allein.«

»Vor wem noch?«

»Vor dem Krankenhaus.«

Jetzt war ich wirklich vollkommen verwirrt. »Boston Harbor View? Warum? Warum erzählen Sie mir nicht einfach, was los ist, und anschließend überlegen wir gemeinsam, was ich mit der Information anfangen soll. Okay?«

Sie schwieg einen Moment. Mit meinen vielen Einwendungen und Warnungen hatte ich sie ganz aus der Fassung gebracht. Die Frau hatte Angst vor irgendetwas, und ich war ihr gleich mit dem juristischen Kram gekommen. Aber es war wichtig, dass die Leute nicht Dinge ausplauderten und dabei unrealistische Erwartungen hatten, wie diese Informationen später verwendet werden sollten.

Sie legte die Hände mit gespreizten Fingern vor sich auf

den Schreibtisch und sah lange auf sie herab, bevor sie anfing zu sprechen. Es war, als legte sie ihre Karten auf den Tisch und begutachtete sie. »Ich habe im Boston-Harbor-View-Krankenhaus auf der Intensivstation gearbeitet. Und ich habe etwas getan«, sagte sie so leise, dass ich sie kaum verstand. Die Spannung in ihren Händen verstärkte sich, und die Fingerknöchel traten weiß hervor, als sie jetzt die Tischplatte umklammerte. »Das heißt, eigentlich habe ich nichts getan. Ich habe nur zugelassen, dass er etwas getan hat. Ich meine, ich habe meinen Augen nicht getraut. Ich dachte, es würde schon einen Grund dafür geben. Er war so ... so ...« Wieder unterbrach sie sich.

»Warum erzählen Sie nicht einfach von Anfang an? Sie haben im Boston Harbor View gearbeitet.«

»Bis Januar. Dann bin ich hierher umgezogen.« Wieder folgte eine Pause. »Ich hatte Angst. Es gibt da Sachen, die weiß nicht einmal die Krankenhausverwaltung.«

»Was zum Beispiel? Moment noch – sagen Sie mir zuerst, was das Krankenhaus weiß.«

Sie holte tief Luft. »Sie wissen, dass ich ein Zimmer betreten habe, in dem er sich gerade aufhielt, und sein Finger steckte in der Vagina einer Frau, die künstlich beatmet wurde. Sie stand natürlich unter Betäubungsmitteln, damit sie nicht gegen den Sauerstoffapparat ankämpfte.« Pause. »Sie hatte eine Kopfverletzung und eine offene Fraktur des Schienbeins. Es gab überhaupt keinen Grund für ihn, die Frau in der Körperregion zu berühren.« Wieder Pause. »Jedenfalls nehme ich an, dass er genau das tat. Die Decke war zurückgeworfen, und es sah so aus, als sei seine Hand ... er schreckte zurück, als ich ihn sah, aber sein Finger war ausgestreckt als ob ... ich glaube, dass er ihn hineingesteckt hatte.«

Ich sagte nichts. Ich hatte ohnehin keine hohe Meinung von Reginald Larsen, und dank Zania sackte sie jetzt ganz in den Keller.

»Die Krankenhausverwaltung weiß davon«, fügte sie hinzu. »Ich habe es schließlich gesagt.«

»Und was weiß die Verwaltung nicht?«

Wieder holte sie tief Luft. »Sie weiß nicht, dass er öfter als einmal in dem Raum war. Allmählich fragte ich mich, warum er so häufig auf der Intensivstation aufkreuzte. Einmal, als er aus einem Zimmer kam, stand sein Hosenschlitz offen, und ich bin mir ziemlich sicher, dass er zu war, als er reingegangen ist. Jedenfalls glaube ich das. Er widmete sich ausgiebig Personen, die narkotisiert oder nicht bei Bewusstsein waren. Und auf der Intensiv gibt es viele Patienten, die narkotisiert oder nicht bei Bewusstsein sind, und die meisten haben ihre Operation hinter sich. Die Sache war nur die, dass es nicht alle seine Patienten waren.«

»Gab es nicht noch andere, die ihn dabei beobachtet haben?«, fragte ich. »Wie war es möglich, dass er das auf einer Intensivstation machen konnte? Da laufen doch ständig Tausende von Leuten rum.«

»So einfach verhält es sich nicht. Die Intensivstation wird von den Anästhesisten beherrscht. Und die wechseln sich schichtweise ab, kümmern sich jeweils auch um die Patienten der anderen. Es sind also immer welche da. Er konnte unbehelligt an jeden Patienten heran.

Aber trotzdem war er viel zu oft da, fand ich. Das machte mich neugierig, und ich fing an, die Krankenblätter zu überprüfen. Bei manchen Fällen war er als Arzt überhaupt nicht beteiligt, und er behandelte sie auch nicht.«

»Warum ist nur Ihnen das aufgefallen und niemandem sonst?«

»Weil«, sagte sie, peinlich berührt, »meine Kollegen in der Schicht wechselten, sodass ich immer mit anderen Leuten zu tun hatte, und ich glaube, er kam hauptsächlich auf die Station, wenn ich Dienst hatte.«

»Warum ausgerechnet, wenn Sie Dienst hatten?«, fragte ich weiter. »Das machte es doch nur umso wahrscheinlicher, dass er erwischt werden würde.« Langsam wurde es Zeit für mich, aus dem Staunen herauszukommen und Zania auf den Zahn zu fühlen. Ich hatte immer noch nicht in Erfahrung gebracht, warum sie solche Angst hatte.

»Weil ...« Zanias Stimme senkte sich wieder, und ich strengte mich an, sie zu verstehen. »Weil ich ein Verhältnis mit ihm hatte. Ich glaube, wenn jemand gesagt hätte, er würde sich ein bisschen zu oft auf der Station blicken lassen, hätte er geantwortet, er wolle doch nur mich besuchen.«

»Sie hatten ein Verhältnis mit ihm?«, fragte ich blöderweise nach. Sie hatte es mir doch gerade gestanden. »Haben Sie das der Krankenhausverwaltung gemeldet?«

Sie sah mich völlig verdattert an. »Ich bin allein erziehende Mutter. Ich habe eine kleine Tochter. Wenn ich meine Arbeit verlieren würde ... Ich habe ihn zu den Patienten vorgelassen. Es gab eigentlich gar keinen Grund für ihn, dauernd ihren Zustand zu überprüfen und den Vorhang um das Bettgestell zuzuziehen. Wenn es herausgekommen wäre, dass ich seine Freundin war, hätte ich meine Arbeit verloren. Ich hätte sie verloren, wenn sie mir geglaubt hätten, und ich hätte sie verloren, wenn sie mir nicht geglaubt hätten. Wie auch immer. Das Risiko konnte ich nicht eingehen. Ich weiß nicht, ob Sie sich vorstellen können«, sagte sie verbittert, »was es heißt, allein für ein Kind verantwortlich zu sein.«

Das konnte ich nicht, aber ich hätte es zu gerne selbst herausgefunden. Ich versuchte mir vorzustellen, was ich gemacht hätte, wenn mein Kind am Leben geblieben wäre und ich mich in Zanias Situation befunden hätte. Schwer zu sagen. Vielleicht hatte sie Recht. Vielleicht hätte das Krankenhaus ihr gekündigt. Auf jeden Fall konnte ich verstehen, warum sie Angst hatte, sich zu offenbaren. Sie hatte in einer Falle gesessen.

»Ich wollte es nicht wahrhaben«, fuhr sie fort. »Außerdem: Was sollte ich der Verwaltung sagen? Dass er viel Zeit mit seinen Patienten verbrachte? Ich hatte ja nichts in der Hand. Ich wusste ja gar nicht genau, was er da eigentlich machte. Deswegen redete ich mir ein, es sei nichts von Bedeutung. Aber dann kam der Tag, als sein Finger so ausgestreckt ... Da wusste ich endgültig Bescheid. So etwas durfte ich einfach nicht zulassen. Deswegen meldete ich es der Verwaltung. Nur dieses eine Mal. Das war alles. Soweit mir bekannt ist, weiß das Krankenhaus auch nicht mehr.«

»Wenn sie das schon wissen ...« Ich hatte laut gedacht. Wie konnte die Krankenhausverwaltung auch nur in Erwägung ziehen, ihn nach der Suspendierung wieder einzustellen? Aber noch während ich sprach, war mir eingefallen, dass seine Entdeckung das Boston-Harbor-View-Krankenhaus ja berühmt machen würde. Ein Mitglied der Belegschaft, das eine solche Entdeckung machte, das war nicht schlecht fürs Geschäft. Gegen ihn stand nur das Wort einer einzelnen Person. Allerdings gab es da noch die anderen Anzeigen, aber die waren wohl erst später gekommen, denn suspendiert wurde er erst nach der zweiten.

»Ich habe denen in der Verwaltung gesagt, ich sei mir nicht sicher, ich hätte nur vielleicht etwas gesehen«, gab sie zu. »Aber um die Wahrheit zu sagen«, sie senkte den Kopf, »ich war mir absolut sicher.

Er sollte nicht wissen, dass der Hinweis von mir kam. Ich

wollte der Verwaltung nur einen Anhaltspunkt geben, damit sie ermitteln konnte. Aber dann …«

»Was war dann?«

»Es war unheimlich.« Sie sah mich mit einem verunsicherten Gesichtsausdruck an. »Nachdem ich ihn in dem Zimmer gesehen hatte, habe ich Schluss gemacht. Aber schon vorher hatte ich immer so komische Anrufe bekommen.« Sie schüttelte sich unwillkürlich. »Die Stimme war verstellt. Ich habe jedes Mal gleich aufgelegt, aber die Anrufe hörten nicht auf. Ich habe ihm davon erzählt, aber wenn er da war, kamen diese Anrufe nie.

Nachdem ich dann mit ihm Schluss gemacht hatte, wurde es noch schlimmer. Die Person am anderen Ende erzählte von Dingen, die nur er allein wissen konnte. Es war Larsen. Jedenfalls glaube ich das.« Wieder schüttelte sie sich. »Er muss es gewesen sein. Keiner sonst wusste von den Dingen, von denen die Stimme erzählte.

Wenn die Anrufe erst angefangen hätten, nachdem ich Schluss gemacht hatte, hätte ich es ja verstehen können. Aber zu dem Zeitpunkt haben wir uns ja immer noch getroffen. Haben zusammen geschlafen. Und trotzdem diese obszönen Anrufe von ihm. Das ist doch abartig.«

»Allerdings«, sagte ich ehrlich. »Das ist abartig.« Aber nicht so abartig, dass es nicht doch vorkommt. Nicht so abartig bei Sexualtätern. Nicht so abartig bei Menschen, für die einvernehmlicher Sex langweilig und für die die Angst des anderen der letzte Kick ist.

»Ich habe es sogar seiner Mutter erzählt.«

»Mrs. Larsen?«

»Ich kenne sie. Als wir noch zusammen waren, ist er mal mit mir zu ihr gefahren, um sie mir vorzustellen. Sie wohnt hier in der Gegend. Ich mochte sie auf Anhieb. Als das mit den Anrufen so schlimm wurde, habe ich mich bei ihr gemeldet.«

»Was hat sie gesagt?«

»Sie hat es nicht eine Sekunde geglaubt. Sie wollte wissen, wie ich so etwas auch nur denken könnte. Das Komische war nur: Nachdem ich ihr davon erzählt hatte, hörten die Anrufe auf. Vielleicht hat sie ihm ja trotzdem was gesagt.

Das Ganze ist mir ein Gräuel. Seit diese Geschichte angefangen hat, habe ich Angst. Angst davor, was er Patienten antut. Angst davor, dass das Krankenhaus dahinterkommt, dass ich etwas wusste. Angst davor, keine Arbeit zu haben und nicht in der Lage zu sein, für meine Tochter zu sorgen. Angst vor allem Möglichen.

Deswegen habe ich damals meine Stelle gekündigt. Ich mochte nicht mehr mit ansehen, was er da anstellte. Aber daran hindern konnte ich ihn auch nicht. Ich bin aus Boston weggezogen. Ich kann nicht fassen, was aus meinem Leben geworden ist. Wenn er meiner Tochter etwas antut«, sagte sie, »ich würde ihn …«

»Warum sagen Sie so etwas?«, fragte ich sie, einigermaßen überrascht. »Gibt es irgendeinen Hinweis, der Sie vermuten lässt, er könnte Ihrer Tochter etwas antun?«

»Nein«, sagte sie. »Eigentlich nicht.« Es klang wenig überzeugend.

10

»Er droht damit, mich zu verklagen«, sagte Marv, als er am nächsten Morgen über die Schwelle zu meinem Büro trat. Er ließ sich in einen Sessel neben meinem Schreibtisch fallen.

Ich biss mir auf die Unterlippe. Natürlich droht er damit,

dich zu verklagen, dachte ich, das machen alle. »Jodys Vater?«, fragte ich, obwohl ich genau wusste, von wem die Rede war. Marv schloss die Augen und nickte. Er sah nicht gut aus. Sein Gesicht war aufgedunsen, seine Kleider waren noch zerknitterter als sonst, und bei den Farben konnte man den Eindruck gewinnen, jemand auf einem Horrortrip hätte sie zusammengestellt. Ich fragte mich unwillkürlich, ob Marv jemals einen Künstler behandelt hatte. Bestimmt nicht, dachte ich, und schon gar nicht über einen längeren Zeitraum, da wäre ich jede Wette eingegangen.

»Glaubst du, dass er unschuldig ist?«, fragte Marv verdutzt. »Wieso will er mit der Sache vor Gericht, wenn er schuldig ist?«

»Mensch, Marv. Es hat überhaupt nichts zu bedeuten. Diese Leute spielen sich ständig auf. Sie halten sich so lange für unschuldig, bis sie es zugeben. Manchmal beteuern sie ihre Unschuld so oft, dass sie selbst dran glauben.«

»Das Ganze ist schrecklich.« Marv hörte sich an, als gäbe er sich bereits geschlagen, was mich sofort auf die Palme brachte. Nicht umsonst stammte ich aus einer Familie, in der es verpönt war, tatenlos herumzusitzen und alles einfach nur schrecklich zu finden.

»Marv«, sagte ich, »jetzt ist nicht der Zeitpunkt, um kalte Füße zu kriegen. Das hättest du dir vor dem Termin überlegen sollen. Jetzt steckst du bis zum Hals in der Sache drin. Nimm dich also zusammen! Wer ist der Anwalt von Carlson?«

»Er hat keinen Anwalt«, sagte er.

»Er droht damit, dich zu verklagen, und hat keinen Anwalt? Dann kann es nicht ernst gemeint sein. Er plustert sich nur auf. Es wäre nur recht, wenn du ihm empfehlen würdest, sich wirklich einen Anwalt zu nehmen.«

Marv war sprachlos. Schon bei dem Gedanken, Carlson, der ihm mit einem Prozess drohte, zu raten, sich einen Anwalt zu nehmen, erstarrte ihm das Blut in den Adern.

»Hör zu, Marv. Wenn er Rechtsmittel einlegt, ist die Wahrscheinlichkeit sehr hoch, dass er in der Zwischenzeit keinen weiteren Rechtsbruch begeht – zum Beispiel nachts in dein Fenster schießt. Und ehrlich gesagt, nachdem ich ihn in Aktion erlebt habe, halte ich das durchaus für denkbar.« Ich sah Marv ins Gesicht und war froh, dass ich nicht noch deutlicher geworden war. Die Warnung schien vorübergehend seine Gesichtszüge belebt zu haben, doch gleich stellte sich wieder ein Ausdruck der Hilflosigkeit ein. Was war los mit ihm? So lief es eben manchmal. Es bedeutete nicht das Ende der Welt. Bisher war noch niemand gestorben, und es war noch überhaupt kein Gerichtsverfahren eröffnet worden. Carlson bluffte nur, mehr nicht. Marv machte schon in der Vorausscheidung schlapp. Wie würde es ihm da erst in der Spielverlängerung gehen?

»Na gut«, sagte er, aber er blieb wie erstarrt sitzen. »Wahrscheinlich hast du Recht«, murmelte er, rührte sich aber immer noch nicht.

»Was ist los?«, fragte ich.

»Ich mag diesen ganzen Fall nicht«, sagte er bloß.

Ich lehnte mich zurück und beobachtete ihn. Wovon redete er überhaupt? Wer mochte schon die Fälle, in denen es um Kindesmissbrauch ging? »Was meinst du damit, wenn du sagst, du magst den Fall nicht?«

Marv nahm sich ein Kleenex und putzte sich die Nase. »Ich mag ihn eben nicht.« Keine besonders verständliche Antwort von einem Mann, der sich ansonsten auszudrücken verstand. Vor langer Zeit hatte ich gelernt: Wenn Menschen sich ungeschickt ausdrückten, dann sprachen sie aus dem

Herzen. Je ausgefeilter eine Bemerkung, desto eher war sie einstudiert, abgewogen und überinterpretiert, bis das Gefühl dahinter verschütt gegangen war, tot und begraben. Affekt zeigte sich eher tastend, stotternd und stolpernd. Marv versuchte mir etwas mitzuteilen, das höchst lebendig für ihn war, viel zu lebendig, um es in schöne Worte zu kleiden. »Es geht mir zu nahe«, sagte er und schloss die Augen.

»Wer oder was geht dir zu nahe?«, fragte ich und befürchtete Schlimmes. Jetzt sag nicht, dass du als Kind missbraucht wurdest. Mir war schon klar, dass nach neuesten Erkenntnissen achtunddreißig Millionen Amerikaner missbraucht worden waren – mehr Menschen, als 1984 für Walter Mondale stimmten –, aber musste Marv unbedingt dazugehören?

»Du verstehst mich nicht, Michael«, sagte er. »Ich mag Menschen generell nicht besonders.«

Ich lachte. »Das trifft auf uns beide zu. Kannst du dich an den alten Song von dem Kingston Trio erinnern: ›And I don't like anybody very much.‹ Herzlich willkommen. Ich mag Menschen auch nicht besonders.«

»Doch«, widersprach er. »Du magst Menschen.« Er richtete sich auf und sah mich an. »Die Distanz in der Therapie, die ganzen Regeln, um Objektivität zu wahren und Grenzen und therapeutische Distanz, die gelten für mich in einem ganz anderen Maße als für dich. Für dich sind es die einzigen Mittel, um sich nicht in das Leben der Klienten einzumischen und alle ihre Probleme für sie zu lösen. Wie oft ist es schon vorgekommen, dass du jemanden mit nach Hause nehmen wolltest, um ihn zu bemuttern?«

»Nur bei Kindern«, sagte ich, völlig überrumpelt, und bedauerte das Gesagte sogleich. »Und das ist doch nur normal«, ergänzte ich wie zur Rechtfertigung. »Wer kann schon ruhig mit ansehen, was den Kindern angetan wird, und sie nicht bemuttern wollen?«

»Ich will damit sagen, dass ich kein einziges Mal den Impuls verspürt habe, einen Klienten mit nach Hause zu nehmen und ihn zu bemuttern.«

»Du arbeitest ja auch mit Erwachsenen.«

»Darum geht es nicht. Die gleichen Hemmungen, die dich daran hindern, dich zu stark zu engagieren, hindern mich daran, alles hinzuschmeißen. Ohne diese Distanz wäre ich gar nicht hier. Ich mag es wirklich nicht, Menschen nahe zu kommen, persönlich nahe, meine ich. Die Beziehungen in der Therapie sind die engsten, intimsten Beziehungen, die ich habe, die engsten Beziehungen, die ich je hatte.«

Was? Wie war das möglich? Therapie – die distanzierte einseitige Beziehung zu Menschen, die einen niemals wirklich kennen lernten, die nur das kannten, was sie in einen hineinprojizierten –, das sollte für Marv das höchste Maß an Intimität sein, das er je erreicht hatte? Ich selbst tat mich auch schwer mit Intimität, aber ich konnte doch mit Bestimmtheit sagen, dass ich einigen Menschen in meinem Leben sehr viel näher gekommen war als nur rein therapeutisch.

»Carlson hat mich heute Morgen auf dem Parkplatz abgepasst. Stell dir vor, auf dem Parkplatz. Ich hatte noch gar nicht angefangen zu arbeiten. Er sagte, er sei bereits in meinem Büro gewesen. Aber ich sei nicht da gewesen, deswegen hätte er auf dem Parkplatz auf mich gewartet. Es traf mich vollkommen unvorbereitet. Ich möchte mit so etwas nicht konfrontiert werden. Ich will nicht aus dem Auto aussteigen und mich fragen müssen, wer mir wohl als Nächster auflauert.«

»Moment mal«, sagte ich. »Du hast doch schon vorher

mit Borderline-Klienten zu tun gehabt, die dich mitten in der Nacht wecken, an deinem Haus vorbeifahren, Stunden vor Therapiebeginn in die Praxis kommen und dich vielleicht sogar auf dem Parkplatz abfangen.«

»Ja, aber das sind meine Klienten. Wir schließen gewissermaßen einen Vertrag. Ich kann ein Geschäft anbieten, Grenzen setzen, sie in ein Krankenhaus einweisen, sie an einen anderen Kollegen vermitteln. Aber in so einer Situation wie heute Morgen habe ich absolut keine Kontrolle. Soll ich Carlson überweisen? Oder Jodys Bruder, der mich gestern schon wieder angerufen hat? Sie sind ›in mein Blickfeld geraten‹, um einen Lieblingsausdruck von dir zu benutzen.« Marv verzog das Gesicht. Keine Frage, er war kein Mannschaftsspieler.

Ich wusste nicht, was ich sagen sollte. Mich beschäftigte immer noch die Vorstellung, dass die therapeutische Beziehung zu seinen Klienten das höchste Maß an Intimität war, das er je erreicht hatte. Andererseits fragte ich mich, ob ich mir nicht selbst etwas vormachte. Wie sah es denn bei mir aus?

»Kannst du dich an E. B. Whites Spruch erinnern, dass man jeden Morgen beim Aufwachen hin- und hergerissen ist zwischen dem Wunsch, die Welt zu retten, und dem Wunsch, sich an ihr zu erfreuen?«

»Klar«, sagte ich. Schon bei dem Gedanken musste ich schmunzeln. »Er meinte, das würde es besonders schwierig machen, den Tag zu planen. Das hat mir immer gefallen.«

»Ich habe es eigentlich nie richtig verstanden, erst als ich dich beobachtet habe. Ich habe noch nie irgendwas retten wollen. Ich habe auch noch nie Freude daran gehabt.«

»Was meinst du damit, du hättest mich beobachtet? Meine Sache ist das auch nicht.«

Marv sah mich an, als erwartete er, dass ich gleich zu lachen anfangen und gestehen würde, ich hätte nur einen Witz gemacht. Als ich nicht reagierte, sagte er: »Du hast noch vor keiner Windmühle gestanden, gegen die du nicht gekämpft hast, Michael. Es gibt nichts Unrechtes, das du nicht in Recht verwandeln möchtest. Du findest nicht mal Spaß an der Natur, weil in der Natur nur der Stärkste überlebt, und das ist nicht gerecht.« Woher hatte er das? Hatte ich ihm das gesagt? Ich glaube nicht, dass ich es überhaupt mal jemandem gesagt hatte. Er seufzte. »Ich will nicht gegen Windmühlen kämpfen. Ich erfreue mich lieber an dem Anblick ihrer Silhouette.«

Den ganzen Morgen brachte ich nichts Nützliches zustande. Marvs Worte gingen mir andauernd im Kopf herum. Therapie sollte das höchste Maß an Intimität sein, das er je erreicht hatte? Was war das für ein Leben? In der Therapie war man unsichtbar. Man kannte die Klienten, aber sie kannten den Therapeuten nicht. Nicht im eigentlichen Sinn.

An guten Tagen kam man sich wie ein Gefühlsvoyeur vor. Nein, das wurde der Sache nicht gerecht. An guten Tagen kam man sich vor wie ein Musikinstrument aus Schilf. Der Schmerz des Klienten durchströmte den Therapeuten, der Therapeut reflektierte ihn, und der Schmerz kehrte zurück zum Klienten, mit etwas mehr Klarheit, in etwas deutlicherer Form, und das Gewicht des Schmerzes – als wäre er über mehrere Flaschenzüge geführt worden – erschien einem geringer, denn man hatte ihn geteilt. Schmerz war niemals niederdrückend, wenn einem eine helfende Hand hingehalten wurde.

Aber es war kein Leben im wirklichen Sinn, für beide Seiten nicht. Nicht annähernd. Für den Klienten war es eine

Probe aufs Leben, eine Methode, um Vertrauen zu lernen, ohne ein Risiko einzugehen. Der Klient brauchte nichts anzubieten oder für Ausgleich zu sorgen. Es war seine Zeit, sein Raum. Man würde ihn nicht ablehnen, egal was passierte, es sei denn, er würde dem Therapeuten durchs Fenster in seine Wohnung schießen.

Und der Therapeut? Für ihn war es eine Intimität mit Schutzpanzer. Der Therapeut ging überhaupt kein Risiko ein, teilte nichts aus seinem Leben mit, brauchte nichts zu veräußern. Es war nur eine bestimmte Art von Intimität, so etwas Ähnliches wie Intimität, durchaus real, bis zu einem gewissen Grad, aber sie reichte nicht zum Leben, nicht mal dem Anspruchslosesten.

Welchen Gewinn zog dann ein so kluger und freundlicher Mensch wie Marv daraus? Warum trat er der Welt nicht gegenüber und stellte sich ihr, ging Risiken ein, so wie alle anderen Menschen auch?

Und ich? Kämpfte ich wirklich gegen jede Windmühle an, die sich mir in den Weg stellte? Ich sah mich gern als lästigen Querkopf, als eine schwierige, ja sogar unbequeme Person. Ich war stolz darauf, als schwierig zu gelten. Die Vorstellung, ich wäre ein Tugendbold und wollte alles Unrecht aus der Welt verjagen, würde mich umbringen. Aber ich musste gestehen, dass mich nichts mehr in Rage brachte, als wenn ein großer Mensch auf einem kleinen herumhackte. Vielleicht lief ich ja wirklich in meinem Leben von einer Windmühle zur nächsten.

Aber zwischen Therapie als Ort, um das Unrecht der Welt zu beheben, und Therapie als Ort, um sich eine Dosis Pseudointimität abzuholen – liebe Güte, da rette ich doch lieber die Welt. Trotzdem, es ließ sich nicht darum herumreden: In beiden Fällen hätte ich einen guten Therapeuten gebraucht.

Um halb zwölf gab ich es auf, so zu tun, als würde ich arbeiten, und ging in den Keller, wo ich mein Fahrrad aufbewahrte. Ich kramte meinen alten, zerbeulten Helm hervor und trug das Rad die Treppe hinauf ins grelle Sonnenlicht. Ach, herrlich! Die Sonne ist doch die beste Therapeutin. Ich schwang mich aufs Rad, bog in die Straße, und Ausgelassenheit vertrieb jede Grübelei und Zwangsvorstellung.

Drei Kilometer vom Krankenhaus entfernt befand sich ein Radweg, der um einen See herumführte, und ich raste los, als wollte ich ein Rennen gewinnen. Ich schaltete in den höchsten Gang, obwohl es bergauf ging, stellte mich in die Pedale und trat wie wild. Ich musste einfach meine Muskeln spüren, sie in Bewegung bringen, mein Blut mal woandershin verteilen als immer nur ins Gehirn. Ein warmer Sommerwind wehte mir ins Gesicht, während ich schneller und immer schneller wurde.

Mark Twain hatte Recht. Wieso beschreiben die Menschen den Himmel immer und ewig als einen Ort, an dem man auf Wolken sitzt und Harfe spielt? Die Menschen legen all das in ihr Bild vom Himmel, was sie auf Erden niemals aushalten würden. Wenn die Menschen den Klang der Harfe so gerne hören, sollen sie doch hier unten auf der Erde lernen, darauf zu spielen. An Harfen herrscht kein Mangel. Es sind genug da. Ich wüsste nicht, dass sich die Menschen darum rissen.

Und wenn das Sitzen auf Wolken so erstrebenswert war, brauchten sich die Menschen doch nur einen Wollballen zu besorgen und es auszuprobieren. Stellen Sie sich vor, man ginge sein Leben lang jeden Sonntag brav zur Kirche, um später auf einer Wolke sitzen und Harfe spielen zu dürfen, ohne vorher mal ausprobiert zu haben, ob einem das überhaupt gefällt.

Nein. Himmel, wenn es denn einen gab, damit verband ich etwas anderes: eine frische Brise, eine ganze Phalanx edler Fahrräder, die nur darauf warteten, dass man sich auf sie schwang, Ställe voller Rassepferde, denen es schon in den Hufen juckte, und, auf jeden Fall, einige altertümliche, etwas gammelige Turnhallen, deren Türen immer offen standen und wo immer gerade ein Ballspiel stattfand, zu dem man dazustoßen konnte, und wo keine schießwütigen Ballbesessenen auf dem Spielfeld herumliefen. Höchstens jemand, der werfen konnte wie Larry Bird und der darauf brannte, dich mit einem zielgenauen Pass zu treffen. Für so einen Himmel würde ich glatt in die Kirche gehen.

Natürlich dürfte Schokolade nicht fehlen, fettfreie Schokolade ohne Zucker, die man kiloweise in sich hineinstopfen konnte, ohne ein Gramm zuzunehmen. Im Himmel gab es kein Fett. In meinem Himmel durfte man alles essen, und man blieb trotzdem schlank, stark und gelenkig. Und Sex gehörte auch dazu, ein netter, liebender Mann, der ein bisschen Distanz wahrte.

Ein bisschen Distanz wahren. Wie bei dem Pass in jenem Entscheidungsspiel, als Isiah Thomas beim Aufspringen den Ball schlug, der dann in Larry Birds Händen landete, als noch zwei Minuten Spielzeit und die Celtics einen Punkt im Rückstand waren – der Pass, von dem Isiah später sagte, er hätte ihn im selben Moment bereut, als der Ball sich von seinen Fingerspitzen löste ... wie bei dem Pass bedauerte ich die Worte in dem Moment, als sie mir in den Sinn kamen.

Ein bisschen Distanz wahren. Mein kleiner Verstand hörte auf zu denken, wie schön eigentlich alles war; stattdessen wiederholte ich ständig diesen einen Satz im Kopf: ein bisschen Distanz wahren. Wenn es zum Beispiel um Probleme mit Intimität ging. Darum, worin ich mich von Marv unterschied. Ich trat noch immer kräftig in die Pedalen, ich fühlte mich nur etwas niedergeschlagener. In welcher Mannschaft spielte ich? Vielleicht war ich Marv doch ähnlicher, als ich zugeben wollte. Spontan bog ich auf dem Kamm des Hügels rechts ab, weg vom See, zurück in die Stadt.

Direkt vor Adams Büro war ein Fahrradständer, und ich stellte mein Rad ab, ohne es anzuschließen. Wenn man sein Fahrrad nicht einmal mehr vor der Polizeiwache eines kleinen Neuengland-Städtchens unabgeschlossen stehen lassen konnte, dann war es wirklich schlimm um Amerika bestellt. Ich ging hinein und fragte nach Adam. Der Mann vorne am Empfang war ein Neuer. Er rief Adam an und sagte mir dann, ich könne gleich zu ihm. Er wollte mir den Weg zeigen, aber ich kannte mich aus.

Ich betrat Adams Büro und machte die Tür hinter mir zu. Adam erhob sich von seinem Stuhl. Seltsam, ich dachte immer, das würden nur Südstaatler machen. Andererseits tat er es vielleicht gar nicht, weil ich eine Frau war. Vielleicht stand er nur auf, weil er nicht wusste, was ihn erwartete.

»Hallo«, sagte ich und ließ mich in gedrückter Stimmung auf den Stuhl ihm gegenüber nieder. Den Helm behielt ich auf.

»Was ist los?«, fragte er, nachdem er sich wieder hingesetzt hatte. Scheinbar hatte ich seine ungeteilte Aufmerksamkeit.

Ich schwieg und überlegte, was ich sagen sollte. Schließlich fing ich an: »Es war mir der Gedanke gekommen … es hatte mit etwas anderem zu tun … ich habe mich gefragt … Findest du, dass ich Probleme mit Intimität habe?« Warum wie die Katze um den heißen Brei herumschleichen?

Adam lachte, fing sich aber gleich wieder. Ich lachte nicht.

In seinen Augen lag so ein amüsierter Ausdruck, den ich

einerseits mochte, andererseits konnte ich ihn nicht ausstehen. Er machte sein ganzes Gesicht sanfter, und die Falten um die Augen herum, die auch sonst immer gut aussahen, wirkten mit diesem sanften, amüsierten Ausdruck noch besser. Aber ich wurde das Gefühl nicht los, dass der Anlass für diesen Ausdruck meine Person war. Amüsiertheit bot auch die Möglichkeit, innerlich über jemanden zu lachen, versehen mit einer Prise Zuneigung.

»Was meinst du?«, fragte er.

Ich sah ihn an und erkannte, dass die Antwort so eindeutig war, dass er sie nicht aussprechen mochte.

Ich stand auf und wollte schon gehen. An der Tür blieb ich stehen. »Klinkendrücker«, wie wir Therapeuten sie nennen: Bemerkungen, die man in letzter Minute macht, zwischen Tür und Angel, weil man schon auf dem Absprung ist und nicht bleiben muss, um darüber zu reden. Ich war kurz davor, so eine Bemerkung zu machen.

Ich drehte mich um, die eine Hand am Türknauf. »Ich gebe zu, ich mache es dir nicht leicht«, sagte ich. »Warum bleibst du dann trotzdem bei mir?«

Ich sah, wie er mit sich rang. Es war nicht so, dass er keine Antwort parat hatte, wie ich – mit größerer Erleichterung, als ich mir eingestehen wollte – merkte, es war so, dass er wahrscheinlich mehr als eine Antwort darauf hatte. »Weil ich dich liebe«, sagte er schließlich. Er verschränkte die Arme und lehnte sich auf seinem Stuhl zurück. Er hatte soeben einen harten Pass gespielt, ein zielsicherer Wurf von der Mitte aus. Adam redete auch nicht gern um den heißen Brei herum.

Ich blieb einen Moment stehen, versuchte, den Ball zu halten. Vielleicht hatte ich keine Angst vor großen Querfeldeinsprüngen, vor Chaos unter Deck und allen möglichen anderen Dingen, aber solche Sätze machten mir panische Angst. Ich ließ den Ball nicht fallen. Jedenfalls glaube ich, dass ich ihn nicht fallen ließ. Als er gut in meinen Händen lag, nickte ich bloß und ging.

Wieder zurück, verstaute ich als Erstes das Fahrrad im Keller und stieg anschließend die Hintertreppe hoch zu meinem Büro. Genug der fixen Ideen für heute. Intimität? Dummes Zeug! Konnte mich ein Sprint mit meinem Rad nicht von quälenden Fragen ablenken, winkte immer noch die Arbeit, die große Verführerin. Erheblich mehr Menschen ertränken ihre Probleme in Arbeit als in Alkohol. Mit dem Wunsch nach Abwechslung platzte ich energiegeladen in mein Büro – und blieb wie angewurzelt stehen.

Eine kleine Dame mit weißen Haaren und blauen Augen saß im Sessel, meinem Schreibtisch gegenüber. »Mrs. Larsen«, sagte ich, vollkommen unfähig, mein Erstaunen zu verbergen.

»Oje«, sagte sie. »Ich hoffe, ich habe nichts Falsches gemacht. Ihre Sekretärin, die nette kleine Melissa, hat gemeint, ich sollte hier drin auf Sie warten. Es sei bequemer als im Wartezimmer. Aber wie ich sehe, haben Sie mich nicht erwartet. Störe ich?«

»Aber nein. Natürlich nicht. Ist schon in Ordnung. Ich bin heute nur über die Hintertreppe ins Haus gekommen und habe Melissa nicht gesehen. Ich habe absolut nichts dagegen, wenn Sie hier warten.« Mrs. Larsen war im ganzen Krankenhaus bekannt wegen ihres Mannes, und es lag nahe, dass man sie überall zuvorkommend behandelte.

»Ich habe gerade einige alte Freunde in der Kinderabteilung besucht, obwohl sich ja so viel verändert hat, dass man kaum noch jemanden kennt. Aber das brauche ich Ihnen ja nicht zu sagen. Ich dachte, ich komme mal vorbei. Ich hoffe, ich unterbreche Sie nicht bei der Arbeit. Ich kann ein anderes Mal wiederkommen, wenn Sie möchten.«

»Nein, nein. Ich freue mich über Ihren Besuch.« Es entsprach nicht unbedingt der Wahrheit. Schlimmer noch, ich hatte das blöde Gefühl, dass Mrs. Larsen das genau spürte. Es lag nicht allein an Reggie. Ich war in Mrs. Larsens Gesellschaft noch nie ganz ungezwungen gewesen, aber ich wusste auch nicht, woran das lag. Jedes Mal, wenn ich sie sah, fiel mir eine Jahre zurückliegende Dinnerparty in ihrem Haus ein, zu der ihr Mann das gesamte neue Kollegium der medizinischen Fakultät eingeladen hatte. Damals musste irgendwas passiert sein, was mich ihr gegenüber so zurückhaltend machte, aber ich konnte mich einfach nicht mehr daran erinnern, was das gewesen sein könnte. Seit jenem Abend habe ich sie nie besonders gemocht.

Ich setzte mich ihr gegenüber hin, versuchte, einen Gang herunterzuschalten und mich zu konzentrieren. Mrs. Larsen war adrett gekleidet, teurer, karierter Rock und Strickpullover. Sie musste weit über siebzig sein, aber ihre Mimik war lebhaft und ihre Augen blitzten. Manches an ihr erinnerte mich an Mama. Mamas Pullover wäre wahrscheinlich mit Pailletten verziert gewesen, und ihr Rock hätte nicht diesen Countrylook gehabt, aber sie hatte den gleichen steten und prüfenden Blick.

Ich war nicht gerade erfreut über diesen Besuch, und es lag nicht allein an meinem Unbehagen im Umgang mit Mrs. Larsen. Der Gedanke, was mein Bericht dieser Frau, die jetzt vor mir saß, antun würde, machte mir Angst, und diese Angst schlug mir von Minute zu Minute mehr auf den Magen. Ihr Mann war tot, und sie hatte nur dieses eine Kind. Ich musste annehmen, dass sie superstolz auf Reggie war. Es war das Einzige, was ihr im Leben geblieben war. Ein Täter hatte nicht allein unter den Konsequenzen zu leiden, ob zu Recht oder nicht. Auch die Familie wurde immer in Mitleidenschaft gezogen. Ich mochte mich unwohl in Gegenwart von Mrs. Larsen fühlen, aber wenn ich daran dachte, was ihr jetzt im Leben bevorstand, tat sie mir wirklich Leid.

»Sie müssen entschuldigen«, sagte ich und zwang mich dazu, nicht abzuschweifen. »Ich weiß nicht genau, warum Sie hier sind, aber ich habe das Gefühl, dass Sie nicht nur einfach so mal vorbeischauen wollten. Bitte sagen Sie mir doch, was ich für Sie tun kann.«

»In medias res«, antwortete sie. »Das hat Reginald immer an Ihnen geschätzt. Ich erinnere mich noch gut an die ersten Besprechungen, die Sie geleitet haben. Ich glaube, es war kurz nachdem Sie eingestellt worden waren. Reginald kam lachend nach Hause. Meine Güte, sagte er, diesmal hat die psychiatrische Abteilung wirklich einen guten Fang gemacht. Endlich haben sie mal jemand Couragiertes eingestellt. Die mischt die Truppe auf. Er hat Sie immer gerne gemocht.«

»Er muss Ihnen furchtbar fehlen«, erwiderte ich. »Uns jedenfalls fehlt er sehr. Aber ich habe das Gefühl, es soll hier nicht um ihn gehen, sondern um Reggie junior.«

»Ja«, sagte sie und setzte dabei ein schiefes Lächeln auf, »natürlich. Ich kann Ihnen gar nicht sagen, wie erleichtert ich bin, dass Sie seine Beurteilung vornehmen. Ich fand, dass er jemanden mit Vorgeschichte braucht, der den Zusammenhang versteht und der die Behandlungsmöglichkeiten richtig einschätzt.«

Ich hielt inne. Ich hatte keine Ahnung, welchen Zusammenhang sie meinte.

»Ich befinde mich in einer etwas seltsamen Situation,

Mrs. Larsen. Mir liegt kein Einverständnis von Seiten Reggies vor, dass ich mit Ihnen reden kann. Weiß er überhaupt, dass Sie hier sind? Ich kann Ihnen keine Fragen beantworten, die seine Person betreffen. Und ich habe nicht die geringste Ahnung, was Sie über diese Angelegenheit wissen.«

Sie überging meine Nachfrage. »Machen Sie sich keine Sorge. Ich bin nicht gekommen, um Ihnen Fragen zu stellen. Ich bin gekommen, um Ihnen einige Informationen zu geben. Ich glaube, es ist allgemein guter Brauch in Ihrem Fach, sich einige Daten zur persönlichen Entwicklung des Klienten zu besorgen.«

»Wenn wir sie bekommen können«, sagte ich überrascht. War Mrs. Larsen wirklich hergekommen, um mir Reggie juniors Lebensgeschichte zu erzählen? Ich konnte es nicht fassen.

»Also«, sagte sie. »Was möchten Sie wissen? Sie dürfen fragen, so viel Sie wollen. Sie brauchen mir auch nichts zu erzählen. Ich weiß ohnehin bereits in groben Zügen, was vorgefallen ist. Mein Sohn und ich haben uns immer sehr nahe gestanden, vielleicht zu nahe, aber das ist ein anderes Thema. Ich habe einen Hinweis bekommen … von jemandem … dass er einige Schwierigkeiten hat, und ich habe ihm alles aus der Nase gezogen. Ich überlasse es natürlich Ihnen, mit ihm über seine akuten Probleme zu sprechen. Ich bin bloß hergekommen, um Ihnen einige Hintergrundinformationen zu geben.«

»Na gut«, sagte ich. Mir war immer noch nicht ganz wohl bei der Sache, ohne dass ich genau benennen konnte, warum. »Was können Sie mir über seinen Hintergrund sagen?«

»Er wurde im Alter von einem Jahr adoptiert«, erwiderte sie. »Hat er Ihnen das erzählt? Ist ja auch egal. Häufig erzählt er es nicht. Trotz der Rivalität zu seinem Vater ist er doch stolz auf ihn. Er hat immer versucht, ihm nachzueifern, aber das ist auch ein anderes Thema.

Er hatte einige Schwierigkeiten, das war zu erwarten. Seine leibliche Mutter war vierzehn, als er auf die Welt kam, und es dauerte ein Jahr, bis sie ihn freigab. Ich muss sagen, sie war keine sehr gute Mutter. Das kann man von einer Vierzehnjährigen auch schlecht verlangen. Und über seinen Vater weiß ich nichts, außer dass er Reggies Mutter vor der Geburt des Kindes verlassen hat. Ich glaube nicht, dass er auch so jung wie die Mutter war. Ihrem Sozialarbeiter gegenüber hat sie erwähnt, er sei verheiratet.

Es hat unsere Ehe gerettet. Es hat ... vieles gerettet. Ich hatte über zehn Jahre versucht, schwanger zu werden. Wie verrückt. Mein Mann stand in Verbindung mit einer der besten Kliniken des Landes. Wir konnten uns die beste medizinische Versorgung leisten, die man kriegen konnte, wir konnten uns überall Rat holen, aber niemand konnte uns sagen, was nicht in Ordnung war. Ich wurde von Jahr zu Jahr verzweifelter. Ich hatte mir immer eine große Familie gewünscht, und jetzt war ich über dreißig, und ich hatte nichts vorzuweisen. Dann wurde dieser kleine einjährige Junge auf die Kinderstation eingeliefert. Reginald hatte zu Hause davon erzählt – ein Kind mit Entwicklungsstörungen. Er wog nur knapp sechs Kilo im Alter von einem Jahr, war halb tot, als er eingeliefert wurde.

Ich ging nicht weiter darauf ein. Reginald hat oft von seinen Patienten erzählt. Aber dann, eines Tages, kam er nach Hause, setzte sich in die Küche und sah mich an. ›Was ist?‹, fragte ich. ›Was ist los?‹

›Sie will ihn abgeben‹, sagte er. Wir saßen in der Küche. Ich erinnere mich noch, als wäre es gestern gewesen. Ich sagte nur: ›Wer?‹, aber ich wusste, wen er meinte.

›Der Junge mit der Entwicklungsstörung‹, sagte er, ›dieser niedliche kleine Kerl. Die Mutter will ihn zur Adoption freigeben. Sie meint, sie würde nicht fertig mit ihm.‹

Ich wollte kein Kind adoptieren. Ich wollte eigene Kinder haben, gemeinsame Kinder, aber ich musste einsehen, dass es dazu nicht kommen würde. Reginald bat mich nur, hinzugehen und ihn mir wenigstens anzusehen. Also ging ich eines Tages nach meiner Schicht rüber. Ich war Schwester auf der Herzstation, als ich Reginald kennen lernte, und ich habe nach unserer Heirat weitergearbeitet. Jedenfalls bin ich an dem Tag an seiner Station vorbeigegangen, um mir den Jungen anzusehen.

Es war ein erbärmlicher kleiner Wurm, mit diesem typischen stumpfen Radarblick, den unterernährte und keinen Reizen ausgesetzte Kinder haben. Als ich durch die Tür kam, hörte dieser starre Blick auf, und er sah mich an. Er sah mir direkt in die Augen. Das hat den Ausschlag gegeben.« Sie lachte. »Am liebsten hätte ich ihn auf der Stelle mitgenommen.

Es lief natürlich alles ordnungsgemäß ab. Wir haben der Mutter einen Anwalt besorgt, eine Beratung, aber sie ist nie ins Wanken geraten. Sie hatte genug vom Mutterdasein, sie wollte aussteigen. Sie meinte es ehrlich. Wir haben die Krankenhausrechnungen für das Kind bezahlt und der Mutter ein Stipendium, aber seitdem haben wir nie wieder was von ihr gehört. Ich hoffe, sie hat was aus ihrem Leben gemacht, das arme Ding.«

Ich hatte die ganze Zeit still dagesessen, aber jetzt unterbrach ich sie. »Sie sagten, er hätte Probleme gehabt. Meinen Sie damit die Entwicklungsstörung?«

»Ach, die körperlichen Probleme hatten sich nach einem Jahr gelegt«, erwiderte sie. »Als er sich erst mal gefangen hatte, aß er wie ein Scheunendrescher. Und was seine Entwicklung betrifft, da hatte er nach einem Jahr auch bereits kräftig aufgeholt.

Aber es gab andere Dinge. Er war impulsiv, sehr impulsiv. Es war unendlich schwierig, ihm beizubringen, bestimmte Grundregeln einzuhalten. Er spielte gerne mit Streichhölzern. Nachts stand er auf und machte den Küchenherd an. Einmal haben wir ihn um fünf Uhr morgens auf einem Spielplatz gefunden, ein Stück weiter die Straße hinunter, da war er drei Jahre alt. Es ist mir ein Rätsel, wie er die verschlossene Haustür aufgekriegt hat. Ich hatte meine Stelle sofort gekündigt, als er zu uns kam, und das war auch gut so. Niemand außer mir konnte mit ihm umgehen. Für einen Babysitter wäre er eine Überforderung gewesen.

Es ist alles schon so lange her. Ich weiß auch nicht, wieso es mir wie gestern vorkommt. Wir haben ihm Manieren beigebracht, mehr oder weniger. Dann kam die Schule, und, was soll ich sagen, das war noch mal ein Kapitel für sich. Was für ein aufgeweckter Junge! Und mit dem Tag, als wir ihm sein erstes Mikroskop schenkten, fanden diese Dramen schlagartig ein Ende. Fast jedenfalls. Abends, nachdem wir das Licht ausgemacht hatten, mussten wir ihm das Mikroskop wieder abnehmen. Sonst hätten wir ihn noch um Mitternacht unter einer Decke auf dem Boden hockend damit vorgefunden. Wissenschaft war schon immer seine Stärke und seine Liebe. Zum Glück, denn es war eine Ebene, auf der er sich mit seinem Vater traf. Vielleicht die einzige Gemeinsamkeit.«

»Gab es danach keine Probleme mehr?«

»Das wollte ich damit nicht sagen. Ich sagte, die Dramen hätten *fast* ganz aufgehört. Er hatte immer noch Probleme im Umgang mit Mädchen. Nicht mit kleinen Mädchen, immer mit gleichaltrigen Mädchen. Was sollte ich da machen? Er ist eben ein richtiger Junge, habe ich mir gesagt.

Seine Lehrer haben sich wiederholt beschwert. Er würde Mädchen begrapschen, sie abtasten, ihnen die Hose runterziehen. Seine ganze Impulsivität ging nur in diese eine Richtung. In allen anderen Bereichen hatte er sie unter Kontrolle, aber Mädchen konnte er nicht in Ruhe lassen. Er wollte einfach nicht verstehen, dass die Mädchen es nicht mochten, begrapscht und gepiekst zu werden.« Vielleicht war es ihm auch egal, dachte ich.

»Bei allem Verständnis«, ergänzte sie, »aber Sie hätten mal sehen sollen, was diese Mädchen für Kleidung trugen. Ein Wunder, dass nicht alle Jungen sie begrapschten.«

Mir lag eine Erwiderung auf der Zunge, aber ich verkniff sie mir. Mrs. Larsens Irrtümer in der Verteidigungsrede auf ihren Sohn gingen mich nichts an. Sie war nicht meine Klientin, und sie damit zu konfrontieren, hätte sie vielleicht zum Schweigen gebracht. »Darf ich Ihnen einige Fragen stellen?«

»Selbstverständlich.«

»Wie alt war er, als die Grapscherei anfing?«

»Sechs, höchstens sieben.«

»Wie oft hat man sich bei Ihnen darüber beschwert?«

»Oh Gott, den anderen Eltern und den Lehrern muss es vorgekommen sein, als wäre ich jede zweite Woche in die Schule zitiert worden. Ich kann es nicht genau sagen. Jedenfalls war es ziemlich häufig. Ein paarmal im Monat. In der vierten Klasse wäre er beinahe von der Schule verwiesen worden. Es war sehr peinlich, das können Sie mir glauben.«

»Wie lange hat das gedauert?«

»Es war immer ein Problem. Jedenfalls bis zur Highschool. Da schien er sich endlich gefangen zu haben.« Vielleicht hat es sich auch nur verlagert, dachte ich. Mir fiel das obsessive Spannen ein, von dem Reggie in seiner Biografie geschrieben hatte.

»Was haben Sie dagegen unternommen?«

»Wir haben es mit Beratung versucht, aber Reggie hat sich geweigert hinzugehen. Er meinte, er brauche das nicht. Hat sich schlicht geweigert.« Ich runzelte die Stirn. Wie war es möglich, dass sich ein Kind im Grundschulalter, das solche Probleme hatte, einfach »weigert«, zu einer Beratung zu gehen, und sich die Erwachsenen das gefallen ließen? Mrs. Larsen ignorierte die unausgesprochene Frage. »Wir haben natürlich mit ihm darüber geredet, das heißt, ich habe mit ihm geredet. Reginald hat die Erziehung hauptsächlich mir überlassen. Er hat die meiste Zeit hier im Krankenhaus verbracht. Ich weiß, wie beliebt er war, aber dafür musste ein hoher Preis gezahlt werden. Reggie junior hat mir mal gesagt, die Erinnerung, die sich bei ihm am stärksten eingeprägt hätte, das sei das Zuschlagen der Tür des Seiteneingangs zu Hause gewesen, wenn sein Vater abends zurück ins Krankenhaus ging.«

Auch das ließ ich unkommentiert stehen. »Andere Probleme? Diebstahl? Vandalismus? Hat er den Unterricht gestört? Sie belogen? Ist er nachts weggeblieben? War er aggressiv anderen Kindern gegenüber?«

»Nein, nein, nein«, sagte sie. »Er hat sich ganz gut gemacht, außer in dieser einen Hinsicht. Er wollte das einfach nicht begreifen.«

Er war also kein Psychopath, sonst hätte er sein Drama auch in allen anderen Lebensbereichen ausgelebt. Sein Problem war sexueller Natur, es war ein großes Problem für ihn, und es bestand offenbar schon seit langem.

»Michael«, sagte sie und hielt gleich wieder inne. Scheiße, dachte ich, jetzt kommt's. »Mein Sohn braucht vielleicht eine Therapie. In dem Punkt sind wir uns einig. Und glauben Sie mir, ich kann dafür sorgen, dass er sich behandeln lässt.«

Es lag mir auf der Zunge zu sagen, dass sie dazu Gelegenheit gehabt hatte, als er sechs Jahre alt gewesen war. Wenn sie schon damals keine Kontrolle über ihn gehabt hatte, dann hatte sie heute ganz sicher noch weniger Kontrolle über ihn, aber aus ihr sprach eben blinde Mutterliebe, nicht Vernunft.

»Ich will Ihnen nicht vorschreiben, was in Ihrem Bericht stehen soll, aber ich kann Ihnen versichern, dass diese Geschichte nichts mit seinen Forschungen zu tun hat, aber das können Sie sich wohl selbst denken. Er ist ein begabter Wissenschaftler, und seine Forschungsergebnisse können eines Tages Leben retten. Ich hoffe, Sie werden ihn nicht so sehr in seiner beruflichen Laufbahn behindern, dass er seine Arbeit nicht mehr verrichten kann. Ich glaube, das würde uns beide vernichten.«

»Mrs. Larsen –«

»Nein, ich bin noch nicht fertig. Empfehlen Sie ihm von mir aus eine Therapie. Das ist das Mindeste, was Sie tun werden. Wenn es unbedingt sein muss, sagen Sie ihm, er könne Patientinnen in Zukunft nur noch unter Aufsicht behandeln. Aber zerstören Sie um Gottes willen nicht die Karriere dieses begabtesten Forschers seiner Generation auf dem Gebiet der Anästhesie. Wem wäre damit gedient? Möchten Sie die Verantwortung für den Tod von Menschen übernehmen, nur weil die Zulassung seines Tests aufgrund einer Kontroverse, die sich um seine Person rankt, verschoben wird?«

Ich lehnte mich zurück und schwieg. Es war mir zuwider, was ich ihr jetzt sagen musste, und sie würde es ganz bestimmt nicht gerne hören, aber mir fiel einfach nichts anderes ein, was ich hätte erwidern können. »Mrs. Larsen. Mich hat mal ein Rechtsanwalt angerufen und gefragt, ob ich einen Bericht ändern könne, um die Karriere eines viel versprechenden Architekten nicht zu zerstören. Er sagte, ich wolle doch eine so wunderbare Laufbahn nicht vernichten, ganz so, als sei mein Verhalten das Problem und nicht das Verhalten meines Klienten.

Ich habe ihm geantwortet, dass der bedauernswerte Mann, der ein Sexualdelikt begeht, nicht nur seine Laufbahn zerstört, er verliert auch viele andere Dinge. Er verliert seinen Job, er verliert die Möglichkeit, seine Familie zu unterstützen, und in den meisten Fällen wandern die armen Männer ins Gefängnis, die reichen Männer nicht. Der Job beeindruckt den Anwalt vielleicht nicht besonders, aber für die Familie des Mannes macht es ungeheuer viel aus.

Man begibt sich auf höchst gefährliches Terrain, wenn man seine Gutachten danach ausrichtet, wie ›wichtig‹ oder ›nützlich‹ die betreffende Person ist. Dieses Terrain will ich nicht betreten. Reggie hatte die Wahl. Mehr als einmal. Ich weiß nicht, in welcher Situation er jeweils war, als er die Wahl getroffen hat, aber wenn dieses Verfahren vorbei ist, werde ich es wissen. Je nachdem, wie sie aussieht, hat er damit auch seine eigene Entscheidung über seine berufliche Entwicklung getroffen.«

Sie seufzte und nahm ihre Handtasche. »Reginald senior hat noch einige andere Dinge über Sie gesagt. Wollen Sie die auch hören?«

»Eigentlich ...«

»Er sagte, Sie seien stur wie ein Esel, das würde Sie eines Tages noch in große Schwierigkeiten bringen. Reginald ist nicht der Einzige, der eine Wahl getroffen hat, die Auswirkungen auf ihn hat.«

Ihr Auftritt hatte mich nicht wütend gemacht, bis jetzt. »Ihr Mann hatte Recht, Mrs. Larsen. Es stimmt, ich bin stur wie ein Esel. Es wird Sie interessieren, dass mich das fast jeden Tag in Schwierigkeiten bringt. Wenn Sie sich bei meinem Vorgesetzten beschweren wollen, bitte schön, aber es sind noch einige andere vor Ihnen dran.

Nur noch eine Frage: Haben Sie das, was Sie gerade mir gesagt haben, auch den Lehrern gesagt, als die sich bei Ihnen beschwerten? Haben Sie jemals jemanden gebeten, Reggie nicht zu melden, ihn nicht zu entlassen, ihn nicht von etwas auszuschließen, weil er so klug ist oder so talentiert oder weil dieser Makel seine Zukunft beeinträchtigen könnte? Haben Sie früher je daran gedacht, ihm vielleicht mal das Mikroskop wegzunehmen und ihn zu ermahnen, er würde es erst dann zurückbekommen, wenn er aufhört, Mädchen zu begrapschen?«

»Ich hätte es mir denken können«, sagte sie. »Sein Vater hat mit Ihnen darüber gesprochen, damals, als sie beide befreundet waren.«

»Er hat nicht mit mir darüber gesprochen. Überhaupt nicht. Ich urteile nur nach dem, was Sie jetzt und hier versuchen. Nicht, dass Sie mich missverstehen: Ich kann Ihnen nicht sagen, ob Ihr Sohn heute ein anderer wäre, wenn Sie damals anders auf ihn reagiert hätten. Ich kann Ihnen nur sagen, dass es auf keinen Fall hilfreich war, ihn vor den Konsequenzen zu bewahren. Es hat sein Verhalten nur noch verschlimmert. Es hat damals alles verschlimmert, und es verschlimmert heute noch alles.«

Sie erhob sich. »Sie verstehen nicht, was es heißt, Mutter zu sein«, sagte sie, und die Bemerkung traf mich wie ein stechender Schmerz. Die Welt war klein, und sie wusste haargenau, was so eine Bemerkung in mir anrichten konnte. »Eine Mutter hat die Aufgabe, ihr Kind zu schützen.« Auch das tat weh. Es ist leicht für eine Frau, die sich nicht mit der Tatsache auseinander setzen musste, dass ihr Kind an plötzlichem Kindstod gestorben war, einer anderen Frau zu sagen, sie hätte ihr Kind schützen sollen.

»Nicht vor sich selbst«, sagte ich. »Sie können ihn nicht vor den Konsequenzen seines eigenen Verhaltens schützen. Früher oder später muss er die Zeche bezahlen.«

Sie klemmte ihre Handtasche unter den Arm und wandte sich zum Gehen. An der Tür holte ich sie ein. »Mrs. Larsen, darf ich Ihnen eine letzte Frage stellen? Haben Sie Reggie wirklich empfohlen, er soll sich an mich wenden? Haben Sie ihm geraten, ich sollte seine Beurteilung vornehmen?«

»Nein«, sagte sie. »Ganz und gar nicht. Ich weiß seit langem, wie Sie arbeiten. Ich habe ihm gesagt, es sei der schlimmste Fehler, den er machen kann.«

Ein Gefühl der Erleichterung durchströmte mich. Ich war nicht Reggie junior, und liebend gern brach ich das Vertrauen solcher Leute, die von mir erwarteten, dass ich ihnen entgegenkam. Dann war ich lieber gleich als böse Hexe verschrien. Damit konnte ich leben.

Sie musterte mich einen Augenblick, erstaunt über meinen erleichterten Gesichtsausdruck. Ich gab ihr keine Erklärung. Wir sahen uns nur an. Die Entfernung von ihr zu mir betrug nur einen Meter, aber zwischen uns lagen Welten. Sie hatte die Vorstellung, ich könnte Reggie retten und würde mich ihr bloß verweigern. Ich dagegen war felsenfest davon überzeugt, dass sie Reggie nur schadete und alles nur noch schlimmer machte und dass sie ihn immer noch bemutterte. Dazwischen gab es nichts, keine Ebene, auf der wir uns hätten treffen können. Keine Bitten mehr, keine Drohungen mehr. Wir überblickten die Kluft zwischen uns, und dann, ohne ein weiteres Wort, verließ Mrs. Larsen den Raum.

11

»Wir handeln mit Angst«, hatte John Davis einmal zu mir gesagt, und Reginald Larsen, der ungewöhnlich still und erwartungsvoll dasaß, hatte sich seine Portion abgeholt, wie ich auf dem Video-Monitor beobachten konnte.

»Setzen Sie sich.« Mehr hatte Davis nicht gesagt, als er mit Reggie den Raum betrat, in dem sich der Polygraph befand. Der Raum hatte kaum die Größe eines Kleiderschranks, und die Wände waren kahl; auf dem Schreibtisch lag Reggies überarbeitete Sexualbiografie, und daneben stand der an einen Computer angeschlossene Lügendetektor. Auf Johns Seite des Zweipersonentischs befanden sich ein Monitor, eine Tastatur und einige Kabel. Die Kabel führten von der Maschine zur anderen Seite des Tischs, auf der Sensoren zur Messung der Transpiration, des Blutdrucks und der Leitfähigkeit der Haut für Reggie deutlich sichtbar ausgelegt waren.

»Lassen Sie mich etwas zu diesem Polygraph sagen, Dr. Larsen.« John setzte sich und tätschelte das Gerät auf seinem Schreibtisch. »Er ist sicher nicht so raffiniert wie die Maschinen, die Sie aus Ihrem Krankenhaus kennen. In Wahrheit ist es eine sehr grobe kleine Maschine, aber was sie kann, kann sie gut. So ähnlich wie Ihr Stethoskop, stelle ich mir vor.« Er stand auf, trat an die Seite des Tisches, wo Larsen saß, und stellte sich so hin, dass dieser zu ihm aufblicken musste. Der Mann, der Larsen mit solcher Autorität auf die Pelle rückte, war ein großer, schlanker Südstaatler in einem cremefarbenen Anzug. Er hatte einen Bürstenhaarschnitt und ein kantiges Gesicht, und er sah nicht nur so aus wie ein ehemaliger Marine, er war tatsächlich mal einer gewesen.

»Er teilt mir mit, und das steht außer Zweifel, ob Sie mich anlügen oder nicht. Allerdings teilt er mir nicht mit, ob es sich dabei um eine große oder eine kleine Lüge handelt. Das kann er nicht.« Davis nahm erst allmählich den Ton an, den er bei dieser Vorrede üblicherweise anschlug, und ich hörte, wie sich der sprachliche Rhythmus der Südstaaten in seine Rede einschlich. Der Dialekt stammte aus keiner bestimmten Region, aber wenn der Rhythmus der Südstaaten anhob, folgte unweigerlich auch der Dialekt.

»Sie sollten also wissen: Wenn Sie mich in irgendeinem Punkt anlügen, egal um was es sich handelt, und sei es auch die winzigste Lüge, muss ich Dr. Stone sagen, dass Sie ein Lügner sind. Bei der geringsten Lüge springt unser kleiner Freund hier an. Und sei sie noch so unbedeutend.« Er hielt inne und trat wieder hinter seinen Schreibtisch. Reggie war wie hypnotisiert. Er hatte keinen Muskel gerührt, seit John mit seinem Vortrag begonnen hatte.

»Also, Mr. Larsen, ich würde nur höchst ungern – und das meine ich ganz ernst«, er beugte sich über den kleinen Tisch und sah Reggie direkt in die Augen, »ich würde Dr. Stone nur höchst ungern sagen, dass Sie ein Lügner sind. Denn für mich gibt es doch nichts Schlimmeres auf dieser weiten Welt als Lügner. Nichts.

Vielleicht meinen Sie ja, Sie seien hier, um herauszufinden, ob Sie sich schuldig gemacht haben. Aber das steht hier nicht zur Debatte. Was ich Ihnen jetzt sagen werde, ist außerordentlich wichtig, und Sie sollten gut zuhören, denn eins muss zwischen uns von Anfang an klar sein: Es ist mir völlig egal, wie viele Leute Sie vergewaltigt und ermordet haben, und wenn es vierzigtausend sind. Daran können Sie jetzt sowieso nichts mehr ändern. Aber, mein Junge«, wieder beugte er sich vor, und er senkte die Stimme, dass sie kaum zu hören war, »lügen Sie mich ja nicht an.« John machte eine Pause, und die Stille war mit Händen zu greifen. »Denn jemand, der lügt, der ist zu allem fähig.«

Reggie sah betroffen aus – und das nicht, weil ein jüngerer Mann ihn Junge genannt hatte. Er machte den Mund auf, um etwas zu erwidern, doch John hob die Hand und hielt ihn vom Reden ab; dann stand er auf und ging in dem Raum auf und ab. Ein Meter neunzig ist nicht gleich ein Meter neunzig. Eingesperrt in einem winzigen Zimmer, mit jemandem, der über deine Zukunft entscheidet, wachsen sich einhundertneunzig Zentimeter Körpergröße ins Unermessliche aus. John musste ihm vorkommen wie der Basketballspieler Shaquille O'Neal.

»Verabschieden wir uns also von der Vorstellung, Sie seien hier, um herauszufinden, ob Sie sich schuldig gemacht haben. Ich kann Ihnen nämlich verraten, mein Freund: Ich habe mir bereits Ihre Biografie durchgelesen, und daher wissen wir, dass es einiges in Ihrem Leben gibt, auf das Sie nicht stolz sind. Es muss Ihnen schwer gefallen sein, das zuzugeben. Ich habe Respekt vor Menschen, die dafür geradestehen, wenn sie sich schuldig gemacht haben in ihrem Leben. Jeder hätte Respekt davor.

Wer hat nicht schon mal …« John zwinkerte Reggie zu. »Ich meine, es wird sich kein Mann finden, der, wenn es um

Sex geht, sich nicht irgendwann in seinem Leben in den Augen der anderen schon mal schuldig gemacht hat.« Er kehrte Reggie den Rücken zu und ließ die nächste Bemerkung wie beiläufig fallen. »Ich würde jedenfalls keinem Tugendbold Glauben schenken. Und wenn, wär's wahrscheinlich eine Schwuchtel.« Ich verdrehte die Augen zur Decke. John litt keineswegs unter Homophobie, aber er versuchte wirklich alles, um Reggie zu einem Geständnis zu bewegen.

»Nein, wir sind nicht hier, um herauszufinden, ob Sie ein paar Dinge getan haben, die Sie lieber nicht hätten tun sollen.« Nur ein paar Dinge? Ausgebreitet auf fünfzig Seiten? Begangen innerhalb von fünfundzwanzig Jahren? »Uns interessiert nur die Antwort auf eine einzige Frage.« An dieser Stelle trat er wieder vor Reggie hin, bückte sich und legte eine Hand auf den Lügendetektorstuhl, auf dem Reggie saß, die andere auf den Schreibtisch daneben. Mit seinem Gesicht kam er ganz dicht an Reggie heran. Reggie schreckte automatisch zurück, aber es gab keinen Platz zum Ausweichen. »Wie gesagt, mein Junge, wir sind nur hier, um herauszufinden, ob Sie ein Lügner sind.« Er stand auf. »Mehr nicht. Schlicht und ergreifend.«

Reggie versuchte erneut, etwas zu erwidern, aber John hielt ihn auch diesmal davon ab. »Soll ich Ihnen sagen, was Sie jetzt denken? Woher will der das wissen? Ist die Maschine wirklich so gut? Ich will Ihnen sagen, wie gut sie ist. Sie teilt mir mit, was Sie denken. Sie glauben mir nicht? Dann probieren wir sie doch einfach mal aus. Strecken Sie den Arm vor.« Widerstrebend legte Reggie seinen Arm auf den pultähnlichen Schreibtisch, an dem er saß, und fachmännisch schloss John die Sensoren an. Reggie betrachtete die Schnüre an seinem Körper, als wären es Tentakel, die ihn gleich unter Wasser ziehen würden.

John ließ sich ihm gegenüber an dem Tisch nieder und schaltete den Monitor ein. »Also, Reggie. Denken Sie sich eine Zahl von eins bis zehn, und schreiben Sie sie auf dieses Blatt Papier.« Er reichte ihm Papier und Bleistift. Reggie nahm ihm beides ab und sah es misstrauisch an, als wäre das Ganze ein mieser Trick. »Machen Sie«, sagte John. »Schreiben Sie eine Zahl auf. Falten Sie das Blatt und behalten Sie es, und verraten Sie mir nicht, was draufsteht.«

Reggie schrieb etwas auf das Blatt, faltete es mehrere Male und hielt seine Hand darauf. »Sagen Sie bitte kein Wort. Hören Sie mir nur einfach zu. Eins«, fing John an. Er sprach langsam und machte eine Pause. »… zwei … drei … vier.« Er hielt inne und schaute auf den Monitor. »Es ist die Vier, habe ich Recht?« Reggie sagte keinen Ton. Er saß regungslos da und hielt weiter mit einer Hand den Zettel bedeckt. »Darf ich das Blatt Papier mal sehen?«, fragte John. Stille trat ein. Reggie rührte sich nicht, er schluckte nur schwer. Er schien wie erstarrt in seiner Haltung. »Ich brauche mir den Zettel gar nicht anzusehen, oder?«, fragte John.

»Also gut«, fuhr er fort und trat zu Reggie hin, um die Sensoren abzunehmen. »Bevor ich mit dem richtigen Test anfange, möchte ich Ihnen einige Fragen stellen.« Er setzte sich wieder auf seinen Platz. »Ich will mir nur noch mal eben durchlesen, was Sie uns hier aufgeschrieben haben. Ich habe es mir bereits angesehen, aber ich will es doch noch mal überfliegen, um sicher zu sein, dass ich auch alles verstanden habe.« Reggies Biografie lag deutlich sichtbar auf Johns Tisch, und er nahm sie zur Hand und fing an zu lesen.

Reggie nutzte die Stille, um einen Einwand vorzubringen. »Mr. Davis, ich dachte …«

»Ich bin gleich so weit«, unterbrach ihn John, ohne dabei

aufzublicken. Er las weiter. Er las und las. Ich wusste, dass er den gesamten Text vor Reggies Erscheinen bereits sorgfältig studiert hatte. Ab und zu räusperte er sich oder stutzte und machte sich ein paar Notizen auf einem kleinen Schreibblock. Meistens jedoch las er einfach nur, drehte jedes Blatt sorgfältig um und legte es Kante auf Kante auf das vorherige.

Reggie stierte ihn eine Weile an, doch dann, als sich die Minuten hinzogen, fing er an, sich im Zimmer umzusehen. Es gab jedoch nicht viel zu sehen, der Raum war spartanisch wie eine Mönchszelle. Unweigerlich kehrte sein Blick zurück zu John, seinem sorgfältigen und genauen Lesen und Blättern.

Eine halbe Stunde war vergangen, als John zur letzten Seite kam. Er blätterte um, legte die gefalteten Hände auf den Tisch und sah Reggie an. Er sagte nichts. Einige Sekunden erwiderte Reggie seinen Blick, aber er hielt Johns intensiv prüfenden Augen nicht stand. Schließlich sagte John: »Ich will Ihre Intelligenz nicht beleidigen, Reggie, und ich hoffe doch sehr, dass Sie nicht hergekommen sind, um die meinige zu beleidigen.« Wieder trat Stille ein.

Reggie hob zögerlich zu sprechen an, und diesmal unterbrach John ihn nicht. »Was meinen Sie damit?«, quetschte er hervor.

»Sie wissen sehr genau, was ich damit meine, und ich gebe Ihnen einige Minuten Bedenkzeit.« Mit diesen Worten stand John auf und verließ den Raum.

Ich beobachtete Reggie. Er saß in sich zusammengesunken auf dem Stuhl, dann stand er auf und ging im Raum hin und her. Er schaute nicht einmal in den Einwegspiegel, obwohl er wusste, dass ich dahinter saß. Im Moment war diese Kammer sein gesamtes Universum. John trat in den Nebenraum, zündete sich eine Zigarette an und setzte sich mir gegenüber hin.

»Wie läuft's?«, fragte ich.

»Ich glaube nicht, dass es Probleme gibt«, sagte er, reckte sich und sah gelangweilt aus. »Und was treibst du so in letzter Zeit?

»Immer das Gleiche, immer das Gleiche«, sagte ich. »Überall laufen Täter herum. Leider bedeutet das, dass es auch viele Opfer gibt. Die Welt ist voller Abartigkeiten. Mir geht die Arbeit so schnell nicht aus, darauf kannst du Gift nehmen. Und du?«

John schaute auf seine Schuhe. »Mary Lou ist wieder auf der geschlossenen Abteilung«, sagte er gleichmütig. Johns Frau war schwere Alkoholikerin und hatte x-mal mit dem Trinken aufgehört und wieder angefangen.

»Das tut mir Leid. Sag Bescheid, wenn ich was für dich tun kann.«

»Weißt du, was komisch ist?«, sagte er. »Nach zwanzig Jahren kann ich jede Lüge meilenweit gegen den Wind riechen. Nur bei ihr nicht. Ich merke es nie, bis sie sturzbetrunken umfällt.«

»Es ist eben was anderes, wenn man es lieber gar nicht wissen will«, sagte ich leise.

»Das kannst du laut sagen«, erwiderte er. Wir saßen ein paar Minuten schweigend da und beobachteten Reggie, der auf und ab ging. Schließlich stand John auf und drückte seine Zigarette aus. »Ein schmieriger Typ, der Kerl«, sagte er.

»Wie bitte?«

»Ich sagte, ein schmieriger Typ.«

»Was meinst du damit?« Bei mindestens der Hälfte der Leute, die John dem Test unterzog, handelte es sich um Lügner und Kriminelle. Er hatte mehr Mörder an den Detektor angeschlossen, als ich allein durchs Zeitunglesen kannte. Der Ausdruck »schmieriger Typ« aus Johns Mund bedeutete daher sehr viel mehr, als wenn jemand anders ihn benutzt hätte. Johns Vergleichsgruppe war ungleich größer.

»Ich werde ihn schon zum Reden bringen«, sagte John, »aber mit der vollen Wahrheit wird er nicht herausrücken. Er ist so ein Zwiebeltyp. Man kann schälen und schälen, aber man stößt nie bis zum Kern vor. Irgendwie wird er drum herumkommen, ganz egal, was er gesteht«, sagte er. »Macht und Selbstbeherrschung, das ist sein Spiel. Irgendetwas wird er zurückhalten, nur um das Gefühl zu haben, dass er gewonnen hat.«

»Frag ihn nur nach den Vorfällen in der Anästhesie«, sagte ich. »Die anderen Sachen interessieren mich nicht. Ich muss eine Informantin schützen.«

»Ich werde mein Bestes versuchen«, sagte er und war schon aus der Tür.

John ging zurück in den Raum und ließ sich wortlos auf seinem Stuhl nieder. Als Reggie nicht ebenfalls gleich Platz nahm, sagte John mit leichter Verärgerung in der Stimme: »Setzen Sie sich, Reggie.« Reggie setzte sich sofort hin. Niemand verscherzte es sich gerne mit seinem Polygraphexperten, so wie man ja auch seinen Chirurgen kurz vor dem Eingriff nicht unnötig verärgerte. »Also?«, fragte John. »Haben Sie es sich noch mal überlegt? Gibt es irgendetwas in der Biografie, das Sie noch ändern möchten, bevor wir anfangen?«

Reggie sah ihn unentschlossen an, schüttelte aber verneinend den Kopf. »Es steht alles da«, sagte er.

John schmunzelte, was seine gründliche Skepsis verriet, aber er enthielt sich jeden Kommentars. »Also gut. Dann will ich nur die Fragen durchgehen, die ich Ihnen stellen werde, wenn Sie an den Detektor angeschlossen sind.« John machte sich zunächst an die Referenzfragen, die ihm eine Messbasis verschaffen würden, Reggies Name, Adresse – Fragen, bei denen wir sicher sein konnten, dass er nicht log. Alles Fragen, anhand derer sich feststellen ließ, wie Reggies physiologische Reaktionen aussahen, wenn er die Wahrheit sagte.

Dann kam der schwierigere Teil. John brauchte zum Vergleich eine »Kontrolllüge«, eine Antwort, von der wir wussten, dass sie gelogen war. So konnte John ihm später, wenn Reggie an die Maschine angeschlossen war, die Frage stellen, bei der er lügen würde, um auch hier eine Messgrundlage zu haben. »Haben Sie jemals in Ihrem Leben etwas gestohlen?«, fragte er.

»Vielleicht mal als Kind«, antwortete Reggie.

»Alle Kinder lassen mal kleine Dinge mitgehen, aber nur bis sie elf ... oder sagen wir vierzehn sind. Und Sie? Sie haben also seit dem vierzehnten Lebensjahr nichts gestohlen?«

»Eigentlich nicht.«

»Ich habe nichts anderes erwartet. Ein Mensch, der auch nur einen Funken Ehre im Leib hat, würde nicht einmal einen Bleistift mitnehmen, der ihm nicht gehört. Keine Heftklammer. Er würde auch kein Papier ausleihen, wenn ihm sein eigenes ausgegangen ist. So etwas haben Sie also nie gemacht?«

»Ich weiß nicht, vielleicht habe ich mal einen Bleistift oder so was mitgenommen.«

»Wie oft?«

»Bitte?«

»Wie oft haben Sie etwas aus dem Büro mitgenommen, das Ihnen nicht gehört? Doch nicht öfter als fünfmal, oder?«

»Ich glaube nicht.«

»Sie sagen, Sie glauben nicht. Sie sollen hier keine ungefähren Vermutungen anstellen. Nennen Sie mir eine hohe Ziffer. Eine hohe Ziffer. Ich will eine hohe Ziffer von Ihnen hören. Sie haben nicht öfter als zehnmal etwas aus dem Büro mitgenommen, oder? Sich ab und zu mal ein paar Heftklammern zu borgen, ist verständlich – aber öfter als zehnmal etwas aus dem Büro mitnehmen ... Das ist ...«

»Nein, ich bin mir ziemlich sicher, dass ich nicht mehr als zehnmal etwas aus dem Büro mitgenommen habe.«

»›Ziemlich sicher‹, das reicht nicht. Nennen Sie mir eine hohe Ziffer, mein Junge, eine hohe Ziffer. Sagen wir fünfzehnmal, wenn Sie sich nicht sicher sind, ob es nur zehnmal war. Sie haben also nicht öfter als fünfzehnmal Sachen aus dem Büro mitgenommen, stimmt's? Wenn ich Sie frage, ob Sie seit Ihrem vierzehnten Lebensjahr öfter als fünfzehnmal gestohlen haben, können Sie also guten Gewissens ›Nein‹ sagen, oder nicht? Es gibt Verbrecher, die seit ihrem vierzehnten Lebensjahr nicht öfter als fünfzehnmal gestohlen haben, und trotzdem sitzen sie deswegen im Gefängnis.«

Wenn man bedachte, dass hier von einem Zeitraum von über dreißig Jahren die Rede war, hieße das, dass Reggie jeweils im Zwei-Jahres-Rhythmus nicht mehr als einen Bleistift aus dem Büro mitgenommen haben wollte. Auf diese Frage konnte wohl niemand aufrichtig mit ›Nein‹ antworten.

»Ja, schon«, sagte Reggie, »aber was hat das mit mir zu tun?«

»Ich stelle hier die Fragen, mein Junge.«

Reggie lief vor Wut im Gesicht rot an, aber er widersprach nicht. John tat so, als hätte er nichts bemerkt, und machte weiter. Er ging jetzt über zu dem »relevanten« Teil des Polygraphentests, den Fragen über sexuellen Kontakt zu Patienten und Personal, wovon in der Biografie keine Rede war, dann kam er zum Schluss. Alles gehörte zu seiner Methode, gehörig Spannung aufzubauen.

»Wir können auch gleich mit der richtigen Befragung anfangen«, sagte er. Sorgfältig schloss er die Sensoren an. Er legte einen Schlauch an Reggies Brust, zur Messung der Atmung, befestigte einen Sensor an seinen Fingern, der galvanische Reaktionen der Haut abtastete, sowie einen Kardiograph an einem Oberarm, der das Blutvolumen und den Herzschlag aufzeichnete. Danach bat er Reggie, so still wie möglich zu sitzen, und Reggie fügte sich pflichtbewusst.

Ich fragte mich, ob die Effektivität »dieses kleinen Geräts« und die erstaunliche Zahl der Geständnisse, die bei einem negativen Ausgang folgten, nicht teilweise darauf zurückzuführen waren, dass John in zunehmendem Maße Kontrolle über den Probanden gewann. Gleich zu Anfang hatte er ihm jeden Widerspruch verweigert, und jetzt kontrollierte er seine geringsten Bewegungen. Der Raum bot so wenig Stimulierung, dass Reggies Aufmerksamkeit sich voll und ganz auf John konzentrierte, und im Verlauf der nächsten Stunden würde die äußere Welt für ihn gänzlich verblassen.

Trotz seiner Ausgebufftheit, gegen diesen Druck war Reggie nicht gefeit. John war ohnehin von großer Statur, aber je weiter die Zeit vorrückte, desto mehr schien Reggie zu ihm aufzublicken.

John ging noch einmal alle Fragen durch, die er schon vorher mit Reggie besprochen hatte, und behielt dabei die ganze Zeit den Computer im Auge. Seine Stimme klang monoton. Reggie versuchte sich hier und da herauszureden, blieb aber im Wesentlichen bei seiner Geschichte. Seine

Biografie sei akkurat, sagte er. Nein, er habe nichts ausgelassen, und alles stimme, von der ersten bis zur letzten Zeile. Als sie fertig waren, fing John noch einmal von vorne an, und schließlich wiederholte er die Prozedur ein drittes Mal. Er machte immer drei Durchgänge bei einem Lügendetektortest, um die Aufzeichnungen vergleichen zu können.

Schweigend löste John alle Sensoren und setzte sich anschließend wieder an seinen Tisch. Aufmerksam las er sich die Messergebnisse seines Computers durch, schaltete zwischen den Bildschirmen hin und her, tippte gelegentlich auf der Tastatur. Er gönnte Reggie keine Ruhe. Als er fertig war, sah er Reggie eine Weile an, dann sagte er: »Sie haben einen schwerwiegenden Fehler begangen, Mr. Larsen. Sie haben sich hier heute auf den Stuhl gesetzt und mich angelogen, obwohl Sie wussten, dass mir nichts auf der Welt so sehr verhasst ist wie Lügen und ich nichts, ich wiederhole, nichts auf der Welt lieber tue, als jeden Lügner seiner gerechten Strafe zuzuführen.« Reggie schwieg.

»Ich möchte Ihnen etwas zeigen, Reggie. Sehen Sie sich dieses Diagramm an.« John hielt das Diagramm hoch, das der Computer aufgezeichnet hatte. »Wo schert die Nadel aus?« Reggie wirkte unsicher, aber er nahm das Diagramm und zeigte auf die entsprechende Stelle. »Und was sehen Sie daneben? Lesen Sie mir bitte die Zahl vor.«

Reggie las. »Äh, drei.«

»Hier ist die Liste der Fragen, die ich Ihnen gestellt habe. Würden Sie bitte Frage Nummer drei vorlesen?«

Reggie las still für sich, und John sagte: »Laut, bitte.«

»Haben Sie irgendwelche sexuellen Kontakte mit Patienten oder Mitgliedern des Personals in Ihrer Biografie nicht erwähnt?«

»Schauen Sie, ob an der Stelle die Nadel ausschert.«

Reggie sagte nichts. Er starrte wie gebannt auf das Diagramm.

»Sie haben bei der Beantwortung dieser Frage also gelogen.« Reggie schien wie hypnotisiert von dem Diagramm. Er schluckte schwer.

»Und wozu? Um etwas zu verschweigen, etwas, das, gemessen an dem, was ich hier schon erlebt habe, nicht allzu schlimm sein kann – es sei denn, Sie hätten mehrere Ihrer Patienten kaltblütig ermordet. Sicher verschweigen Sie nur irgendwelche kleinen sexuellen Abenteuer.« John klang gereizt. »Und deswegen lassen Sie sich als Lügner brandmarken. Das wiederum hat zur Folge, dass ich empfehlen werde, und ich bin mir sicher, auch Dr. Stone wird diese Empfehlung geben, dass Sie nie wieder als Mediziner praktizieren sollten.«

Reggie öffnete den Mund, um etwas zu sagen, aber schloss ihn dann wieder. Sogar von dem Nebenraum aus, in dem ich mich befand, konnte ich die Unschlüssigkeit in seinen Augen erkennen. Sollte er jetzt gestehen? Würde es ihm helfen? Oder sollte er seinen Standpunkt behaupten?

»Ich habe es Ihnen von Anfang an gesagt, Reggie. Wenn mich jemand belügt«, fuhr John fort, lehnte sich zurück und verschränkte die Arme, »kann ich mir nicht sicher sein, ob er nicht was verbrochen hat. Ich will ehrlich zu Ihnen sein, so gut es geht. Ich verstehe was von meiner Arbeit, aber wenn mich jemand wiederholt belügt – obwohl ich ihm ausdrücklich erklärt habe, dass es mir egal ist, was er angestellt hat, dass es mir nur um das Lügen geht, mehr nicht –, dann muss ich daraus folgern, dass er etwas Schwerwiegendes zu verbergen hat, etwas sehr Schwerwiegendes. Es gibt nur eins, was dermaßen schwer wiegt, nämlich, wenn er Menschen tötet. Wenn er keine Menschen tötet – nun, dann tut es weiter keinem weh. Aber wenn er irgendwelche Substanzen in intravenöse Schläuche einleitet, die da nicht hineingehören, wenn er den Hahn öffnet, obwohl er eigentlich geschlossen bleiben müsste«, John beugte sich vor, und seine Augen verengten sich, »dann hätte es einen Sinn zu lügen.«

»Nein, nein«, sagte Reggie und erhob sich. »Nein, nein. Wenn Sie das glauben … ich würde niemals … ich habe niemals … nein, nein, nie und nimmer würde ich …«

»Setzen Sie sich, Reggie«, sagte John. »Man kann eben nie wissen. Sie verbergen etwas, und wenn die Tötung eines Menschen nicht der Grund ist, kann ich mir ums Verrecken nicht vorstellen, weswegen Sie mich sonst anlügen sollten. Weswegen sonst? Eine Vergewaltigung kann nicht gar so schlimm sein für eine Frau. Es sei denn, sie würde anschließend zu Tode geprügelt. Und wenn man sie nur halb tot prügelt, nachdem sie vergewaltigt wurde, dann bleibt sie doch immer noch …«

Ich fragte mich, wie John wohl mit seinen Mördern redete. Vielleicht so: »Einen Menschen umzubringen, ist nicht das Schlimmste, wenn man es schnell macht. Sie haben die Opfer ja nicht bei lebendigem Leib aufgeschlitzt, oder? Und anschließend die einzelnen Körperteile mit der Post an die Hinterbliebenen geschickt.«

Reggie war geschockt. Er erhob sich, stand einen Moment regungslos da, dann setzte er sich wieder hin. »Also gut«, sagte er. »Es gibt noch ein paar mehr Vorfälle, aber nicht von der Art, wie Sie denken. So was nicht. Einige Frauen waren … vielleicht haben sie geschlafen, aber ich war mir nicht sicher«, fügte er rasch hinzu. »Ich will damit sagen, dass Frauen manchmal so tun, als würden sie schlafen, obwohl sie in Wirklichkeit wach sind. Damit sie nicht zugeben müssen, dass sie einverstanden sind.«

»Reggie«, sagte John. »Jemand anders würde mit dieser Geschichte vielleicht durchkommen. Aber Sie doch nicht. Sie sind Arzt. Sie kennen den Unterschied. Sie können beurteilen, wann ein Mensch schläft und wann er wach ist, wann er schläft und wann er bewusstlos ist, wann er schläft und wann er tot ist. Hören Sie auf, mich für dumm zu verkaufen. Sie wissen genau: Sie haben mir nicht alles gesagt.«

Stille trat ein.

»Waren sie tot?«

»Was?«

»Ich kann mir nicht vorstellen, dass Sie mich angelogen haben, wenn sie nur bewusstlos waren. Das ist doch halb so schlimm, als wenn Sie die Patienten im wachen Zustand vergewaltigt hätten. Was ist schon dabei, wenn sie nur bewusstlos waren. Dann hätten sie es ja nicht mal gemerkt. Wenn sie dagegen tot waren – auch wenn Sie sie nicht selbst getötet hätten –, das wäre wirklich abartig.«

»Sie waren nicht tot«, sagte Reggie. »Keine war tot.«

»Also gut«, sagte John. »Erzählen Sie weiter.«

12

Ich taumelte wie benommen nach draußen ans Tageslicht. Meine Güte, womit man alles ungestraft davonkommen kann! Jahrelang. Unglaublich. Sobald Menschen Vertrauen zu jemandem geschöpft hatten, schauten sie nicht mehr hin, sahen nicht mehr, was sie nicht auch sehen wollten, sahen nicht, was sie nicht auch erwartet hätten.

Ich fuhr, in Gedanken immer noch bei Reggie Larsen, zu meiner Privatpraxis und machte mich gleich ans Schreiben. Es gab keinen Grund, die Beurteilung länger hinauszuschieben. Ich hatte alles beisammen, was ich wissen musste, dass er nämlich nie wieder in seinem Leben in die Nähe eines Patienten gelassen werden durfte. Mit jedem Kilometer, den Larsen auf seiner Rückfahrt nach Boston zurücklegte, stieg außerdem die Gefahr, dass ihm klar wurde, wie ich mich entscheiden würde, und er seine Einwilligung zu einer Beurteilung lieber zurückzog, als der Krankenhausverwaltung mein Gutachten zu übergeben. Nur jetzt, solange die Einwilligung galt, hatte ich die Chance zu verhindern, dass noch mehr Frauen in bewusstlosem Zustand vergewaltigt wurden.

Das Telefon klingelte. Ich beschloss, es einfach zu ignorieren, stellte aber den Anrufbeantworter lauter, damit ich wenigstens wusste, wer dran war. Als Adams warme Stimme aus dem Lautsprecher tönte, änderte ich meine Meinung und hob ab. »Ah, Michael«, sagte er. »Gut, dass ich dich doch noch erwische.«

»War schön gestern Abend mit dir«, sagte ich. »Tut mir Leid, dass ich weg musste.«

»Wie geht es dem Jungen?«

»Schon besser«, sagte ich, »aber von seinen Eltern habe ich noch nichts gehört.« Es erinnerte mich daran, dass ich mich erkundigen musste.

»Zur Sache«, sagte er.

»Gut«, sagte ich.

»Wann hast du Sam Carlson das letzte Mal gesehen?«

Mein Magen verkrampfte sich bei dieser Frage.

»Wieso?«

Es folgte eine Pause. Die Polizei hat eine natürliche Aversion gegen die Freigabe von Informationen, aber Adam fuhr fort: »Er wird vermisst.«

»Vermisst? Seit wann? Und was heißt vermisst?«

»Nach Auskunft seiner Frau hat er sich gestern Morgen zu Hause ein Gewehr genommen, hat es in sein Auto gelegt, ist weggefahren und verschwunden. Er hat ihr nicht gesagt, wohin er aufgebrochen ist. An seinem Arbeitsplatz ist er auch nicht erschienen. Niemand hat ihn seitdem gesehen.«

»Hast du schon mit Marv gesprochen?«

»Nein, noch nicht. Sein Sohn hat erwähnt, dass du damit zu tun hättest, da habe ich mir gedacht, ich rufe zuerst dich an.«

»Der Knüller ist nämlich, dass er Marv gestern auf dem Parkplatz zur Rede gestellt hat, aber da hatte er kein Gewehr dabei, jedenfalls hat Marv keins gesehen. Wenn es anders gewesen wäre, hätte er es mir bestimmt erzählt«, sagte ich trocken. »Es geht hier um einen Fall. Weißt du in der Sache Bescheid?«

»Ich weiß nur das, was mir die Familie gesagt hat. Verrückte Tochter, falsche Anschuldigungen wegen angeblichen sexuellen Missbrauchs als Kind, ihr Therapeut hätte ihr das eingeredet.«

»Adam, ich bitte dich. Marv ist ihr Therapeut. Glaubst du vielleicht, Marv drängt seine Klienten zu falschen Anschuldigungen wegen Kindesmissbrauchs?«

»Ich wiederhole nur, was die Familie mir erzählt hat. Mehr nicht. Was kannst du mir über den Fall sagen?«

»Nichts. Es sei denn, du holst die Einwilligung der Familie ein.«

»Wenn die Möglichkeit der Gefährdung der eigenen Person oder Dritter besteht, darfst du dich durchaus zu dem Fall äußern.« Wohl wahr. Die richterliche Entscheidung im Fall Tarasoff in Kalifornien hatte deutlich gemacht, dass es Grenzen der Schweigepflicht gab.

Ich seufzte. »Wenn ein Verdacht der Gefährdung der eigenen oder anderer Personen vorläge, hätte ich längst jemanden gewarnt.«

»Dass er sich bewaffnet hat und verschwunden ist, könnte deine Meinung vielleicht ändern.«

»Vielleicht. Ach, Scheiße, Adam. Ruf Marv an und komm in die psychiatrische Abteilung, dann reden wir weiter.«

Ohne noch vorher einen Blick aufs Faxgerät zu werfen, begab ich mich flugs zur psychiatrischen Station. Es würden mir schon noch ein paar Stunden Zeit bleiben, bevor Reggie in Boston eintraf und ins Grübeln kam, was er John Davis alles erzählt hatte. So viel Zeit blieb mir bestimmt. Außerdem hatte ein Mann, der bewaffnet war, immer Vorrang.

Es war die Kamera, auf die mein Blick zuerst fiel, erst die Kamera, dann die Menschenmenge. Direkt vor dem Haupteingang des Jefferson Hospital machte die Filmcrew eines Fernsehsenders ein Interview und benutzte das Krankenhaus als Kulisse. Filmcrews im Jefferson sind eine Seltenheit. Gewalt ist bei uns kein großes Thema, und es sind auch nicht ständig neue Erweiterungsbauten einzuweihen, was immer Leute vom Fernsehen anlockt. Spontan fuhr ich an den Straßenrand und hielt an, statt den Wagen wie üblich auf dem Parkplatz für Mitarbeiter des Krankenhauses abzustellen. Ich musste unbedingt herauskriegen, ob es hier um Sam Carlson und die Tatsache ging, dass er sich bewaffnet hatte.

Ich blieb ein paar Minuten im Auto sitzen, trank aus einer Dose Diet Coke und überlegte. Eine Gegenüberstellung mit einem erzürnten Familienmitglied vor der Kamera wollte ich auf jeden Fall vermeiden, aber selbst wenn dieser Auflauf hier etwas mit Sams Verschwinden zu tun hatte – es wusste ja niemand in der Familie, wie ich aussah, außer Jody. Ich hatte mich während der Sitzung mit Marv im Beobachtungsraum aufgehalten und Sam und seine Frau gar nicht kennen gelernt.

Ich stieg aus, schlich langsam bis an den Rand der Menge und versuchte, dicht genug heranzukommen, um zu sehen, ob ich jemanden erkannte. Eine Frau in einem blauvioletten Strickkostüm sprach mit großer Erregung in die Kamera. Ihr gegenüber war eine junge Frau mit einem künstlichen Lächeln im Gesicht und einem großen Mikrofon in der Hand. Neben der Frau im Strickkostüm stand, verlegen und nervös, ein hoch gewachsener, dünner Mann mit klobigen Händen. Seine Größe erinnerte nicht im Mindesten an Sam Carlson, seine Gesichtszüge dafür umso mehr. Das musste Jodys Bruder sein. Er sah mit starrem Blick hinunter auf den Bürgersteig, als würde er am liebsten im Boden versinken; neben ihm stand eine mir unbekannte Frau mittleren Alters, mit zusammengebissenen Zähnen und einer gepflegten Frisur.

Die Frau in dem blauvioletten Kostüm war mir dagegen nur zu gut bekannt.

Ich duckte mich ein bisschen hinter der Menge und spähte meinem Vordermann über die Schulter. Sam Carlsons Sohn würde mich wohl nicht erkennen, aber Leila, die Frau in dem Kostüm, ganz sicher. Die Frau mit dem künstlichen Lächeln stellte Leila die nächste Frage und hielt ihr das Mikrofon hin. Ich rückte näher heran, weil ich die Antwort verstehen wollte.

»Ja, so etwas kommt häufig vor. Wir wissen von zahlreichen Fällen, bei denen die betroffenen Personen nicht nur verklagt wurden, sondern auch tatsächlich im Gefängnis gesessen haben. Alles nur auf der Grundlage so genannter ›verschütteter, wiederentdeckter Erinnerungen an einen sexuellen Missbrauch in der Kindheit‹, suggeriert von skrupellosen, geldgierigen Therapeuten. Das nenne ich eine nationale Schande. Solchen Leuten sollte die Zulassung entzogen werden. Ich kann nur hoffen«, hier blickte sie direkt in die Kamera und fuhr mit drohendem Unterton fort, »dass es diesmal zu keinem tragischen Ausgang kommt.«

»Okay«, sagte die Interviewerin, worauf der Kameramann sofort sein Gerät ausschaltete, sich abwandte und anfing, seine Sachen zusammenzupacken. Die Frau mit dem verkrampften Kiefer stand unsicher da, als wäre sie überrascht, dass alles so schnell vorbei war. Leila strebte schon auf die Eingangstür zum Krankenhaus zu. Ich schob mich an der Menge vorbei, Leila hinterher.

»Leila«, rief ich, während sie durch das Foyer eilte. Sie blieb stehen und drehte sich um.

»Hallo, Michael«, sagte sie. Ich habe schon Schlangen freundlicher lächeln sehen, aber es war nicht so sehr ihr Lächeln als vielmehr ihre Augen, bei deren Anblick sich mir jedes Mal die Nackenhaare sträubten.

»Sie haben gerade unsere kleine Pressekonferenz verpasst. Sie hätten auch daran teilnehmen können«, sagte sie. Ich passte mich ihrem Schritt an, und gemeinsam gingen wir in Richtung Aufzüge.

»Das wäre wohl keine gute Idee gewesen, meine ich. Haben Sie wieder einen erwischt?«

»Das müssten Sie doch viel besser wissen. Warum so bescheiden, meine Liebe? Jetzt geht es Ihnen an den Kragen.«

»Tatsächlich? Ist es so weit? Wer war eigentlich Ihre verbiesterte Begleiterin?«

»Suzy Cartwheel. Die neue Vorsitzende der Ortsgruppe des Vereins für fälschlich beschuldigte Familien. Von der werden Sie sicher noch viel hören. Schrecklicher Fall. Ihr Sohn hat ihren Mann fälschlich beschuldigt, ihn als Kind sexuell missbraucht zu haben.«

»Und Sie haben bezeugt, dass das nicht stimmt.«
»Selbstverständlich.«
»Haben Sie den Sohn jemals angehört, oder haben Sie sich das alles nur aus dem zusammengereimt, was der Vater Ihnen erzählt hat?«
»Den Sohn brauchte ich mir nicht anzuhören. Diese Fälle sind doch sowieso alle gleich.«
»Ach so. Und der neue Mercedes? Oder ist es ein Rolls?«
»Mercedes reicht meinen Ansprüchen. Ein Rolls wäre mir zu ... protzig.«
»Und verräterisch.«
»Passen Sie auf, was Sie sagen.«
»Wie sieht Ihr Terminplan aus? Immer unterwegs?«
»Wo man überall hinkommt! Sie können sich gar nicht vorstellen, wie viele solcher Fälle es gibt.«
»Doch, kann ich mir gut vorstellen.«
»Sie sollten sich uns anschließen, Michael. Sie hätten sicher enormen Erfolg.«
»Ein Platz in der Hölle wäre mir sicher.«
»Im Gegenteil. Haben Sie es noch nicht gehört? Ich werde mit Schindler verglichen. Es gibt so viele bedauernswerte, fälschlich beschuldigte Männer und Frauen, die im Gefängnis schmachten. Eine nationale Schande.«
»Hervorragendes Marketing, aber wem sagen Sie das?« Schindler! Meine Güte, der Arme würde sich vor Schreck im Grab umdrehen.
Leila lachte. »Ich kenne Sie und Ihre Sorte, aber eins sollen Sie wissen: Sie schwimmen gegen den Strom, während mich die Wellen direkt in Oprahs Talkshow tragen. Sie werden jämmerlich in meinem Kielwasser ersaufen.«
»Deswegen haben Sie noch lange nicht Recht.«
»Das ist doch völlig egal.«

»Schindler war es nicht egal.«

Der Aufzug kam, und Leila stieg ein, aber die Aussicht, mit ihr in einer Kabine eingesperrt zu sein, erschien mir wenig verlockend, also nahm ich die Treppe zu meinem Büro, zwei Stufen auf einmal. Unterwegs versuchte ich, den Gedanken an Leila abzuschütteln. Schlangen und Kurtisanen würden sich immer in unserer Nähe herumtreiben. Damit musste man einfach leben.

Ich meldete mich vorne bei Melissa an; Adam und Marv seien schon in Marvs Büro, richtete sie mir aus, und würden auf mich warten.

»Oh, Michael«, sagte Marv, als er mich sah. Er schien stark zu schwitzen, obwohl die Klimaanlage einwandfrei funktionierte. »Danke, dass du gekommen bist. Adam hat mich nach dem Fall Carlson gefragt, aber ich bin an die Schweigepflicht gebunden.«

»Eigentlich nicht. Ich habe mir das auf der Fahrt hierher durch den Kopf gehen lassen. Sam ist nie dein Klient gewesen. Jody ist deine Klientin, und sie kann dich von der Schweigepflicht entbinden.«

Marvs Miene hellte sich auf. »Natürlich«, sagte er.

»Ist sie immer noch in stationärer Behandlung?«

»Ja«, sagte er. »Ich gehe gleich hoch zu ihr und lege ihr eine Ermächtigung zur Unterschrift vor.«

Marv verließ den Raum, und ich sagte zu Adam: »Ich kann dir auch so sagen, was ich weiß. Falls Jody nicht unterschreibt, was ich nicht glaube – ich denke, du hast Recht. Sam Carlson mit einer Waffe in der Hand, das ist eine erschreckende Vorstellung.«

Ich erzählte ihm mit wenigen Worten Jodys Geschichte, von Carlsons Entgleisung während der Sitzung und meiner Hilflosigkeit im Nebenraum. »Ob du es glaubst oder nicht, aber so etwas ist heutzutage gar nicht so selten. Nur eins ist ungewöhnlich.«

Adam hatte sich kaum gerührt, während ich erzählte. »Und das wäre?«, fragte er.

»Die meisten Sexualtäter sind irgendwie abartig veranlagt, können sich aber gut beherrschen. Sie präsentieren sich als die großen Unschuldigen. Carlson war in der Beziehung anders. Eher launisch. Der Mann ist stinkwütend, und ich glaube, er versucht nicht einmal, sich zu beherrschen. Das hat er nie nötig gehabt.«

»Was wird er mit dem Gewehr anstellen, wenn man das alles berücksichtigt? Was meinst du?«

»Keine Ahnung. Wozu er gerade Lust hat. Er ist es gewöhnt, dass alle nach seiner Pfeife tanzen.«

»Ist seine Wut so groß, dass er auf jemanden schießen würde?«

»Ja, kann sein. Marv jedenfalls wäre als Erster dran, und Carlson hat ihn das Gewehr nicht einmal sehen lassen.«

»Wahrscheinlich kein gutes Zeichen«, sagte Adam.

»Wahrscheinlich kein gutes Zeichen«, pflichtete ich ihm bei.

Wir unterhielten uns noch ein paar Minuten weiter, dann erschien Marv, nicht nur mit einer Ermächtigung, sondern mit Jody gleich im Schlepptau. »Jody Carlson«, stellte er sie Adam förmlich vor. »Sie wollte dabei sein.«

Jody trug Jeans und T-Shirt. Ihr Arm war verbunden, und ihre Augen lagen tief, wie es oft bei Menschen der Fall ist, die Schlimmes durchmachen. Unschlüssig ließ sie sich auf der Kante des Sofas nieder. »Was ist mit meinem Vater?«, fragte sie. Ich sah die Anspannung in ihrem Gesicht an. Scheiße, dachte ich, sie liebt ihren Vater immer noch, trotz allem.

»Er wird vermisst«, sagte Adam leise. »Er …« Adam zögerte, dann fuhr er fort: »Er hat gestern Morgen das Haus verlassen. Er hat Ihrer Mutter nicht gesagt, wohin er geht. Als er bis heute Morgen nicht zurückgekehrt war, hat die Familie uns benachrichtigt. Haben Sie irgendeine Idee, wo er sich aufhalten könnte?«

»Nein«, kam die rasche Antwort. »War er wütend ... auf mich?« Es hörte sich verängstigt an, und obwohl sie von dem Gewehr gar nichts wusste, wurde deutlich, dass ihr frühere Gewaltausbrüche ihres Vaters in den Sinn kamen.

Adam zuckte mit den Achseln. »Ihre Mutter behauptet, sie hätten sich nicht gestritten. Er sei einfach aufgestanden, ohne ein Wort, hätte sich angezogen und sei aus dem Haus gegangen.«

»Jody«, unterbrach ich, »Ihre Familie ist zu dem Schluss gekommen, dass eigentlich Marv und ich das Problem darstellen. Ich glaube, auf Sie sind sie im Moment gar nicht wütend.«

Jody sah bedrückt aus. »Irgendjemand wird dafür bezahlen«, sagte sie. »Wenn mein Vater wütend ist, muss jemand anders dafür bezahlen. Das war schon immer so.«

»Wie?«, fragte ich.

Die drei sahen mich verständnislos an. »Ich meine, schreit er rum, macht er Ihnen ein schlechtes Gewissen oder schlägt er oder was? Hat er Sie bedroht?«

»Geschlagen hat er viel. Meistens meine Mutter. Mich auch einige Male, wenn ich nicht gleich spurte. Meine Mutter wegen nichts. Einfach so, wenn er Lust dazu hatte.«

»Was ist mit Waffen? Hat er Sie mal mit einer Waffe bedroht?«

»Nein, eigentlich nicht. Ich kann mich nur an ein paar Mal erinnern, in meiner Kindheit, da hat er damit gedroht, einen von uns mit einer Waffe umzubringen, allerdings hat er oft genug mit einer herumgefuchtelt, wenn er wirklich wütend war.«

Wir schwiegen eine Zeit lang. Was sollte man jemandem antworten, der meinte, mit einer Waffe herumzufuchteln und damit zu drohen, ein Kind zu töten, sei »eigentlich nichts«. Jody legte eine Hand auf den Bauch und sagte: »Mir ist schlecht. Ich muss gehen.«

Marv stand auf und brachte sie zur Tür – die Station lag nur ein Stockwerk höher –, dann setzte er sich wieder hin, genauso bedrückt wie Jody.

»Leila hat sich eingemischt«, sagte ich behutsam. Ich wollte Marv nicht in Panik versetzen, aber es war besser, wenn er Bescheid wusste. »Und in den Nachrichten war es auch schon.« Marv schien ungerührt.

»Wer ist Leila?«, fragte Adam.

»Leila«, sagte ich, »ist eine Sozialwissenschaftlerin. Sie untersucht – besser gesagt, hat untersucht – den Einfluss von Menschenmassen auf das Verhalten des Individuums. Sie hat eine Doktorarbeit über U-Bahn-Unfälle geschrieben. Das sind die Fälle, da springt jemand vor einen Zug, und keiner unternimmt etwas, weil alle darauf warten, dass jemand anders was unternimmt. Das hat zwar nichts mit sexuellem Missbrauch oder der Zuverlässigkeit von Erinnerung zu tun, aber dem Fernsehvolk reicht es. Mittlerweile tritt sie als Expertin für Suggestibilität auf. Wie viele Forschungsgelder lassen sich schon für Untersuchungen von U-Bahn-Unfällen anzapfen? Als Sachverständige in Missbrauchsfällen auszusagen, ist jedenfalls weitaus lukrativer, von der Medienaufmerksamkeit, die man kriegt, mal ganz abgesehen.

Sie tritt häufig als Hauptzeugin der Verteidigung auf, reist durchs ganze Land und behauptet, dass ausnahmslos alle diese Fälle, in denen verschüttete, wiederentdeckte traumatische Erinnerungen eine Rolle spielen, reiner Humbug sind, dass die menschliche Erinnerung schon durch Zeitungslektüre verzerrt werden kann.

Sie ist sehr intelligent und ziemlich gut in ihrem Fach, und die Menschen sind ihr scheißegal. Leila macht gern Punkte.«

»Was meinst du damit?«, fragte Adam.

»Ich glaube, es geht ihr gar nicht so sehr ums Geld«, sagte ich. »Leila ist eine Trophäensammlerin, alle möglichen Trophäen. Außerhalb des Gerichtssaals ist sie eine Verfechterin der altmodischen männlichen Sexualmoral: Jeder, egal wer – Männer, versteht sich – führt Buch, nennt Namen.«

Ich wandte mich Marv zu. »Vor wenigen Minuten hat der VfbF eine Pressekonferenz abgehalten«, sagte ich.

»Irgendein Reporter wird sicher Kontakt mit dir aufnehmen.«

Bei dem Gedanken an einen Reporter, der Kontakt mit ihm aufnahm, schloss Marv die Augen. Von Moment zu Moment wurde er blasser. Plötzlich öffnete er die Augen wieder und stand auf. »Ich habe keine Zeit, weiter darüber zu diskutieren«, sagte er, auf die Uhr schauend. »Gleich kommt ein Klient.« Ohne ein weiteres Wort verließ er den Raum. Adam und ich sahen uns an. Vor zwei Minuten hatte Marv noch keinen Klienten erwartet.

13

Ich lief zurück zu meinem Wagen. Mit etwas Glück blieb mir noch die nötige Zeit, um die Beurteilung über Larsen zu schreiben, bevor er kalte Füße bekam. Ich brauchte nur zu meinem Büro zu rasen, meine Unterlagen zusammenzusuchen und den Bericht aufzusetzen. Aber die Zeit lief mir davon. Jede Minute konnte Larsen mir ein Fax schicken, in dem er seine Einwilligung widerrief. Es würde mich in eine blöde Situation bringen, wusste ich doch, dass ein Anästhesist frei herumlief, der narkotisierte Frauen vergewaltigte, und ich hätte nichts dagegen unternehmen können. Die ärztliche Schweigepflicht bezog sich auf alles außer sexuelle Belästigung von Kindern, und das schien das einzige Verbrechen zu sein, das Larsen nicht begangen hatte.

Ich stieg in meinen Wagen, trank die Coladose aus, die noch auf der Ablage stand, und fuhr aus der Parklücke. Die Anzeichen von Stress sind bei jedem Menschen anders. Wenn ich anfing, Getränke mit mir herumzuschleppen, Eistee, Kaffee, Cola, dann wusste ich, dass ich überarbeitet war. Freud hat Recht. Wir brauchen alle unsere Beruhigungsmittel. Der einzige Unterschied zu meinen Anverwandten bestand darin, dass meine Getränke nicht alkoholisch waren, aber der Impuls ist der gleiche.

Ich war beinahe bei meiner Privatpraxis angelangt, da klingelte das Telefon. »Michael«, sagte die Stimme. »Wo sind Sie gerade?«

»Ruth. Woher haben Sie meine Nummer?« Ich gab die Nummer meines Autotelefons normalerweise nicht heraus. Ich hatte es mir sowieso nur zugelegt, weil Adam wegen meiner nicht ungefährlichen Arbeit und aus Sorge um meine Sicherheit einen Aufstand gemacht hatte. Er hatte damit gedroht, mir eins zu kaufen, wenn ich es nicht selbst täte.

»Wir haben da so unsere Methoden«, sagte sie, und ich musste lachen, weil ich dabei an ihren Gesichtsausdruck dachte.

»Also, was gibt's?«

»Ihre Anwesenheit ist erforderlich. Wo sind Sie gerade?«

»Hängt davon ab«, sagte ich. »Wieso?«

»Curtis Todd ist wie durch ein Wunder wieder gesund und darf nach Hause. Eine typische Kinder-Selbstheilung. Sein Kopf ist wieder klar. Sonst war ja alles in Ordnung mit ihm. Seine Mutter und sein Vater sind hier, sie haben diverse Knochenbrüche erlitten – den beiden geht es nicht so gut –, aber sie dürfen auch nach Hause, und sie wollen Ihnen für alles danken.«

»Ich kann nicht«, sagte ich. »Richten Sie ihnen mein Bedauern aus und sagen Sie, ich sei verhindert. Das heißt, sagen Sie nicht verhindert. Lassen Sie sich irgendeine Entschuldigung einfallen. Aber bringen Sie es ihnen schonend bei.« Solche Dankesbezeugungen kann ich nicht gut aushalten, außerdem wurde die Zeit immer knapper, die mir noch blieb, um den Bericht über Larsen einzureichen, bevor der seine Einwilligung widerrief.

»Michael«, sagte sie, »der Junge will Sie unbedingt wiedersehen, bevor er entlassen wird. Ich glaube, er braucht das. Er hat seinen Eltern viel von Ihnen erzählt, und ich glaube, die Eltern wollen auch, dass Sie noch mal vorbeikommen. Ich bin nicht der behandelnde Seelenklempner, aber sind Sie nicht diejenige, die immer über mangelnde Nachsorge klagt? Also, kommen Sie gefälligst her.«

»Entschuldigen Sie bitte. Habe ich da irgendwas missverstanden? Bin ich nun ranghöheres Fakultätsmitglied oder nicht? Und Sie? Sind Sie nun eine kleine Assistenzärztin, die an meinen Lippen hängen soll, oder nicht? Reicht es nicht, morgens um vier aus dem Bett geklingelt zu werden? Jetzt kommandieren Sie mich auch noch rum! Ich will nicht zurückfahren. Außerdem habe ich tatsächlich etwas sehr Dringendes zu erledigen.« Ich hatte nicht die geringste Lust, die Beurteilung über Reggie Larsen zu schreiben, aber ich musste es tun.

»Das kann ich nicht gelten lassen. Machen Sie, dass Sie herkommen, dem Kind zuliebe, und zeigen Sie Großmut.«

Ich stieß einen Seufzer aus und wendete. Diese Frau war die reinste Tyrannin. Aber sie hatte Recht. Ständig lag ich den Assistenzärzten in den Ohren, wie wichtig die Nachsorge war, und wahrscheinlich brauchte der Junge diese Geste des Abschieds tatsächlich. »Also gut«, sagte ich. »Ich komme, aber nur für zwei Minuten, Guten Tag und Auf Wiedersehen, mehr ist nicht drin. Sie wissen doch, ich mag keine Sentimentalitäten.«

Der Parkplatz vor dem Krankenhaus war belegt. Ich fuhr auf die Rückseite und fand einen Ausweichplatz neben dem Hintereingang. Mit mir selbst schimpfend stieg ich aus. Ich wollte gerade über die Treppe hoch in den vierten Stock zur Kinderabteilung, als ich merkte, dass mir schlecht wurde. Schlagartig fühlte ich mich müde und ein bisschen benommen. Einigermaßen verwirrt lehnte ich mich an die Wand neben dem Aufzug, um wieder zu mir zu kommen. Es war so plötzlich passiert, ich war völlig konsterniert.

Ich überlegte, ob ich umkehren und zum Auto zurückgehen sollte, um mich ein paar Minuten auszuruhen, aber dann dachte ich, wie dumm das wäre. Bei der Müdigkeit würde ich sofort einschlafen, dabei warteten oben Leute auf mich. Ich schluckte ein paar Mal. Mein Speichelfluss erhöhte sich, wie bei einem pawlowschen Hund, was ich mir nun überhaupt nicht erklären konnte.

Ich drückte den Aufzugknopf, und die Türen öffneten sich sofort. Der Dienstaufzug wurde hauptsächlich für den Transport von Patienten in den OP benutzt, er war nicht für die Allgemeinheit gedacht und zu dieser Tageszeit kaum in Betrieb.

Während der Aufzug aufwärts schlich, ging es mir immer

schlechter, und ich glitt an der Wand hinab und setzte mich auf den Boden. Meine Lungen fühlten sich schwer an, und ich konnte kaum den ganzen Speichel herunterschlucken, der sich ständig neu bildete. Es war so seltsam, weil es mir fünf Minuten vorher noch blendend gegangen war. Welche Krankheit trat mit solcher Plötzlichkeit auf? Wie eine Grippe kam es mir nicht vor. Aber ich kam auch nicht darauf, was es sonst hätte sein können. Ich sah die Wände der Aufzugkabine an und hatte auf einmal das Gefühl, dass sie näher rückten, wie in einer Erzählung von Edgar Allen Poe.

Der Summer ertönte, und ich vernahm, wie sich die Aufzugtüren öffneten, aber als ich aufblickte, schienen sie meilenweit entfernt. Der Flur dahinter war verschwommen, unendlich lang und schmal wie ein Tunnel. Ich raffte mich auf, kam auf die Beine und steckte eine Hand in den Spalt zwischen die Schiebetüren, um den Schließmechanismus zu unterbrechen. Es war alles so lächerlich. Ich hatte mir einen Grippevirus eingefangen, oder vielleicht war es auch irgendeine absonderliche allergische Reaktion, aber ich würde doch wohl aus diesem Aufzug aussteigen können.

Ich taumelte aus der Kabine auf den Flur, direkt auf das Schwesternzimmer zu. Ich bewegte mich komisch, Arme und Beine fühlten sich schwer an, und ich war zu schlapp, um den Flur bis zum Schwesternzimmer zu überqueren. Die Atmung erforderte meine ganze Konzentration. Warum meinten die Menschen bloß immer, atmen sei leicht? Atmen ist höllisch schwierig. Wieso hatte ich das all die Jahre als selbstverständlich hingenommen?

Ich sah, wie die Stationssekretärin bei meinem Anblick aufstand. Offenbar konnte ich, wie eine Betrunkene, nicht artikuliert sprechen, dagegen war ihre Körpersprache eindeutig. Wieso sah sie mich so entgeistert an? Hatte sie noch nie in ihrem Leben einen Grippekranken gesehen? Wir befanden uns hier schließlich in einem Krankenhaus. Es erschien mir irgendwie komisch, dass sie mich so verdutzt ansah. Ich verlor den Kampf gegen den Speichelfluss, und die Spucke fing an, mir aus den Mundwinkeln zu tropfen.

Ich sah, wie sie zum Telefon hastete, und hörte, dass sie »Dr. Blue, bitte zur pädiatrischen Abteilung« ausrief. Um Himmels willen, was war los? Dr. Blue war ein Code, der besagte, dass alle verfügbaren Kräfte herbeieilen mussten, auf der Stelle. Das war doch albern. Bei einem harmlosen Grippefall ruft man doch nicht gleich Code Blue. Ich fiel auf die Knie, aber ich merkte, dass es mir schwer fiel, in der Höhe zu bleiben, und glitt gleich ganz zu Boden.

Meine Lungen versagten mir den Dienst, und schließlich, als ich schon Fußgetrappel hörte, dämmerte mir, dass es etwas Gefährlicheres sein musste als eine Grippe. Ich sah Ruths Gesicht über mir, und gleich schwächte sich das Gefühl der Panik ein wenig ab. Ruth, Ruth, Ruth, wollte ich sagen, ich kann nicht atmen. Aber ich konnte es nicht sagen, und nach der Angst zu urteilen, die aus ihren Augen sprach, wusste sie ohnehin Bescheid.

»Ganz ruhig, Michael«, hörte ich sie sagen. »Wir sind bei Ihnen.« Sie umfasste mein Handgelenk beim Reden, dann beugte sie meinen Kopf nach hinten und überprüfte meinen Hals. Da ist nichts, wollte ich sagen, aber mir wurde schwarz vor Augen, und es erforderte meine ganze Kraft, Luft in die Lungen zu pumpen; es fühlte sich an, als würden tonnenschwere Gewichte auf ihnen lasten.

Ich hörte noch mehr Fußgetrappel, überall erschienen plötzlich Gesichter, Beine und Füße. Ich hörte auch Stimmengewirr, nur erkennen konnte ich kaum noch etwas. Ich machte die Augen zu, die Lider wurden zu schwer.

Ich hörte, wie Ruth Befehle gab, sie beherrschte den Code. Jemand musste die Regie übernehmen; nur gut, dass es Ruth war. Dann hielt jemand mein Gesicht zwischen den Händen und blies Luft in meinen Mund, aber ich merkte nicht mehr viel davon, denn ich war schon halb weg, eigentlich ein sehr schönes Gefühl, trotzdem konnte ich darauf verzichten.

Ich musste geträumt haben. Was sonst? Wenn das Bewusstsein wie eine Kerze erlischt, hat das Unbewusste freie Hand, alle Bilder an die Oberfläche zu holen, die eigentlich ohnehin vorhanden sind, aber von dem logischen Zensor in uns am Auftauchen gehindert werden. Die linke Gehirnhälfte schwankte hin und her, spuckte ab und zu Worte aus, während die rechte ungestört Bilder entwarf, die man sonst nie zu sehen kriegt.

Außer im Schlaf. Oder wenn man ohnmächtig ist. Dann kommen die Träume. Ich dämmerte eine Zeit lang vor mich hin, beobachtete, wie Infusionen in einen Körper unter mir gelegt wurden, der mir irgendwie bekannt vorkam, dann schwebte ich den Gang entlang, glitt durch Wände hindurch, über die Straße zur psychiatrischen Abteilung. Warum gehe ich sonst nie diesen Weg?, dachte ich. Er ist doch so einfach und praktisch. Dieser ganze Aufwand immer, mit Aufzug, Treppen oder Unterführung, lächerlich. Unterhalb von mir sah ich Marv durch einen rückwärtig gelegenen Flur eilen, auf den Ausgang zu. Ich kam näher, und ich sah, dass er überall nass war, als würde er weinen, aber am ganzen Körper. Ich wollte etwas zu ihm sagen, aber da war er schon wieder weg, lief auf den Parkplatz. Er darf jetzt nicht gehen, dachte ich, er hat doch einen Klienten. Aber das schien nicht weiter wichtig. Nichts schien wichtig.

Dann befand ich mich wieder woanders, beobachtete

eine Schwester, die Monitore überwachte, eine Unzahl Monitore; es waren so viele, es musste sich um eine Spezialabteilung handeln. Sie drehte sich um, und ich erkannte Zania. »Zania«, fing ich an, »ich bin's«, aber ich hielt inne. Irgendetwas Dunkles schwirrte um sie herum, das sich mit ihr bewegte. Er wird ihr wehtun, dachte ich, ganz schlimm. Zuerst ich, dann sie.

Ich stöhnte und lief zurück zur pädiatrischen Abteilung. Ich durfte erst gehen, wenn ich ihr Bescheid gesagt hatte, vorher nicht. Die Tarasoff-Regel besagte, dass ich sie warnen musste, wenn jemand ihr wehtun wollte, und Tarasoff galt hier genauso wie dort. Der Tod wurde nicht als Entschuldigung akzeptiert.

Es war leicht. Ich würde ihr einfach Bescheid geben, und dann würde ich gehen. Aber für meine Kollegen hatte ich wirklich schlimme Nachrichten: Tarasoff war im Himmel.

Als ich endlich wieder zu mir kam, steckte irgendetwas Riesiges in meinem Rachen, damit er offen blieb, und im Hintergrund vernahm ich das unaufhörliche Dröhnen einer Maschine. Obwohl nur halb bei Bewusstsein, spürte ich die Wirkung der starken Betäubungsmittel, die mich ins Bodenlose zogen. In wachem Zustand hätte ich gewusst, dass sie Freunde waren, die mich davon abhielten, gegen die Maschine anzukämpfen, aber so starke Mittel erscheinen einem nie freundlich gesinnt.

Unermüdlich rebellierte ich, um mich von ihnen zu befreien, aber sie überrollten mich wie Wellen. Immer wieder schwebte das Gesicht von Leila über meinem Kopf, sie glitt auf ihrem Surfbrett dahin wie die böse Hexe aus dem *Zauberer von Oz* und lachte hysterisch, wenn ich versuchte, dieses blöde Brett zu fassen zu kriegen und sie umzustoßen.

Aber ich kam nicht mal in ihre Nähe, ich rutschte bloß immer tiefer und tiefer.

Dann hörte der Lärm der Maschine ganz auf, und eine Zeit lang war ich abwechselnd halb da und gleich wieder weg. Ich war mir sicher, dass ich Zania zwischendurch erkannte, aber ich war nicht wach genug, dass ich sprechen konnte. Vielleicht hatte ich es auch nur geträumt. Als ich wieder bei vollem Bewusstsein war, war sie jedenfalls nicht da. Der erste Mensch, den ich auf der Intensivstation zu Gesicht bekam, war Adam, der auf einem Stuhl saß und ein Buch las: er trug Jeans und T-Shirt. »Hey«, sagte ich mit schwacher Stimme und versuchte, den Kopf zu heben, »wo hast du denn dein Kostüm gelassen? Wieso arbeitest du nicht?«

»Michael«, sagte er, stand auf und setzte sich behutsam auf die Bettkante. Er beugte sich vor und küsste mich. »Wie geht es dir?«

»Nicht allzu gut«, sagte ich gedehnt; bei jedem Wort schmerzte es im Rachen. »Was machst du hier?«, krächzte ich.

»Ich habe mir ein paar Tage freigenommen. Draußen läuft ein Mensch frei herum, der was gegen dich hat.« Er sagte es leichthin, aber seine Augen glänzten, und als er meine Hand ergriff, fühlte es sich an, als würde er sie so schnell nicht wieder loslassen. »Ich bin nur zeitweilig hier«, fuhr er fort. »Manchmal gehe ich rüber, und dann übernimmt Jonathan die Stellung.« Jonathan war Adams bester Detective, ein ehemaliger Polizist aus Boston. Er war kräftig und wortkarg und sah aus, als könnte ihm nichts etwas anhaben, aber in einem Fall hatten wir mal zusammengearbeitet, und da hatte ich ihn anders erlebt.

»Meine Güte, Jonathan auch noch? Habt ihr euch freigenommen, um den Babysitter für mich zu spielen?« Ich wollte vor ihm die Empörte spielen, aber die Show gelang mir nicht einmal ansatzweise. Adams Anwesenheit war einfach tröstlich. »Ich brauche einen neuen Hals«, krächzte ich. Mein Rachen war wund von der Intubation. »Was ist passiert?« Ich spürte, dass ich wieder wegsackte.

»Du hast neun Leben, mein Kind. Jemand hat Ketamin in deine Cola getan. Ziemlich viel sogar. Ein sehr starkes Narkotikum. Es lähmt die Lungen. Wenn du nicht gerade zufällig in einem Krankenhaus gewesen wärst, als die Wirkung einsetzte, wärst du jetzt tot.« Er sagte es sanft und sah mich dabei an, aber ich war schon von allein darauf gekommen, wie knapp ich entkommen war.

»Mann oh Mann«, sagte ich. »Beinahe wäre ich nicht wieder aufgewacht.« Meine Stimme klang so heiser, und ich sackte schon wieder weg; Adam beugte sich zu mir hinunter, um meine Worte zu verstehen. Spontan hob ich den Kopf ein Stück an und küsste Adam auf die Wange. Dann schlief ich wieder ein, ohne noch etwas zu sagen, nicht mal die Worte »Reginald Larsen«.

Erst nach vierundzwanzig Stunden wachte ich wieder auf und hatte genug Kraft zum Sprechen. »Um Haaresbreite wäre ich nicht hergekommen«, sagte ich zu Adam. »Jemand wollte mir für etwas danken, und ich halte so etwas nicht gut aus. Ich wollte eigentlich gar nicht zurückfahren.«

Adam lachte gequält. »Das wird dir eine Lehre sein«, sagte er. »Übrigens geht es hier zu wie in einem Taubenschlag. Marv schneit jeden Tag mehrmals herein. Carlotta sitzt gerade an einem Fall außerhalb der Stadt, aber sie ruft dauernd an. Sogar Toby ist hier gewesen.«

Bei dem Namen meines geschätzten Vorgesetzten musste ich unwillkürlich die Augen verdrehen. »Wahrscheinlich war er es«, murmelte ich etwas verschlafen. »Oder wünscht wenigstens, er hätte es getan.«

»Kannst du wieder sprechen?«, sagte Adam. »Ich meine, weißt du, wer es war?«

»Ein Mann namens Reginald Larsen«, sagte ich, ohne zu zögern. »Ein Klient.«

»Hat es nichts mit dem Sam-Carlson-Fall zu tun?«, fragte Adam.

»Nein, wieso?«

»Ach, nichts weiter.«

»Doch, sag. Warum fragst du?«

»Weil vor dem Krankenhaus, fünfzehn Meter von deinem Auto entfernt, eine Pressekonferenz mit Sam Carlsons Sohn Mark stattfand, als es passierte.«

Ich lächelte grimmig. »Leila war auch da. Sie wäre eine viel bessere Kandidatin gewesen.«

Er lachte leise. »Ist ja nur eine Frage. Die Familie ist stinksauer auf dich. Der Sohn war am Tatort. Die Coladose stand in deinem Auto. Da haben wir sie später gefunden. Und obendrein ist der Mann Tierarzt. Er kommt also an Betäubungsmittel heran.«

»Ach, tatsächlich?«

»Tatsächlich.«

Ich überlegte einen Moment. »Trotzdem. Er hätte das Zeug ja bei sich haben müssen. Warum sollte er so etwas machen? Er konnte doch gar nicht wissen, dass ich da sein würde. Außerdem, warum sollte er dermaßen stinkig auf mich sein? Er kannte mich ja überhaupt nicht. Viele Leute sind stinkig auf mich, aber erst, wenn sie mich kennen gelernt haben.«

»Das stimmt«, sagte Adam. »Also, wer ist dieser Reginald Larsen?«

Ich erzählte es ihm.

14

Zania wollte nicht mit Adam reden. Sie war nur an die Tür gegangen, um ihm zu sagen, er solle verschwinden, und das Telefon hatte sie auch nicht abgenommen. Auf der Arbeit war sie ebenfalls nicht erschienen. Sie war seit drei Tagen krank gemeldet.

Am nächsten Tag wartete ich daher nachmittags so lange, bis Adam sich verabschiedet hatte, und zog mich dann langsam an. Erstaunlich, wie schlapp und ausgelaugt mein schmächtiger kleiner Körper war und um wie viel schmaler als noch vor drei Tagen. Ich fühlte mich elend, aber ich redete mir ein, ich könnte ja jederzeit zurückkehren.

»Ich verschwinde von hier«, sagte ich zu Jonathan, als ich auf den Gang trat. Ich verzichtete darauf, mich mit der Hand an der Wand abzustützen. »Vielen Dank.«

»Gern geschehen«, sagte er. »Aber, äh, so wie Sie aussehen, sollten Sie lieber hier bleiben. Haben Sie jemandem Bescheid gesagt, dass Sie gehen?«

»Sie kennen doch den gewinnorientierten Pflegebetrieb«, sagte ich. »Man darf nicht bleiben, solange man nicht kurz vorm Sterben ist. Und dann werfen sie einen erst recht raus. Ein Unding.«

Er sah mich skeptisch an.

»Sagen Sie Adam, es wäre etwas dazwischengekommen. Ich hätte unbedingt etwas erledigen müssen. Mir geht es ganz gut. Wirklich. Na ja, so einigermaßen.« Jonathan sah nicht gerade glücklich aus, aber was sollte er schon groß machen, außer es seinem Chef zu melden.

Ich hatte Melissa angerufen, um mir Zanias Adresse geben zu lassen, die sie mir bei ihrem ersten Besuch genannt hatte, und jetzt wollte ich auf schnellstem Wege zu ihr. Sie hatte ein Haus auf dem Land gemietet – wenn sie Angst davor hatte, verfolgt zu werden, war das sicher keine gute Idee. Aber vielleicht wurde sie ja gar nicht verfolgt; vielleicht hatte sie gedacht, sie würde Reggie für immer hinter sich lassen, als sie seinerzeit aus Boston weggezogen war.

Ich stieg in meinen Wagen, aber auf einmal war ich zu müde, um den Motor anzulassen. Ich lehnte die Stirn ans Steuerrad und wartete ab, bis ich genug Kraft hatte, den Schlüssel herumzudrehen. Meine Güte, es ist schon seltsam, was so eine Geringfügigkeit wie ein Beinahe-Tod mit einem anstellen kann.

Bei dem Haus, das Zania gemietet hatte, handelte es sich um ein altes Farmhaus in der Nähe der Interstate. Die Vorhänge waren zugezogen, und das Haus sah verlassen aus. Das Garagentor war zugesperrt, und ich hatte daher keine Möglichkeit herauszufinden, ob Zania überhaupt da war oder nicht. Irgendwie war das auch egal, ich musste es eben einfach probieren. Auf der Stufe zur Tür blieb ich stehen und merkte plötzlich, dass sich etwas in mir verändert hatte, aber den Gedanken wollte ich erst später weiter verfolgen.

Ich schaute auf, um anzuklopfen, und auf einmal kam ich mir vor, als wäre ich direkt dem Gedicht »Die Zuhörer« von Walter de la Mare entsprungen, einem Gedicht, das mir als Kind immer sehr gefallen hat. »Sag Bescheid, ich sei da … mein Wort zu halten«, hätte ich am liebsten laut zitiert, aber natürlich klopfte ich nur an die Tür und sagte: »Hallo, Zania, ich bin's, Michael.«

Keine Antwort. »Machen Sie auf, Zania. Ich muss mit Ihnen reden.« Ich klopfte noch eine Zeit lang weiter und gewann allmählich den Eindruck, dass sie tatsächlich nicht zu Hause war, als die Tür abrupt geöffnet wurde.

Zania schaute mich einen Moment an, dann sagte sie: »Sie sehen schlecht aus. Was machen Sie überhaupt hier? Sie hätten gar nicht so früh entlassen werden dürfen.« Zania war auch nicht gerade das blühende Leben, sie hatte Flecken im Gesicht und Ringe unter den Augen.

»Es geht mir schon wieder ganz gut.«

»Das sieht man Ihnen aber nicht an.«

»Vielen Dank«, sagte ich, »aber wenn ich die Alternative bedenke ...« Ich wollte es ganz locker sagen, aber die Atmosphäre war alles andere als locker. »Darf ich reinkommen?«

»Ich will nicht mehr darüber reden«, sagte sie. Plötzlich ertönte hinter ihr ein Schrei. Sie drehte sich kurz um, und ich schlüpfte an ihr vorbei ins Haus.

»Es dauert nur kurz«, sagte ich, ging auf ein Sofa zu und ließ mich nieder. Ich war so erschöpft, dass ich dankbar war, sitzen zu können, und es hätte einiger Anstrengung bedurft, mich wieder von dem Sofa zu vertreiben. Zania warf mir einen knappen Blick zu, schien meinen Zustand zu erfassen und schloss die Tür. Sie ging zu dem Verursacher des Geschreis und kniete sich hin.

Auf dem Boden war ein kleines Kind, ungefähr sechzehn Monate alt. Das Mädchen hatte dünnes blondes Haar, das bis über die Ohren reichte, und die strahlendsten blauen Augen seit Paul Newman. Sie zerrte an einer Decke, einer abgenutzten und verschlissenen Decke für ein Kinderbettchen, die aussah, als hätte sie sie seit tausenden von Jahren mit sich herumgeschleppt. Leider stand die Kleine mit den Füßen auf der Decke, eine Tatsache, die es unmöglich machte, sie freizubekommen. Das Mädchen schrie wie am Spieß, ohne jede Einsicht, dass sie selbst zu ihrem Unglück beitrug, genauso wie manche Erwachsene, die ich behandelte.

»Robin, lass mich ...«, mischte sich ihre Mutter ein, aber Robin schrie noch lauter, sodass Zania zurückwich.

Sie unternahm einen zweiten Versuch, Robin zu demonstrieren, dass sie mit ihren eigenen Füßen auf der Decke stand, aber Robin starrte sie mit einem grimmigen Blick an, den sogar Kaiser Nero nicht besser hinbekommen hätte. Ein Panzer wäre durch diesen Blick zum Stehen gebracht worden, und er brachte ihre Mutter dazu, nicht einzugreifen.

Andere Mütter hätten das Zwölfkilopaket hochgehoben, das Kind beiseite genommen, und das ganze Problem wäre gelöst, doch Zania stand bloß am Rande des Geschehens und schaute hilflos zu.

Robin zerrte mit einem letzten wilden Ruck, und es gelang ihr, die Decke unter ihren Füßen hervorzuziehen, aber sie selbst fiel dabei hin. Sie plumpste auf ihren windelgepolsterten Hintern und hörte vor Schreck auf zu schreien.

»Ganz schön munter«, bemerkte ich.

Ich hatte mich sofort in das Kind verliebt, doch Zania schüttelte bloß den Kopf und antwortete müde: »So kann man es auch sehen.« Sie setzte sich in einen Sessel mir gegenüber, behielt aber Robin im Auge.

»Ist sie immer so?«

»Bloß sieben Tage die Woche.«

»Wie kommen Sie mit ihr zurecht?«

»Ach, meistens gebe ich ihr, was sie haben will. Es lohnt sich nicht zu streiten.«

Ich wollte schon zu bedenken geben, dass es dann in der Pubertät wohl erst richtig spannend werden würde, ließ es aber bleiben. Es hatte mich keiner nach meiner Meinung gefragt. Ich war aus einem ganz anderen Grund gekommen.

Widerstrebend riss ich mich zusammen und konzentrierte mich auf das Naheliegendste. »Wie gehen Sie damit um?«

»Womit? Der Tatsache, dass ich beinahe schuldig an Ihrem Tod geworden wäre? Ich fühle mich beschissen. Aber ich hätte niemals gedacht …«

»Zania, Sie haben keine Schuld, dass ich beinahe getötet worden wäre. Wie kommen Sie bloß darauf?«

»Wenn ich Ihnen nicht gesagt hätte …«

»Zania! Reggie hat nie erfahren, dass ich mit Ihnen geredet habe. Wenn er es war, der den Anschlag verübt hat, dann deswegen, weil er mir viel von sich erzählt hat. Nicht, weil Sie mir etwas von ihm erzählt haben.« Sie wirkte nicht überzeugt, aber ich fuhr trotzdem fort.

»Darf ich Ihnen ein paar Fragen stellen«, sagte ich sanft. »Für mich ergibt das alles keinen rechten Sinn. Aus heiterem Himmel macht ein Mensch normalerweise so etwas nicht. Es sei denn, es liegt ein schwerwiegenderes Problem vor, das ich nicht kenne. Man fängt in diesem Alter nicht mehr an, Menschen mit dem Tod zu bedrohen. Gibt es irgendetwas, das Sie mir nicht erzählt haben? Hat es auf Ihrer Intensivstation mal unerklärliche Todesfälle gegeben, in der Zeit, als Larsen gerade auf Station war? Irgendetwas, worauf Sie sich keinen Reim machen konnten?«

Zania schwieg einen Moment. »Soll das ein Witz sein?«, sagte sie schließlich. »Sie können einen Mann wie Reginald Larsen doch nicht beschuldigen …«

»Ich beschuldige ihn nicht, Zania. Haben Sie Nachsicht mit mir. Überlegen Sie.«

Sie zuckte mit den Achseln. »Schwer zu sagen«, antwortete sie ausweichend. »Nahezu jeder, der auf die Intensivstation verlegt wird, ist in Lebensgefahr und könnte sterben. Deswegen ist er ja da. Und viele sterben auch tatsächlich.«

»Aber der Zeitpunkt des Todes ist eine andere Sache. Ist

jemals ein Patient unmittelbar nach einem von Larsens Besuchen auf der Station gestorben? Jemand, der sich eigentlich auf dem Weg der Besserung befunden hatte? Ist mal irgendwas Unerklärliches passiert?« Vielleicht war der Gedanke ein bisschen weit hergeholt, aber wenn sich die beste Vorhersage zukünftigen Verhaltens aus dem Verhalten in der Vergangenheit erschließt, dann lässt sich aus dem gegenwärtigen Verhalten vielleicht am besten auf das Verhalten in der Vergangenheit schließen.

»Eigentlich nicht«, sagte sie und verstummte. Sie sah zu Boden, fast schuldig, dachte ich.

»Was?«

Im selben Moment fing Robin wieder an zu schreien, und wir beide schauten zu ihr hinüber. Sie hielt eine kleine Spieldose in den Händen und versuchte, sie von der Seite zu öffnen, an der sich die Scharniere befanden. Natürlich passierte nichts, da der Deckel an der Kante fest montiert war. Unbeirrt zog sie weiter und schimpfte dabei. Verdammt noch mal, warum kriege ich diese blöde Dose nicht auf! Ich musste unwillkürlich lächeln. Robins Herangehensweise ans Leben kam mir vertraut vor.

Zania ignorierte das Geschrei und wandte sich wieder mir zu. »Das ist doch lächerlich. Wie können Sie so etwas über einen Mann wie Reginald Larsen behaupten? Es würde Ihnen niemand glauben.«

»Wer würde schon glauben, dass er versucht hat, mich umzubringen? Aber darum geht es mir nicht. Wenn er versucht hat, mich umzubringen, muss man sich vielmehr die Frage stellen, ob er so etwas zum ersten Mal macht. Darum geht es.« Am liebsten hätte ich gesagt: »Tun Sie doch nicht so. Sie wissen ganz genau, dass er versucht hat, mich umzubringen. Wieso geraten Sie denn so ins Schwitzen?« Aber ich ließ es bleiben. Stattdessen sagte ich: »Und deswegen bin ich hier, Zania. Er hat viel eher einen Grund, Sie zu fürchten als mich.«

»Ich bitte Sie. Was soll das denn heißen?«

»Bei mir kann er wenigstens hoffen, dass ich mich an meine Schweigepflicht halte, obwohl er wahrscheinlich nicht davon ausgegangen ist. Aber Sie haben nicht den geringsten Grund, irgendwas über ihn zu verheimlichen. Keinen. Und dem Krankenhaus gegenüber haben Sie nur einen Bruchteil Ihres Wissens offenbart. Sie haben nur zugegeben, dass Sie ›vielleicht‹, ›möglicherweise‹ einen Vorfall beobachtet hätten, und dann haben Sie noch hinzugefügt, Sie hätten es eigentlich nicht richtig gesehen, Sie wären erst danach in den Raum gekommen und wären sich nicht sicher. Und er weiß nicht einmal, dass Sie der Krankenhausleitung nur diese eine Geschichte und nicht noch mehr erzählt haben.

Von ihm aus betrachtet, sitzen Sie auf einem Pulverfass von Informationen, das seine berufliche Laufbahn zerstören kann. Aber er glaubt, Sie hätten nichts weitergegeben. Sie wissen, dass er sich dauernd auf der Intensivstation aufgehalten hat, obwohl gar kein Grund dafür vorlag, dass er in die Krankenzimmer hineinging und die Tür hinter sich verschloss. Sie hatten ein Verhältnis mit ihm, und Sie wissen, dass er immer dann auf die Station kam, wenn Sie Schicht hatten. Das sieht für einen Außenstehenden nach Absicht aus, von dem Vorfall mit der Patientin, den Sie beobachtet haben, ganz zu schweigen. Reginald weiß sehr genau, dass seine Karriere beendet ist, wenn Sie den Mund aufmachen und alles, wirklich alles erzählen, was Sie wissen.«

»Ist das Ihr Ernst? Soll das heißen, dass er versuchen wird, mich zu töten?« Die Angst, die in ihrer Stimme mitschwang, jagte mir eine Gänsehaut über die Arme. Ich kam mir vor wie Alice im Wunderland, ihr Mangel an logischem Denkvermögen erstaunte mich. Wieso war sie nicht schon längst selbst darauf gekommen? Aber ich erlebte es immer wieder: was der Mensch nicht sehen will, nicht ertragen kann, das sieht er auch nicht.

»Das könnte durchaus sein«, sagte ich vorsichtig.

»Mich töten? Mich töten? Das glaube ich einfach nicht. Das ist doch albern. Reggie würde niemals versuchen, mich zu töten.«

Ich schwieg. Ich wollte fragen, warum sie meinte, er würde es niemals versuchen, aber das erschien mir dann doch zu grob. Nach einigem Herumgedruckse war mir jedoch immer noch nicht eingefallen, wie ich mich anders ausdrücken sollte; ich gab daher auf und sagte: »Also gut, warum nicht?«

»Weil er Arzt ist, verdammt noch mal. Er würde doch keinen Menschen töten.«

Sie sah den Ausdruck in meinen Augen und sagte kleinlaut: »Ob er es war, der versucht hat, Sie zu töten, wissen wir ja nicht mit letzter Sicherheit. Es kann auch jemand anders gewesen sein.«

»Wieso haben Sie dann geweint, wenn Sie meinen, es könnte jemand anders sein? Warum sind Sie dann die letzten drei Tage über zu Hause geblieben? Zania, machen Sie sich nichts vor! Sie können nicht übersehen, dass Reggie Larsen versucht hat, mich zu töten, und gleichzeitig so tun, als würde er Ihnen niemals etwas antun.«

»Er würde mir nie wehtun«, behauptete sie trotzig, aber ich hörte einen panischen Unterton heraus. »Ich habe eine kleine Tochter. Was sollte aus Robin werden?«

»Über so etwas machen sich diejenigen, die andere Menschen töten, keine Gedanken. Es kümmert sie einfach nicht.

Ich bitte Sie, Zania, kennen Sie vielleicht einen Killer, der sich Sorgen macht, welche Auswirkungen seine Tat auf die Angehörigen hat? Aber Sie brauchen deswegen nichts zu befürchten. Wenn Sie dem Krankenhaus gegenüber alles sagen, was Sie wissen, hat er gar keinen Grund, Sie zu töten. Wenn es raus ist, ist es raus. Er sinnt nicht auf Rache. Außerdem würde er seine Lage nur noch verschlimmern, wenn Sie unter merkwürdigen Umständen ums Leben kämen, nachdem Sie ihn verpfiffen haben. Sie sind nur in Gefahr, solange es ihm etwas nützt, Sie zum Schweigen zu bringen.«

Zania stand auf. »Das kann ich nicht machen«, sagte sie, und diesmal klang ihre Stimme so schrill, dass Robin aufhörte, an der Dose herumzuzerren, und zu ihrer Mutter aufschaute. »Sie haben überhaupt nichts begriffen. Sie haben von nichts 'ne Ahnung. Raus hier! Sie machen mir Angst. Das muss ich mir nicht bieten lassen.«

»Zania, bitte ...«

»Auf der Stelle. Sie müssen jetzt gehen. Ich habe zu tun. Für so was möchte ich meine Zeit nicht verschwenden.«

Ich war wie vor den Kopf gestoßen. Es hatte keinen Zweck zu widersprechen. Zania war viel zu verängstigt, um klar denken zu können, einen Entschluss zu fassen oder irgendwas zu unternehmen, um den Druck loszuwerden. Ich wollte sagen: »Hey, hören Sie mal! Bedeutet es Ihnen irgendwas, dass auch mein Leben in Ihren Händen liegt?« Aber das würde ganz sicherlich nicht weiterhelfen. Wenn sie nicht reden wollte, um ihr eigenes Leben zu retten, würde sie bestimmt auch nicht reden, um mein Leben zu retten.

Ich stand auf und ging hinaus. Hier konnte ich nichts mehr ausrichten. Am Auto drehte ich mich um und sah noch einmal kurz zurück zum Haus. Ich wünschte, mein Leben läge in Robins Hand und nicht in der ihrer Mutter.

15

Ich fuhr nach Hause, aber dann änderte ich meinen Entschluss. Es gab jemanden, der etwas wusste, was mir in dieser Situation vielleicht weiterhalf. Und jetzt würde er es mir ganz bestimmt sagen. Unterwegs überlegte ich mir, wie ich an die Sache herangehen sollte. Es wollte reiflich überlegt sein. Ich würde ihn höflich fragen, und wenn er sich weigerte, mir etwas zu sagen, dann, und nur dann, würde ich damit drohen, ihm beide Daumen zu brechen.

»Michael«, sagte Marv, als er mir die Tür öffnete, und die Wärme in seiner Stimme war Balsam für meinen müden zarten Körper und meine gepeinigte Seele. »Gott sei Dank. Komm rein, komm rein. Ich war heute Nachmittag auf der Intensivstation, aber da warst du schon weg, und keiner wusste, wo du steckst. Du hast dich doch wohl nicht unerlaubt von der Truppe entfernt, meine Liebe, oder? Nach allem, was passiert ist. Übrigens hat Carlotta angerufen. Sie sucht auch nach dir.«

»Ich musste unbedingt etwas erledigen«, sagte ich. »Hast du einen Moment Zeit für mich? Ich möchte etwas mit dir besprechen.«

»Für dich habe ich immer Zeit«, sagte Marv. »Willst du zum Abendessen bleiben?«

»Nur, wenn wir nichts von außerhalb bestellen«, sagte ich. »Mein Vertrauen in fremde Küche ist momentan auf einem Tiefpunkt. Und biete mir bloß keine Cola an.«

Marv lachte. »Ich werde uns schon etwas zaubern, wenn du nicht allzu pedantisch bist.«

»Ich bin ja schon vieles genannt worden, aber das noch nicht«, erwiderte ich.

Dankbar ließ ich mich auf Marvs dick gepolstertem Sofa nieder, während er aus der Küche etwas zu trinken holte. Auf einmal fühlte ich mich so müde, dass ich auf der Stelle hätte einschlafen können. »Wie kommst du in dem Fall Carlson voran?«, rief ich ihm in die Küche hinterher.

»Berechtigte Frage«, antwortete Marv. »Jody und ich treffen uns morgen mit ihrem Bruder Mark.«

»Wozu?«, fragte ich und schloss für einen Moment die Augen.

Marv steckte den Kopf durch den Türspalt. »Er hat darauf bestanden. Sein Vater ist immer noch nicht wieder aufgetaucht. Die Familie macht sich zunehmend Sorgen, dass ihm etwas zugestoßen sein könnte.«

»Und wieso sollte ein Treffen mit dir daran etwas ändern? Glaubt der Bruder vielleicht, du wüsstest, wo sich sein Vater aufhält, oder du hättest ihn irgendwo versteckt?«

Marv zuckte mit den Schultern, und sein Kopf zog sich wieder zurück in die Küche. »Ich weiß nicht, was er glaubt. Er hat Jody und mich nur um einen Termin gebeten. Ob die Mutter mitkommt oder nicht, weiß ich nicht. Jedenfalls will ich diesmal einige Regeln festlegen, vorher. So ein Desaster wie das letzte Mal soll sich nicht wiederholen.« Ich hörte ein gewisses Schaudern aus seiner Stimme heraus.

»Wahrscheinlich will er, dass Jody den Vorwurf fallen lässt und sich offiziell entschuldigt«, bot ich als Erklärung an. »Sie soll Dad bitten, wieder nach Hause zu kommen, alles sei vergeben und vergessen. Soll heißen, es gibt nichts zu vergeben, es ist ja gar nichts passiert. Das jedenfalls würde der VfbF ihm raten: eine Entschuldigung verlangen. Falls Jody nicht einwilligt, euch beide mit Anzeigen überschütten. Und wenn sie sich entschuldigt, diesen Akt vor der Öffentlichkeit als erneuten Beweis für eine ›fälschliche Beschuldigung‹ darstellen.«

Marv brachte die Getränke und setzte sich. »Glaubst du wirklich, dass die Familie Anzeige erstatten wird?«, fragte er beunruhigt.

Schneller als dir lieb ist, dachte ich, sagte es aber nicht laut. Ich hatte heute schon mal jemandem Angst eingejagt. »Es hängt ganz davon ab«, sagte ich. »Man weiß nie« – im Gegensatz zu mir und Leila und dem ganzen Verein für fälschlich beschuldigte Familien, welche die Politik verfolgten, grundsätzlich jeden zu verklagen, wen, wann und wo auch immer. Wenn ich den VfbF richtig einschätzte, würde ihm ein Selbstmord Carlsons am besten in den Kram passen. Allein die Publicity! Leila hatte den Selbstmord praktisch vor der Kamera vorhergesagt, und falls es wirklich so weit käme, würde sie natürlich als ziemlich clevere Person dastehen.

»Soll ich auch kommen?«

»Du siehst nicht gerade blendend aus, meine Liebe. Spann lieber mal ein paar Tage aus.«

»Mal sehen«, sagte ich. »Ich komme, wenn es eben geht.« Auch wenn er es nicht zugeben würde, aber Marv sah mich mit so dankbarer Miene an, dass ich beschloss, morgen früh anzutanzen – wenn mir nach Tanzen zumute war.

»Beschließen wir das Kapitel«, sagte Marv. »Wie geht es dir?«

Ich rührte nachdenklich in meinem Eistee. »Ich möchte wissen«, sagte ich ohne Umschweife, »was Reginald Larsen senior damals zu dir gesagt hat und was dich veranlasst hat, mir zu raten, seinen Sohn lieber nicht zu behandeln.« Ich trank einen Schluck und sah Marv an.

Marv erwiderte meinen Blick; man sah förmlich, wie es in ihm arbeitete. »Ich hätte es dir sagen sollen«, meinte er.

»Das heißt nein, doch nicht. Ich habe es dir deswegen nicht gesagt …« Er seufzte. »Ach, es ist ohnehin zu spät.« Er seufzte erneut und lehnte sich in seinem Sessel zurück. »Also gut. Es war zu der Zeit, als Reginald junior Assistenzarzt in Texas war. Es gab einen Skandal. Er wurde von einer Patientin wegen unsittlichen Benehmens während eines Examens angezeigt. Irgendetwas in diese Richtung, es ist schon lange her. Die Einzelheiten sind mir entfallen.

Jedenfalls wurde überlegt, wie man vorgehen soll – wie du weißt, ist es außerordentlich schwierig, einen Assistenzarzt in seinem letzten Jahr zu versetzen. Zu dem Zeitpunkt bekam der Ausschussvorsitzende anonyme Anrufe, in denen er und seine Familie bedroht wurden.« Ich musste sofort an Zania und Robin denken. Mit fünfzig probierte man keine radikal neuen Sachen aus. Was immer Reggie tat, er tat es höchstwahrscheinlich nicht zum ersten Mal.

»Um es kurz zu machen, die Anrufe gingen auf Reggies Konto, und er wurde entlassen. Ohne jedes Empfehlungsschreiben. Ich glaube, er ist danach zur Armee gegangen. Die brauchte damals dringend Ärzte. Es fand sich keine andere Assistentenstelle für ihn.

Seine Eltern waren verzweifelt. Sie wollten von mir wissen, welche Therapie ich für angebracht hielt. Ich habe ihnen eine vorgeschlagen, aber ob Reggie jemals darauf eingegangen ist, weiß ich nicht. Ich wollte einfach nicht, dass du diesen Fall übernimmst.«

»Warum nicht?«

»Reggie ist bekannt für sein impulsives Handeln. Wenn man das bedenkt, und dazu die Sache aus seiner Zeit als Assistenzarzt … na ja, ist doch sonnenklar, findest du nicht? Er kann Druck nur schwer aushalten und hat ein unterentwickeltes Überich, gepaart mit einem schwach ausgeprägten Ego und einem signifikanten Maß an Impulsivität. Angesichts der speziellen Beurteilungen, die du machst und die für den Klienten vermutlich jede Menge Stress bedeuten, ließ das nichts Gutes ahnen. Vielleicht ist Reggie seit seiner Zeit als Assistenzarzt ja gereift, mag sein, aber wenn man berücksichtigt, welche Schwierigkeiten er hat, wie du angedeutet hast, fürchte ich, dass das nicht der Fall ist.«

Ich lehnte mich in die Polster zurück. »Nur, damit ich dich richtig verstehe, Marv: Du hattest also Angst, ich würde ihn dermaßen unter Druck setzen, dass er ausrasten und irgendeinen Anfall kriegen würde, wie damals in Texas, es sei denn, er wäre in der Zwischenzeit etwas erwachsener geworden.«

»Genau«, erwiderte Marv. »Vielleicht dachte ich bloß, ich müsste dich beschützen, weil du in letzter Zeit so schlechte Erfahrungen gemacht hast. Immerhin hast du mit etlichen Klienten zu tun gehabt, die ein unterentwickeltes Abgrenzungsvermögen hatten.«

Ich lachte. Vor einiger Zeit hatte jemand versucht, mich zu erwürgen, und jemand anders hatte auf mich geschossen, und das konnte man wohl als unterentwickeltes Abgrenzungsvermögen bezeichnen, obwohl die beiden nach meinem Südstaatenverständnis einfach bloß »blöde Arschlöcher« waren.

Marv wollte noch etwas ergänzen, da klingelte das Telefon. »Hallo«, sagte er. Er hörte eine Weile schweigend zu. »Nein, selbstverständlich. Sie stören nicht. Sie können mich jederzeit anrufen.«

Er sah mich an und zuckte mit den Achseln, als wollte er sagen, dass er nichts dagegen tun könne, und ging mit dem Telefon in ein anderes Zimmer. Es handelte sich offenbar um eine Krisensituation; die Unterbrechung konnte also länger dauern.

Ich stand auf, spazierte im Zimmer umher und betrachtete Marvs Kunstsammlung. Es gab einige Stücke, die ich meinte noch nie gesehen zu haben, und nach einigen Minuten fiel mir auf, dass sich irgendwas verändert hatte. Erst nach einer ganzen Weile wurde mir klar, worin die Veränderung bestand.

Als Marv schließlich auflegte, setzte ich mich nicht gleich wieder hin. »Marv«, sagte ich, »seit wann hast du diese Lithographie?«

Marv trat neben mich. »Ach die«, sagte er, »die habe ich vergangenen Oktober in einer kleinen Galerie in New York entdeckt. Ab und zu bekommt der Galerist wunderbare Arbeiten herein, die ich mir leisten kann. Bei den meisten ist überhaupt nicht daran zu denken.«

Wunderbar – so konnte man es natürlich auch sehen. Ich schlenderte weiter, suchte nach Bildern, die ich noch nicht kannte. »Was ist mit diesem kleinen freskoartigen Teil?«

»Ach das, Mutter mit Kind. Du wirst es nicht glauben, aber das habe ich auf einem Flohmarkt gefunden, als ich durch London spazieren ging.«

»Wann war das?«

»In diesem Frühjahr. Als ich aus Russland zurückkam.«

Ich ging ins Esszimmer, immer noch auf der Suche. »Was ist mit dieser Statue auf dem Schränkchen?«

»Die habe ich immer schon gehabt«, sagte Marv. Ich betrachtete sie genauer, vielleicht täuschte ich mich ja.

»Hat die schon immer hier gestanden?«

»Nein. Die hatte ich nicht ausgestellt. Ich musste vieles umstellen, denn langsam geht mir der Platz aus.«

Ich hatte mich doch nicht getäuscht. Ich setzte mich hin und überlegte, wie ich es ihm beibringen sollte, da klingelte erneut das Telefon. Wieder war es das Krankenhaus, eine

Anfrage, ob Marv mit einem Klienten reden wollte, ein Notfall. Marv warf mir einen Blick zu und sagte in den Hörer, der Bereitschaftsdienst solle das übernehmen. Ich fragte mich sofort, was er wohl gemacht hätte, wenn ich nicht da gewesen wäre. Hingefahren, vermutlich. Er hätte sich nicht am Telefon darüber unterhalten. Er wäre ins Krankenhaus gefahren und hätte den Abend über gearbeitet.

»Entschuldige die vielen Unterbrechungen, Michael«, sagte er. »Ich war wirklich sehr beunruhigt, nach dem, was dir passiert ist, und ich habe mich gefragt, ob ich etwas hätte sagen sollen oder nicht. Ich weiß, dass Adam mit den Ermittlungen beauftragt ist, aber wenn ich irgendwas für dich tun kann, gib Bescheid.«

»Danke«, sagte ich. »Das ist nett von dir, aber im Moment geht mir etwas ganz anderes durch den Kopf. Darf ich mal einige von deinen Bildern umstellen?«

Marv schien überrascht. »Umstellen?«

»Nur für ein paar Minuten.«

»Natürlich, aber ...«

»Nur Geduld.« Ich stand auf und nahm alle Bilder, die Marv im vergangenen Jahr gekauft hatte, behutsam von der Wand und stellte sie in einer Reihe nebeneinander auf, nach dem Zeitpunkt ihres Erwerbs angeordnet. Dann trat ich zurück, nahm einige ältere Stücke und stellte sie vor die neuen.

»Sieh dir das an«, sagte ich.

Marv schaute erst mich und dann die Bilder an. Er stand verwirrt und verlegen da, dann sah ich, dass sich sein Blick trübte. »Nein«, sagte er, »ich weiß nicht, worauf du hinauswillst.«

»Guck genau hin, Marv«, bat ich ihn. »Die Bilder sind ein Rorschachtest. Du bist ausgebrannt. Du brauchst Leben um dich herum. Wenn du dir schon keine Freundin zulegen willst, dann schaff dir wenigstens ein Haustier an, einen Dobermann oder so was.« Ich sah den Blick in seinen Augen. »Na gut, wenn schon keinen Dobermann, dann vielleicht einen Goldfisch. Irgendwas.«

»Bei allem Respekt«, sagte er eisig, »ich weiß nicht, was du meinst. Und was Kunst betrifft, das ist einfach nicht dein Ding, Michael. Können wir nicht in Ruhe zu Abend essen, und du erzählst mir von den Problemen mit Dr. Larsen.«

Ich stand wie angewurzelt da, fassungslos. Keiner hörte auf mich. Erst wollte Zania nicht auf mich hören und jetzt Marv, und doch wäre ich jede Wette eingegangen, dass ich Recht hatte. Reggie hatte allen Grund, Zania zu töten, und dass er dazu in der Lage war, hatte er uns bereits vorgeführt. Und die Kunstwerke, die Marv im vergangenen Jahr gekauft hatte, sagten alles über ihn, vor allem, was in seinem Leben nicht stimmte. Jeder ging seinen Weg, den Blick stur auf den Boden geheftet, auf einen Punkt wenige Zentimeter vor den Füßen, und keiner wollte geradeaus blicken, aus Angst vor dem, was er zu sehen bekam. Blieb mir nur die Hoffnung, dass das nicht auch für mich galt.

16

Ich überlegte, ob ich zurück ins Krankenhaus fahren sollte, aber das hätte ich nicht ausgehalten. Dann überlegte ich, ob ich zu Adam fahren sollte, aber das wollte ich auch nicht. Am liebsten wollte ich zu mir nach Hause, wollte allein in meiner kleinen Finnhütte sein, dem Plätschern des Baches zuhören, der durch meinen Garten floss, und vielleicht in der Badewanne liegen und die Seele baumeln lassen. Bestimmt würden sich einige fragen, ob ich noch ganz normal war, denn die Hütte war relativ abgeschieden, aber sie war mein Zuhause, und da gehörte ich hin.

In der Einfahrt vor der Hütte stand ein Wagen, den ich sofort erkannte, und auf dem Rasen ein kuppelartiges Gebilde, das ich nicht gleich erkannte. Ich hielt an und ging hin. »In meinem Vorgarten steht ein Zelt«, stellte ich laut fest.

Es war Adam, der den Kopf durch den Eingangsschlitz steckte. »Hallo«, sagte er.

»Was soll denn das Zelt hier?«

»Ist es nicht hübsch?«, sagte er. »Guck doch mal! Sierra Design. Für zwei Personen, und es wiegt keine zwei Kilo. Ein Sonderangebot im Campingladen.«

»Adam.«

»Hättest du mich ins Haus gelassen?«

»Auf einen Besuch, ja, aber nicht um zu übernachten.«

»Genau deswegen steht das Zelt hier.«

»Mach keine Witze. Man kann doch nicht einfach sein Zelt auf dem Grundstück fremder Leute aufschlagen. Ich könnte die Polizei rufen.«

»Ja?«, sagte er.

»Das finde ich gar nicht lustig.« Ich ließ mich im Schneidersitz auf dem Rasen nieder. »Warum bist du hier?«

»Können wir uns nicht drinnen weiter unterhalten?«

Ich sah Adam in die Augen. »Was ist los?«

»Es ist wegen Larsen«, sagte er.

Adam schien es nicht eilig zu haben mit dem Reden. Er hatte noch nicht gegessen, und ich tischte daher alles auf, was sich fand, und fragte mich die ganze Zeit, was er mir wohl mitzuteilen hatte. Wir machten es uns auf der kleinen Terrasse bequem und beobachteten, wie die Wolken vor dem

Vollmond am Himmel dahinrasten. Schließlich konnte ich nicht mehr an mich halten. »Also, was gibt's?«, fragte ich. »Schieß los.«

Adam stellte seine Tasse ab. »Reginald Larsen hat eine neue Freundin, eine Krankenschwester, und die sagt aus, er sei auf die Minute drei Stunden nach Beendigung des Lügendetektortests in Baltimore angekommen. Sie bleibt bei ihrer Aussage, und sie behauptet steif und fest, er sei den restlichen Nachmittag und den Abend über bei ihr gewesen.«

»Sie lügt.«

»Wahrscheinlich. Aber sie ist eine Krankenschwester, ein rechtschaffenes Mitglied der Gesellschaft, und sie ist bisher nicht mit dem Gesetz in Konflikt gekommen. Jede Geschworenenjury würde ihr glauben.«

»Seine letzte Freundin war auch ein rechtschaffenes Mitglied der Gesellschaft, und sie hat sein Treiben die ganze Zeit gedeckt.«

»Das hilft uns nicht weiter. Außerdem sind weder auf deinem Auto noch auf der Coladose oder sonst wo Fingerabdrücke gefunden worden. Und wir haben keine Person ausfindig machen können, die zu dem fraglichen Zeitpunkt aus dem Krankenhaus gekommen oder gerade reingegangen ist, die die Pressekonferenz verfolgt hat oder sich an dein Auto erinnert, keinen, der sich in der Nähe irgendeines Autos aufgehalten hat. Niemandem ist irgendetwas aufgefallen.«

»Fingerabdrücke sind gar nicht nötig. Er hätte sich nur vorsichtig ins Fenster lehnen und etwas in die Dose zu werfen brauchen. Er hätte sie dafür nicht einmal anfassen müssen.« Ich seufzte. »Und was jetzt?«

»Nichts weiter. Wir haben keine Handhabe.«

»Was soll das heißen, ihr habt keine Handhabe? Ihr könnt

ihn doch nicht einfach laufen lassen. Er hat versucht, mich umzubringen. Und beinahe wäre es ihm gelungen.«

»Michael, es gibt mehr ungelöste Mordfälle, als man vermutet.«

»Ist es so leicht? Kommt man so leicht mit einem Mord davon?«

»Manchmal ja«, sagte er. Wir schwiegen beide.

»Verdammt!«, sagte ich. »Verdammt noch mal!« Ich war extrem genervt, aber hinter meiner Wut lauerte die pure Angst. »Weißt du was? Ich hatte gehofft, man würde ihn wegen versuchten Mordes drankriegen, und das ganze Problem hätte sich damit erledigt. Nun, ich stehe schließlich immer noch irgendwie unter Drogen.«

Adam kommentierte das nicht weiter. »Und, was passiert jetzt?«, fragte ich ihn. »Glaubst du, du könntest so einfach hier einziehen?«

»Ja, wenigstens für eine gewisse Zeit. Entweder ziehe ich in dein Haus, oder ich kampiere draußen auf dem Rasen.«

Ich explodierte. »Das lässt du schön bleiben«, schrie ich. »Du tust weder das eine noch das andere.«

»Michael«, sagte er, und mich überraschte die Sanftheit in seiner Stimme, trotz meines Gefühlsausbruchs. Ich wollte einen Streit vom Zaun brechen, aber Adam ging nicht darauf ein. »Du zehrst von deinem Glück. Von Glück allein. Es ist das dritte Mal, seit wir uns kennen, dass etwas passiert, bei dem du beinahe draufgegangen wärst. Das Glück ist dem Menschen nicht ewig hold«, sagte er schlicht.

Ich wollte etwas erwidern, aber er unterbrach mich. »Nein, hör mir nur eine Minute zu. Sag mir, wie findest du schießwütige Alleingänger beim Basketball?«

»Solche Leute regen mich auf. Das Spiel mit denen macht keinen Spaß.«

»Beim Basketball bist du die beste Teamspielerin, die ich kenne. Du gibst auch noch den möglicherweise perfektesten Wurf ab, wenn jemand durchs Mittelfeld gestürmt kommt. Aber im wirklichen Leben bist du eine schießwütige Alleingängerin von der schlimmsten Sorte. Jeden Wurf willst du unbedingt allein machen. Zweimal habe ich daneben gestanden und musste zusehen, wie du dich beinahe hast umbringen lassen, und vorher hast du nicht einen Gedanken daran verschwendet, den Ball abzugeben.

Sieh es mal von der Warte: Ich habe es satt, auf der Bank zu sitzen. Und dieses spezielle Spiel beherrsche ich besser als du.«

Ich machte den Mund auf, weil ich antworten wollte, aber ich schloss ihn wieder.

»Deswegen bin ich hier. Du kannst mich aus dem Haus werfen, dann kampiere ich auf dem Rasen. Wenn du mich vom Rasen verscheuchst, schlage ich mein Zelt auf der Straße auf. Ich habe es satt, ausgeschlossen zu werden. Jedes Mal, wenn es gefährlich wird, führst du dich auf wie eine Verrückte. Wenn du so weitermachst, wirst du irgendwann umkommen, und ich habe keine Lust mehr, nur darauf zu warten, dass es passiert.«

Seine Worte erschütterten mich. Mama hätte es die Wahrheit der Evangelien genannt, die absolute Wahrheit, Worte wie hingebellt. Die Wahrheit war immer hart. Ich kannte mich besser mit Lügen aus. Ich war es gewohnt, dass mich Menschen anlogen. Die Wahrheit jedoch, die aus dem Innersten kam, das war etwas ganz anderes. Erneut öffnete ich den Mund, um etwas zu sagen, und schloss ihn wieder, ohne dass ich ein einziges Wort hervorgebracht hätte. Ich wusste einfach nicht, was ich noch sagen sollte.

Am nächsten Tag saß ich mit Jody Carlson in Marvs Büro und wartete darauf, dass Marv mit ihrem Bruder Mark aus dem Wartezimmer herüberkam. Ich fühlte mich wacklig auf den Beinen, aber als ich an die lange, zärtliche Nacht mit Adam dachte, musste ich unwillkürlich lächeln – es gab Medizin, die kein Arzt verschreiben konnte. Plötzlich hatte ich einen Gedanken. »Jody«, sagte ich, »Sie wissen, dass Ihr Vater vermisst wird. Wo, glauben Sie, hält er sich auf?«

»Keine Ahnung«, erwiderte sie. »Früher habe ich auch nie gewusst, wo er sich aufhält. Mir hat ja nie einer was erzählt.«

»Was meinen Sie damit? Ist er schon mal einfach so verschwunden?«

»Natürlich«, sagte sie, »aber …« Jody wurde von Marv unterbrochen, der zur Tür hereinkam. Sie erstarrte und sah zu Boden, als Marv und ihr Bruder Mark den Raum betraten.

Ich stand auf. »Dr. Stone«, stellte ich mich vor und hielt ihm die Hand zum Gruß hin.

Mark Carlson war ein großer, gut aussehender Mann Ende dreißig mit strohblondem, schütterem Haar. Er trug gepflegte Kleidung, und er hatte eine gewisse Art an sich, die darauf schließen ließ, dass er geordnete Verhältnisse vorzog.

Er grüßte mich mit einem festen Händedruck und nickte seiner Schwester kurz zu. »Jody«, sagte er, schaute aber gleich wieder weg. Er weiß Bescheid, dachte ich, tief in seinem Herzen weiß er Bescheid, und er ist nicht so abgebrüht, dass er ihr ruhig in die Augen schauen könnte.

Als wir alle Platz genommen hatten, wandte sich Marv an mich und sagte: »Ich habe Mr. Carlson erklärt, dass du diesmal anwesend sein wirst.« Er sagte es klar und deutlich, ohne Zeit für ein Gegenargument zu lassen.

»Also«, fuhr er fort, »eins will ich von Anfang an klarstellen. Wir werden höflich miteinander umgehen. Sollte einer den anderen anschreien oder beschimpfen, werde ich dieses Gespräch umgehend abbrechen. Sind alle damit einverstanden?« Ich sah anerkennend zu Marv hinüber: Das erste Treffen war ihm eindeutig eine Lehre gewesen.

Wie schlimm seine eigene Depression auch sein mochte, er hatte sich dazu aufgerafft, das hier durchzustehen.

»Kein Problem«, sagte Mark leise. »Mein Vater ist der Temperamentvolle in der Familie.«

Er musste die Skepsis in meinen und Marvs Augen gesehen haben und fuhr schüchtern fort: »Ich wollte mich dafür entschuldigen, dass ich Sie am Telefon angebrüllt habe. Selbst Jody würde mir beipflichten, dass ich mich normalerweise nicht so verhalte.«

»Gut«, entgegnete Marv. »Jody?«

»Schon in Ordnung«, sagte sie. Sie war dicht an Marv herangerückt, als suche sie Unterstützung bei ihm. Ihren Bruder sah sie nicht direkt an, sondern warf nur gelegentlich einen gehetzten Blick zu ihm hinüber.

»Also«, sagte Marv, sich wieder Mark zuwendend. »Warum sind Sie heute hierher gekommen?«

Carlson holte tief Luft. »Ich habe gründlich nachgedacht«, sagte er und wandte sich unmittelbar an Jody. »Es tut mir Leid, dass ich Dr. Gliesen am Telefon so angebrüllt habe, aber meine Meinung, was ich von dem Ganzen halten soll, hat sich nicht geändert. Ich weiß nicht, warum du die Familie auf diese Art auseinander reißen willst, aber es muss Schluss sein damit. Es muss einfach Schluss sein. Dad dreht durch. Du weißt, wie sich Dad aufführt, wenn er sich ärgert. Und du weißt, was mit Mom los ist. Dreimal am Tag ruft sie mich an und heult mich voll.

Du musst damit aufhören, Jody. Ich habe Familie, um die ich mich kümmern muss. Ich muss arbeiten. Du kriegst die Auswirkungen nicht zu spüren, ich schon. Ich weiß nicht, was vorgefallen ist, als du noch klein warst. Ich bin in derselben Familie aufgewachsen, und ich habe nie etwas gesehen. Und selbst wenn etwas passiert sein sollte, dann ist das lange her. Das Leben geht doch weiter, und man muss auch mal vergessen können. Du bist dabei, das Leben anderer Menschen zu zerstören.«

Jody war betroffen, sie zog die Knie unters Kinn, und wir warteten einen Augenblick, aber sie rang mit den Tränen. Als sie nichts erwiderte, sprach Marv an ihrer Stelle: »Mr. Carlson, nehmen Sie doch nur mal für eine Minute an, dass hier tatsächlich ein sexueller Missbrauch vorliegt. Nehmen Sie an, Jody sei durch diese Erfahrung so beeinträchtigt, dass sie weder arbeiten noch zur Schule gehen kann, dass sie depressiv wird und Selbstmordgedanken hat, dass sie wiederholt ins Krankenhaus eingeliefert werden muss. Und nun bedenken Sie bitte, was Sie von ihr verlangen.«

»Das ist nichts Neues«, wandte sich Jody wütend an Marv. »Er will doch nur, dass ich weiter so tue, als sei alles in Ordnung, damit die anderen verschont bleiben. Dad ist die reinste Plage, wenn er sauer ist. In dem Punkt stimme ich ihm zu. Mom schimpft und jammert hinter seinem Rücken, traut sich aber nicht, es ihm ins Gesicht zu sagen, und treibt die anderen in den Wahnsinn. Dad bei Laune halten. Das wurde mir immer vermittelt. Dad bei Laune halten, das war meine Aufgabe.«

Sie wandte sich Mark zu, und ihre Stimme wurde lauter. »Wieso hat man mich zum Opferlamm erkoren? Was ist mit dir? Wieso hat er nie auf dir herumgehackt? Was ist mit deiner Tochter? Stell dir vor, deine Tochter würde in Dads

Zimmer geschickt, und es würde ihr gesagt, sie soll Dad bei Laune halten, so wie Mom es mit mir gemacht hat.« Jody fing an zu weinen und nahm eine Fötushaltung ein.

Mir stockte der Atem. Wieso hatte ich nicht eher daran gedacht? »Moment mal«, sagte ich. »Haben Sie eine Tochter?«

Carlson antwortete nicht sofort. »Ja«, sagte er schließlich, als alle anderen schwiegen. »Ich habe zwei Kinder. Einen Jungen und ein Mädchen.«

»Wie alt ist das Mädchen?«

Wieder entstand eine Pause. »Acht«, sagte er und fügte rasch hinzu: »Aber meine Familie hat nichts damit zu tun.«

Ich blieb hartnäckig. »Wenn man bedenkt, was Ihr Vater Jody angetan hat, wie sie behauptet, und dass sie ungefähr im gleichen Alter gewesen ist – haben Sie Ihre Tochter mal gefragt, ob ihr Opa sich jemals ungehörig ihr gegenüber verhalten hat?«

»Ist das Ihr Ernst?«, fragte er, wobei seine Stimme sich beinahe überschlug.

»Mr. Carlson«, griff Marv ein, »wir haben uns darauf verständigt ...«

»Wollen Sie, dass ich ihr jetzt auch noch solchen Dreck einrede? So wie Sie es bei meiner Schwester getan haben? Was sind Sie bloß für Menschen?«

»Sie müssen nicht gleich deutlich bei ihr werden«, sagte ich. »Und Sie brauchen sie auch nicht unnötig aufzuregen. Fragen Sie sie, ob ihr Opa jemals etwas gemacht hat, das ihr nicht recht war, etwas, das sie Ihnen vielleicht hätte erzählen sollen. Fragen Sie sie, ob er ihr jemals Angst gemacht hat oder sie gebeten hat, ein Geheimnis für sich zu behalten. Wenn sie nicht missbraucht wurde, wird sie glauben, Sie redeten nur von seinem aufbrausenden Temperament.«

»Das ist doch grotesk«, sagte er. »Mein Vater würde niemals … Er weiß …« Er schaute auf und merkte, dass wir alle in seine Richtung sahen. Niemand sagte ein Wort. »Das ist nicht nötig«, meinte er schließlich.

»Mr. Carlson«, sagte ich, »es passieren die merkwürdigsten Dinge auf der Welt. Jeder Sexualtäter, den ich kennen gelernt habe, hatte wenigstens eine Person, die ihm nahe stand, eine Person, die ihn liebte und niemals geglaubt hätte, dass er zu so etwas fähig wäre. Niemand hier unterstellt, dass Ihrer Tochter irgendetwas Schreckliches passiert ist. Fragen Sie sie, es ist nur zu ihrem Guten. Fragen Sie sie, ob er ihr jemals Angst gemacht hat, ob er sie jemals gebeten hat, ein Geheimnis zu bewahren. So viel sind Sie Ihrer Tochter schuldig – schon weil Ihre Schwester behauptet, er habe sie im gleichen Alter missbraucht, in dem Ihre Tochter sich jetzt befindet. Sie würden es sich niemals verzeihen, wenn er sie wirklich missbraucht hat und Sie sie nicht einmal danach gefragt haben.«

»Da brauche ich gar nicht zu fragen. Die Antwort kann ich Ihnen auch jetzt gleich auf der Stelle geben«, erwiderte er trotzig. Komisch, dachte ich, er will nicht einmal den Versuch unternehmen, uns zu beweisen, dass wir Unrecht haben. Er will sie partout nicht fragen, auch nicht mit harmlosen, freundlichen Worten. Punkt. Aus. Und dafür gibt es nur einen Grund: Er ist sich der Antwort nicht sicher.

»Damit würde ich lieber warten, bis Sie sie gefragt haben«, sagte ich leise.

Niemand sagte ein Wort. Carlson sah aus, als wäre er mit dem Kopf gegen eine Wand gerannt, und ich wurde das Gefühl nicht los, dass nicht wir der Grund waren. »Ich kann hier wohl nichts mehr tun, oder? Ich stehle Ihnen nur Ihre Zeit«, sagte er schließlich. Es sollte barsch klingen, aber es war nicht überzeugend. Wenn überhaupt, klang er sogar ängstlicher als vorher. Er wandte sich an Jody. »Du hörst ja sowieso nicht auf mich. Ich weiß gar nicht, wozu ich mir überhaupt die Mühe mache.« Jody weinte immer noch leise vor sich hin und schaute nicht einmal auf.

»Es hängt davon ab, was Sie wollen, Mr. Carlson«, erwiderte Marv. »Ich glaube, Jody ist durchaus bereit dazu. Ich kann nicht für Jody sprechen, aber ich glaube, dass sie weiter Kontakt zu Ihnen haben möchte. Ich glaube, ein bisschen Unterstützung könnte sie im Moment ganz gut vertragen. Sie braucht jemanden in der Familie, mit dem sie über das reden kann, was geschehen ist. Und sie braucht jemanden, der ihr glaubt.

Aber wenn Sie nur hergekommen sind, um ihr zu sagen, sie solle alles für sich behalten, ohne Rücksicht darauf, welchen Preis sie dafür bezahlen muss, nun – dann wissen Sie jetzt, was sie davon hält.«

»Ich will gar nicht hören, was passiert ist«, sagte Carlson. »Ich will gar nicht hören, was *angeblich* passiert ist«, korrigierte er sich hastig. Er sah auf die Uhr. »Ich muss jetzt gehen. Tut mir Leid, aber ich glaube nicht, dass so ein Treffen wie dieses uns weiterhilft. Ich hatte gedacht, wir könnten das einfach hinter uns lassen und weitermachen wie bisher.« Er klang eher resigniert als wütend. Er stand auf, um zu gehen, und Marv erhob sich ebenfalls, aber ich unterbrach: »Noch eine Frage, Mr. Carlson. Ist Ihr Vater vorher schon mal einfach so verschwunden?«

»Nein, eigentlich nicht«

»Was heißt ›eigentlich nicht‹?«

»Einfach so verschwunden? Nein, noch nicht.«

»Was hat er stattdessen gemacht?«

»Eigentlich gar nichts. Er ist mal für ein, zwei Tage weggeblieben, aber nie so lange wie jetzt.«

»Er ist für ein, zwei Tage verschwunden, ohne jemandem Bescheid zu sagen?«

»Es ist nicht oft passiert. Nur ab und zu.«

»Haben Sie die Polizei benachrichtigt?«

»Das war nie nötig. Das kann man nicht vergleichen. So lange wie jetzt ist er noch nie weg gewesen.«

»Wo war er die ganze Zeit?«

»Bitte?«

»Wo war er die ganze Zeit? Haben Sie herausgefunden, wo er gewesen war, wenn er wieder zurückgekommen ist?«

»Das weiß ich nicht.« Carlson wirkte verlegen. »Ich weiß es wirklich nicht.« Er sah erneut auf die Uhr. »Tut mir Leid, aber ich muss wieder zur Arbeit.« Er ging und schloss die Tür hinter sich.

Ich sah ihm hinterher. Er stand auf verlorenem Posten, so verloren wie die Sache der Südstaaten im Bürgerkrieg. Sklaverei ließ sich durch nichts rechtfertigen, und was man mir, die ich in den Südstaaten zur Schule gegangen bin, über den Krieg beigebracht hatte – er sei aus ökonomischen Gründen geführt worden –, war blanker Unsinn. Der Grund war die Sklaverei, schlicht und einfach. Trotzdem gab es loyale und anständige Kämpfer, die lediglich auf der falschen Seite gestanden hatten und die als Kanonenfutter verheizt worden waren.

Ich hatte meine Meinung über Mark Carlson geändert. Er kam mir nicht vor wie Dad junior, eher wie ein gemeiner Fußsoldat, der in einem schrecklichen Krieg auf der falschen Seite kämpfte. Und Verleugnung der Realitäten ist nichts Außergewöhnliches, es ist eine Uniform, die Menschen wie Mark Carlson wie eine zweite Haut tragen, eine schwere, unbequeme Uniform, ungeeignet für jedes Wetter, aber eine, die er tragen musste, wenn er weiterkämpfen wollte.

Ich sagte nichts, aber Jody hatte scheinbar ähnliche Gedanken. »Manchmal«, sagte sie, richtete sich auf und griff nach einem Papiertaschentuch, »manchmal glaube ich, dass das, was meine Mutter ihm angetan hat, genauso schlimm ist wie das, was mein Vater mir angetan hat.«

»Wie meinen Sie das?«, fragte Marv.

»Er war der Mann im Haus. Der einzige Mann. Wegen jeder Kleinigkeit ist sie zu ihm gerannt. Hat ihn in der Schule angerufen, wenn sie sich geärgert hat, und er musste nach Hause kommen und sich um sie kümmern. Da war er noch in der Grundschule! Auf der Highschool später hat er keinen Sport getrieben oder in einer Mannschaft gespielt. Immer hatte er das Gefühl, er müsste nach Hause und sich um Mom kümmern. Mitten in der Nacht, wenn Dad mal wieder wütend aus dem Haus gestürmt war, hat sie meinen Bruder geweckt und sich bei ihm ausgeweint. Er setzte sich brav hin und hörte ihr zu, stundenlang. Manchmal war er am Tag darauf so müde, dass er im Unterricht eingeschlafen ist und die Lehrer sich bei ihr beschwert haben. Aber sie hat nie die Verantwortung übernommen. Sie hat sie in dem Glauben gelassen, er würde von sich aus so spät nachts noch aufbleiben. Sie ist heute noch so. Sie ruft ihn heute noch jeden Tag an.

Das Komische ist«, Jody schnäuzte sich die Nase, »er ist kein schlechter Vater. Seinen Kindern würde er so etwas nie antun. Ich wollte immer engeren Kontakt mit ihm haben, aber es war sinnlos. Er war immer so auf Mom konzentriert, dass er für mich keine Zeit hatte. Immer nur Mom, nichts anderes zählte.«

»Halten Sie es für möglich, dass Ihr Vater Marks Tochter missbraucht hat?«, fragte ich sie. »Er reagierte ziemlich verärgert, als ich das Thema anschnitt.«

»Wehe, wenn«, sagte Jody. »Mein Bruder würde durchdrehen. Ich bin für ihn entbehrlich, aber seine Kinder sind es sicher nicht.«

Beim Hinausgehen sah ich, wie Mark Carlson gerade den Hörer des Telefons in der Eingangshalle auflegte. Ich nickte ihm kurz zu und ging weiter, aber dann hörte ich, dass er meinen Namen rief. Erstaunt drehte ich mich um und wartete, bis er mich eingeholt hatte.

Er wirkte peinlich berührt, aber entschlossen. »Ich wollte Ihnen da drin etwas sagen, aber bei Jody ... geraten die Dinge immer irgendwie außer Kontrolle.« Er holte tief Luft. »Leila hat mir gesagt, Sie seien im Krankenhaus gewesen; jemand hätte versucht, Sie umzubringen.« Ich starrte ihn an. Die gute alte Leila. Ich mochte es überhaupt nicht, wenn Klienten Einzelheiten aus meinem Privatleben wussten.

»Ich wollte Ihnen nur sagen ... es tut mir Leid, was passiert ist, und ich hoffe, Sie glauben nicht, dass jemand von uns ... jemand aus meiner Familie etwas damit zu tun hat.«

»Wieso sollte ich?«, fragte ich kühl. Wahrscheinlich meinte er es ehrlich, aber ich hatte eine Aversion dagegen, mit Klienten über meine Privatangelegenheiten zu reden.

»Sie hat mir gesagt, es sei Ketamin gewesen. Ich bin Tierarzt. Ketamin findet bei uns häufig Verwendung. Ich habe nur befürchtet, Sie könnten glauben ...«

»Ich bin nie auf den Gedanken gekommen, dass Sie oder Ihre Familie etwas damit zu tun haben könnten«, sagte ich, aber zum ersten Mal meldeten sich leise Zweifel. Wenn Tierärzte so häufig Ketamin verwenden, musste ich nicht nur Sam in Verdacht ziehen, sondern auch jeden anderen aus der Familie. Obwohl es auch dann immer noch keinen

Sinn ergab. »Es ist eine fürchterliche Methode«, fügte er hinzu, »aber das wissen Sie wahrscheinlich selbst.«

»Warum sagen Sie das?«

»Es ist tödlich«, sagte er. »Absolut tödlich. Und es wirkt sehr schnell. Sie können von Glück sagen, dass Sie gerade zufällig hier im Krankenhaus waren.« Das wusste ich bereits – warum schockierte es mich dann so, als ich es jetzt noch mal hörte?

Wir verabschiedeten uns, und ich wandte mich zum Gehen, blieb aber nach ein paar Metern wieder stehen. Mark Carlson lief in die andere Richtung. »Mark«, rief ich hinter ihm her. Er blieb stehen und drehte sich um. »Nur noch eine Frage. Wie hoch schätzen Sie die Chancen ein, dass jemand so etwas spontan macht?«

»Spontan? Nein, nein«, sagte er und kam dabei auf mich zu. »Das glaube ich kaum. Dazu wirkt das Mittel viel zu gezielt. Niemand spaziert einfach so mit einer Dosis Ketamin in der Tasche herum, außer vielleicht ein Tierarzt. Nein, das Mittel wurde sorgfältig ausgewählt. Da hat sich jemand gründlich Gedanken gemacht und einige Mühe auf sich genommen, um an das Mittel zu kommen. Nein, nein, ich wüsste nicht, wie so etwas spontan geschehen sein könnte.«

Langsam schlenderte ich zu meinem Wagen und stieg ein. Die Frage war nur, warum überhaupt jemand den Plan fassen sollte, mich zu töten. Es ergab keinen Sinn, es ergab überhaupt keinen Sinn.

Seitdem mich dieser Fall beschäftigte, war ich nicht wieder in meiner Privatpraxis gewesen, aber ich wusste, dass das Fax von Reggie Larsen da sein würde, und tatsächlich, es war da. Ich nahm es und las es durch. Das Fax war in schönster Justizsprache abgefasst: Hiermit widerrufe ich die

Ihnen erteilte Genehmigung, mit Dritten über meinen Fall zu reden. Hiermit widerrufe ich meine Genehmigung, für Dritte einen Bericht über mich zu verfassen. Hiermit widerrufe ich meine Genehmigung, sich Gedanken zu meinem Fall zu machen oder Einsicht in meine Akte zu nehmen. Hiermit verbiete ich Ihnen, sich überhaupt daran zu erinnern, jemals einen Klienten namens Reginald Larsen gehabt zu haben ... Es stand nicht in exakt den gleichen Worten da, aber der Tenor war derselbe.

»Du kannst mich mal«, murmelte ich. Spontan griff ich zum Telefon. Vielleicht durfte ich nicht darüber reden, aus welchem Grund er sich überhaupt an mich gewandt hatte, aber es waren einige Dinge passiert, die mit den Sitzungen, die Beurteilung betreffend, nichts zu tun hatten.

»Dr. Stone, guten Tag«, sagte ich. »Kann ich bitte Margaret Jones sprechen?«

Ich wurde sofort mit ihr verbunden. »Ja?«, sagte sie, »Margaret Jones.«

Erste Schuldgefühle überkamen mich. War ich gerade dabei, das Gebot der Schweigepflicht zu verletzen? Sehr wahrscheinlich. »Michael Stone. Guten Morgen, Dr. Jones. Ich wollte Sie nur wissen lassen, dass Reginald Larsen seine Einwilligung zur Weitergabe von Informationen zurückgezogen hat. Ich sehe mich daher nicht in der Lage, Ihnen den Bericht zuzuschicken oder den Fall weiter mit Ihnen zu besprechen.«

»Ach ja?«, sagte sie. Es hörte sich an, als sei sie wirklich erstaunt.

»Ja, leider.«

»Interessant«, sagte sie bedächtig. »Er hat mich um eine Unterredung gebeten. Wir treffen uns heute Nachmittag. Ich hatte gehofft, er würde mir sagen, die Beurteilung sei fertig und der Bericht würde in Kürze eintreffen. Ohne Beurteilung können wir das Wiedereinstellungsverfahren nicht einleiten, und im Moment kommt es auf jeden Tag an.«

»Warum?«, fragte ich. Ich hatte sowieso nie richtig nachvollziehen können, warum es in diesem Fall so einen Zeitdruck gab.

»Ach, hat er Ihnen das nicht gesagt? Sein Artikel über seine neuen Forschungsergebnisse erscheint in diesem Monat im *New England Journal of Medicine*. Die Medien kriegen Vorabexemplare, und einige Journalisten haben sich bereits angekündigt. Ich hatte gehofft, wir könnten die Angelegenheit auf die eine oder andere Art beilegen, bevor hier der Rummel losgeht.«

»Ach so«, sagte ich, »ich verstehe.« Reggies Forschungsergebnisse würden einen wahren Medienansturm auslösen. Kein günstiger Zeitpunkt für einen Skandal um anstößiges Verhalten am Arbeitsplatz.

»Oje«, sagte sie. »Wie sollen wir denn nun weiter verfahren?«

»Da kann ich Ihnen leider auch nicht behilflich sein«, sagte ich. »Nur noch eins. Ich will Sie nicht unnötig ängstigen oder gar in Panik versetzen, aber es ist etwas dazwischengekommen, allerdings nichts, was mir Dr. Larsen gesagt hätte oder sich aus meiner Beurteilung über ihn ergeben hätte. Mehr kann ich Ihnen im Moment nicht sagen, ich habe nur eine Frage an Sie. Ich muss Ihnen diese Frage stellen, wenn ich bedenke, was auf dem Spiel steht.« Ich machte eine Pause und wagte dann den Sprung ins kalte Wasser. »Hat es in den vergangenen Jahren auf Ihrer Intensivstation ungeklärte Todesfälle gegeben? Fälle, bei denen der Tod Ihrer Ansicht nach zu früh oder unerwartet eingetreten ist? Bei denen Sie misstrauisch geworden sind?«

Die eintretende Pause war so lang, dass ich schon dachte, die Leitung wäre unterbrochen. »Mein Gott«, sagte sie schließlich, als sie wieder Atem geschöpft hatte. »Wollen Sie damit sagen …?«

»Ich will überhaupt nichts damit sagen«, erwiderte ich. »Aber ich muss Ihnen diese Frage stellen.«

»Aber Sie wollen doch andeuten …«

»Bitte ziehen Sie keine falschen Schlüsse. Es handelt sich hier nur um etwas, das nachgeprüft werden muss.«

»Mein Gott«, stöhnte sie, »wie kann man nur so etwas sagen. Was wollen Sie damit andeuten? Ich bin ganz sicher, dass wir keine …« Sie unterbrach mitten im Satz. Ich hielt die Luft an. Ihr war etwas eingefallen. Jede Wette. »Ich bin ganz sicher, dass nichts dergleichen …«, sagte sie schließlich, aber ihre Stimme klang schwach und zittrig.

»Werden Sie das nachprüfen?«, fragte ich.

»Haben Sie irgendwelche Beweise für diesen Vorwurf?«

»Ich erhebe keinen Vorwurf.« Ich seufzte. Ich musste ihr ein Stück entgegenkommen. »Hören Sie«, sagte ich, »jemand hat versucht, mich zu töten. Mit einer Dosis Ketamin in einem Getränk. Für den Personenkreis, mit dem ich zu tun habe, ist das nicht die übliche Vorgehensweise. Unter meinen Klienten ist derzeit niemand, der sich mit Ketamin auskennt oder weiß, wie man an das Zeug herankommt, wie schnell es wirkt und ob es tödlich ist. Und ich habe auch niemanden, dessen berufliche Karriere durch eine anstehende Beurteilung meinerseits, sagen wir, beeinträchtigt wäre.«

»Oh mein Gott. Das tut mir Leid. Aber trotzdem, selbst wenn es stimmt, selbst wenn es so wäre – wie kommen Sie darauf, dass …«

»Wenn jemand, rein hypothetisch, bereit ist zu töten, um

einen Menschen zum Schweigen zu bringen, dann muss man sich fragen, ob vielleicht vorher schon mal jemand eine Bedrohung dargestellt hat. Und was passiert ist. Mehr nicht.«

Ich hörte förmlich, wie es in ihrem Kopf arbeitete, vielmehr wütete. »Ich melde mich bei Ihnen«, sagte sie. »Das heißt, vielleicht komme ich nicht mehr dazu. Ich weiß nicht …«

»Noch etwas«, sagte ich. »Sie haben eine Krankenschwester erwähnt, die eine anonyme vertrauliche Aussage gemacht hat, von der Dr. Larsen nichts weiß. Wenn sie über derart brisante Informationen über seine Person verfügt, könnte sie ebenfalls in Gefahr sein. Natürlich alles rein hypothetisch.« Vielleicht würde Zania ja auf Margaret Jones hören, wenn sie schon nicht auf mich hören wollte.

»Ich melde mich bei Ihnen«, sagte sie hastig, »wenn ich kann.«

Offenbar hatte ich in ein Wespennest gestochen. In den oberen Etagen des Krankenhauses würden die Alarmglocken schrillen. Der Aufsichtsratsvorsitzende würde wahrscheinlich als Erster angerufen werden, danach zweifellos der Anwalt des Krankenhauses.

Hoffentlich war ein Notarzt in der Nähe, wenn sie dem Anwalt erzählten, welche Frage ich Margaret Jones gestellt hatte.

17

»Michael«, sagte die Stimme am Telefon, »du lebst ja noch! Ich muss mich im angestammten Feindesland der Südstaaten mit den Ermittlungen in einem blöden kleinen Drogenfall herumschlagen, und was machst du? Du bringst es fertig und lässt dich beinahe umbringen! So etwas nehme ich persönlich.«

»Was nimmst du persönlich, Carlotta? Den Drogenfall oder dass ich beinahe umgebracht worden wäre?«

»Ach, scheißegal. Bist du einigermaßen wiederhergestellt? Hast du Lust auf eine Segeltour?«

Ich sah erschreckt den Hörer an. »Zunächst einmal, meine liebe Carlotta: Es ist Samstagmorgen, neun Uhr. Was machst du überhaupt so früh auf den Beinen?«

»Ich bin seit Stunden auf«, sagte sie lachend. »Hank hat mich aus dem Bett gescheucht.«

Hank war ein Richter, mit dem Carlotta seit einem Jahr zusammen war. Ich hatte diese Beziehung heranreifen sehen, und es würde mich nicht überraschen, wenn Hank eines Tages bei Carlotta einzog.

Ich wusste nicht genau, was ich davon halten sollte. Ich mochte Hank, aber wenn Männer einzogen, spielten Freundinnen nur noch die zweite Geige. Ich wollte nicht, dass Carlotta in Zukunft ausschließlich mit Anhang zu haben war. Für einen Moment fühlte ich mich schuldig, und ich kam mir wie ein Heuchler vor, weil Adam gerade bei mir wohnte. Aber das war nur vorübergehend, rief ich mir ins Gedächtnis. Ich lebte nicht mit einem Mann zusammen. Na gut, ich schlief mit ihm, manchmal, gelegentlich, wie immer man das nennen mochte. Aber das hieß noch lange nicht, dass wir eine Beziehung hatten.

»Hank hat nächste Woche einen Mordprozess, und er will das ganze Wochenende über arbeiten«, fügte Carlotta hinzu. »Außerdem will ich dich mal gründlich in Augenschein nehmen. Dich ein bisschen aufpäppeln. Du sollst nur noch wenige Kilo wiegen, hat man mir gesagt.«

»Ach, mir geht es wieder ganz gut. Lass uns lieber über Hank reden, das ist lustiger. Hat er dich geweckt? Er ist bestimmt in aller Herrgottsfrühe aufgestanden und hat an dem Fall gearbeitet. Soll ich raten? Er hat dich in einigen Rechtsangelegenheiten konsultiert.«

»Nein, wie kommst du denn darauf! Obwohl, konsultiert hat er mich schon.«

»Er brauchte wohl deinen Beistand?«

»Nein. Ich würde eher sagen, ich brauchte seinen.«

Ich lachte. »Ich kann nur hoffen, dass ihr nichts Verbotenes gemacht habt.«

»Das hängt vom Bundesstaat ab. Wusstest du zum Beispiel, das oraler Sex in Georgia verboten ist?«

»Im Süden ist immer irgendwo was verboten. Ich muss es wissen, ich bin da groß geworden. Also, was ist nun mit Segeln?«

»Ja. Es ist ein herrlicher Sommertag, und ich habe den Wetterbericht gehört. Es weht ein leichter Wind mit einer Geschwindigkeit von zehn bis fünfzehn Knoten, und es soll schön werden. Das Boot liegt in Portsmouth. Geht es dir gut? Hast du Lust?«

»Und ob ich Lust habe. Nur noch eins. Wir bleiben doch über Nacht, ja?« Carlotta wusste, dass ich ungern mit dem Boot rausfuhr, ein paar Runden drehte und dann denselben Hafen ansteuerte, von dem aus wir losgesegelt waren. Ich ließ mich lieber treiben, und das bedeutete, dass wir wenigstens eine Nacht in einem fremden Hafen verbringen mussten. Wennschon, dennschon.

»Wo immer der Wind uns hinträgt«, antwortete sie. »Komm her.« Ich legte auf und sah auf das Telefon. Carlotta war bereits von dem Virus der Paarbildung befallen. Warum wollte sie jetzt segeln? Weil Hank arbeitete. Würde sie auch segeln, wenn Hank zu Hause gewesen wäre? Nein, würde sie nicht, es sei denn, er wäre mitgekommen.

Mir war dieses Paargetue verhasst. Paare gönnten ihren Freunden nur die wenigen Bröckchen Zeit, die von »Der Beziehung« abfielen. Freunde wurden zu Füllseln, damit einem der abwesende Partner nicht allzu sehr fehlte, damit man sagen konnte: »Ich brauche nicht die ganze Zeit untätig rumzusitzen und auf dich zu warten.« Die Beziehung war nicht mehr Beiwerk; langsam, unweigerlich rückte sie ins Zentrum des Geschehens. Sie wurde zur Sonne, um die herum sich alles andere drehte.

Ich hatte gut reden. Seinerzeit hatte ich mit Carlotta das Gleiche veranstaltet. Das Gute an Freundschaften war, dass sie überdauerten. Beziehungen meistens nicht. Außerdem tat ich ihr wahrscheinlich unrecht. Ein knappes Entrinnen vor dem Tod konnte mit »Der Beziehung« wohl konkurrieren, selbst wenn Hank nicht hätte arbeiten müssen.

Ich kannte Carlotta. Sie wollte wirklich sehen, wie es mir ging. Mich ablenken und schauen, ob ich einigermaßen wiederhergestellt war. Carlotta bemutterte gern. Dieses Bemuttern machte mich jedes Mal rappelig, aber wenn ich die Möglichkeit hatte zu segeln, konnte ich viel aushalten. Es war ein Kompromiss, mit dem wir beide leben konnten.

Adam war schon weg. Was weiß ich wo. Abends zuvor hatte ich ihm einen Hausschlüssel gegeben, damit er kommen und gehen konnte, wann er wollte. Was sollte ich ihm sagen? Ich entschied mich für eine knappe Notiz auf einem Zettel. »Bin weggefahren. Komme Sonntag zurück.« Sollte ich es lieber genauer erklären? Wozu?, überlegte ich verärgert. Ich hatte ihn nicht gebeten zu bleiben. In Wahrheit war ich heilfroh wegzukommen. Mit Adam im Haus wurde ich ganz unruhig in meinen eigenen vier Wänden.

Ich ging rüber zu meinem Auto, besser gesagt, ich flüchtete. Eine Reisetasche mit dem Nötigsten hatte ich immer dabei, Packen war also gar nicht erforderlich. Ich möchte immer das Gefühl haben, jeden Moment ins Auto steigen und wegfahren zu können. Es ist schon vorgekommen, dass ich auf dem Heimweg von der Arbeit aus einer Laune heraus zum nächsten Flughafen abgebogen und nach Hause an die Küste von North Carolina geflogen bin. Ich besitze keine Zimmerpflanzen, und ich habe keine Haustiere. Zum Wegfahren brauche ich nur die Haustür hinter mir abzuschließen.

Mein Reisegepäck enthält genug Kleidung für hundert Jahre. Was braucht man schon für eine Reise? Zwei Paar Shorts, drei T-Shirts, eine lange Hose, die zweite hat man am Leib, zwei Kragenhemden, ein schwarzes Stretchsamtkostüm, einen Pullover, einen Badeanzug, fünf paar Unterhosen, zwei BHs und einige Toilettenartikel. Wenn man einen Mantel vor Ort braucht, sollte man nicht hinfahren. Natürlich ist alles knitterfrei und leicht zu waschen und am nächsten Morgen wieder trocken.

Kürzlich habe ich die Liste um ein Paar Sandalen erweitert. Es war nicht so einfach, wie es klingt, wegen meiner 250er-Regel. In meinem Besitz befinden sich nie mehr als 250 Dinge. Ich hatte die obere Grenze erreicht, und vor dem Kauf der Sandalen musste ich mir überlegen, was ich stattdessen wegwerfen sollte. Ich konnte nicht einfach meine Haussandalen in die Tasche packen. Das Reisegepäck sollte jederzeit griffbereit sein, das war ja der Clou an der Sache. Manche Dinge musste man also doppelt haben.

Das war das einzig Schwierige an meinem Reisegepäck: Die dreißig Dinge, inklusive Toilettenartikel, die sich ständig in der Tasche im Auto befanden, konnte ich von den 250 schon mal abziehen. Trotzdem, es lohnte sich auf jeden Fall. Carlotta hätte mich auch unterwegs anrufen können, wenn ich gerade einkaufen war, und ich hätte einfach bloß kehrtzumachen und zu ihrem Haus zu fahren brauchen.

Auf dem Weg zu ihr überlegte ich, ob ich auf dem Zettel für Adam nicht doch ein bisschen ausführlicher hätte sein sollen. Vielleicht sollte ich anrufen und ihm eine Nachricht hinterlassen. Irgendwie verwirrend das Ganze. »Ach, scheiß drauf. Spaß muss sein«, sagte ich mir schließlich. Ich sah stur geradeaus auf die Straße und warf nicht einen Blick auf das Telefon.

Carlotta besaß ein eigenes Boot, nicht irgendeins, sondern ein zehn Meter langes Dickinson, ein großes, betagtes Segelboot aus Holz, das auch schweren Seegang aushielt. Ihre Tante Sally war vor einigen Jahren gestorben und hatte ihr das Boot hinterlassen. Tante Sally hatte zwei Dinge in ihrem Leben geliebt, ihr Dickinson und ihre Nichte Carlotta. Na gut, Zigarren, für die hatte sie auch was übrig gehabt.

Ich hatte Tante Sally gut gekannt – Carlotta und ich waren immerhin seit unserer Collegezeit befreundet. Sally wohnte in Mattapoisett auf Cape Cod, und an den Wochenenden waren Carlotta und ich regelmäßig zum Segeln zu ihr gefahren. Sie hatte das Boot zu einem Einhandsegler umgebaut, und mit fünfundachtzig Jahren war sie immer noch alleine in See gestochen. Wenigstens hatte sie aufgehört, nachts zu segeln.

Carlotta war erleichtert gewesen; sie hatte immer die Befürchtung gehabt, wir könnten bei Nacht eine sieben Meter hohe Stahlboje rammen, ich dagegen hatte diese Angst nie. Nachts mit Tante Sally zu segeln, das war ein Erlebnis für sich.

Der Wind peitschte die Wellen, und die nächtliche Finsternis war pechschwarz. Tante Sally stand in gelbem Ölzeug am Steuerruder. Ihre Augen leuchteten hell, und ihre Haltung war aufrecht; man hätte sie in der Dunkelheit für eine Zwanzigjährige halten können. Sie hatte so einen strammen Hintern.

Carlottas Gesicht war blass, das konnte ich bei der Dunkelheit selbst aus fünf Meter Entfernung erkennen. Dabei war es absolut sicher. Tante Sally kannte jede Boje und jeden Felsen im Umkreis von Cape Cod.

Na ja, vielleicht war es doch nicht hundertprozentig sicher. Segeln nahm Tante Sally nämlich wörtlich, das heißt, der Motor wurde nur eingeschaltet, wenn es absolut nötig war. Sie hatte es nie nötig. Ich hatte mit eigenen Augen gesehen, wie sie mit dem Boot in einem extrem schmalen Hafenbecken lavierte, und keiner an Bord wäre auf die Idee gekommen, ihr vorzuschlagen, doch den Motor anzumachen. Es hatten sich immer gern Leute an Land versammelt, die Sally bei ihrer Ausfahrt aus dem Hafen zuschauten – in finsterer Nacht, bei dreißig Knoten Windgeschwindigkeit, in einem engen Hafen, wo die Boote wie auf einem Parkplatz nebeneinander festgezurrt waren – Brigadegeneral Chuck Yeager hätte sich auf der Stelle in Tante Sally verknallt.

Ein Segelausflug mit Carlotta war vergleichsweise harmlos. Nicht, dass Tante Sally gänzlich abgetreten war. Carlotta und ich wussten, dass sie noch anwesend war, im Cockpit saß, an den Füßen die unvermeidlichen L.L.-Bean-Boots, zwischen den Lippen eine Zigarre, und die Gezeitentafel las wie andere ihre Tageszeitung. Ihre Präsenz war so deutlich zu spüren, dass man das Gefühl hatte, sie erst um Erlaubnis bitten zu müssen, bevor man an Bord ging.

Carlotta kam mit mehreren Matchbeuteln beladen aus dem Haus. Sie legte sie hinten in mein Auto und ging eine Ewigkeit hin und her, um noch mehr Taschen und Beutel aus dem Haus zu holen. Wohlweislich bot ich ihr keine Hilfe an.

»Carlotta«, sagte ich, als sie endlich eingestiegen war und wir abfahren konnten. »Kommt Hank auch mit?«

»Nein. Warum?«

»Du tust so, als müsstest du halb Vermont versorgen.«

»Beruhige dich, Michael. Auf dem Boot ist genug Stauraum.«

»Für diese Massen von Gepäck ist nicht mal auf Donald Trumps Boot genug Stauraum. Vier Matchbeutel für zwei Tage! Ich bitte dich!«

»Schlechtwetter-Ausrüstung ist auch dabei.«

»Schlechtwetter-Ausrüstung befindet sich schon auf dem Boot.«

»Ich habe noch etwas mehr mitgebracht.«

»Wieder deine geliebten Ralph-Lauren-Klamotten, was? Du hast wieder Ralph-Lauren-Zeug dabei.« Carlotta hatte eine Schwäche für Ralph-Lauren-Tücher, überhaupt für alles von Ralph Lauren.

»Probleme damit?«

»Ralph Lauren ist ein Plagiator. Er kopiert L.L. Bean und verlangt dafür das Vierfache.«

»Es ist mein Geld.«

»Ich verreise nie wieder mit dir.«

»Dann lass es eben bleiben.«

Wir verfielen in Schweigen. Es war ein uralter Streit zwischen uns, aber ich konnte es nicht lassen. Ich mag es gern locker, leicht und luftig. Ohne große Umstände. Ich mag es gern schlicht und einfach, und ich hasse »Klamotten«. Ich habe sie nicht gern am Leib, ich habe sie nicht gern im Haus, und ich reise nicht gern mit viel Klamotten.

Andererseits mochte ich Carlotta von Herzen gern, und Carlotta mag nun mal Klamotten. Sie hatte klimpernde Armreifen, trug Make-up auf, wenn wir segelten, und sie reiste mit mehr Klamotten im Gepäck als Elizabeth Taylor.

Carlotta ahnte ja nicht, wie sehr ich mich beherrschen musste. Ich warf einen verstohlenen Blick auf ihre Fingernägel. Sie waren grün, mit einem komischen aufgemalten Muster. Mochte mich meine Selbstbeherrschung vorübergehend zum Schweigen gebracht haben, jetzt verpuffte sie.

»Du läufst doch nicht etwa auch in Gerichtssälen mit diesen Dingern rum, oder? Ich wette, die Hälfte aller Richter in Vermont hat so was noch nie gesehen. Nicht, dass du am Ende noch wegen Geringschätzung des Gerichts vorgeladen wirst.«

»Nein. Ich habe mir die Nägel heute Morgen gemacht.«

»Du hast dir die Nägel für die Segeltour angemalt?«

Carlotta sah mich mit einem vernichtenden Blick an. »Deine Bekannten haben mich belogen«, sagte sie. »Offensichtlich bist du wieder ganz die Alte. Sie haben mir gesagt, du seist ein völliges Wrack. Das muss ein Witz sein. Und ich sage dir, wenn du nicht den Mund hältst, kannst du heute noch mit einem zweiten Anschlag auf dein Leben rechnen.« Mit diesen Worten zog sie ein Buch hervor und ignorierte mich für den Rest der Fahrt.

Als wir am Hafen ankamen, rührte eine leichte Brise das Wasser auf. Wir stiegen aus dem Auto und blieben erst mal einen Moment stehen, schauten zu, wie die Boote an ihren Liegeplätzen auf und ab tanzten. Die Brise war so stark, dass sie mir das Haar nach hinten blies, und ich konnte das

Salz in der Luft riechen. Mein Körper belebte sich, als ginge eine Welle durch ihn hindurch.

Wortlos fingen wir an, das Gepäck auszuladen. Ich kam Carlotta entgegen und half ihr, die Taschen an den Rand des Hauptbeckens zu tragen; ich war viel zu aufgeregt, um so lange zu warten, bis sie es allein geschafft hatte. Wir fanden ihr kleines hölzernes Beiboot am Pier und ließen es zu Wasser. Das Beiboot war ein Anachronismus. Segelboote von der Größe wie das von Carlotta verfügen in der Regel über Schlauchboote mit kleinen Außenbordmotoren. Es wäre jedoch für uns beide ein Sakrileg gewesen, mit einem Motorboot zu Tante Sallys Segelboot zu fahren. Das Rudern war für uns beide eine Art Ritual, das Meer und Küste voneinander schied.

Ich setzte mich ins Boot und übernahm die Ruder. Rudern tat ich für mein Leben gern. Vom ersten Schlag an fühle ich mich gleich heimisch. Ich rutschte vor, beugte die Knie und streckte die Beine wieder, während ich die Ruderblätter durchs Wasser zog und mich weit zurücklehnte. Mein Körper fiel fast erleichtert in diesen Rhythmus ein. Verstandesmäßig konnte ich das ununterbrochene Sitzen an den Wochentagen tolerieren, mein Körper allerdings revoltierte.

Unwillkürlich musste ich lachen, während das Boot durchs Wasser pflügte, denn ich erinnerte mich daran, wie oft ich beim Rudern schon gegen andere Boote, Bojen oder Anlegestellen gestoßen war. Das Problem beim Rudern besteht eben darin, dass man rückwärts fährt, und ich war immer so eifrig bei der Sache, dass ich oft vergaß, mich umzudrehen, um zu gucken, wo ich langfuhr. Ich brauchte Carlotta zum Steuern. Sie kommentierte mein Gelächter nicht weiter, ihr war mein verrücktes Verhalten auf See bereits vertraut.

Unser kleines Boot glitt zahm übers Wasser, und ich beobachtete, wie sich langsam die Küste entfernte. Für mich konnte es nicht schnell genug gehen. Wir ruderten durch den Hafen zum äußersten Ende des Beckens, wo Carlotta ihr Boot, *Aunt Sally*, vertäut hatte. Der neue Name war die einzige größere Veränderung, die Carlotta vorgenommen hatte, als sie das Boot übernahm. Tante Sally hatte das Boot *Uncharted* getauft, was so viel bedeutet wie »auf keiner Karte verzeichnet«. Weder Carlotta noch ich hatten den Namen je richtig verstanden, und Tante Sally hatte ihn uns nie erklärt. Das Boot sollte *Aunt Sally* heißen, klar und unmissverständlich. Zu Lebzeiten von Tante Sally war das Boot ihr Alter Ego gewesen, und jetzt, da sie tot war, war es das Einzige, was von ihr übrig geblieben war. Außerdem gestattete es uns der neue Name, mit Tante Sally zu reden, ohne zugeben zu müssen, dass wir mit einem Geist redeten. Jeder Bootsbesitzer redet mit seinem Boot.

»Hallo, Tante Sally«, sagte ich, als ich sie an der Seite zu fassen bekam und das Ruderboot beidrehte. »Wir sind wieder da. Erbitten Erlaubnis, an Bord kommen zu dürfen.«

Wir verstauten die Klamotten und steuerten, ganz unverfroren mit Hilfe des Motors, aufs offene Meer hinaus. Ich konnte Tante Sally regelrecht schimpfen hören. »Hey«, erwiderte ich die Kritik, die ich förmlich in der Luft spürte. »Wir sind doch nur das Reserveteam. Was hast du denn erwartet?« Es war ein alter Streit mit Tante Sally, der unmittelbar nach ihrem Tod angefangen hatte.

Kaum hatten wir den Hafen hinter uns gelassen, drehten wir das Boot in den Wind und setzten die Segel. Wir konnten jederzeit, wenn nötig, mit Motorkraft weiterfahren, aber dieser Rhythmus entspricht in keiner Weise einem Segelboot. Eigentlich hat so ein Motor überhaupt keinen Rhythmus. Den Motor einzusetzen, das war wie mit einem

Auto über Wasser fahren. Wind, Strömung und Wellengang konnte man getrost vergessen. Der Motor bedeutete eine Missachtung der Naturgewalten um einen herum, als würde man über eine Betonpiste rasen. Von dem Lärm des Motors ganz zu schweigen. Bei laufendem Motor war ja nicht einmal das Kreischen der Möwen zu hören.

Motorboote verhielten sich zu Segelbooten wie Nescafé zu Bohnenkaffee, wie Selbstbefriedigung zu Sex. Insgeheim hatte ich mich immer schon gefragt, ob Stinktöpfe – wie wir Segler die Motorschiffer liebevoll nennen – unter einer seltenen Gehirnkrankheit litten. Vielleicht war das die Sorte Mensch, die die Werbefuzzis im Auge hatten, als sie den denkwürdigen Spruch »Sieht aus und fühlt sich an wie echtes Plastik« kreierten.

Die Brise nahm an Stärke zu; Carlotta und ich holten das Großsegel ein, setzten ein kleineres und eine Arbeitsfock. Mit den hydraulischen Winden zogen wir die Segel auf und banden sie ein. Ich zog die Großschot ein und stellte den Motor ab. Das Segel fing den Wind ein, das Boot neigte sich und schoss wie ein Vollblüter davon. Tante Sally segelte einfach wahnsinnig gern.

Erst am Sonntagabend kamen wir dazu, über das zu sprechen, was mir widerfahren war. Carlotta hatte ein paar Mal versucht, das Thema anzuschneiden, aber ich hatte abgeblockt. Ich wollte meine Ruhe haben und mich von dem ganzen Mist erholen.

Aber der Sonntag neigte sich allzu schnell seinem Ende zu, und wir waren beide in nachdenklicher Stimmung. Die Küste meldete sich zurück, es ließ sich nicht länger leugnen. Ich schaute übers Wasser. Die Strahlen der untergehenden Sonne, wie goldene Taue, lockten das Boot zur Küste. Von dem Goldschimmer besänftigt, hatte sich das Meer in eine riesige sanfte Ebene verwandelt.

»Also, warum hat er das gemacht?«, fragte Carlotta.

Ich zuckte mit den Schultern. »Was weißt du denn schon?«, erwiderte ich.

»Ich weiß das, was Adam mir erzählt hat und was in dem Polizeibericht steht. Der Staatsanwalt hat mich mit dem Fall beauftragt.«

»Du willst damit sagen, du hast dich selbst beauftragt.«

»Genau das will ich damit sagen.«

»Ich weiß auch nicht«, antwortete ich auf ihre Frage. »Es ist mir ein Rätsel. Der Typ ist ausgerastet. Wahrscheinlich, weil er den Lügendetektortest nicht bestanden hat und mehr ausgeplaudert hat, als er wollte.

Nur eins ist komisch. Ich bin zufällig einem Tierarzt begegnet«, sagte ich. »Er hat davon erfahren. Die gute alte Leila hat mal wieder Diskretion bewiesen. Jedenfalls hat sie ihm verraten, dass es Ketamin war, und er meint nun, das Gift sei sehr sorgfältig ausgewählt worden, so etwas könnte nicht spontan geschehen sein. Anscheinend ist es ein absolut tödliches Mittel, und er meinte noch, es sei höchst unwahrscheinlich, dass man einfach so mit diesem Zeug in der Tasche herumläuft. Der Betreffende müsste es sich gründlich überlegt haben, was er verwendet. Larsen hätte es mitbringen müssen – aber wieso hätte er das machen sollen?

Mit anderen Worten: Ich verstehe es einfach nicht. Larsen konnte nicht im Voraus wissen, dass der Test negativ für ihn ausfallen würde. Und er konnte auch nicht wissen, dass er alles Mögliche gestehen würde. Ich meine, wenn er sich vorher schon gedacht hat, dass er den Test nicht besteht und dass er ein Geständnis ablegt und mich dann deswegen umbringen würde – warum hat er sich dann nicht einfach geweigert, den Test zu machen? Und was hätte er mit John Davis machen sollen? Ihn ebenfalls umbringen? Oder annehmen, der würde schon den Mund halten?« Zum ersten Mal dachte ich daran, dass ich John Davis besser anrufen und ihn warnen sollte, nur für den Fall.

Eine Weile saßen wir beide bedrückt da. »Es ergibt überhaupt keinen Sinn«, sagte Carlotta, »es sei denn, er hatte das Zeug aus einem anderen Grund bei sich.«

»Und der wäre? Ich war die Einzige, auf die er es abgesehen hatte. Es benutzt sonst kein anderer meinen Wagen. Und zu dem Zeitpunkt hat auch kein anderer drin gesessen.« Ich überlegte einen Moment. »Oje«, sagte ich. »Ich habe auf einmal so ein komisches Gefühl.« Carlotta sah mich an. »Ich war gar nicht diejenige, auf die er es ursprünglich abgesehen hat. Ich war nicht einmal der Grund, warum er überhaupt hergefahren war.

Was habe ich dir immer über Sexualtäter gesagt?«, fragte ich sie. Carlotta schüttelte den Kopf. »Dass es Zufälle bei denen nicht gibt. Wie oft habe ich gesagt, dass es niemals Zufall ist, wenn ein Sexualtäter eine Wohnung gegenüber einer Schule bezieht.«

»Stimmt«, sagte sie, »aber ...«

»Ich habe nie wirklich hinterfragt, wieso Larsen für eine psychologische Beurteilung drei Stunden Fahrt in Kauf nimmt. Er hat nur gesagt, seine Mutter wohne hier in der Nähe. Aber es kann kein Zufall sein, dass er da hingefahren ist, wo auch Zania wohnt. Niemals ist das ein Zufall. Larsen ist nicht hergekommen, weil ich so eine tolle Gutachterin bin oder weil er seine Mutter besuchen wollte. Er ist wegen Zania gekommen. Er hat sich die ganze Zeit Gedanken über sie gemacht. Er hat mich ausgesucht, weil er dann eine Entschuldigung hatte, sich hier in der Gegend aufzuhalten.«

»Das bedeutet«, sagte Carlotta nachdenklich, »dass er dir wahrscheinlich nicht zum Krankenhaus gefolgt ist. Es kann sein, dass er mit dem Ketamin in der Tasche hergekommen ist und Zania sehen wollte. Zania war diejenige, die er im Krankenhaus treffen wollte.«

»Es wäre ein Leichtes gewesen«, sagte ich. »Er kennt sich in Krankenhäusern aus, besonders in dem, wo sein Vater gearbeitet hat. Er hätte Zania angetroffen, sie zu einer Tasse Kaffee eingeladen, hätte alles Mögliche angestellt, nur um ungestört mit ihr zusammen sein zu können. Er hätte ihr die tödliche Dosis Ketamin in den Kaffee geschüttet, wäre mit ihr nach draußen oder sonst wohin gegangen, um mit ihr zu reden. Ein leeres Büro, und zwanzig Minuten Zeit hätten gereicht. Das Zeug wirkt sehr schnell, und es legt alles lahm.« Ich schwieg einen Moment; mir fiel wieder ein, wie schnell es tatsächlich alles lahm legt.

»Jedes Krankenhaus verfügt über dieses Mittel. Larsen konnte also davon ausgehen, dass man niemals außerhalb des Krankenhauses nach dem Mörder suchen würde. Nicht in hundert Jahren. Man hätte jeden auf der Station vernommen, hätte alle Medikamentenvorräte überprüft, hätte sich erkundigt, wer Zugang zu ihnen hat oder wer vielleicht irgendeinen Groll gegen Zania hegte. Die Polizei hätte das Krankenhaus auf den Kopf stellen können. Larsen wusste, dass man nie und nimmer auf ihn als den Täter kommen würde, der drei Autostunden entfernt wohnte und den niemand kannte.«

»Aber du hättest ihn gekannt«, warf Carlotta ein, »und du hättest von der Verbindung zwischen den beiden gewusst. Das hättest du der Polizei verraten können.«

»Larsen wusste nichts davon. Zania hat sich vertraulich an mich gewandt. Ich habe Larsen nie von ihr erzählt. Ich habe ihn nie mit etwas konfrontiert, das sie mir im Vertrauen mitgeteilt hat. Und aus dem Krankenhaus hat ihm auch niemand von ihr erzählt. Die wollten ja nicht einmal mir sagen, wer sie überhaupt ist. Sie hat mich von sich aus angerufen. Er hatte keine Ahnung, dass wir beide uns getroffen haben.

Was uns zu der Frage bringt, was sie denn nun über ihn weiß«, ergänzte ich. »Es muss ziemlich wichtig sein.«

»Reicht es etwa nicht, dass er einer narkotisierten Frau den Finger in die Scheide gesteckt hat?«, fragte Carlotta in scharfem Tonfall.

»Um ihn beruflich zu vernichten«, erwiderte ich, »könnte es reichen, vielleicht aber auch nicht. Das wäre eine Frage der Interpretation. Es hätte keine Möglichkeit gegeben zu beweisen, dass er die Frau vergewaltigt hat. Er hätte sagen können, Zania hätte sich alles nur eingebildet. Er hätte nur die Bettlaken für die Patientin etwas gerichtet, und Zania wäre gleich hysterisch darauf angesprungen. Er hätte sogar sagen können, sie wollte sich nur an ihm rächen, weil er das Verhältnis zu ihr abgebrochen hat. Wer weiß? Es hätte ja keine Beweise gegeben. Die Patientin war bewusstlos, sie hätte über das Geschehen keine Aussage machen können. Sein Wort hätte gegen das von Zania gestanden, und er besitzt weit mehr Ansehen als sie. Würdest du mit so einem Fall vor Gericht ziehen? ›Betrogene Geliebte wirft berühmtem Arzt Sexualvergehen vor‹ oder ›Beleidigte Krankenschwester verklagt Arzt wegen Sexualvergehen‹. Und wenn das Krankenhaus ihn deswegen entlassen hätte, wäre er gerichtlich dagegen vorgegangen.

Nein, nein, ich glaube, es war etwas viel Bedrohlicheres als das. Etwas, das sich nachweisen lässt.«

»Trotzdem: warum dann dieser Anschlag auf dich? Warum ist er nicht bei seinem Plan geblieben? Zania stellte immer noch eine viel größere Bedrohung dar als du. Ich weiß selbst, wie man sich mit dieser Schweigepflicht in Bedrängnis bringen kann. Ohne seine Einwilligung hättest du niemandem etwas sagen dürfen, es sei denn, er hätte Kinder belästigt.«

»Ich weiß es doch auch nicht. Vielleicht hat er wirklich die Kontrolle verloren, weil er diesen Lügendetektortest nicht bestanden hat, und als er mich vor dem Krankenhaus stehen sah, ist er in Panik geraten. Wer weiß, vielleicht hat er plötzlich die paranoide Vorstellung entwickelt, ich könnte hergekommen sein, um mit Zania zu sprechen. Der Anblick der Pressekonferenz hat sicher auch nicht gerade beruhigend gewirkt. Es könnte ihn daran erinnert haben, wie schlimm es für ihn aussehen würde, wenn alles herauskäme. Scheiße, ich weiß es wirklich nicht.«

»Du könntest Recht haben«, sagte Carlotta. »In allen Punkten. Mal angenommen, es ist so. Das einzige Problem, das ich dabei sehe: Es bringt uns keinen Millimeter weiter. Wir könnten immer noch nicht beweisen, dass er es war.« Was sollte ich darauf antworten? Sie hatte Recht. Es gab keine Möglichkeit, ihm etwas nachzuweisen. Darüber wollte ich lieber erst gar nicht reden.

»Was jetzt?«, fragte sie. »Du bist die Psychologin. Wird er dem Schicksal dafür danken, dass er noch mal heil davongekommen ist, und weitermachen wie bisher?«

»Nein«, sagte ich. »Das nehme ich nicht an. Aber ich nehme auch nicht an, dass er hinter mir her ist. Ich musste nur dieses eine Mal herhalten, aus einer momentanen Panik heraus. Aber da wäre ja noch Zania. Sie lebt alleine, zusammen mit dem entzückendsten kleinen Kind, das die Welt je gesehen hat. Larsen hat immer noch keinen Grund zu der

Annahme, dass wir von Zanias Existenz wissen, und sie stellt immer noch die gleiche Bedrohung für ihn dar wie vorher.«

Carlotta sah niedergeschlagen aus. Keiner von uns beiden sagte etwas, aber beide hatten wir den gleichen Gedanken. Wortlos stand Carlotta auf und fing an zu packen. Ich erhob mich ebenfalls und tat es ihr gleich. Als schließlich alles fertig war, setzte sich Carlotta wieder hin und kam auf unser Thema zurück. »Also«, sagte sie, »was sollen wir jetzt machen? Die Polizei wird sich nicht in Zanias Garten einquartieren. Und eine einstweilige Verfügung nützt nicht viel, wenn jemand vorhat, dich umzubringen. Außerdem würden wir so eine Verfügung sowieso nicht bekommen. Aus Sicht der Polizei ist das nämlich alles Spekulation. Und die Bundespolizei verfügt nicht mal über genug Leute, um den Highway zu überwachen. Und in Twin Rivers, wo Zania wohnt, gibt es nur einen einzigen Beamten für den ganzen Ort, und der ist auch nur halbtags da.«

Ich widersprach nicht. Schließlich sagte ich: »Ich könnte Kontakt mit Reggie aufnehmen. Ich könnte ihm sagen, dass ich Zania und ihre Geschichte kenne, und wenn ihr etwas zustößt, würde ich ihn des Mordes an ihr beschuldigen, egal unter welchen Umständen sie umgekommen wäre.«

»Vergiss eins nicht«, sagte Carlotta. »Er scheint unter Druck nicht gerade gut zu funktionieren. Woher willst du wissen, ob er wirklich davor zurückschreckt? Genauso gut könnte er überstürzt euch beiden etwas antun.«

»Was bleibt sonst noch? Sie will nicht mal mit Adam reden. Ich könnte vielleicht mit ihr reden, aber eins kann ich dir verraten, sie lässt sich nicht gerne einen Schrecken einjagen. Sie wird nicht bloß wütend reagieren, sie wird eine Heidenangst kriegen. Sie ist keine, die sagt, jetzt erst recht, sie ist eher eine, die den Kopf in den Sand steckt. Und während wir hier gemütlich sitzen und übers Wasser gondeln und die Enten beobachten, klopft er wahrscheinlich gerade an ihre Tür. Was heißt wahrscheinlich? Er ist schon längst da.«

»Was ist mit diesem alten Trick, den man aus Filmen kennt?«, sagte Carlotta. »Sie sagt ihm, dass sie einen versiegelten Umschlag hinterlegt hat, falls ihr etwas zustößt.«

»So etwas klappt nur«, erwiderte ich, »wenn man kein kleines Kind hat, das bedroht werden könnte. Er braucht nur Robin in seine Gewalt zu bringen, und Zania würde freiwillig alles anstellen, um ihr Kind heil wiederzukriegen. Ich würde es auch tun.«

»Dann gibt es nur einen Ausweg: Sie muss dem Krankenhaus gegenüber offenbaren, was sie weiß«, sagte Carlotta mit fester Stimme. »Wenn sie nicht ihr gesamtes Wissen auf den Tisch legt, bleibt sie ein potenzielles Opfer.«

»Wirklich ein toller Vorschlag. Sag mal jemandem, der nicht einmal ein quengelndes Kleinkind mit einem Blick zum Schweigen bringen kann, dass er sich mit einem psychopathischen Mörder anlegen soll! Glaubst du vielleicht, Zania würde das schlucken? Nach dem Motto: ›Ich weiß zwar, dass du nicht gerne die Straße überquerst, wenn sich ein Auto nähert, aber bleib einfach hier stehen, auch wenn gerade ein Panzer mit Höchstgeschwindigkeit auf dich zurast. Nimm die Hände hoch, der Panzer bremst bestimmt ab. Meistens jedenfalls. Wenn du meinst, du hättest noch genug innere Ruhe, dann lass dir gesagt sein, dass sich der Panzer, falls du ihn nicht zum Anhalten bringst, heimlich von hinten nähert und dir die Kehle zudrückt und deine Lungen lähmt. Du kannst dich noch so abstrampeln, deine Lungen funktionieren nicht, und du kriegst keine Luft mehr …!‹« Ich unterbrach mitten im Satz und schaute aufs

Wasser. Ich schüttelte den Kopf. »Meine Güte, wo kam denn das auf einmal her? Entschuldige.«

»Wofür?«, fragte Carlotta sanft.

»Ich glaube, ich bin doch noch nicht darüber hinweg«, stellte ich überrascht fest.

Sie verdrehte die Augen, lachte dann und schüttelte den Kopf. »Michael, Michael, du bist schon eine Nummer.«

Wir schwiegen beide. Wir mussten mit dem Beiboot zurückrudern, dann folgte die lange Autofahrt, am Ziel erwartete mich der Wahnsinn, und ich hatte auf nichts von alldem Lust. »Weißt du was?«, sagte ich. »Ich muss zurück, muss unbedingt zurück, dabei will ich überhaupt nicht.«

»Ich auch nicht, aber ich könnte ja auch hier leben. Du versetzt mich in Erstaunen. Sonst bist du um die Zeit immer ganz aufgekratzt und bereit, es mit der Welt aufzunehmen, selbst mit Leuten wie Reginald Larsen.«

»Diesmal ist es anders.« Ich hielt inne, aber Carlotta sagte nichts, und Tante Sally hatte auch nichts zu bemerken, deswegen fuhr ich fort: »Es kommt so einiges zusammen. Es gibt noch einen anderen schlimmen Fall. Marv hat sich da auf eine Sache eingelassen, die er besser hätte bleiben lassen sollen. Ihm und einer Klientin hat man einen gehörigen Denkzettel verpasst. Ich konnte ihn nicht von dem Unternehmen abhalten, und jetzt sitze ich mit im Boot. Ein Scheißgefühl, wenn man in einen Unfall verwickelt wird und nicht am Steuer gesessen hat.«

»Das Gefühl kenne ich«, erwiderte Carlotta. »Lieber hätte man selbst den Unfall verursacht. Aber alles halb so schlimm wie ein Mordanschlag. Und Denkzettel hat man dir auch schon einige verpasst. Was ist daran neu? Du spielst ja nicht mal Basketball mit Leuten, die so groß sind wie du.« Carlotta meinte, die Tatsache, dass ich gelegentlich Basketball mit Leuten spielte, die einige Kilo schwerer und einen Kopf größer waren als ich, sei ein Zeichen von Schwachsinn. »Und das alles hat ganz bestimmt nichts mit Adam zu tun?«

»Was soll Adam damit zu tun haben? Mit Adam ist alles in Ordnung«, sagte ich schnell.

»Manchmal reagierst du gereizter, wenn Adam versucht, dir nahe zu sein, als wenn jemand versucht, dich zu töten.«

»Das ist doch lächerlich«, sagte ich beleidigt. War es ja auch. Es stimmte, aber es war trotzdem lächerlich.

Ich merkte, dass Carlotta mir hierbei keine große Hilfe sein würde, deswegen hielt ich den Mund. Was sollte ich ihr sagen? Dass ich manchmal diese ständige Gewalt satt hatte, diesen Wahnsinn, die Sexualtäter, die einfach jeden niederwalzten, der in ihr Blickfeld geriet? Dass Jody ihre Kindheit nicht zurückgeschenkt bekommen würde, egal, was in der Konfrontation mit ihrem Vater noch geschah? Dass in Wirklichkeit in vielen Fällen Leute wie Reggie Larsen zum Schluss die Oberhand behielten und dass es durchaus denkbar war, dass er entweder Zania oder mich oder uns beide töten und damit durchkommen würde? Und wenn das nicht eintrat, dann würden wir ihm zumindest nichts anhaben können, und er würde glücklich und zufrieden weitermachen wie bisher, Frauen vergewaltigen, die in Narkose lagen, und ich würde bis ans Ende meiner Tage mit diesem Wissen leben müssen und könnte nichts dagegen tun.

Mein Gewissen war bereits genug belastet. Es gab Männer, die einfach so zu mir gekommen waren und die mir erzählten, sie fühlten sich sexuell zu Kindern hingezogen, aber sie leugneten, jemals ein Kind belästigt zu haben. Ich wusste, dass sie logen wie gedruckt, und sie wussten, dass ich es wusste. Sie waren Kinderschänder, schlicht und ergreifend, und ich konnte nicht das Geringste dagegen unternehmen. Dann gab es noch diesen Universitätsprofessor, der die Frauen, mit denen er ausging, gern bis zur Bewusstlosigkeit würgte, während er sie vergewaltigte, aber die Frau, die mir das erzählte, wollte ihn nicht anzeigen. Ich kannte den Vorsitzenden der Stadtverordnetenversammlung, der zwei Kinder vergewaltigt hatte, hintereinander, jeweils vor den Augen des anderen Kindes, und dabei ein Lied gesungen hatte. Eins der Kinder hatte später Selbstmord begangen, das andere war eine Frau, die meinte, man würde ihr ohnehin nicht glauben, und die Panikattacken hatte, wenn sie irgendwo das Lied hörte.

Die Erfahrung, knapp dem Tod entronnen zu sein, hatte mir etwas von meiner Antriebskraft genommen. Noch konnte ich die Windmühlen da draußen sehen, aber ich hatte keine Energie mehr, gegen sie zu kämpfen. Andererseits störte mich weiterhin der Anblick ihrer Silhouette.

Ich rief Zania vom Auto aus an, aber sie war nicht zu Hause. Ich probierte es im Krankenhaus, und es wurde mir mitgeteilt, sie habe gerade Dienst. Das hatte also Zeit bis morgen. Es war nicht gut, jemanden, der auf der Intensivstation arbeitete, unnötig in Angst zu versetzen, das wusste sogar ich. Es würde meinen Ruf, unsensibel zu sein, nur verstärken, und darauf konnte ich verzichten.

Auf meinem Anrufbeantworter zu Hause waren zwei Nachrichten. Ich drückte den Abspielknopf und hörte erst Mamas erzürnte Stimme – Mama nahm es immer persönlich, wenn man nicht da war – und dann Adams fragenden Tonfall. Mama wollte wissen, wo ich steckte, Adam sagte bloß einfach, er hätte meinen Zettel gelesen und bliebe zu Hause, bis ich wieder da sei.

Ich hörte mir die Nachricht noch mal an und merkte dabei, dass ich auf gereizte Untertöne achtete. Wenn er genervt war, durfte ich sauer werden, und lieber war ich stinksauer, als mich schuldig zu fühlen. Ich musste lachen, als mir klar wurde, was ich da veranstaltete. Mich schuldig zu fühlen, fand ich schlimmer als alles andere, aber Adam gab mir gar keinen Anlass dazu. Er klang einfach nur besorgt.

Zuerst rief ich Mama an. Mit der würde ich leichter fertig werden. Mama und ich hatten unzählige Kämpfe ausgefochten, jeder kannte die Kniffe des anderen im Schlaf »Na, mein Mädchen, wo warst du so lange? Ich dachte schon, ich würde dich nie erreichen.«

»Hast du öfter angerufen? Auf meinem Anrufbeantworter war nur eine einzige Nachricht von dir.«

»Ich habe mir gedacht, früher oder später erwische ich dich sowieso.« Ich hörte die Kritik heraus, die in ihrer Stimme mitschwang. Aber wogegen richtete sich ihre Kritik? Die ganze Welt drehte sich um Mama. Wieso also die Kritik? Mama hatte versucht mich zu erreichen, und ich war nicht da. Schluss. Aus.

»Ich war nur zwei Tage weg, Mama. Jetzt bin ich wieder da.«

»Nie bist du da, wenn man versucht dich zu erreichen.« Das war der Satz, der das Fass zum Überlaufen brachte, und wie vorherzusehen, biss ich an.

»Jetzt komm schon, Mama. Sitzt du den ganzen Tag da und wartest darauf, dass das Telefon klingelt? Ich führe mein eigenes Leben. Also, was gibt's?« Mama rief nie an, um einfach nur zu plaudern. Entweder war einer meiner Verwandten ins Gefängnis gekommen, jemand war schwanger oder starb gerade an Krebs, oder es war jemand des Mordes überführt worden. Meine Verwandten waren sehr verschieden.

»Es geht um deinen Neffen, Wilbur. Du weißt doch, dass

er den Jachthafen auf Harer's Island aufgekauft hat und dafür seinen gesamten Besitz belastet hat. Seitdem knapst er wie der Teufel.«

»Ja, ich erinnere mich daran.«

»Er glaubte, er hätte es endlich geschafft, als er den Laden kaufte, aber es war schwieriger als gedacht, ihn am Laufen zu halten. Es gab viel zu tun, aber kein Großauftrag war in Sicht, nur kleine Reparaturen und so. Dann kam eine riesige Jacht angetuckert, über den Inland Waterway, von New York nach Florida. Wilbur sagt, der Kahn hätte ziemlich mitgenommen ausgesehen und der Motor wäre in miserablem Zustand gewesen. Der Anblick des Rumpfs hätte ihm in der Seele wehgetan, so schlimm war es. Als wäre das Scheißding mit irgendwas zusammengestoßen. Ganz übel.

Der Besitzer hätte nicht damit rausrücken wollen, was passiert war. Hätte nur gesagt, er hätte das Boot günstig erworben, und er wüsste, dass man viel Arbeit reinstecken müsste. Wilbur sagte, er hätte keinen ganz sauberen Eindruck auf ihn gemacht, aber das ginge ihn nichts an.

Es musste wirklich reichlich viel dran gemacht werden. Wilbur hat fünfundzwanzigtausend Dollar in das Scheißding reingesteckt. Es hat zwei Monate gedauert, er und seine Belegschaft haben Tag und Nacht geschuftet. Wilbur war anständig und hat dem Besitzer von Anfang an klargemacht, was an Kosten auf ihn zukäme. Aber der hätte immer gesagt, machen Sie nur, machen Sie, was Sie für richtig halten, als wäre Geld kein Hindernis. Als läge das Geld auf der Straße. Führte sich auf wie der große Zampano.«

»Und?«, wollte ich wissen. Worauf lief es hinaus? Es würde nicht gut enden für Wilbur, so viel war klar.

»Dazu komme ich schon noch. Gedulde dich ein bisschen. Montag morgen stand Wilbur auf, und da hatte sich der Scheißkerl über Nacht aus dem Staub gemacht. Gerade als das Boot wieder wassertauglich war. Ist einfach eingestiegen und damit abgehauen. Hat Wilbur auf dem Trockenen sitzen lassen. Ohne einen Penny zu bezahlen. Typischer Kriegsgewinnler aus dem Norden, dieser Scheißkerl.«

Ich überhörte Mamas feindselige Bemerkung über die Nordstaatler. Damit war ich groß geworden. Nicht, dass sie nicht zur Kenntnis genommen wurden. Mamas ständige Ausfälle gegen die Nordstaaten waren vermutlich auch ein Grund dafür, dass ich dort lebte.

»Oh, Mist«, sagte ich. »Das ist schlimm.« Es war wirklich schlimm. Wilbur war ein netter Kerl, nur ein bisschen naiv.

»Und er hat während der ganzen Zeit kein Geld gesehen?«

»Keinen Penny hat er gekriegt. Du kennst doch Wilbur. Der glaubt alles, was man ihm sagt. Der Kerl hat ihm versprochen, seine ganzen Schulden zu begleichen, wenn das Boot fertig wäre. Und einen Tag vorher verdrückt er sich.«

»Ach, das tut mir so Leid, Mama. Das ist schrecklich. Was hat Wilbur jetzt vor?«

»Er hat sich natürlich an einen Rechtsanwalt gewandt. Er ist zu Claude in der Main Street gegangen. Der Wahrheit halber muss man leider sagen, dass er so gut wie gar nichts über diesen Schuft weiß.«

»Was soll das heißen?«

»Wie ich sagte, er weiß eigentlich nichts. Er weiß nicht einmal, ob der Name stimmt. Er kennt nur das Boot wie seine eigene Westentasche, aber das hilft ihm auch nicht weiter.«

»Ach du Scheiße.«

»Das ist nicht mal das Schlimmste. Claude meint, wenn sie ihn finden, müssten sie ihn in dem Bundesstaat verklagen, wo er gemeldet ist, und wer weiß, wo das ist. Es könnte an die zwei Jahre dauern, und das meiste von den fünfundzwanzigtausend würde dabei draufgehen. Das Beste, was er von gesetzlicher Seite her machen kann, ist, diese zwei Jahre abzuwarten – wenn man den Scheißkerl denn findet – und sich dann mit den Brocken zufrieden zu geben, die ihm die Anwälte übrig lassen, nachdem sie ihre Honorare abgezogen haben.«

Mama mochte Anwälte nicht besonders, hatte sie noch nie ausstehen können. Daddy war Anwalt gewesen, und nie habe ich erfahren, ob er eine Ausnahme war oder nicht. »Scheiße«, wiederholte ich. »Muss Wilbur sein Geschäft aufgeben?«

»Das Geschäft aufgeben?«, sagte Mama erstaunt. »Niemals.«

»Wieso? Hast du nicht gerade gesagt, er käme kaum über die Runden?«

»Wir müssen ihm das Geld natürlich wiederbeschaffen«, sagte Mama ganz langsam, als würde sie mit einem Schwachsinnigen reden.

»Wir? Wen meinst du damit? Ich kann nicht viel dafür tun, dass Wilbur sein Geld wiederkriegt. Und du? Du kannst auch nicht viel dafür tun.« Ich legte eine Pause ein, aber Mama erwiderte nichts. »Oder doch?«, sagte ich zögerlich.

»Selbstverständlich können wir etwas dafür tun. Man kann immer etwas tun.« Wenn Mama ein Lebensmotto hatte, dann dieses: Man kann immer etwas tun. Ich bekam ein flaues Gefühl im Magen. Manchmal war das, was Mama tun würde, nicht das Gleiche, was ich tun würde. »Ich würde das diesem verdammten Scheißkerl niemals durchgehen lassen.«

»Was hast du vor?«, fragte ich ohne Umschweife.

»Das sieht diesen verfluchten Yankees wieder mal ähnlich. Sie meinen, sie könnten einfach herkommen und uns überrumpeln. Sie tun so, als wären wir irgendwie zurückgeblieben.« Was ein Fehler wäre, das musste ich zugeben. Mama war alles Mögliche, und vieles an ihr war keineswegs bewundernswert, aber zurückgeblieben war sie wahrlich nicht.

»Was hast du denn nun vor?«, wiederholte ich meine Frage.

»Das sage ich dir lieber nicht. Seitdem du in den Norden gezogen bist, tust du immer so vornehm, und du würdest es bestimmt nicht gutheißen, wenn man mal was anderes täte, als sein Geld gleich dem nächsten Anwalt in den Rachen zu schieben.«

»Ich hoffe, es ist nichts Illegales?«

»Was soll die Frage?«, sagte Mama verächtlich. »Wofür hältst du mich?« Mir fiel auf, dass sie meine Frage nicht beantwortet hatte.

»Mama, ich werde nicht antanzen und dich gegen Kaution rausholen, sollte es so weit kommen, dass du im Gefängnis landest.«

»Es wäre der Tag, an dem Billy Lewis mich einsperren würde.«

In dem Punkt hatte sie Recht. Billy Lewis, unser gegenwärtiger Sheriff, war mit mir zusammen zur Schule gegangen und kannte Mama gut. Sie müsste schon einen Menschen vor seinen Augen mit einer Axt erschlagen, damit Billy sie hinter Gitter brachte. Das war schließlich der tiefste Süden, wo der Spruch »Er hat den Tod verdient« als Verteidigung durchaus seine Gültigkeit hatte.

»Ich kann dir nur so viel sagen: Ich werde ihm gehörig in den Hintern treten.«

Ich überlegte. »Mama, rechtlich gesehen kannst du nichts

machen, und das Gesetz ahndet das Anheuern von Profis, um andere zusammenzuschlagen, oder was du sonst vorhast, ziemlich streng.«

»Andere zusammenschlagen? Wieso sollte das Wilbur weiterhelfen? Ich glaube, du kriegst da oben nicht genug Sonne ab. Deine Gehirnzellen müssen bis auf den letzten Rest erfroren sein. Komm lieber her ins Paradies zum Auftauen. Du enttäuschst mich, meine Liebe. Meinst du nicht, deiner Mama würde was Besseres einfallen als so was?«

Ich war ratlos. Was hatte sie sich bloß ausgedacht, um Wilbur sein Geld wiederzubeschaffen?

»Also gut, Mama. Tu, was du nicht lassen kannst. Aber tu mir einen Gefallen. Ruf lieber Claude vorher an, nicht mich.« Ich war sauer auf sie, weil sie sich so zierte. Normalerweise verkündete sie immer wortreich, was sie vorhatte, bevor sie in Aktion trat.

Ich legte genervt auf und starrte minutenlang aufs Telefon, dann wählte ich die Nummer von Adams Büro. Ich hatte mich schon beim Wählen in eine regelrechte Wut auf Mama hineingesteigert, aber es war Adam, der meine Wut verdient, sagte ich mir. Er hatte kein Recht, sich wegen mir Sorgen zu machen und so ein Theater zu veranstalten. Ich konnte tun und lassen, was ich wollte. Ich brauchte mir keine Erlaubnis bei ihm abzuholen. Nur weil er in meinem Haus wohnte, musste ich ja nicht das Wochenende mit ihm verbringen. Wieso wollte er dann wissen, wo ich war? Es ging ihn einen Scheißdreck an.

»Adam Bower«, sagte er, und für eine Sekunde sah ich ihn, im Mondlicht in der Badewanne liegend, vor meinen Augen. Es brachte mich zu Fall, und mir versagte die Stimme. »Hallo«, sagte er. Ich räusperte mich, und meine Stimme kehrte zurück, mehr oder weniger.

»Hi«, presste ich hervor, nicht in dem Tonfall, den ich angestrebt hatte.

»Michael«, sagte er nüchtern, »du lebst ja noch.«

Ich hatte jede Menge Erwiderungen parat. Ich hätte sagen können: »Was kümmert's dich?« Ich hätte sagen können: »Da bin ich mal das Wochenende über weg, und du machst mir gleich die Hölle heiß.« Ich hätte sagen können: »Nur weil du in meinem Haus wohnst, gibt dir das noch lange nicht das Recht, mir in mein Leben reinzureden.« Ich hätte alles Mögliche sagen können. Aber nichts dergleichen fiel mir ein. »Abendessen?«, war alles, was ich mit schwacher Stimme sagen konnte.

Später, im Bett, focht ich einen Kampf mit meinem Schlaf aus. Ich sah hinüber zu Adam, der keine solchen Probleme hatte. Männer sind wie Computer: ein Absturz, und sie sind für Stunden lahm gelegt.

Ich sackte abwechselnd weg und wachte wieder auf, Bilder von Larsen geisterten mir im Kopf herum. Dauernd schüttete er irgendwas in eine Tasse, die Zania ständig hob, um zu trinken. Die Bilder holten mich in die Gegenwart zurück. Dann veränderte sich die Umgebung. Ich sah den Fußboden im Krankenhaus vor mir, spürte, wie die kalten Fliesen gegen meine Wange drückten, und sah eilige Füße auf mich zukommen. Im Hintergrund dröhnte laut ein Sauerstoffapparat. Je tiefer ich sackte, desto enger schnürte sich mir die Kehle zu, meine Lungen arbeiteten nicht, und ich wachte abrupt auf, schwer atmend und voller Angst.

Adam neben mir rührte sich und schlug langsam die Augen auf. Ich drehte mich zu ihm um, und er legte seine Hand auf meine Schulter, um mich zu beruhigen, bis meine Atmung wieder gleichmäßig ging. Ich sah in sein Gesicht.

»Du bist nicht hergekommen, um mich zu beschützen«, sagte ich schläfrig. »Du bist hergekommen, um mich festzuhalten.«

»Egal«, sagte er vorsichtig.

18

Am nächsten Morgen überlegte ich mir, was wohl der beste Zeitpunkt wäre, um Zania zu erreichen, und welche Worte ich ihr gegenüber wählen sollte. Ich wusste, dass sie Nachtdienst hatte, und wenn ich sie morgens, in hundemüdem Zustand erwischte, würde das meine Aufgabe nicht gerade erleichtern.

Ich schluckte daher die bittere Pille, dass Larsen vielleicht längst vor ihrer Tür stand, und ich beschloss zu warten und sie nachmittags aufzusuchen. Diesmal hatte ich nur einen Versuch, und den wollte ich nicht vermasseln.

Es war das Vernünftigste, was ich tun konnte, dennoch sorgte ich mich den ganzen Tag über, in all dem Hin und Her von Sitzungen und Seminaren, ob das Vernünftigste nicht doch das Falscheste war. Wer weiß, vielleicht war ausgerechnet heute der Tag, an dem Larsen die Sache auf seine Weise aus der Welt schaffen wollte.

Um drei Uhr konnte ich mich zu einer kleinen Verschnaufpause in mein Büro zurückziehen. Gerade hörte ich die Nachrichten auf dem Beantworter ab, da klingelte das Telefon, und ich zuckte so stark zusammen, dass ich beinahe den Kaffeebecher vom Schreibtisch gestoßen hätte. Lieber Gott, bitte mach, dass Zania oder Robin nichts passiert ist. Wäre ich doch gleich heute Morgen hingegangen. Besser noch, gestern Abend. Die Stimme am Telefon klang fremd.

»Dr. Stone? Hier spricht Doug Griffen«, sagte der Mann ruhig. »Ich bin Redakteur bei der Zeitschrift *People*. Ich würde mich gerne mit Ihnen über Reginald Larsen unterhalten.«

»Wie bitte?«, fragte ich und stand abrupt auf. Der Schreibtischstuhl kippte nach hinten. »Was haben Sie gesagt?«

»Ich schreibe einen Artikel über Reginald Larsen«, sagte die Stimme unbekümmert, »und ich habe aus zuverlässiger Quelle im Krankenhaus erfahren, dass er sich wegen einer psychologischen Beurteilung seiner Person an Sie gewandt hat. Ich wollte Sie fragen, ob Sie sich dazu äußern möchten.«

»Soll das ein Witz sein?«, sagte ich. »Es dürfte Ihnen doch bekannt sein, dass es Therapeuten nicht erlaubt ist, Informationen über Patienten oder angebliche Patienten weiterzuleiten. Wenn dieser Mann mein Klient wäre, dürfte ich es Ihnen nicht sagen. Selbst wenn er es nicht wäre, dürfte ich Ihnen das nicht sagen.«

»Sie sollten wissen«, sagte Griffen, »dass im Krankenhaus einige schlimme Gerüchte über Dr. Larsen kursieren. Ich will Ihnen erklären, wie ich darauf gestoßen bin. Ich bin hingegangen, weil ich einen Artikel über dieses neue Wundernarkosemittel schreiben wollte, das angeblich zwanzigtausend Menschen jährlich das Leben retten soll. Wir bringen eine Sondernummer über die neuen Pioniere der Medizin heraus, und da erschien mir das angebracht.

Ich habe angefangen, mich kundig zu machen, um mich in die Geschichte einzuarbeiten, ich meine, den menschlichen Aspekt und so: Wer ist der Mann? Welche Hobbys hat er? Was für ein Mensch steckt wirklich dahinter? Ich wollte Anekdoten sammeln über einen warmherzigen, etwas zerstreuten Mann, der Tag und Nacht arbeitet, der sich jahrelang der Sache hingibt ... so in dem Stil.

Dann stellte sich heraus, dass er beurlaubt ist. Na gut, dachte ich, er braucht eine Pause nach der vielen Arbeit, Ferien, mal ausspannen. Aber irgendwas war faul an der Sache. Alle, mit denen ich geredet habe, waren verschlossen. Und keiner hatte ein gutes Wort für ihn übrig, als Privatmensch meine ich. Nicht einer. Dann tauchte ein Informant auf. Mehr kann ich nicht sagen. Aber mir scheint es eine zuverlässige Quelle zu sein. Das heißt, eigentlich ist es mehr als eine. Sie kommen allmählich aus ihrem Versteck. Seit der Bekanntgabe habe ich zwei Anrufe erhalten.«

»Welche Bekanntgabe? Wovon reden Sie?«

»Haben Sie es noch nicht gehört?«, sagte er. »Das Krankenhaus hat Dr. Larsens Wunsch nach einem Rücktritt akzeptiert.«

»Was? Seit wann gilt das?«

»Seit heute Morgen neun Uhr. Ich würde sagen, da hat man Sie wohl übergangen, Dr. Stone. Dr. Larsen verlässt das Krankenhaus, um sich seinen Forschungsinteressen hinzugeben, wenn man der von ihm und dem Krankenhaus gemeinsam verfassten Erklärung glauben will. Er zieht sich aus der klinischen Arbeit zurück. Was absolut keinen Sinn ergibt, finde ich. Jedes Krankenhaus hat doch fest angestellte Mitarbeiter, die irgendwelche Forschung betreiben. Mit so einer Entdeckung könnte er weiter angestellt bleiben und sich trotzdem ganz der Forschung widmen. Forschungsgelder stünden ihm unbegrenzt zur Verfügung. Hinzu kommt, dass niemand erwähnt hat, wohin er denn jetzt geht. Und das heißt, er geht weg, aber nirgendwohin.

Daher bin ich auf Sie gestoßen, Dr. Stone. Mal unter uns: Was stimmt nicht mit dem Kerl? Warum ist er bei Ihnen in

Behandlung? Hat er irgendein Problem? Drogen? Alkohol? Oder ist es irgendein anderes Problem, eins, das eher in Ihr Aufgabengebiet fällt?«

»Bleibt das unter uns?«, fragte ich.

»Ganz unter uns«, willigte er ein.

»Von wegen unter uns«, brüllte ich in den Hörer. »Jede Wette, dass Sie unser Gespräch aufnehmen. Ganz unter uns – so was gibt's bei euch Zeitungsfritzen nicht. Und jetzt hören Sie mir mal gut zu, Freundchen. Ich kann Ihnen nicht sagen, ob Prinz Philip mein Klient ist oder nicht. Ich kann Ihnen auch nicht sagen, ob Elvis mein Patient ist oder nicht. Ich kann Ihnen gar nichts zu irgendwelchen Leuten sagen, die in ihrem jetzigen Leben oder einem ihrer früheren Leben jemals Klienten von mir waren, Klienten von mir sind oder Klienten von mir sein werden. Kapiert?« Ich knallte den Hörer auf. Ich konnte es nicht ausstehen, wenn Zeitungsfritzen einen dermaßen anlogen.

Ich blieb eine Weile stehen; die Hand am Hörer zitterte. Es gab Ärger, und nicht zu knapp. Wieso kapierten das solche Leute wie Larsen nie? Wer rumficken will, soll besser nicht berühmt werden. Wer berühmt werden will, soll besser nicht rumficken. Es ging hier nicht um Raketentechnik. Man brauchte kein Ausbund an Moral zu sein. Aber ein bisschen Paranoia würde Wunder wirken.

Ich nahm den Hörer und wählte die Nummer von Margaret Jones. Würde sie mich überhaupt anhören? »Dr. Stone hier«, sagte ich und versuchte, meine Stimme im Zaum zu halten. »Könnte ich bitte Dr. Jones sprechen?«

Die Sekretärin zögerte nur einen winzigen Moment. »Tut mir Leid«, sagte sie, »Dr. Jones ist gerade beschäftigt. Sie kann nicht sagen, wann sie Zeit findet, Sie zurückzurufen.«

Ich unterdrückte den Impuls, die Sekretärin anzuschreien, die mit der ganzen Sache nichts zu tun hatte, es sei denn, sie war eine von Griffins Quellen. »Geben Sie ihr bitte diese Telefonnummer«, sagte ich, meine Privatnummer abspulend, »und richten Sie ihr aus, sie möchte mich anrufen.«

Ich legte auf und ging unruhig im Raum hin und her. »Scheißkerl.« Sie hatten Reggie ein Angebot gemacht. Er würde von seinem Posten zurücktreten, und im Gegenzug würde man der Ärztekammer gegenüber kein Wort verlieren. So lief das, da hätte ich ein Wochengehalt von Bill Gates drauf verwettet. Wieso sollte er sonst zurücktreten, wenn es ihm nichts nützen würde?

Wahrscheinlich war alles meine Schuld, weil ich die Krankenhausverwaltung aufgeschreckt hatte. Ermittlungen gegen Larsen wegen angeblichen sexuellen Fehlverhaltens waren eine Sache, die schlechte Publicity jedoch und die Verantwortung, die das Krankenhaus übernehmen müsste, falls er tatsächlich jemanden getötet haben sollte, das stand auf einem ganz anderen Blatt. Ich wusste aus Erfahrung, dass sich Krankenhäuser so etwas genau überlegten, sehr genau.

Für mich hörte es sich so an, als wäre sich die Krankenhausverwaltung nicht mehr so sicher, dass er nicht doch Dreck am Stecken hatte, denn vorher, bevor ich mit Margaret Jones gesprochen hatte, war von einer Abmachung im gegenseitigen Einvernehmen nicht die Rede gewesen. Erst hatten sie meine Beurteilung abwarten wollen, um zu sehen, womit sie es zu tun hatten. Woher dieser plötzliche Sinneswandel? Hatte ich einen Nerv getroffen?

Das Krankenhaus würde die ganze Sache stillschweigend übergehen, und für Larsen hieß das, an ein anderes Haus zu wechseln, in einem entlegenen Bundesstaat, bis wohin die

Gerüchte nicht gedrungen waren. Er würde als der strahlende Held seine neue Stelle antreten, mit seiner neuen Entdeckung, und wieder anfangen, Frauen unter Narkose zu vergewaltigen.

Blieb nur noch Zania, die seine Aussichten auf Ruhm und Geld vereiteln konnte. Allerdings hatte sich ihre Lage verschlimmert: Es gab niemanden mehr, dem sie ihre Geschichte hätte erzählen können. Das Krankenhaus wollte sie nicht hören. Für die war der Fall erledigt. Sie konnte die Polizei bitten, sich der Sache anzunehmen, aber die würde sie noch mehr einschüchtern als das Krankenhaus.

Die Presse würde so etwas natürlich liebend gerne aufnehmen, und sie würde Zania mit Sicherheit ausfindig machen. Jeder im Krankenhaus, der mich kannte, wusste auch von Zania. Die undichte Stelle musste irgendwo ganz oben sein, vielleicht sogar in der Ethikkommission. Früher oder später musste Reggie erfahren, dass die Presse hinter ihm her war und dass die Zeitungsleute Zania suchten. Ich schnappte mir die Autoschlüssel und rannte zur Tür, aber ich kam nicht sehr weit. In der Tür wäre ich beinahe mit Melissa zusammengestoßen.

»Da ist jemand, der Sie sprechen will«, sagte sie.

»Wer?«

»Mark Carlson.«

»Was? Er ist einfach so vorbeigekommen? Sagen Sie ihm, ich könnte jetzt nicht mit ihm sprechen.«

»Es wäre aber besser.«

»Warum?«

»Weil er weint.«

Ich fluchte und setzte mich wieder an den Schreibtisch. »Na gut«, sagte ich. »Aber nur eine Minute.«

»Mark«, sagte ich, stand auf und streckte ihm die Hand

entgegen, als er zur Tür hereinkam. »Ich habe wirklich nur einen Augenblick Zeit. Etwas ganz Dringendes ist dazwischengekommen.«

Er schien mich überhaupt nicht zu hören. Er steckte sein Hemd noch tiefer in die Hose und zog die Krawatte zurecht, obwohl beides nicht nötig gewesen wäre. Er blinzelte heftig mit den Augen, und er wollte etwas sagen, aber er blieb stumm. »Nehmen Sie Platz«, sagte ich freundlich und legte die Autoschlüssel beiseite. »Was ist passiert?«

»Es tut mir Leid«, sagte er schließlich. Er sprach so leise, dass ich mich vorbeugen musste, um ihn zu verstehen.

»Was tut Ihnen Leid?«, fragte ich.

»Aber wie konnte er nur? Wie konnte er nur?« Die Stimme klang wehleidig, und das heftige Augenblinzeln ließ nicht nach. Er stand unter Schock.

»Ihre Tochter?«, fragte ich nur.

»Ich habe sie gefragt. Eigentlich fand ich es lächerlich, aber ich habe sie trotzdem gefragt. Ich habe sie gefragt, ob ihr Großvater sie jemals gebeten hat, ein Geheimnis vor uns zu bewahren. Ich sah den Ausdruck in ihren Augen. Und es traf mich wie ein Schlag in die Magengrube. Ich war früher bei der Armee, und einmal, in einer Kneipe, hat mich so ein Typ angemacht. Da hatte ich genau das gleiche Gefühl. Den Ausdruck in ihren Augen werde ich mein Leben lang nicht vergessen.«

Ich holte tief Luft und versuchte, den Gedanken an Reggie Larsen für einen Moment zu verdrängen. Mark Carlson war eines Tages aufgewacht, hatte die Vorhänge vor den Fenstern beiseite geschoben und draußen eine völlig veränderte Welt vorgefunden. Aus ihm, dem Einwohner des Landes, das er gekannt hatte und das ihm noch am Abend zuvor vertraut gewesen war, war jetzt ein Fremder geworden.

Nichts war mehr so wie vorher, und nichts würde je wieder so sein wie vorher.

»Wird sie wieder gesund?«, fragte er. Er schnäuzte sich laut die Nase. Anscheinend hatte er sich schon eine ganze Zeit den Tränen hingegeben. »Ich muss es unbedingt wissen. Deswegen bin ich hergekommen. Leila hat mir gesagt, dass Sie auch Kinder behandeln, die missbraucht worden sind. Wird sie wieder ganz gesund?«

Was er meinte, war natürlich, wird sie so wie Jody werden, aber so wollte er es nicht ausdrücken. Die ehrliche Antwort darauf konnte nur lauten: Man weiß es nicht. »Ich kenne Ihre Tochter nicht, Mr. Carlson«, sagte ich sanft. »Ich habe sie nie gesehen. Aber viele Kinder, die missbraucht worden sind, erholen sich davon wieder, wahrscheinlich sogar die meisten, wenn sie Unterstützung von ihrer Familie erfahren. Was meint Ihre Frau denn dazu?«

»Sie ist ausgerastet«, sagte er. »Sie konnte meinen Vater noch nie leiden. Sie hat immer gesagt, er sei ein Tyrann, und meine allabendlichen Telefonate mit meiner Mutter waren ihr auch verhasst. Sie meint, sie sei nicht annähernd so hilflos, wie sie immer tut. Ich war immer hin- und hergerissen zwischen den beiden.

Sie ist völlig ausgerastet. Sie fing an zu schreien und zu brüllen, dass keiner von denen je wieder unser Haus betreten dürfte, sonst würde sie die Kinder nehmen und abhauen. Sie will dafür sorgen, dass er ins Gefängnis kommt. Ich glaube, das meint sie ernst.«

»Und was hat Ihre Mutter dazu gesagt?«

Er sah zu Boden. »Ich habe sie gleich angerufen. Ich musste mit ihr reden. Sie hat ganz unglaubliche Dinge gesagt. Sie meinte, Jody hätte Cindy das nur eingeredet, Cindy wollte nur Aufmerksamkeit heischen. Ich habe versucht ihr klarzumachen, dass Cindy überhaupt nichts von Jody weiß. Wir haben ihr nie erzählt, was Jody über meinen Vater gesagt hat. Ich habe meiner Mutter beschrieben, mit welchem Blick Cindy mich angeschaut hat. Darauf kreischte sie los, dass sie diese ganze Aufregung über das bisschen Sex satt hätte. Sex sei doch überhaupt nichts Besonderes, alle versuchten immer nur, das hochzustilisieren. Und überhaupt, was wäre denn mit ihr? Ob ich mir je Gedanken darüber gemacht hätte, wie es ihr ginge. Sie schrie mich an, dass ich mich genauso wenig um sie kümmern würde wie mein Vater, dass er seine kleine Mieze bumsen würde, und sie wäre allein, und keiner würde sich um sie kümmern ... Es war unglaublich.«

»Seine kleine Mieze?«

»So hat sie sich ausgedrückt.«

»Wen meint sie denn damit?«

»Das weiß ich nicht. Es ist das erste Mal, dass ich davon höre.«

»Weiß sie, wo er sich aufhält?«

»Mir egal, wo er sich aufhält. Hauptsache, er bleibt da. Ich könnte meinen Vater wohl nicht umbringen, aber meine Frau wäre dazu fähig.«

19

Es dauerte eine ganze Stunde, bis ich mein Büro verlassen konnte. Mark Carlson trauerte über den Verlust der heilen Welt, in der er gelebt hatte, und die Trauer war nicht leicht zu überwinden. Jahrelang hatte er sich ein Bein ausgerissen, um seine Mutter zu schützen und einleuchtende Erklärungen für das Verhalten seines Vaters zu finden, und die eigene Schwester, die er dafür geopfert hatte, war nun in Gestalt der Tochter wieder auferstanden. Irgendwie hatte er immer geglaubt, sein Vater würde niemals Verrat an ihm oder seiner Familie begehen, aber ein Kerl, der seine eigene Tochter missbraucht, macht sich auch an das Enkelkind ran. Die Faustregel lautet: Wenn sie es anderen antun, dann tun sie es auch dir an.

Verrat zieht immer etwas nach sich. Wahrscheinlich ist das der Grund, warum Spione erschossen werden. Täuschung macht einen verrückt. Soldaten dagegen lassen keinen Zweifel über ihr Tun aufkommen. Jeder Mensch weiß, dass sie töten. Das einzig Positive, was man einem feindlichen Soldaten nachsagen kann, ist, dass er nie von einem verlangt hat, man möge ihm trauen. Man hat keine Beziehung zu ihm, und ohne eine solche Beziehung konnte es so etwas wie Verrat nicht geben. Das ist bei Spionen anders; sie geben vor, jemand zu sein, der sie nicht sind, jemand, dem man vertrauen kann.

Es war bereits nach vier Uhr, als ich mich auf dem Weg zu Zanias Haus befand, mit den Händen krampfhaft das Steuerrad umklammernd, weil ich eine böse Vorahnung hatte, was ich dort vorfinden würde. »Das ist doch lächerlich«, beruhigte ich mich. »Vielleicht stellt Larsen tatsächlich eine Gefahr für sie da, aber wenn das so ist, dann stellt er auch morgen und übermorgen und überübermorgen noch eine Gefahr dar. Was soll ich tun? Mir für den Rest meines Lebens ständig Sorgen machen, ob Mutter und Tochter noch am Leben sind?«

Das alte Farmhaus lag einigermaßen friedlich da, und Zanias Auto stand in der Einfahrt. Bestimmt war sie mittlerweile aufgestanden. Ich fragte mich, wer sich um Robin kümmerte, wenn Zania arbeitete oder schlief.

Auf mein Klopfen hin kam niemand an die Tür, aber ich vernahm laute Musik aus dem Innern. Ich klopfte noch mal, und da immer noch nicht geöffnet wurde, ging ich ums Haus herum nach hinten. Ich wollte nicht weg, bevor ich mich nicht davon überzeugt hatte, dass alles in Ordnung war, andernfalls hätte ich die ganze Nacht Ängste ausgestanden.

Als ich an einem Fenster vorbeiging, sah ich Zania in der Küche sitzen. Sie schwang ihren Körper zum Takt der Musik. Sie war extrem laut, und ich fragte mich, wie ein Kleinkind wohl auf so eine Geräuschkulisse reagierte. Ich klopfte an den Hintereingang, aber da ich mir nicht sicher war, ob sie mich überhaupt hörte, drückte ich die Klinke und steckte meinen Kopf durch den Türspalt. Als Zania mich erblickte, schreckte sie zusammen. Sie verließ den Raum und ging ins Esszimmer. Die Musik brach ab, und Zania kehrte zurück.

Ich war inzwischen eingetreten. »Hi«, sagte ich, unsicher, ob ich willkommen war oder nicht.

»Was wollen Sie?«, fragte sie und ließ sich wieder am Küchentisch nieder. Sie sprach undeutlich, und auf einmal wurde mir klar, dass sie betrunken war.

»Nur mit Ihnen reden«, antwortete ich, ging zu ihr und setzte mich ihr gegenüber hin.

»Es ist nicht meine Schuld. Ich hab's versucht. Wirklich.«

»Was haben Sie versucht?«

»Sie haben keine Ahnung, wovon ich rede, oder?« Ihr Oberkörper schaukelte leicht hin und her.

»Nein«, sagte ich. »Ich habe keinen blassen Schimmer.«

»Ist auch egal«, murmelte sie und griff nach dem Glas, das vor ihr stand.

Im selben Moment trottete Robin in die Küche und sagte mit fester Stimme: »Will Saft.«

»Ach Gott«, sagte sie und sah Robin an. »Ich habe keinen Saft.«

»Wir wollen mal sehen, was wir dahaben«, bot ich meine Hilfe an. Ich hatte den Eindruck, dass Zania keine Lust hatte aufzustehen. Vielleicht konnte sie auch gar nicht mehr aufstehen. Ohne eine Antwort abzuwarten, ging ich rüber zum Kühlschrank und machte die Tür auf. Zu meiner Erleichterung fand sich doch etwas Apfelsaft. Ich holte ihn aus dem Fach und goss Robin ein. Als ich mich umdrehte, hatte Zania den Kopf auf den Tisch gelegt. Vorsichtig reichte ich Robin das Glas mit dem Saft, die es mit beiden Händen packte und wieder aus dem Zimmer spazierte.

»Wie viel trinken Sie gewöhnlich?«

Sie antwortete nicht gleich, aber nach einer Weile hob sie den Kopf. »Nicht viel«, sagte sie.

»Jeden Tag?«

»Nein, nicht jeden Tag. Wie kommen Sie darauf? Wer hat Ihnen das gesagt?«

Ich nahm das Glas, das vor ihr stand, und roch daran. »Rum?«, fragte ich.

»Das geht Sie nichts an«, erwiderte sie und legte den Kopf wieder auf den Tisch.

»Wer kümmert sich um Ihre Tochter, wenn Sie betrunken sind?«

»Sie kommt zurecht.«

»Sind Sie alleine hier draußen? Ist sonst keiner da? Kümmert sich sonst niemand um Robin? Das ist ein Problem, Zania, ein großes Problem. So geht das nicht.« Das Telefon klingelte. Zania überhörte es einfach, und ich auch. Als es endlich aufhörte zu klingeln, schaltete sich der Anrufbeantworter ein, und Reggie Larsens erregte Stimme versetzte den Raum in Spannung.

»Zania«, sagte er. »Hier ist Reggie. Ich weiß, dass du da bist. Ich muss dich unbedingt sprechen. Sofort. Zania, es ist wichtig. Ich habe etwas, das dich interessieren könnte. Bitte ruf mich sofort zurück. Es ist dringend.« Er hinterließ seine Nummer und legte auf.

Im ersten Moment hatte es mir die Sprache verschlagen, so überrascht war ich. Zania schloss die Augen. »Treffen Sie sich immer noch mit Reggie?«, fragte ich ungläubig.

»Eigentlich nicht«, sagte sie.

»Was heißt ›eigentlich nicht‹?«, wollte ich wissen. »Eigentlich nicht? Zania! Haben Sie den Verstand verloren? Der Mann hat versucht mich umzubringen. Kommt es Ihnen nicht in den Sinn, dass er gefährlich ist? Gefährlich für jeden, der sich ihm in den Weg stellt? Was ist los mit Ihnen?«, blaffte ich sie an.

»Ich treffe mich nicht mit ihm«, sagte sie. »Es ist nicht so, wie Sie denken.«

»Nicht so, wie ich denke? Wie ist es dann?«

»Ich meine, ich schlafe nicht mit ihm«, sagte sie.

»Na fein. Immerhin etwas«, sagte ich. »Was ist los, Zania? Was haben Sie mit Reggie zu tun? Was meinte er damit, als er sagte, er hätte etwas, das Sie interessiert? Was ist das?«

Zania antwortete nicht, und schließlich gab ich auf. »Ich rufe den Kinderschutzbund an«, sagte ich. »Sie sind viel zu betrunken, um sich um ein Kind zu kümmern. Robin könnte eine Herdplatte einschalten oder sich eine Plastiktüte über den Kopf stülpen, und Sie würden es nicht einmal merken.« Ich wollte gerade aufstehen, da hob Zania den Kopf und packte mich am Arm.

»Nein, nein«, flehte sie mich an. »Tun Sie das nicht.« Sie fing an zu weinen. Sie hielt meinen Arm so fest umklammert, dass es schmerzte. »Tun Sie das nicht. Die nehmen mir meine Tochter weg. Ich würde meine Tochter verlieren. Ich darf sie nicht verlieren.«

Ich legte meine Hand auf Zanias Hand und ließ sie dort liegen. »Zania«, sagte ich sanft. »Was verbergen Sie vor mir? Haben Sie Probleme mit Alkohol?«

»Ich habe mit allem Möglichen Probleme«, sagte sie. Und plötzlich kam ich drauf.

»Etwas, das dich interessieren könnte«, wiederholte ich Reggies Satz von eben. »Drogen? Versorgt Reggie Sie mit Drogen?« Es war bekannt, dass Anästhesisten häufig Drogenprobleme hatten. Reggie wäre nicht der Erste, den die Unmengen Schmerzmittel, zu denen er Zugang hatte, in Versuchung geführt hätten.

Zania ließ meinen Arm los. »Keine Ahnung, woher er das wusste«, sagte sie. Auf einmal wirkte sie wie ernüchtert. Die Drohung mit dem Kinderschutzbund hatte den Alkoholrausch verscheucht, wenn auch nicht ganz. »Es steht in meiner Akte. Vielleicht ist sie ihm in die Hände gefallen.«

»Was steht in Ihrer Akte?«

»Ich wurde erwischt. Vor fünf Jahren. Wegen Drogen. Diese Scheißdrogen. Ich musste eine Entziehungskur machen, sonst hätte ich meine Zulassung als Krankenschwester verloren – für immer. Was dann? Was hätte ich dann machen sollen?« Sie rieb sich die Augen. »Meine Güte, ich hatte solche Angst. Solche Angst. Zwei Jahre lang musste ich regelmäßig meinen Urin untersuchen lassen, bevor ich mich überhaupt auch nur wieder bewerben durfte.

Aber ich habe es geschafft. Aus eigener Kraft. Und das hat gut getan. Als Robin dann kam, war ich so dankbar, dass es passiert war. Während der gesamten Schwangerschaft habe ich nichts angerührt. Gar nichts.«

»Was ist dann passiert?«

»Er hat gewusst, dass ich es Ihnen sagen würde. Vielleicht war ich selbst schuld, denke ich jetzt häufig.« Müde richtete sie sich auf und gähnte. »Einmal war er auf die Station gekommen, um eine Patientin zu besuchen, und ich ließ irgendeine Bemerkung über ein Narkosemittel fallen, das der Patient bekommen hatte. Ich sagte so etwa, das würde für viele die Probleme ein für alle Mal lösen. Ich erinnere mich noch an seinen Blick. Da dachte ich mir schon, er weiß Bescheid, aber er rief erst später an und fragte mich aus. Da dachte ich noch, ich hätte mich geirrt. Jetzt glaube ich eher, dass ich beim ersten Mal Recht hatte.«

»Hat er Ihnen Drogen angeboten?«

»Nicht gleich. Wir sind eine Zeit lang zusammen ausgegangen. Bald kam er mit Marihuana an. Na gut, Gras ist keine große Sache. Jedenfalls redete ich mir das ein. Später hat er mir dann Percodan angeboten. Das Komische ist, dass ich es eigentlich gar nicht nehmen wollte. Ich habe einfach nur mitgemacht, weil ich so eingenommen war von ihm. Er war unglaublich nett und klug, und, na ja, ziemlich reich war er außerdem. Ich habe immer nur gedacht, dass er ein guter Daddy für Robin wäre. Deswegen wollte ich ihn nicht verlieren, und ich habe mitgemacht. Ein Riesenfehler.«

Dem war nichts hinzuzufügen. »Jetzt wissen Sie Bescheid«, sagte sie. Sie seufzte, und ich merkte, dass sie sich nicht länger auf den Beinen halten konnte. Wieder gähnte sie. Ich konnte nicht erkennen, ob sie einfach nur schlafen wollte oder ob sie ohnmächtig werden würde, aber es wäre auf das Gleiche hinausgelaufen. »Ich konnte der blöden Krankenhausleitung schlecht sagen, was er so trieb – aus Angst, er würde sie über meinen Drogenkonsum aufklären.

Und um ehrlich zu sein: Kaum war ich wieder auf Drogen, hatte ich Schiss, ich könnte keine mehr bekommen. Dann fing das mit dem Alkohol an. Ich kam nicht immer gleich an Drogen ran. Und Alkohol war besser als gar nichts.«

»Haben Sie jemals Schluss gemacht mit Reggie?«

»Eigentlich nicht. Ich habe nicht mehr mit ihm geschlafen. Ich bin sogar hierher gezogen und habe versucht, mich von ihm zu lösen. Seine Mutter hat mir dabei geholfen, diesen Job zu kriegen. Sie hat mir versprochen, sie würde es ihm nicht verraten ...« Zania zuckte mit den Schultern. »Ehe ich mich versah, stand Reggie wieder auf der Matte. Mit Demerol und Percodan in der Tasche. Und ich? Ich habe ihn reingelassen. Jetzt wissen Sie alles.« Die Stimme versagte ihr, und ich beugte mich vor, um sie zu verstehen. »Ich bin eine schlechte Mutter, und ich habe meine Tochter nicht verdient, aber ich kann ohne sie nicht leben. Sie ist alles, was ich habe.« Wieder fing sie an zu weinen und nahm das Glas in die Hand, das noch immer vor ihr stand, aber ich packte sie am Arm und hielt ihn fest.

»Sie haben die Wahl«, sagte ich. »Robin oder Drogen.«

Sie schaute einen langen Moment auf das Glas, dann ließ sie es los. Ich hob es hoch, ging zum Spülbecken und schüttete den Alkohol in den Ausguss.

»Kennen Sie jemanden, der vorbeikommen und heute Abend auf Robin aufpassen kann?«

Sie schüttelte den Kopf. »Niemanden?«, fragte ich. »Was ist mit dem Babysitter? Ich kann sie hinbringen.«

Wieder schüttelte sie den Kopf. »Sie ist verreist«, sagte sie. »Zu ihrer Mutter. Sie ist weggefahren, nachdem ich Robin abgeholt habe.«

»Freunde?«

»So gut kenne ich niemanden«, sagte sie. Wieder legte

sie den Kopf auf den Tisch, und eine Weile dachte ich wirklich, sie wäre ohnmächtig geworden.

»Na gut«, sagte ich schließlich. »Dann bleibe ich eben heute Nacht hier. Ich habe alles, was ich brauche, im Auto. Sie sind zu betrunken, um sich um Robin zu kümmern. Morgen stellen wir einen Plan auf.« Zania musste eine zweite Entziehungskur machen, und niemand konnte vorhersagen, wie sie die durchstehen würde, aber jetzt war nicht der Zeitpunkt, sich darüber den Kopf zu zerbrechen.

»Sagen Sie mir nur eins, Zania.«

Sie hob den Kopf. »Ja?«

»Sie haben mir lang und breit erzählt, was für eine Angst Sie vor ihm hätten.«

Sie stöhnte. »Das stimmt. Ich habe Angst vor ihm.«

»Und trotzdem haben Sie ihn ins Haus gelassen? Haben sich Drogen von ihm geben lassen?«

Zania starrte auf die Stelle, an der das Glas gestanden hatte, als könnte sie es wieder hervorzaubern, wenn sie nur lange genug hinschaute. »Sie haben wohl nie Drogen genommen, oder?«, sagte sie. »Jemand, der Drogen nimmt, würde so eine Frage niemals stellen.«

Ich ging rüber ins andere Zimmer und suchte nach meinem Schützling. Seit meinem Eintreffen hatte ich kaum einen Mucks von ihr gehört, und zu spät wurde mir klar, dass das vielleicht kein gutes Zeichen war. Ich fand die Handtasche ihrer Mutter geöffnet auf dem Wohnzimmerboden, Sofa und Teppich waren mit Lippenstift beschmiert, aber von Robin war nichts zu sehen! Die Haustür stand offen, und ich lief nach draußen – auch auf kleinen Landstraßen fuhren Autos, wie man wusste –, aber Robin saß auf dem Rasen und spielte mit Dreck.

Ich hockte mich neben sie, und sofort schlug mir der Geruch von schmutzigen Windeln entgegen. »Na komm, meine Süße«, sagte ich und hob sie hoch. In den Südstaaten werden alle Kinder mit Süßer angeredet, mindestens bis zum Alter von fünf Jahren. Sie schrie und strampelte, als ich sie auf den Arm nahm, aber Windelwechseln war eine von den unbedingten Notwendigkeiten in der Welt der Kinder – das ließ sich nicht ändern. Sie trat so kräftig um sich, dass ich sie seitlich auf der Hüfte tragen musste, sodass ihre Beinchen hinter mir ins Leere schlugen.

Später, sehr viel später, schlief sie nach endlosem Vorlesen des immer gleichen Buches mit dem Daumen im Mund ein. Kleinkinder mögen Wiederholungen: dasselbe Lied, dasselbe Buch und dieselben Menschen, die sich um sie kümmerten. Robin hatte mich den ganzen Abend über misstrauisch beäugt, aber von ihrem heftigen Protest gegen das Windelwechseln abgesehen, hatte sie mich einigermaßen akzeptiert. Abendessen, Badewanne und fünfmaliges Vorlesen desselben Buches hatten sie sanftmütig gestimmt. Nachdem wir beide es uns in ihrem Bett gemütlich gemacht hatten, wie Flüchtlinge aus einer größeren Welt, kuschelte sie sich beim Einschlafen eng an mich.

Im Schein des Mondes betrachtete ich minutenlang ihr Gesicht. Die Gesichter von Kindern sehen im Schlaf nie so leblos aus wie die von Erwachsenen. Robins kleines Gesicht strahlte im Schlaf ebenso viel Lebensenergie aus wie im wachen Zustand, nur war vielleicht das Vorhandensein dieser Energie leichter zu erkennen, wenn sie still war.

Seltsam, aber erst jetzt packte mich der Kummer. Ich hatte mit Robin gespielt, sie gefüttert, ihr die Windeln gewechselt, sie gebadet und ihr ein Baumwollnachthemd angezogen, ohne mir nur ein einziges Mal die Frage zu stellen, die jetzt unausweichlich schien: Hätte meine kleine süße Jordan auch so ausgesehen, so gesprochen, so gerochen, wenn nicht der plötzliche Kindstot sie dahingerafft hätte?

Es heißt, Tote sähen manchmal so aus, als würden sie schlafen, aber auf tote Kinder trifft das nicht zu. Es zeigt sich nicht die Lebensenergie, die jetzt direkt unter Robins Hautoberfläche brodelte und die so stark schimmerte, dass man ihre Wirkung bei geschlossenen Augen spüren konnte. Bitterkeit stieg in mir hoch, und ich konnte spüren, wie sie sich bis in meine Handflächen ausbreitete.

Behutsam erhob ich mich vom Bett und stieg leise die Treppe hinunter, stützte mich dabei die ganze Zeit an der Wand ab. Traueranfälle machen mich immer schwach, als müsste ich bei jedem Schritt befürchten auszurutschen. Brücken lösten sich auf, und alles war zusammenhanglos. Von einem Zimmer ins nächste zu kommen, von einer Sekunde zur nächsten, alles erschien mir wie ein ungeheurer Kraftakt. Wege mussten geschlagen, Flüsse überquert werden.

Nur eins war sicher. Oben lag ein Kind, das keinen plötzlichen Kindstot erlitt: eine muntere kleine Wildkatze, ein Mädchen, das so lebendig war, wie Jordan tot war. Und ich musste dafür sorgen, dass ihre Mutter von den verfluchten Drogen loskam und nicht in Reggie Larsens tödliche Fänge geriet.

20

Es war schon spät, als ich Zania stöhnen hörte: »Oh Gott.« Ich vernahm Schritte, die Klotür wurde geöffnet und wieder geschlossen. Schließlich schlich sie auf Zehenspitzen die Treppe hinunter, fasste sich mit der einen Hand an den

Kopf, mit der anderen hielt sie sich an der Wand fest. »Oh mein Gott«, sagte sie. »Mein Gott.« Auf der untersten Treppenstufe ließ sie sich nieder. »Entschuldigen Sie. Es tut mir Leid. Normalerweise bin ich nicht so. Wirklich nicht. Sie müssen wer weiß was von mir denken ...«

»Wie geht es Ihnen?«, fragte ich leise. Ich hatte das Gefühl, alles, was über Flüstern hinausging, müsste sich in ihrer Katerstimmung wie Gebrüll anhören.

Sie bedeckte ihr Gesicht mit den Händen. »Sauschlecht. Wo ist Robin?«

»Sie isst gerade ihren Haferbrei. Es geht ihr gut.«

»Michael, es tut mir Leid. Entschuldigen Sie.«

Ich sagte nichts dazu. »Erinnern Sie sich an gestern Abend?«

»An das meiste. Ich glaube, an alles. Hoffe ich wenigstens.«

»Reggie hat angerufen.«

»Ich weiß.« Sie seufzte. »Scheißkerl. Ich weiß, dass Sie mir das nicht abnehmen, aber ich habe versucht, mich von ihm fern zu halten. Ich dachte, wenn ich trinke, könnte ich ohne das andere Zeug auskommen.«

»Kein kluger Gedanke«, sagte ich sanft. Das war Zania auch längst klar, es gab also keinen Grund, ihr deswegen eine Strafpredigt zu halten. Ich wandte mich um und ging zur Küche. »Kaffee oder Tee? Wir müssen miteinander reden.«

Zania kam mir nach und setzte sich niedergeschlagen an den Tisch. Robin hörte auf zu essen, kletterte von ihrem Stuhl herunter, auf den Schoß ihrer Mutter. Zania schlang die Arme um sie, und die beiden schaukelten gemächlich vor und zurück. Ich kochte Kaffee für Zania und Tee für mich und setzte mich ihr gegenüber: »Zania«, sagte ich.

»Ich begreife nicht, was vorgeht. Ich wäre beinahe getötet worden. Ich bin mir ziemlich sicher, dass es Ihnen ebenso ergehen könnte, und das Verrückte daran ist, ich weiß überhaupt nicht, warum. Erzählen Sie mir jetzt also bitte alles, und wenn es noch so schlimm ist. Was wissen Sie über Reggie, was ihm solche Panik macht? Es muss etwas sein, was Sie mir noch nicht erzählt haben.«

»Das Schlimmste wissen Sie ja noch gar nicht.«

»Also. Was ist es?«

Robin hatte genug geschmust, wand sich aus der Umarmung ihrer Mutter und widmete sich wieder ihrem Haferbrei. Ohne Robin auf dem Schoß wirkte Zania wie nackt. Sie verschränkte die Arme vor der Brust.

»Als ich damals nach Boston kam«, sagte sie schließlich, »besaß ich nichts. Ich meine, buchstäblich nichts. Keinen Koffer. Keinen Mantel. Gar nichts. Nur Robin im Bauch, mehr nicht. In meiner Brieftasche befanden sich zweiundzwanzig Dollar, und ich habe nur angehalten, weil ich kein Benzin mehr hatte. Ich hatte Angst, dass nichts mehr fürs Essen übrig blieb, wenn ich mein letztes Geld für Benzin ausgeben würde.«

Sie lachte leise. »Schon verrückt, wenn man sich das mal klarmacht. Mit zweiundzwanzig Dollar hätte ich mir ja auch nicht viel leisten können, aber weiter als bis zur nächsten Mahlzeit dachte ich damals eben nicht.«

»Wovor liefen Sie davon?«, fragte ich.

»Vor einem Mann«, sagte sie achselzuckend. »Wovor sonst?«

Da hatte sie wohl Recht. Wovor sonst? »Was war das für ein Mann?«, fragte ich.

Sie antwortete nicht sofort. Ihre Augen wanderten hin und her, wie es bei Menschen zu beobachten ist, die sich an etwas erinnern. Als sie zu sprechen anhob, gab sie nicht direkt Antwort, jedenfalls nicht auf meine Frage. »Nach einer gewissen Zeit konnte ich in keinen Spiegel mehr gucken. Heute hört sich das komisch an, aber es stimmt. Sie müssen nicht denken, dass es an den Narben und Einstichen lag. Ich konnte mich nur einfach nicht wiedererkennen. Ich hatte jedes Gefühl dafür verloren, wer ich war. Anders kann ich es nicht ausdrücken. Einmal bin ich an einem Spiegel vorbeigekommen, und ich warf einen Blick hinein, ohne zu überlegen. Mein erster Gedanke war: Wer ist diese Frau? Und dann wurde mir klar, dass ich es selbst war.

Ich wusste nicht, warum sich mein Leben in diese Richtung entwickelt hatte. Ich wusste nicht, warum ich diesen Mann überhaupt geheiratet hatte. Er war wahnsinnig eifersüchtig, und noch bevor wir überhaupt verheiratet waren, hatte er mich schon ein paar Mal verprügelt. Er sagte, das sei, weil wir nicht verheiratet wären, und wenn wir erst verheiratet wären, würde sich das ändern. Es änderte sich auch, und wie, in dem Punkt hatte er Recht – es wurde noch schlimmer.

Er hat die Drogen angeschleppt. Aber wenn ich die Wahrheit sagen soll: Ich habe sie gerne genommen. So waren die Schläge leichter auszuhalten. Die meiste Zeit war er gar nicht da. Er verschwand dann tagelang, manchmal wochenlang, und mit ihm auch die Drogen. Da habe ich angefangen, sie von meiner Arbeitsstelle zu klauen.«

»Aus dem Krankenhaus? Wie haben Sie das angestellt?«

Sie sah mich kurz an. »Das ist leichter, als Sie denken. Die gesamte Medikation wird natürlich überwacht, wie Sie wissen. Die Tabletten werden gezählt und mit der Menge verglichen, die der Arzt verschrieben hat, und mit dem, was laut Krankenblatt dem Patienten schon verabreicht worden ist, und was übrig bleibt, wird auch noch mal gezählt. Alles zusammengenommen muss die gleiche Menge ergeben. Und wer verabreicht die Tabletten dem Patienten? Die Schwestern. Aber neben uns steht keiner und schaut, ob wir sie auch wirklich ausgeben.

Manchmal habe ich sie also gar nicht verabreicht, und manchmal nur etwas weniger, als der Arzt verordnet hatte. Es war gar nicht so schwierig.«

Sie sah meine Miene. »Was denken Sie denn?«, sagte sie. »Es war gemein, widerlich, schrecklich. Das weiß ich auch.«

Sie seufzte und stand auf. »Gehen wir rüber ins Wohnzimmer. Sie wollen eine Erklärung für das alles haben, und ich kann Ihnen nur Bruchstücke liefern.«

Eigentlich wollte ich nur erfahren, was sie über Reggie Larsen wusste, was ihn so panisch reagieren ließ, aber das verkniff ich mir lieber. Zania war diejenige, die nach einer Erklärung für all das suchte, und sie war diejenige, die die Bruchstücke lieferte. »Ist schon in Ordnung«, sagte ich, stand auf und ging hinter ihr ins Wohnzimmer. »Reden Sie, wie Ihnen der Schnabel gewachsen ist.«

Sie wurde blass, als sie das Lippenstiftgeschmiere auf dem Sofa und dem Teppich sah, aber sie sagte nichts. Sie wandte sich einfach ab und ließ sich in einem Schaukelstuhl am Fenster nieder. Ich holte mir einen Sessel heran und setzte mich ihr gegenüber hin.

»Ich war gestern Abend keine sehr gute Mutter.«

»Im betrunkenen Zustand ist niemand eine gute Mutter.«

»Sie hätten mich bestimmt am liebsten umgebracht, oder? Sind Sie die Nacht über geblieben?«

Ich zuckte mit den Achseln. »Es war keine große Sache, Zania. Um ehrlich zu sein, ich hab's für Robin getan, nicht für Sie. Ich finde, Erwachsene können sich um sich selbst kümmern, aber Kleinkinder nicht. Sie schulden mir also nichts, und ich hoffe, dass Sie es nicht als Ausrede benutzen, um sich an die Brust zu schlagen und sich noch schlechter zu machen, bis ein Schluck aus der Flasche der einzige Ausweg zu sein scheint. Reden Sie einfach weiter. Was ist danach passiert?«

»Können Sie sich doch denken«, erwiderte sie. »Ich wurde geschnappt. Patienten hatten sich beklagt, sie würden ihre Medikamente nicht bekommen. Der Krankenschwesternverband hätte mich am liebsten rausgeworfen, aber auf der Station wussten alle, dass ich bis zum Umfallen geschuftet hatte. Das hat dem Verband vielleicht jemand gesteckt, und man hatte Mitleid mit mir.

Jedenfalls wurde mir erst mal meine Zulassung entzogen, und es hieß, wenn ich zu einer Drogenberatungsstelle ging und meine Urinproben die ganze Zeit sauber wären, dürfte ich mich nach zwei Jahren wieder bewerben. Da bin ich natürlich aufgewacht. Mir war klar, dass ich ewig unter seiner Fuchtel stehen würde, wenn ich mir meinen Lebensunterhalt nicht selbst verdienen konnte. Deswegen hielt ich mich genau an das, was der Verband mir empfohlen hatte.

Karl war keine große Hilfe. Er wollte, dass ich wegen der Drogen von ihm abhängig blieb, aber nach meinem Rauswurf wollte ich keine mehr nehmen, da konnte er sich auf den Kopf stellen. Die Prügel wurden immer schlimmer. Furchtbar schlimm. Er entwickelte so eine Wahnidee, wollte mir ›das Rückgrat brechen‹, wie er immer sagte. Wenn ich nicht schwanger geworden wäre, wäre ich längst tot. Er wollte das Kind nicht, und er band mich fest und schlug auf meinen Bauch ein, damit ich eine Fehlgeburt bekam. Aber ich bekam keine. Robin war stärker als er.«

Sie starrte einen Moment vor sich hin, dann fingen die

Augen wieder an, hin und her zu wandern, und sie schüttelte sich.

Sie sah zu mir herüber. »Das war's. Das war das Ende. Ganz plötzlich war alles sonnenklar. Wie konnte er es wagen, mein Kind zu schlagen? Vielleicht war ich ja ein wertloser Mensch, aber mein Kind nicht. Nicht mein Kind. Deswegen bin ich weggegangen. Ich hatte meine Zulassung zurückerhalten, sodass ich wieder arbeiten konnte, und eines Tages bin ich einfach ins Auto gestiegen und zwanzig Stunden am Stück gefahren. Hab keinem gesagt, was ich vorhatte. Ich wusste selbst nicht mal, wo es hingehen sollte, erst als ich da war. Ich habe alles zu Hause zurückgelassen. Hatte nur meinen Geldbeutel und einen Pullover dabei, mehr nicht. Karl hat mich nie gefunden. Ich weiß nicht einmal, ob er überhaupt nach mir gesucht hat.«

Ich unterbrach sie. »Haben Sie irgendwo noch Familie?«

»Nein. Meine Mutter ist an Brustkrebs gestorben, noch bevor ich Karl kennen lernte. Und meinen Vater habe ich seit meinem zwölften Lebensjahr nicht gesehen. Ich war das einzige Kind. Mein Vater hat immer gesagt, ich sei der größte Fehler seines Lebens. Meine Großeltern sind auch alle tot. Es gibt wirklich niemanden mehr.«

»Haben Sie das alles allein auf die Beine gestellt?« Ich konnte es nicht fassen.

»Es blieb mir nichts anderes übrig. Ich gebe zu, ich bin heute noch überrascht, wenn ich darüber nachdenke.« Ein flüchtiger Stolz verdrängte für einen Moment ihre Sorgen und Ängste. »Was hätte ich sonst machen sollen? Mein Kind sollte er nicht auch noch schlagen. Das wollte ich auf jeden Fall verhindern.«

Es klang unglaublich. Ein Satz von Richard Selzer kam mir in den Sinn: »Denn ich weiß, es sind die Gezeichneten und Verderbten und Missratenen, denen Anstand widerfährt.« Diese Frau hatte Anstand, das konnte man wohl sagen. Schon tief genug gesunken, um sich die Prügel von einem Mann gefallen zu lassen – wo hatte sie da den Mut hergenommen, bei ihrem Kind die Grenze zu ziehen?

»Das verstehe ich nicht. Wie haben Sie das geschafft? Wo haben Sie angefangen?«

»Es war schon ein starkes Stück. Ich möchte es nicht noch mal durchmachen. Versuchen Sie mal, in einer fremden Stadt Fuß zu fassen, schwanger, ohne Geld und Klamotten, nur mit dem, was Sie am Leib tragen. Eine Zeit lang habe ich in einem Verschlag gehaust, hinter einem 7-Eleven, wo ich auch gearbeitet habe. Dem Geschäftsführer bin ich heute noch dankbar. Er hat mich da wohnen lassen. Wahrscheinlich habe ich ihm Leid getan. Und er hat sich auch nie an mich rangemacht oder so, obwohl ich fast damit gerechnet hatte. Von meinem ersten Gehalt habe ich mir ein Zelt gekauft und den ersten Sommer in einem Naturschutzgebiet außerhalb von Boston gelebt. Was Besseres konnte ich mir nicht leisten, und vor den Läusepensionen hatte ich Angst.«

»In einem Zelt? Wieso sind Sie nicht ins Obdachlosenheim gegangen?«

»Komisch, aber der Gedanke ist mir nie gekommen. Ich wusste gar nicht, wo die waren. Ich habe einfach nie daran gedacht. Heute kann ich es manchmal kaum fassen, wie ich das ausgehalten habe.

Aber ich hab's geschafft, und ich blieb clean und abstinent, und es lief besser als je zuvor in meinem Leben. Dann lernte ich Reggie kennen. Scheiße, ich wünschte, das wäre nie passiert.

Ich arbeitete wieder als Krankenschwester. Ich hatte mein

Zelt abgebaut und war in eine Wohnung gezogen. Ich war immer noch clean und abstinent, seit Robins Geburt, das heißt eigentlich seitdem ich schwanger war. Robin war damals ein Jahr alt, und sie entwickelte sich prächtig, es war herrlich. Es ging uns beiden richtig gut. Robin hatte keins der gesundheitlichen Probleme, die sie mit Sicherheit gehabt hätte, wenn ich weiter Drogen genommen hätte. Sie werden lachen, aber ich hatte wieder einen Spiegel aufgehängt. Wirklich. Erst ein Jahr nach der Geburt habe ich zum ersten Mal wieder einen Spiegel in meiner Wohnung aufgehängt.«

»Dann tauchte Reggie auf.«

»Kann man wohl sagen. Er hat mich förmlich überwältigt. Anfangs war er wahnsinnig nett. Wieso sind Männer zuerst immer so nett?« Sie unterbrach sich, schaukelte ein bisschen vor und zurück und überlegte.

»Es gibt keine Entschuldigung. Als er mir die Drogen anbot, habe ich zugegriffen. Ich wollte ja bloß, dass er mich mochte. Ich hatte Angst, er würde drauf kommen, dass irgendwas nicht stimmte, dass ich Probleme mit Drogen hatte, wenn ich sie ablehnte. Ich weiß auch nicht, warum ich es getan habe. Vielleicht wollte ich die Drogen einfach nehmen.«

»Hat Reggie Probleme mit Drogen?«

»Das glaube ich nicht. Das war ja das Komische. Sobald ich wieder mit Drogen anfing, hörte er damit auf. Nur zu Anfang hat er ein paar Mal mit mir zusammen welche genommen. Damals habe ich mich schon gewundert, was das eigentlich sollte.

Aber ich habe mich wohl nicht genug gewundert, denn es war erstaunlich, wie schnell ich wieder drauf war. Ich glaube, das habe ich mir nie richtig klargemacht. Ich meine, ich habe mir immer eingeredet, ich würde nur deswegen Drogen nehmen, weil Karl mich geschlagen hat. Ich glaube, ich habe mir nie klargemacht, wie verflucht abhängig ich war. Abhängig bin, muss ich sagen. Wie abhängig ich bin. Ich bin abhängig. Ich glaube, das ist wichtig. Ich muss sagen, ich bin abhängig.

Zurück zu Reggie. Zuerst dachte ich, er würde wegen mir so oft auf die Intensivstation kommen. Er guckte auch immer nur nach ein paar Patienten, wenn er da war. Nach einer Weile verbrachte er dann weniger Zeit mit mir und hielt sich länger bei den Patienten auf, und irgendwann wurde mir klar, dass er gar nicht wegen mir kam. Dann passierte etwas Schreckliches. Etwas absolut Schreckliches.«

Diesmal unterbrach sie nicht nur, sie verstummte regelrecht und schaukelte still vor sich hin. »Was ist passiert?«, wagte ich schließlich zu fragen.

Sie antwortete nicht. »Was ist passiert?«, wiederholte ich.

»Es war eine Frau«, sagte sie schließlich. »Eine junge Frau. Sie lag im Koma. Man weiß nie, wie viel solche Menschen wirklich mitkriegen. Die Frau hatte einen Autounfall gehabt, eine Kopfverletzung und eine komplizierte offene Fraktur des Schienbeins. Sie hatte schon etwas länger im Koma gelegen. Muss ein netter Mensch gewesen sein, nach ihren Familienangehörigen zu urteilen. Die kamen jeden Tag, und sie waren wirklich verzweifelt.

Na gut. Man hatte sie am Bein operiert, und Reggie war der Narkosearzt gewesen. Nach mehreren Wochen gab es eigentlich keinen Grund mehr für den Anästhesisten, nach ihr zu schauen, aber er kam trotzdem jeden Tag vorbei, meistens spät abends oder früh morgens, wenn die Familienangehörigen nicht da waren. Sie wissen ja, wie es auf einer Intensivstation zugeht. Die Familie muss in einem Nebenzimmer warten, und jedem sind nur wenige Minuten am

Krankenbett erlaubt. Wenn die Familie gerade da war, kam er später noch mal zurück.

Es ist die Frau, von der ich Ihnen erzählt habe. Der er den Finger reingesteckt hat. Den Rest der Geschichte habe ich Ihnen allerdings verschwiegen. Ich habe damals nicht gleich mit Reggie Schluss gemacht, wie ich Ihnen gesagt hatte. Ich habe mir eingeredet, ich würde fantasieren, ich wäre krank im Kopf.

Dann, eines Tages, ging es der Frau wieder besser. Sie wachte einfach auf. So was kommt manchmal vor. Eigentlich hatten die Ärzte sogar damit gerechnet, dass sie wieder aufwacht. So schlimm war die Kopfverletzung nämlich nicht. Ich konnte ja die Gehirnaktivitäten auf dem Monitor verfolgen. Reggie war gerade in ihrem Zimmer. Irgendwie hatte ich den Eindruck, er wäre immerzu an ihrer Seite.

Ich rannte durch den Flur und platzte durch die Tür ins Zimmer und hörte gerade noch, wie sie sagt: ›Ich weiß …‹ Mehr nicht. ›Ich weiß.‹ Dabei schaute sie ihm in die Augen. Ich kann nicht sagen, was sie damit meinte. Es konnte alles Mögliche sein. Ich weiß nur, wie Reggie es verstanden hat, denn an den Ausdruck in seinem Gesicht kann ich mich gut erinnern. Er war irgendwie getroffen, er fühlte sich ertappt.

Ich weiß nicht, was sie danach noch gesagt hat, weil ich gleich losgerannt bin, um den behandelnden Arzt zu holen und ihm zu sagen, dass sie aufgewacht ist. Dann ist es passiert.«

»Was ist dann passiert?«

Statt auf meine Frage zu antworten, stand sie auf und ging zu Robin, die, eine Rolle abgewickeltes Toilettenpapier hinter sich herziehend, ins Zimmer gekommen war. Keiner von uns beiden hatte etwas gehört. Zania hob Robin hoch, drückte sie an sich, übersah das Toilettenpapier geflissentlich. Sie setzte sich wieder hin und versuchte, sie in den Armen zu wiegen, aber Robin quengelte und wand sich sofort aus der Umarmung. Zania gab auf und ließ sie zu Boden gleiten. Ohne Robin auf dem Schoß fing sie jetzt an, unruhig im Stuhl zu schaukeln. »Also, was ist passiert?«, fragte ich.

»Ich weiß es nicht. Als wir zurückkamen, war sie tot.«

»Tot?«

»Die Ärzte konnten nichts mehr machen. Sie war mausetot.«

»Woran ist sie gestorben?«

»Das war nicht mit Sicherheit festzustellen. Es sah nach einem Schlaganfall aus. Die Familie widersetzte sich einer Autopsie. Ich kann nur sagen, ich habe die Daten des Computertomographen gesehen. Angeblich kennen wir Schwestern uns mit solchen Dingen ja nicht aus, aber in ihrem Kopf gab es keine Anzeichen, die auf einen Schlaganfall hindeuteten. Sie war eine junge Frau. Das erschien mir alles sonderbar.«

»Was meinten die Ärzte dazu?«

»Keiner konnte mit Sicherheit sagen, was passiert war. Man wollte eine Autopsie vornehmen, aber wie gesagt, die Familie war dagegen. Mehr weiß ich auch nicht.«

»Das verstehe ich nicht. Wieso glauben Sie, Reggie hätte etwas damit zu tun?«

»Ich weiß nur, dass Reggie am Bett stand, als ich weglief, um den Arzt zu holen, und der Frau ging es gut. Als ich zurückkam, war sie tot, und Reggie war verschwunden. Den Ärzten habe ich nichts gesagt.«

Sie sah das Staunen in meinem Gesicht.

»Ich konnte es ihnen nicht sagen. Es gab keinen Beweis, dass er in dem Raum gewesen war. Und dann war da noch die Sache mit den Drogen. Im Krankenhaus nahm ich keine, aber wenn sie erfuhren, dass ich wieder rückfällig geworden war, hätte ich meine Arbeit verloren. Reggie hätte ihnen das mit den Drogen erzählt. Er hätte alles Mögliche erzählen können. Dass er wegen der Drogen Schluss mit mir gemacht hätte. Dass ich diese haarsträubende Geschichte, er hätte etwas mit dem Tod der Frau zu tun, nur aus Rache erfunden hätte.

Verstehen Sie, was ich meine? Mein Wort hätte gegen Reggies Wort gestanden, und Sie brauchen sich nur anzusehen, wer die beiden Kontrahenten waren. Ich, eine ehemalige Drogenabhängige, die schon einmal ihre Zulassung als Krankenschwester verloren hatte, und er, ein hohes Tier, Mr. Unantastbar, der eines Tages den Nobelpreis erhalten würde. Von seinem Vater wollen wir gar nicht erst reden. Er hätte behaupten können, ich hätte ihn angefleht, mir die Drogen zu besorgen, und als er sie mir nicht hatte geben wollen, hätte ich diese Geschichte erfunden, um ihn gefügig zu machen. Ich weiß nicht, was passiert wäre. Ich hatte Robin, um die ich mich kümmern musste.

Es war schrecklich. Ich wusste nicht, was ich machen sollte. Ich dachte, wenn sie mir glauben, stünde ich am Ende noch als Komplizin da, weil ich ihn nicht früher angezeigt hatte, als er ständig zu den Patientinnen ging, ohne Grund.

Ich konnte nicht einmal beweisen, dass ein Verbrechen vorlag. Das heißt, ich war mir ja selbst auch nicht sicher. Nur frage ich mich, warum er gegangen ist, wenn es kein Verbrechen war. Es lagen nur Sekunden dazwischen. Warum hat er nicht versucht, der Frau zu helfen, wenn es wirklich ein schwerer Schlaganfall gewesen ist?«

»Moment mal. Eins begreife ich nicht. Wie war es Reggie möglich, sie innerhalb weniger Sekunden zu töten, ohne Spuren zu hinterlassen? Wie soll das gehen?«

»Meine Güte, Michael. Sie sind vielleicht naiv! Er hätte alles Mögliche machen können.«

»Was zum Beispiel?«

Sie zuckte mit den Achseln und überging meine Frage. »Danach habe ich die Beziehung endgültig abgebrochen. Ich konnte seine Gegenwart nicht mehr ertragen. Ich musste immer sofort daran denken. Monatelang hat mich die Frau in meinen Träumen verfolgt. Sie verfolgt mich noch heute.

Zu dem Zeitpunkt wurden die Anrufe immer schlimmer, und ich fand heraus, dass sie von Reggie kamen, wie ich Ihnen schon gesagt habe. Das war die Wahrheit. Alles, was ich Ihnen erzählt habe, war die Wahrheit. Ich habe nur einige Sachen verschwiegen.«

Mir fiel ein, was mein alter Lehrer Goldstein zum Thema psychologische Täuschung gesagt hatte: Viel häufiger verschweigen die Menschen Dinge, als dass sie lügen. Aber Mord, so schien mir, ließ sich dann doch nicht so einfach verschweigen.

Zania interpretierte mein grüblerisches Schweigen als Skepsis. »Es stimmt«, sagte sie. »Alles. Ich kann es beweisen, gewissermaßen. Ich habe Tagebuch geführt.«

»Was haben Sie?«, fragte ich erstaunt.

»Ich habe Tagebuch geführt.«

»Was für ein Tagebuch?«

»Ich habe immer Tagebuch geführt, schon als Teenager. Die alten Bücher habe ich alle dagelassen, als ich mich von Karl trennte. Aber danach habe ich gleich wieder angefangen. Es hilft mir dabei, über einiges klar zu werden.«

»Kann ich sie mal sehen?«, fragte ich.

»Das aktuelle oder eins aus der Zeit, als ich im Krankenhaus gearbeitet habe?«

»Eins aus der Zeit im Krankenhaus.«

Sie war nur zwei Minuten verschwunden, und als sie zurückkam, hielt sie einen ganzen Stapel Bücher mit hellen Umschlägen in den Händen. Es war die Sorte Tagebücher, die wie reguläre, gebundene Bücher aussehen, aber innen leere Seiten haben. Sie schlug einige Bücher auf, bis sie auf das aus der gewünschten Zeit stieß, und reichte es mir.

Ich begann wahllos an einer Stelle zu lesen. Man sah sofort, dass sie eine geübte Tagebuchschreiberin war, eine von denen, die mehr Zeit damit verbrachten, ihr Leben aufzuschreiben, als zu leben. Anaïs Nin gehörte auch zu ihnen und mit ihr tausende ganz normale Menschen ohne einen Funken literarisches Talent, die aber alle die gleiche Leidenschaft teilten, nämlich über jede Kleinigkeit ihres Alltags Bericht zu erstatten. Zanias literarisches Talent war minimal, dafür hatte sie einen ausgeprägten Blick für Details.

Die Eintragungen erzählten, was sie zu Mittag gegessen hatte, wie das Wetter gewesen war und wo sie ihre Haare hatte schneiden lassen. Sie waren ausführlich, was die Details anging, aber gering an Bedeutung. Die gleichen Details jedoch, die die meisten Eintragungen so ermüdend machten, waren an den Stellen, wo von Reggie die Rede war, richtig spannend.

Sie hatte über jede einzelne Visite von Reggie auf der Intensivstation Buch geführt, jedenfalls hatte ich den Eindruck. Sie sprach über die Patienten, zu denen er ging, nannte sie nicht immer namentlich, dafür aber Tag und Uhrzeit und gab genug Informationen, um die Personen später identifizieren zu können. Da war die Achtzigjährige mit Herzinfarkt, die am fünften November eingeliefert worden war, im Juli der Teenager, der vom Dach gefallen war.

Selbst bei kurzer Durchsicht wurde deutlich, dass Reggie ausschließlich weibliche Patienten besucht hatte, und immer nur solche, die bewusstlos waren oder im Delirium lagen oder deren Wahrnehmung anderweitig gestört war. Es würde wohl niemand behaupten, Zania hätte das alles nur erfunden, jedenfalls nicht, wenn sich der Krankenhausaufenthalt der betreffenden Personen tatsächlich dem angegebenen Zeitraum zuordnen ließ. Sie hätte sich schon seinerzeit alles aus den Fingern saugen müssen, und es erschien wenig glaubhaft, dass sie auf diese Weise einen Arzt hätte »rumkriegen« wollen, über Monate, Jahre.

Das Tagebuch war vernichtend. Strafverfolger oder Gesundheitsbehörden würden sich die Finger lecken nach dermaßen konkreten und detaillierten, zum Zeitpunkt der jeweiligen Tat schriftlich niedergelegten Dokumenten. Zania besaß das, worüber John Dean damals beim Watergate-Skandal verfügte, mit dem Unterschied, dass er sich dessen bewusst war und sie nicht.

»Weiß Reggie davon?«, fragte ich, als ich wieder zu Atem gekommen war.

»Von den Tagebüchern?« Ich nickte.

Sie überlegte kurz. »Das kann ich nicht sagen. In der Zeit, als ich noch mit ihm schlief, wusste er, dass ich Tagebuch führe. Ich konnte nicht einschlafen, bevor ich nicht Tagebuch geschrieben hatte. Und einmal hat er mich gefragt, ob er auch drin vorkommt. ›Natürlich‹, habe ich gesagt, ›ich schreibe immer über meine Freunde‹, aber ob er wusste, dass ich auch über seine Besuche auf unserer Station schrieb, kann ich nicht sagen. Ich glaube eher nicht. Wenn doch, hat er es mir jedenfalls nie gesagt.«

»Zania«, sagte ich, »Sie dürfen die Bücher nicht hier behalten. Auf gar keinen Fall. Darf ich sie mitnehmen? Ich will sie mir durchlesen und überlegen, wie wir am besten vorgehen.«

»Ich bitte Sie, Michael, unternehmen Sie nichts, was mich meinen Job kosten könnte. Sie dürfen diese Tagebücher niemandem zeigen. Die ganzen Drogengeschichten stehen auch alle drin.«

Ärger stieg in mir hoch, und ich musste mich zurückhalten, um ihm nicht Luft zu machen. »Ein Mensch ist tot«, sagte ich betont gelassen, »der vielleicht noch leben könnte. Ich wäre beinahe gestorben, und ich habe keine Lust, diese Erfahrung noch mal zu machen. Und Sie stehen auch auf der Liste der Personen, die tot sein könnten. Aber Robin braucht sie.

Und wessen Leben in Zukunft noch auf dem Spiel steht, wenn Reggie weiter als Arzt praktiziert, darüber will ich lieber gar nicht nachdenken. Was passiert, wenn der nächste Patient droht, ihn anzuzeigen? Also, Zania, nehmen Sie Vernunft an, und machen Sie sich klar, was in diesem Fall wichtiger ist.«

Zania schwieg. »Nehmen Sie die Bücher«, sagte sie schließlich. »Und sagen Sie mir ja nicht, was Sie damit vorhaben. Ich will es gar nicht wissen.«

21

Während der Rückfahrt lag der Stapel Tagebücher auf dem Sitz neben mir, und immer wieder schaute ich zu ihm hinüber wie zu einem Beifahrer. Ich wollte lieber keinen Blick mehr hineinwerfen, es war zu viel Elend darin enthalten.

Zu Hause angekommen, stieg ich aus und klemmte die Bücher untern Arm. Ich hatte mich bei Zania morgens nicht geduscht, und bevor ich mich jetzt auf den Weg zur Arbeit machte, wollte ich mich waschen und umziehen. Ich stand ziemlich lange unter der Dusche, als könnte das Wasser all die hässlichen Dinge, die ich heute Morgen gehört hatte, aus meinem Kopf spülen. Es müsste eine Dusche für die Seele geben, nicht nur eine für den Körper. Abrupt stellte ich das Wasser ab und ging zum Telefon. Ich rief einen alten Lover von mir an und erreichte ihn schließlich in seinem Büro. »Hallo, Jack«, begrüßte ich ihn. »Hast du eine Minute Zeit?«

»Michael«, sagte er, »lange nichts von dir gehört.« Aus irgendeinem Grund freute ich mich, dass seine Stimme immer noch so warmherzig klang wie früher.

»Ich wollte dich nur etwas fragen«, sagte ich. »Pass auf: Ein Arzt will jemanden töten, eine stationäre Patientin. Spontanentscheidung. Er hat keine Zeit zu überlegen. Die Patientin erwacht aus einem Koma, und die Schwester ist nur kurz weggegangen, um den regulären behandelnden Arzt zu holen. Deswegen hat er nur ein paar Sekunden Zeit. Was kann er machen?«

»Meine Güte, Michael«, sagte er. »Du stellst vielleicht Fragen. Jetzt sag nicht, das ist wirklich passiert.«

»Ist so etwas möglich? Ich meine, es sah wie ein Schlaganfall aus. Es wurde keine Autopsie vorgenommen, deswegen weiß man es nicht mit Sicherheit.«

»Wie kommst du dann darauf, dass jemand nachgeholfen hat? Hast du gesagt, sie sei im Koma gewesen?«

»Ja, aber die Kopfverletzung war nicht ganz so verheerend, und die Frau war noch jung. Damals jedenfalls hatten die Ärzte so ihre Zweifel. Ist so etwas möglich?«

Es folgte eine Pause. »Natürlich«, sagte er schließlich.

»Wie?«

»Er hätte verschiedene Möglichkeiten. Die einfachste Methode wäre, eine Spritze mit Luft in den intravenösen Tropf zu setzen.«

»Das würde reichen?«

»Das würde reichen. Luftblasen würden das Herz zum Stillstand bringen und einen Infarkt herbeiführen oder die Halsschlagader blockieren und einen Schlaganfall verursachen.«

»Und das reicht, um einen Patienten im Krankenhaus zu töten?«

»Wir hängen das nicht an die große Glocke, aber es ist richtig: Das würde reichen.«

Auf dem Weg zur Arbeit überlegte ich mir ernsthaft, ob ich nicht der Kirche der Christlichen Wissenschaft beitreten sollte.

Von der Arbeit aus rief ich Adam an, weil ich ihm von den Tagebüchern berichten wollte, aber er war nach Maine gefahren, um einen Gefangenen abzuholen. Ich hatte gerade aufgelegt, als ich überrascht die Tür zum Wartezimmer auf- und wieder zugehen hörte. Ich erwartete niemanden, also stand ich auf und ging hin, um nachzusehen, wer da war. Der Mann, der im Wartezimmer stand, war über einsachtzig groß und sah so unverschämt gut aus, dass mir fast die Spucke wegblieb. Er hatte strohblondes Haar und markante Gesichtszüge, die bei jedem Zigarettenkonzern unweigerlich den Wunsch ausgelöst hätten, sie auf Werbeplakate zu bannen. Die Augen erinnerten an John F. Kennedy, das Kinn an Clint Eastwood. Ich merkte, dass ich ihn regelrecht anglotzte, und ich machte den Mund wieder zu. »Suchen Sie jemanden?«, fragte ich.

Er lächelte, und seine Zähne waren bestimmt alle künstlich. Solche regelmäßigen Zähne sind kein Geschenk der Natur.

»Ich suche eine gewisse Dr. Michael Stone«, sagte er.

»Das bin ich.«

»Doug Griffen«, stellte er sich vor und hielt mir die Hand hin. »Von der Zeitschrift *People*. Ich hatte bei Ihnen angerufen.«

Ich trat unwillkürlich einen Schritt zurück und ignorierte die ausgestreckte Hand. »Was haben Sie hier zu suchen? Ich kann unmöglich mit Ihnen reden.«

»Eigentlich will ich gar nicht mit Ihnen reden«, sagte er. »Ich suche eine Frau namens Zania Thompson.«

Er beobachtete mich, als er das sagte, und der Schreck, der sich in meinem Gesicht abzeichnete, entging ihm nicht.

»Sie sind ja richtig gut«, sagte ich.

»Danke. Ich will nur sicher gehen, dass ich auf der richtigen Fährte bin. Aber da ich schon mal hier bin, könnten wir beide uns doch auch ein bisschen unterhalten. Was meinen Sie? Ich weiß nicht, mit wem Sie es bisher zu tun hatten, aber wenn ich sage, etwas bleibt unter uns, dann bleibt es unter uns.«

»Sie sind doch nicht so gut, wie ich dachte.«

»Vielleicht nicht.« Er blieb einfach stehen und sah mich an. »Nur so, aus Neugier: Wie kann ich Ihnen zeigen, dass Sie mir vertrauen können? Ich kann Ihnen Referenzen vorlegen, Personen nennen, die mit mir zu tun hatten und bei denen Sie sich erkundigen können.«

»Ich glaube nicht, dass das viel nützen würde. Sie nennen mir ja doch nur diejenigen, die Sie nicht verraten haben.«

»Wie dann?«

»Mr. Griffen. Ich weiß nicht, mit wem Sie bisher zu tun hatten, aber ich rede nicht über meine Klienten, auch nicht mit Personen, denen ich vertraue. Es gibt da nämlich so etwas wie Berufsethos. Und was das Vertrauen Ihnen gegenüber betrifft: Ich vertraue Menschen durchaus – wenn ich zwanzig Jahre lang mit ihnen zu tun gehabt habe.«

»Hört sich nicht schlecht an«, sagte er lächelnd. »Ich bin gelegentlich auf die Hilfe von Fachleuten angewiesen. Manchmal brauche ich jemanden, der sich in Ihrem Bereich auskennt.«

»Zufällig bin ich auch gelegentlich auf Hilfe angewiesen, auf die von Zeitungsreportern«, erwiderte ich. »Manchmal würde ich gern mit einer Geschichte an die Öffentlichkeit gehen, bei der kein Klient von mir betroffen ist.«

»Schon notiert«, sagte er und reichte mir seine Visitenkarte. »Ich melde mich wieder bei Ihnen.«

»Nicht, wenn es um diesen Fall geht«, erwiderte ich streng.

»Oh, das würde ich lieber nicht sagen«, entgegnete er, »vielleicht interessiert es Sie ja, was ich weiß – bevor ich es in Druck gebe.«

»Gutes Argument«, sagte ich. »Wo wir schon dabei sind: Wie weit sind Sie gekommen? Haben Sie schon mit Larsen gesprochen?«

»Noch nicht. Aber ich habe einige hundert Male auf seinen Anrufbeantworter gesprochen. Der Mann scheint mir aus dem Weg zu gehen.«

»Wer würde das nicht?«

»Jemand, der nichts zu verbergen hat.«

»Wenn Mike Wallace durch diese Tür käme, würde sogar der Papst durch den Hinterausgang verschwinden.«

»Der Papst vielleicht. Aber ich bin nicht Mike Wallace. Ich bin von der Zeitschrift *People.* Wir bringen optimistische Geschichten.«

»Nur diesmal nicht.«

»Nein, diesmal nicht.«

Er stand da und sah mich eine Weile an. »Ich kann Sie wohl nicht überreden, mit mir essen zu gehen, oder?« Sein

Lächeln löste ein Kribbeln in meinem Magen aus. »Kein Wort über die Arbeit«, fügte er beiläufig hinzu.

»Ich kann es nicht ausstehen, wenn Sie mich anlügen«, erwiderte ich.

»Es könnte interessant sein für Sie«, lockte er mich.

Ich schüttelte den Kopf. »Sie haben mich schon einmal reingelegt. Diesmal will ich kein Risiko eingehen.«

Er wandte sich ab, um zu gehen, aber diesmal war ich es, die ihn aufhielt. »Nur so aus Neugier«, sagte ich. »Was hat Sie davon abgehalten, Fernsehmoderator zu werden?«

Er drehte sich um und grinste schüchtern. »Die bedauernswerte Neigung zu stottern, wenn ich im Rampenlicht stehe.«

Gedrückter Stimmung kehrte ich zurück an meinen Schreibtisch. Mein Gott, die Presse hatte Zania Thompson ausfindig gemacht. Wusste Reggie das? Hatte Doug Griffin sie in seinen telefonischen Nachrichten an Reggie erwähnt?

Ich nahm den Telefonhörer in die Hand, um Zania anzurufen, legte aber gleich wieder auf. Auf was für schmutzige Tricks waren Journalisten bereit sich einzulassen, um an eine Geschichte zu kommen? Auf ziemlich schmutzige, würde ich mal tippen. Einmal war sogar mein Telefon abgehört worden, daher wollte ich nicht das Risiko eingehen, von meinem Apparat aus anzurufen.

Ich nahm die Schlüssel und ging nach draußen zu meinem Auto. Würde ich eine Beschattung überhaupt erkennen? Vermutlich nicht. Ich war Therapeutin. Ich hatte keine Ahnung von Beschattung. Wieso hat man uns in der Schule nichts Vernünftiges beigebracht? Ich fuhr langsam rüber zur psychiatrischen Abteilung und schaute mich ständig dabei um. Ich konnte nichts Verdächtiges erkennen, aber was hatte das schon zu sagen?

Ich nahm zwei Stufen auf einmal und fragte Melissa: »Ist Marv abkömmlich?«

»Er ist gerade mitten in einer Besprechung.«

Ich lief den Flur entlang zum Besprechungszimmer und steckte den Kopf durch die Tür. Toby unterbrach seinen Satz, und alle drehten sich zu mir um. »Marv«, sagte ich, »kann ich dich mal einen Augenblick sprechen? Es ist dringend.«

Marv stand auf und kam nach draußen geeilt. Toby knüpfte an der Stelle wieder an, wo er unterbrochen worden war. Niemand schien beunruhigt; solche Notfälle waren in der Psychiatrie an der Tagesordnung.

»Was gibt's?«, fragte er besorgt, kaum dass er im Flur stand, aber ich hatte bereits den Weg zu seinem Büro eingeschlagen.

»Es geht nicht um Carlson, wenn du das meinst«, antwortete ich, und ich merkte, wie seine Anspannung nachließ. »Ich brauche nur deine Hilfe.«

Ich betrat sein Büro und schloss die Tür hinter mir. »Kann ich mir mal deinen Wagen ausleihen?«

»Klar«, sagte er und trat an seinen Schreibtisch, um die Schlüssel zu holen. »Ist dein Wagen kaputt?«

»Nein, ich habe nur die Befürchtung, dass ich von einem Zeitungsreporter verfolgt werde.«

»Es ist doch nichts Gefährliches, oder?«

»Nein, nein. Reporter bringen dich wegen einer Geschichte nicht gleich um. Sie piesacken dich nur zu Tode.«

»Piesacken?«, fragte er.

»Entschuldigung, so redet man eben bei uns im Süden.«

Er überreichte mir die Schlüssel. »Kann ich sonst noch was für dich tun?«, fragte er unsicher nach.

»Nein. Hier sind meine Schlüssel. Der Wagen steht im

Abschnitt G, falls du ihn brauchst. Ich danke dir«, sagte ich und war auch schon wieder verschwunden.

Auf dem Rückweg ging ich an der Empfangstheke vorbei. Im Wartezimmer war gerade niemand. »Können wir unsere Blusen tauschen?«, fragte ich Melissa. »Jetzt sofort?«

Sie blickte von ihrer Schreibmaschine auf und sah mich eine Weile an. »Was ist? Gefällt Ihnen Ihre Bluse nicht?«

»Das nicht gerade. Ich will einen Reporter abwimmeln.«

Sie stöhnte. »Das steht nicht in meinem Arbeitsvertrag«, sagte sie, war aber bereits aufgestanden und ging zur Toilette.

»Fällt unter Verschiedenes«, sagte ich.

»Sie verstehen unter Verschiedenes offenbar etwas anderes als Ihre Kollegen.«

»Das macht das Leben doch gerade interessant.«

»Sechs Richtige im Lotto wären mir lieber. Für Sie zu arbeiten ist mir manchmal unheimlich.«

Wenig später fuhr ich vor Zanias Haus vor und sah mit Staunen einen dunkelblauen Volvo in der Einfahrt stehen. Vor Schreck wäre ich beinahe nicht ausgestiegen. Falls Doug Griffen mir zuvorgekommen war, hatte es wenig Sinn, überhaupt ins Haus zu gehen. Wenn er den unwiderlegbaren Beweis geliefert bekäme, dass es zwischen Zania und mir eine Verbindung gab, würde sich wahrscheinlich alles nur noch verschlimmern.

Dann aber fiel mir das Nummernschild auf; es war aus Vermont. Griffen war es also nicht, vorausgesetzt, es war kein Leihwagen. Ich stieg aus und schaute durch die Autoscheiben: ein Halstuch, eindeutig von einer Frau, und auf der Anzeige ein zu hoher Kilometerstand für einen Leihwagen. Ich musste das Risiko eingehen.

Ich klopfte, und Zania kam an die Tür; sie wirkte ruhig

und einigermaßen fröhlich, und ich konnte erleichtert aufatmen. Ihr Gast war offensichtlich nicht Griffen, und es war auch kein anderer Reporter, sonst hätte sie nicht so entspannt ausgesehen.

»Hallo«, sagte sie und bat mich herein, ohne zu fragen, warum ich überhaupt gekommen war. Die Nacht, die ich hier verbracht hatte, schien meinen Status in der Familie verändert zu haben.

Ihr Gast saß etwas geziert auf dem Sofa, und nach der ersten Überraschung, ausgerechnet diese Person hier zu sehen, dachte ich, dass es vielleicht auch sein Gutes hatte.

»Mrs. Larsen«, sagte ich verlegen. Sie hob ihren Blick, und eine Art Flackern blitzte in ihren tiefblauen Augen auf und war gleich wieder verschwunden. Wie eine gut geölte Tür, die schwer ins Schloss fiel, rutschte die aalglatte, gesellschaftliche Maske wieder an ihren Platz.

»Michael«, sagte sie und nickte mir zu. »Wie schön, dass Sie da sind. Ich wollte Ihnen schon die ganze Zeit etwas sagen. Bitte, setzen Sie sich.«

Ich ließ mich gehorsam ihr gegenüber nieder, während Zania losging und Robin von einem Tisch herunterholte, auf den sie geklettert war.

»Ich möchte mich für mein Verhalten neulich entschuldigen«, sagte sie. »Es war schrecklich, wirklich, und Sie hatten natürlich völlig Recht. Selbstverständlich müssen Sie bei allem objektiv und unparteiisch bleiben. Da bin ich grundsätzlich Ihrer Meinung. Ich weiß auch nicht, was in mich gefahren war. Ich hatte mich nur furchtbar über Reggie aufgeregt und machte mir Sorgen um seine Zukunft. Aber Sie haben ja Recht, meine Liebe. Ich kann es nicht mehr rückgängig machen. Ich kann nur hoffen, dass Sie mir noch mal verzeihen.«

»Dagegen ist nichts zu sagen«, erwiderte ich. »Mütter müssen nun mal parteiisch sein.« Sie hatte keinen Grund genannt, warum sie hier war, und ich fragte nicht danach. Wahrscheinlich wollte sie jetzt bei Zania versuchen, womit sie vorher bei mir gescheitert war. Sie hatte keine Ahnung, dass es nicht das Geringste bewirken würde.

Mehr hatten wir uns anscheinend nicht zu sagen, und Schweigen herrschte im Raum, während wir beide darauf warteten, dass es Zania gelang, Robin zu bändigen. Mrs. Larsen nahm ihre Teetasse und trank geziert einen Schluck, füllte elegant die Stille mit dem kleinen Ritual.

Zania kam ins Zimmer zurück und fragte mich freundlich: »Kaffee oder Tee, Michael?«

»Danke, ich möchte nichts«, sagte ich. Ich sah die Erleichterung in Mrs. Larsens Gesicht; sie hoffte offenbar, mein Besuch wäre nur von kurzer Dauer. Zania setzte sich wieder hin. Irgendwie schien sie sich in Mrs. Larsens Gegenwart ganz wohl zu fühlen, was mir nie gelungen war. Vielleicht hatten sie in der Enttäuschung über Reggie eine Gemeinsamkeit entdeckt.

Ich holte einmal tief Luft. »Ich bin hergekommen, weil ich Ihnen etwas sagen wollte, Zania«, fing ich an. »Und es ist vielleicht ganz gut, wenn Sie beide es erfahren. Vor ein paar Tagen hat ein Mann von der Zeitschrift *People* wegen Reggie Kontakt mit mir aufgenommen. Ich habe es natürlich abgelehnt, mit ihm zu sprechen, aber heute Morgen stand er plötzlich in meinem Büro und fragte nach Ihnen. Er kannte Ihren Namen.« Mrs. Larsen versteifte sich. Zania hatte ihre Tasse angehoben und hielt sie so schräg, dass der Kaffee beinahe überschwappte.

»Zania«, sagte ich, »Sie verschütten gleich Ihren Kaffee.« Sie sah auf die Tasse, hielt sie gerade und stellte sie ab. Ihre

Hand zitterte. »Woher kennt er mich? Was weiß er? Was will er?« Ihre Stimme klang mit jeder hingeworfenen Frage schriller. »Ich will da nicht mit hineingezogen werden«, jammerte sie.

»Ich kann nicht sagen, was er bereits weiß«, entgegnete ich ruhig. »Und Sie brauchen mit keinem Reporter zu reden, wenn Sie nicht wollen. Aber höchstwahrscheinlich kommen sie her und werden Ihnen auf die Pelle rücken. Sie sollten sich lieber einen Plan zurechtlegen.

Irgendwo an hoher Stelle in der Krankenhausleitung ist eine undichte Stelle. Vielleicht sogar in der Ethikkommission. Das hat Griffen sogar selbst zugegeben. Ich habe keinen blassen Schimmer, was die ihm gegenüber geäußert haben. Ich habe ihm jedenfalls kein Sterbenswörtchen gesagt. Natürlich nicht. Aber er wird Sie ausfindig machen. Heute lässt sich jeder Mensch über das Internet aufspüren, und man kriegt sogar noch eine Wegbeschreibung zu seiner Wohnung mitgeliefert. Früher oder später steht er bei Ihnen auf der Matte.«

Ich lehnte mich zurück und sah die beiden an. »Die Katze ist aus dem Sack. Ich weiß nicht, was dem Kerl bereits bekannt ist, aber dass er etwas weiß, das steht fest. Er weiß, dass es mit Reggie Probleme gibt. Und er weiß, dass Reggie von seinem Posten zurückgetreten ist.« Ich sah die Überraschung in Mrs. Larsens Gesicht. Reggie hatte ihr die Neuigkeit also noch nicht mitgeteilt. Interessant. »Wenn er den Grund nicht längst kennt, wird er sicher schon bald was herausfinden. Ein guter Reporter ist in der Lage, sich aus seinem Halbwissen etwas zusammenzureimen und es mit einer spannenden Geschichte zu unterfüttern. Und dieser Reporter von *People* ist sogar sehr gut. Sie können es drehen und wenden, für einen Skandal reicht es allemal.«

»Vielen Dank, dass Sie uns Bescheid gegeben haben, Michael«, sagte Mrs. Larsen schnell, die sich allmählich von ihrem Schock erholte. »Ich denke, Zania und mir wird schon etwas einfallen, wie wir damit umgehen werden, das heißt, wenn du meine Hilfe überhaupt in Anspruch nehmen willst, meine Liebe.« Sie sah Zania an. Zania nickte wie benommen. Mrs. Larsen schaute wieder mich an, und es erschien mir wie eine indirekte Aufforderung, das Haus zu verlassen.

Ich zögerte. Was immer Mrs. Larsen auch unternehmen würde, es wäre bestimmt in Reggies Interesse, da konnte man sicher sein. Aber war es auch in Zanias Interesse? Der Gedanke, dass Zanias wichtigste Beraterin in dieser Angelegenheit Reggies Mutter war, bereitete mir Kopfschmerzen. »Mit einem Anwalt wäre Zania besser gedient«, sagte ich behutsam. »Irgendwann ist sie auf rechtlichen Beistand angewiesen im Laufe des ...«

Das Geräusch eines in die Einfahrt vor dem Haus einbiegenden Autos unterbrach mich, und ich hielt mitten im Satz inne. Zania wurde blass und rutschte noch tiefer in ihren Sessel. Ich sprang auf und schaute aus dem Fenster, blieb aber wie angewurzelt stehen, als ich sah, wer aus dem Auto stieg.

»Ist er es?«, wollte Zania wissen. Sie meinte Griffen.

»Der nicht, aber jemand anders«, antwortete ich.

Ich ging zur Tür und machte sie im selben Moment auf, als Reggie gerade die Hand hob, um anzuklopfen. »Kommen Sie herein«, sagte ich. »Es sind schon alle versammelt, da können Sie gleich dazustoßen.« In Anwesenheit seiner Mutter hatte ich keine Angst vor ihm. Ich hatte Killer erlebt, die um einiges kaltblütiger waren als Reggie Larsen und die vor ihrer Mutter wie kleine Kinder gekuscht hatten.

Reggie sah weder mich noch Zania an, sondern ging schnurstracks auf seine Mutter zu. Sein Kinn war vorgestreckt, und er trug eine entschlossene Miene zur Schau, aber er wirkte keineswegs überrascht. »Was hast du hier zu suchen?«, fragte er sie im Befehlston.

»Und du? Was hast du hier zu suchen?«, erwiderte sie. »Was ist mit deinem Termin?«

»Den habe ich verschoben«, sagte er. »Ich wusste, dass du irgendwas im Schilde führst, Mutter …«

»Ich wollte mich nur ein bisschen mit Zania unterhalten, mehr nicht«, sagte sie, erhob sich vom Sofa und nahm ihre Handtasche. »Aber ich sehe ein, dass das jetzt wenig Zweck hat. Komm, Reggie, wir gehen besser. Wir haben noch einiges zu besprechen.«

Reggie überging ihre Bitte. »Das hier geht dich nichts an«, sagte er barsch, und alle spürten, wie sein Zorn den Raum erfüllte. »Ich will nicht, dass du dich einmischst.«

»Ich bitte dich, mein Lieber«, sagte sie und setzte sich langsam wieder hin. »Ich habe nur versucht zu helfen. Wir gehen jetzt …«

Reggie biss die Zähne zusammen und sagte bedächtig: »Wir haben das schon etliche Male durchgekaut, Mutter. Ich will deine Hilfe nicht. Ich habe deine Hilfe satt. Du sollst mir nicht ständig in mein Leben reinpfuschen. Ich bin ein erwachsener Mensch.«

Anscheinend war ihm gar nicht aufgefallen, dass Zania und ich anwesend waren, oder es war ihm egal. Ich fragte mich, was um alles in der Welt ihn bewogen haben könnte, seiner Mutter eine solche Szene zu machen, quasi in der Öffentlichkeit. Die Larsens waren typische Vertreter des weißen protestantischen Neuengland-Adels, und solche Leute machten keine Szenen in der Öffentlichkeit. In dem gesellschaftlichen Umfeld der Larsens kamen solche Szenen, wie sie sich hier vor uns entfalteten, einfach nicht vor.

Ich warf Zania, die genauso peinlich berührt war wie ich, einen Blick zu. Robin trottete ins Zimmer, und dankbar wendeten wir unsere ganze Aufmerksamkeit ihr zu. Sie nahm Zanias Kaffeetasse in die Hand, fragte: »Trinken?« und schaute dabei zu ihrer Mutter auf.

Zania wollte gerade etwas erwidern, als Mrs. Larsen sich von Reggie abkehrte und sich zu ihr umdrehte. »Koffein bekommt kleinen Kindern nicht.« Sie beugte sich vor, nahm Robin die Tasse ab und stellte sie wieder hin.

Robin verzog das Gesicht, um gleich loszuschreien, und Zania sagte schnell: »Ach, das macht nichts.« Sie nahm die Tasse vom Tisch und gab sie Robin zurück. »Ich erlaube ihr manchmal einen kleinen Schluck.«

Mrs. Larsen drehte sich um und riss Zania die Tasse aus der Hand. »Nein, nein, nein, mein Liebe!«, sagte sie. »Lieber gebe ich ihr etwas von meinem Tee, Kaffee ist nicht gut für Kinder.«

Ganz langsam erhob ich mich von meinem Platz und schaute auf die Tasse. Ich spürte, wie Erinnerungen in mir hochkamen und es ganz trocken in meiner Kehle wurde.

»Was ist in dem Kaffee drin, Mrs. Larsen?«, fragte ich.

Sie antwortete nicht; sie war nur irritiert, aber viel schlimmer war, dass sich überhaupt kein Staunen in ihrem Gesicht abzeichnete.

Ich sah abwechselnd zu Reggie und zu ihr. »Haben Sie das zusammen eingefädelt?«, fragte ich.

Reggie blickte erst mich und dann seine Mutter an. »Wovon reden Sie?«, sagte er.

Ich fragte Zania: »Alles in Ordnung?«

»Nein«, sagte sie, und sie wurde ganz blass im Gesicht.

»Mir ist nicht gut.« Sie hielt sich den Bauch mit den Händen, bückte sich und steckte den Kopf zwischen die Beine, damit er tiefer lag als das Herz.

Ich raste zum Telefon. Reggie machte keine Anstalten, um mich davon abzuhalten. Er wandte sich nur seiner Mutter zu und fragte: »Was geht hier vor?«

Mrs. Larsen saß mit vorgestrecktem Kinn ungerührt da. »Ich weiß nicht, was sie meint«, sagte sie. »Geht es dir nicht gut, Zania?«

Ich rief den Notarzt an. »Wir haben einen Notfall«, sagte ich, merkte aber sofort, dass ich zu schnell redete, und versuchte, mich deutlicher zu artikulieren. »Eine Frau wurde vergiftet. Mit einer tödlichen Dosis. Vermutlich Ketamin.« Ich beschrieb rasch den Weg, dann drehte ich mich um und sah Reggie stocksteif dastehen und seine Mutter anstarren. Zania rutschte vom Sessel, und Reggie löste sich endlich aus seiner Erstarrung, ging zu ihr und kniete sich neben sie. Ruhig fühlte er ihren Puls.

»Leg dich hin«, sagte er. »Was ist los, Michael?«, fragte er.

»Bei mir hat sie Ketamin benutzt«, antwortete ich. »Diesmal wahrscheinlich wieder.«

Reggie schaute kurz hinüber zu seiner Mutter, dann wandte er sich wieder Zania zu.

»Hör nicht auf sie«, sagte Mrs. Larsen. »Sie redet Unsinn. Wir müssen jetzt gehen, Reggie, auf der Stelle.« Reggie ignorierte sie. »Ganz egal, was ihr fehlt, Reggie, kümmere dich nicht darum. Sie ist drogenabhängig. Sie kann alles Mögliche genommen haben.«

Zanias Atmung setzte stoßweise wieder ein. »War es Ketamin?«, fragte er.

»Ich weiß nicht, wovon du redest«, sagte seine Mutter.

Zania fing an zu weinen und krümmte sich vor Schmerzen. Reggie ließ sie einen Augenblick in Ruhe, trat vor seine Mutter, packte sie an den Schultern und zog sie aus dem Sessel hoch. »Jetzt sag schon«, schrie er sie an und schüttelte sie.

»Du tust mir weh, Reggie«, sagte sie. »Lass mich sofort wieder runter.« Zum ersten Mal schien ihr die Stimme zu versagen, und es war echte Angst aus ihr zu hören.

Ich schnappte mir ihre Handtasche, die auf dem Sofa lag. »Jackentasche, Handtasche«, schrie ich, »irgendwo muss sie das Zeug doch versteckt haben!«

Reggie ließ seine Mutter los und tastete die Taschen ihres Blazers ab, während ich ihre Handtasche öffnete, in der ich drei leere Röhrchen entdeckte. Ich nahm sie heraus und übergab sie Reggie. Er brauchte sie sich gar nicht weiter anzusehen. »Du lieber Himmel«, sagte er.

»Ich habe es für dich getan«, verteidigte sich seine Mutter. »Für dich. Damit du deine Arbeit tun kannst.«

»Du hast immer nur eins für mich getan«, sagte Reggie und wandte sich wieder Zania zu, »mir das Leben gründlich versaut, solange ich denken kann.«

Zanias Atmung hörte sich mit jedem Zug schlimmer an. Sie bekam nicht mehr genug Luft, um zu sprechen, und Panik sprach aus ihren Augen. Robin stand immer noch neben ihr, und vor Angst darüber, was mit ihrer Mutter geschah, fing sie an zu weinen.

Reggie ignorierte Robin und kniete sich neben Zania. »Alles wird gut«, sagte er beruhigend. »Ich kann dich so lange versorgen, bis der Krankenwagen da ist. Und jetzt hör gut zu. Das Ketamin wird deine Atemmuskeln vorübergehend lähmen, und du wirst nicht mehr atmen können, aber ich werde mich um dich kümmern. Ich verspreche dir, ich werde dich nicht sterben lassen.« Zania nickte kaum merklich. Tränen liefen ihr über die Wangen. Sie schluckte wiederholt, und ich wusste, warum, erinnerte mich daran, wie sich bei mir der Speichel im Mund gesammelt hatte. Ich ging zu den beiden und nahm Robin auf den Arm, die immer heftiger schrie und die Arme nach ihrer Mutter ausstreckte.

»Reggie«, erhob sich jetzt die Stimme von Mrs. Larsen, die Robin übertönte. »Was machst du da?«

»Ich kümmere mich um eine Patientin«, antwortete Reggie. »Ich bin Arzt, falls du das vergessen haben solltest.«

Sie stand auf und tat einen Schritt auf ihn zu. Ich stellte mich sofort vor sie hin, hielt Robin auf einer Hüfte von ihr abgewandt. Für Zania Thompson konnte ich nicht viel tun, aber ich konnte eine Siebzigjährige davon abhalten, den Arzt bei seiner Arbeit zu stören. »Bleiben Sie stehen«, sagte ich.

»Reggie«, sagte sie, und diesmal klang es fast flehentlich. Die Gesichtszüge entglitten ihr, und in den Augen war ein seltsames Leuchten, sodass ich am liebsten weggeschaut hätte. Wieso war mir ihr Wahnsinn nicht schon vorher aufgefallen? Er musste hinter der steifen Maske doch bereits vorhanden gewesen sein. Aber ja, erinnerte ich mich jetzt, er war schon einmal aufgeflackert, bei einer Dinnerparty. »Denk doch nur, was du aufgibst. Überleg doch. Sie ist die einzige Zeugin, die einzige. Denk an die vielen Menschen, denen du das Leben retten wirst.«

»Zuerst werde ich ihr das Leben retten«, sagte er. Im selben Moment hörte Zania auf zu atmen, und Reggie fing an, sie von Mund zu Mund zu beatmen. Nach wenigen Sekunden hob er den Kopf und drückte mit beiden Händen rhythmisch auf ihren Brustkorb.

»Trotz allem, was du mir beigebracht hast«, sagte er seelenruhig, eher zu sich selbst, »bin ich doch immer noch der Sohn meines Vaters.« Auch wenn er es noch so leise gesagt hatte, an einem gab es keinen Zweifel: Es klang endgültig, wie hingebellt.

Mrs. Larsen musste es ebenfalls vernommen haben, denn urplötzlich gab sie auf und setzte sich wieder hin. Sie hatte jetzt keine Trümpfe mehr in der Hand, dachte ich. Es war das Ende eines langen, jahrzehntelangen Krieges. Es gibt viele Alligatorenarten, selbst unter den menschlichen, die ihre eigenen Jungen fressen, und nicht wenige bestätigen ihren Opfern, noch während sie sie verschlingen, wie sehr sie sie lieben. Ich widmete mich wieder der kleinen Robin, um sie zu trösten, als sich Mrs. Larsen auf einmal vorbeugte und ohne jede Vorwarnung Zanias Kaffeetasse nahm und sie in einem Zug austrank. Damit hatte ich nicht gerechnet, und ich konnte sie auch nicht mehr davon abhalten.

»Jetzt brauche ich dich auch«, sagte sie siegesgewiss, wobei das seltsame Flackern in ihren Augen vollständig die Oberhand gewonnen hatte. »Du kannst nicht beide gleichzeitig retten. Für wen wirst du dich entscheiden? Für deine Mutter oder für diese kleine Drogenabhängige?« Ich sah Mrs. Larsen fassungslos an. So eine hysterische Reaktion hätte ich nie im Leben von ihr erwartet, aber wenn ich mir ihre Augen so ansah, hätte ich vielleicht doch drauf kommen können.

Reggie war vollkommen auf Zania konzentriert und schaute nicht einmal auf. »Was hat sie gemacht?«, fragte er mich, während er weiterhin mit den Händen auf Zanias Brustkorb drückte.

»Sie hat Zanias Kaffeetasse ausgetrunken«, antwortete ich. Stille herrschte im Raum; nur die Geräusche von Reggie waren zu hören. Er beugte sich vor und beatmete Zania, richtete sich wieder auf und arbeitete gleichmäßig weiter.

»Kennen Sie sich mit künstlicher Beatmung aus, Michael?«, fragte er.

»Na ja«, sagte ich, »so einigermaßen.«

»Gut. Würden Sie dann meine Mutter bitte vom Sterben abhalten, wenn sie vornüberkippt?«

»Reggie«, kreischte Mrs. Larsen, »ich bin deine Mutter! Vielleicht sterbe ich!«

»Ja«, sagte er, »das könnte sein. Wenn ich wählen müsste, würde ich mich eher für eine unter Dreißigjährige mit Kind als für eine Zweiundsiebzigjährige mit Herzfehler entscheiden. So ist das nun mal, Mutter. Und jetzt leg dich hin, bevor dir das Zeug den Boden unter den Füßen wegzieht und du noch hinfällst und dir die Hüfte brichst.«

Mrs. Larsen saß wie versteinert da, und der Ausdruck auf Gesicht war schmerzhaft – sie wirkte nicht geschlagen, eher verwundert. Das Drehbuch, nach dem sie ihr Leben ausgerichtet hatte – trotz aller Anstrengungen von Seiten Reggies, sie daran zu hindern –, der Sinn, den sie allem gegeben hatte, wurde auf die Probe gestellt, eine Probe, die sie mit Bravour bestehen würde, wie sie meinte. Sie hatte alles aufs Spiel gesetzt, im Vertrauen darauf, dass Reggie sie so sehr liebte, wie sie ihn liebte, dass er sich gegen alles andere und gegen jede andere, allein für sie und für seine Karriere entscheiden würde. Nach allem, was sie für ihn getan hatte.

Es blieb nichts mehr zu sagen, und so warteten wir ab. Mrs. Larsen wirkte auf einmal nur noch verwirrt, und sie sah älter aus als zweiundsiebzig. Reggie, zügig und professionell, beatmete Zania, damit ihr Herz nicht aufhörte zu schlagen. Ich beobachtete Mrs. Larsen, und ich fragte mich, was ich von der Ausbildung in künstlicher Beatmung behalten hatte, und musste feststellen, dass es nicht allzu viel war. Zu meiner Erleichterung hörte ich im selben Moment auch schon die Sirene des Krankenwagens in der Ferne heulen.

Die Sanitäter staunten nicht schlecht, als sie zwei Patienten vorfanden, da sie nur mit einem gerechnet hatten, und nach anfänglich hektischem Hin und Her hatten sie beide Patienten in sagenhaft kurzer Zeit verladen, und der Wagen raste mit Blaulicht und quietschenden Reifen davon. Als sie Mrs. Larsen in den Krankenwagen schafften, setzte die Wirkung des Gifts ein. Es war kein schöner Anblick. Mit ihren über siebzig Jahren besaß sie weniger Lebensenergie als Zania oder ich, und dazu kam noch ein schweres Herzleiden.

Reggie fuhr nicht mit. Er sagte den Sanitätern, er werde später nachkommen, aber als der Krankenwagen weg war, blieb er einfach sitzen, und es schien nicht so, als würde er sich bald vom Fleck rühren. Wir beide waren allein, abgesehen von Robin, die sich daumenlutschend an mich klammerte. Sie quengelte und weinte immer noch ein bisschen, aber die Aufregung hatte sie anscheinend erschöpft, und meistens lag sie einfach nur ruhig in meinen Armen. »Hat sie so etwas schon mal gemacht?«, fragte ich Reggie.

»Sie hat damit gedroht«, sagte er. »Nicht allzu häufig, aber wahr gemacht hat sie es nie.« Er wirkte müde und deprimiert. »Mein Elternhaus war nicht so, wie die meisten vermuten. Dass mein Vater so viel arbeitete, hatte schon seinen Grund.«

»Ich weiß«, sagte ich. »Ich musste eben die ganze Zeit an eine Dinnerparty in Ihrem Elternhaus denken.«

»Hm«, sagte er. »Bei solchen Gelegenheiten lief sie immer zu voller Form auf.«

»Wie man's nimmt«, erwiderte ich. »Ich erinnere mich, dass sie einmal Anekdoten über Ihren Vater erzählte – ich weiß nicht mehr genau, was es war, es ging darum, dass er mal wieder irgendwas gründlich in den Sand gesetzt hatte – ich weiß nur noch, dass er grundsätzlich schlecht dabei wegkam. Eigentlich sollten es lustige Anekdoten sein, aber das waren sie nicht. Mit jeder Geschichte machte sie Ihren Vater runter, und ich glaube, wir waren alle peinlich berührt. Ihr Vater selbst merkte das anscheinend gar nicht, und wenn doch, dann hat er es sehr gut überspielt.

Was mir erst jetzt wieder einfiel, ist dies: Ich kam gerade von der Toilette, und Ihre Mutter stand mit einem Tablett in der Tür zum Wohnzimmer und sah Ihren Vater an, der lachte. Er saß da in einer Runde mit einigen Studenten, die ihn bewunderten, und einen Moment lang sah er richtig glücklich aus, nur der Ausdruck im Gesicht Ihrer Mutter erschreckte mich.

Es war so ein Leuchten in ihren Augen, genauso wie heute – als Sie sich eben um Zania kümmerten, hatte sie den gleichen Ausdruck –, und es war eindeutig böswillig. Ich weiß noch, damals sah ich abwechselnd zu ihm und zu ihr hinüber, und ich dachte, dass irgendein Hass in ihr stecken musste, dass sie es nicht ausstehen konnte, wenn er sich amüsierte, dass sie ihn selbst vielleicht sogar hasste. Ich weiß nicht, wie ich es erklären soll. Sie sah kaltblütig aus, als wollte sie ihm wehtun.

Ich wich etwas zurück und wartete, bis sie gegangen war, bevor ich wieder ins Zimmer trat. Sie sollte nicht wissen, dass ich sie beobachtet hatte. Ich glaube, damals habe ich zum ersten Mal gedacht, dass irgendwas mit Ihrer Mutter nicht stimmt.«

Reggie schwieg eine Zeit lang, dann sagte er: »Ich habe nie herausbekommen, ob sie mich wirklich geliebt hat. Behauptet hat sie es jedenfalls immer. Sie konnte es nicht oft genug wiederholen. Sie hatte so eine Art, sich an einen zu klammern, als wäre man ein Körperteil von ihr und hätte nicht das geringste Recht auf ein eigenes Leben. Und wenn sie nicht ihren Willen bekam, setzte sie alle Hebel in Bewegung.«

Ich ließ mich mit Robin, die eingeschlafen war, auf dem Sofa nieder, einträchtig schweigend. Es war die Ruhe vor dem Sturm, das war mir klar. Sobald wir die friedliche Umgebung von Zanias Haus verließen und zur Intensivstation aufbrachen, würden wir permanentem Druck ausgesetzt sein. Die Sache würde einen riesigen Medienrummel entfachen, von der polizeilichen Untersuchung ganz zu schweigen. »Die Presse ist hinter Ihnen her«, sagte ich, um von der Frage, die ich ihm eigentlich stellen wollte, abzulenken. Ich fragte mich nämlich, ob ich seiner Antwort Glauben schenken konnte oder nicht, und gleich danach, wieso ich die Frage dann überhaupt stellen sollte, wenn ich seiner Antwort nicht trauen konnte.

»Ja, ja«, sagte er. »Ausgerechnet die Zeitschrift *People*.«

»Sie wissen von Zanias Existenz«, sagte ich. »Ich habe keine Ahnung, woher.«

»Wirklich?«, sagte er, aber es hörte sich nicht so an, als interessierte es ihn.

»Nur damit Sie Bescheid wissen. Von mir haben sie es nicht«, sagte ich. »Und von Zania auch nicht.«

»Ist sowieso egal«, sagte er. »Früher oder später musste es herauskommen.«

»Ich muss Sie etwas fragen«, sagte ich schließlich. »Sie brauchen es mir nicht zu sagen. Ich wüsste ohnehin nicht, ob ich Ihnen glauben kann oder nicht. Und ein Anwalt würde Ihnen raten, auf die Frage nicht zu antworten. Haben Sie damals die Frau auf der Intensivstation getötet?«

Reggie seufzte. »Ich weiß, von wem Sie reden«, sagte er. »Zania machte immer Andeutungen in diese Richtung, wenn sie zugedröhnt war. Irgendwas muss sie auch meiner Mutter gegenüber gesagt haben, weil ich mir denken kann, dass es damit zusammenhängt. Was meinen Sie, Michael? Glauben Sie, dass ich sie getötet habe?«

Ich hielt inne und überlegte. »Schwer zu sagen, Reggie. In ausweglosen Situationen reagiert der Mensch manchmal verrückt. Andererseits haben Sie heute nicht gezögert, ein Menschenleben zu retten, und ich würde sagen, die Situation war mehr als ausweglos. Es ist eine schwere Entscheidung. Man könnte einwenden, dass Sie es nur getan haben, weil Sie einen Zeugen hatten, und mich konnten Sie nicht auch noch beseitigen, jedenfalls nicht so ohne weiteres. Aber das glaube ich nicht. Ich glaube, Sie hätten Zania auf jeden Fall gerettet, egal unter welchen Umständen. In einer anderen Situation allerdings, mit einer anderen Frau, die Sie nicht kannten …? In einem Moment blinder Panik …? Wie gesagt, es ist eine schwere Entscheidung.«

»Was führe ich nur für ein Leben«, murmelte Reggie, »wenn alle um mich herum, sogar meine eigene Mutter, glauben, ich wäre fähig, einen Mord zu begehen?« Es hörte sich nicht an, als wollte er sich verteidigen, er klang einfach nur müde.

»Glauben Sie, was Sie wollen«, sagte er schließlich. »Ich bin kein Mörder. Ich erinnere mich an den Tag, als wäre es gestern gewesen. Ich dachte, jetzt hätten sie mich bestimmt erwischt. Sie hat nur zwei Worte gesagt – ›Ich weiß‹ – und das Blut gefror mir in den Adern. Vor Schreck konnte ich nicht mehr atmen. Ich stürzte aus dem Raum. Die Stunden danach habe ich immer gedacht, dass jeden Moment die Polizei vor meiner Tür steht. Es war furchtbar. Als nichts passierte, ging ich am nächsten Tag zur Arbeit und rechnete mit dem Schlimmsten. Und dann habe ich es erfahren. Ich weiß genauso wenig wie die anderen, was mit ihr passiert ist. Wahrscheinlich hat sich ein Blutgerinnsel in ihrem Bein gelöst und ist ins Gehirn gewandert oder ins Herz. Sie hatte einen schlimmen offenen Bruch. Haben Sie das gewusst?

Egal, was passiert war, ich war heilfroh. Es hört sich schrecklich an, aber die Erleichterung hat mich euphorisch gestimmt. Eine Zeit lang habe ich sogar ganz damit aufgehört. Ich habe mir geschworen, mich nie wieder in so eine Lage zu manövrieren. Aber dann ist es doch wieder passiert, irgendwie.

Sie verstehen das nicht, Michael. Nach meinem Empfinden, meinem eigenen Empfinden, hatte ich nur ein bisschen rumgemacht mit einigen Patientinnen, nichts Großartiges. Sie waren alle am Schlafen oder einfach nur durcheinander. Sie würden sich gar nicht mehr daran erinnern, wenn sie es überhaupt gemerkt hatten. Die ganze Heimlichtuerei – alles Notlügen, die würden keinem wehtun. Ich fand, es war keine große Sache. Aber Mord? Mord wäre mir nie in den Sinn gekommen.«

Ich stand auf und wiegte Robin schweigend in den Armen. Notlügen. Die Hand unter der weißen Decke, die eigentlich Schutz versprach. Mir fiel wieder der Moment ein, als ich im Krankenhaus aufgewacht war, die Finger in die Decke gekrallt, und was für eine enorme Erleichterung ich verspürt hatte. Tausendmal besser als auf einem Linoleumboden zu liegen und auf den Tod zu warten. Schutz und Sicherheit versprach die weiße Decke, eindeutig eine Krankenhausdecke, versprach die Infusion, versprach das Beatmungsgerät. Aber welchen Schutz versprachen die weißen Decken all den Frauen, die nach Autounfällen, nach einem

Sturz in der Badewanne oder nach einem Gehirnschlag eingeliefert wurden, bereits hilfloser, als die Bedrohung mit einer Pistole oder einem Messer sie gemacht hätte? Die Hand, die bei ihnen die Decke zurückschlug, gewährte keinen Schutz.

Notlügen. Das wusste ich so gut wie jeder andere auch, komme ich doch aus einer Gegend, wo der Anblick eines Mannes, nur in eine Decke gehüllt, nachts auf dem Rasen vorm Haus, das Schlimmste war, was einem passieren konnte.

Und dennoch: Die Notlügen, die er erzählt hatte, hatten Zania am Leben erhalten – nicht die, die er anderen erzählte, sondern die, mit denen er sich selbst betrog. Er hatte sich nie wirklich klargemacht, wie schlimm sein Tun war, und Mord erschien ihm völlig abwegig.

Hatte er die Grenze überschritten? Hatte er die Frau getötet? Ich hätte ihm gern geglaubt. Verdammt, ich glaubte ihm ja, obwohl es keine letzte Sicherheit gab. Aber ich hatte beobachtet, wie er sich um Zania gekümmert hatte, und in dem Moment war er mir wie ein richtiger Arzt vorgekommen. Schließlich war er doch der Sohn seines Vaters, das stand fest, und deswegen hatte ich mich im Zweifel für den Angeklagten entschieden. Ich hätte so oder so nichts bewirken können, aber, Reginald Larsen senior, sagte ich leise, dieser Punkt geht an Sie.

22

Ich ging ins Wartezimmer und reichte meinem Besucher die Hand. »Gut, dass Sie gekommen sind«, sagte ich. »Treten Sie ein.«

Er schritt durch die Tür, und als ich sie hinter uns geschlossen hatte, sagte ich: »Tut mir Leid, das mit Ihrer Mutter.«

»Es war idiotisch«, sagte er leise und setzte sich. »Die Frau war über siebzig und hatte ein Herzleiden. Da schluckt man kein Ketamin. Wahrscheinlich hat sie gedacht, sie sei unverwüstlich. Vielleicht wollte sie sich auch wirklich umbringen. Was meinen Sie?«

»Ich habe Ihre Mutter nicht gekannt, Reggie. Aber ich würde sagen, dass sie zu dem Zeitpunkt nicht rational gehandelt hat. Sie hat einfach die Folgen nicht bedacht. Jedenfalls war sie nicht bei Sinnen, das steht fest.«

Reggie nickte nur leicht mit dem Kopf. Er hatte abgenommen, seitdem wir uns das letzte Mal gesehen hatten, und er sah fast so niedergeschlagen und müde aus wie an dem Tag, als seine Mutter im Krankenwagen fortgebracht worden war. »Geht es Ihnen gut?«, fragte ich. »Wie steht es um Sie?«

»Schlecht«, sagte er. »Die Medienmeute hat mich regelrecht in der Luft zerrissen. Lesen Sie Zeitung?«

»Gelegentlich«, sagte ich.

»Seit der erste Artikel erschienen ist, kriechen alle möglichen Leute aus ihren Schlupflöchern hervor. Leute, die ich nie zuvor gesehen habe, beschuldigen mich, ich hätte sie belästigt.«

»Das bezweifle ich«, sagte ich.

Reggie antwortete nicht. »Dürfen Sie Ihre Zulassung behalten?«, fragte ich.

»Meine Anwälte sind nicht gerade optimistisch.«

»Es bleibt Ihnen immer noch die Forschung.«

»Ja«, sagte er. »Ich wollte zwar nie für die Pharmaindustrie arbeiten, aber das ist vielleicht die beste Alternative.

Die scheint die ganze Publicity um mich nicht zu kümmern.«

»Kein Wunder, bei dem Haufen Geld, das Sie denen bescheren werden«, sagte ich. »Es ist eine gute Alternative. Sie dürfen keine Patienten mehr behandeln, Reggie. Es würde alles wieder von vorne beginnen.«

»Ich bilde mir ein, dass ich meine Lektion gelernt habe.«

»Das würde ich auch gern glauben, aber es ist nun mal nicht so. Es hat zu lange gedauert. Sie würden wieder damit anfangen. Sie brauchen eine Therapie, Reggie.«

»Ist das der Grund, warum Sie mich herbestellt haben?«, fragte er verbittert. »Damit Sie sich an meinem Niedergang weiden und mir sagen können, ich hätte eine Therapie nötig?«

»Liebe Güte, Reggie«, sagte ich freundlich. »Ich bin nicht Ihre Mutter. Ihre Mutter ist tot. Ich weide mich an gar nichts. Im Gegenteil, ich hege sogar großen Respekt vor Ihnen, weil Sie Zania das Leben gerettet haben. Aber Sie haben Recht, es ist nicht meine Aufgabe, Ihnen zu sagen, dass Sie eine Therapie brauchen. Wenn Sie es nicht längst selbst wissen, würde es auch nichts ändern, wenn ich es Ihnen sagte. Es ist auch nicht der Grund, warum Sie hier sind. Es ist wegen Zania.«

»Zania?«, fragte er. »Was ist mit ihr? Sie wird bald entlassen. Ihr geht es ausgezeichnet.«

»Ausgezeichnet nicht gerade«, sagte ich. »Zania ist schwer drogenabhängig, was Sie noch gefördert haben. Sie muss stationär behandelt werden, und ihre Versicherung übernimmt nur einen Teil der Kosten. Sie braucht jemanden, der sich um Robin kümmert, solange sie in Behandlung ist. Ich hatte sogar an ein richtiges Kindermädchen gedacht, die den ganzen Tag da ist. Und sie braucht Geld zum Leben, denn auf absehbare Zeit ist sie nicht in der Lage zu arbeiten.«

Reggie sah mich an. »Sie stehen in der Verantwortung«, sagte ich. »Sie war clean und trocken und hatte eine Arbeit, als Sie sie kennen lernten, und Sie haben sie bewusst abhängig gemacht.«

»Hören Sie«, sagte Reggie. »Zania ist ein liebes Ding, aber sie war schon drogenabhängig, bevor ich sie kennen lernte. Dafür bin ich nicht verantwortlich.«

»Sie war eine Drogenabhängige auf dem Weg der Besserung«, erwiderte ich. »Bis Sie ihr Percodan gegeben haben.«

»Sie kennen doch die Zahlen, Michael. Die meisten haben früher oder später einen Rückfall. Es war nur eine Frage der Zeit.«

Ich biss die Zähne zusammen und bemühte mich, ruhig zu bleiben. Reggie Larsen war kein Heiliger geworden, nicht mal ein vernünftiger Mensch, nur weil er Zania gerettet hatte, aber ich war dennoch enttäuscht.

Ich ging zu meinem Schreibtisch und fing an, die Tagebücher darauf zu stapeln, die auf dem Boden lagen. Reggie stutzte einen Moment, dann stand er auf, kam rüber und sah sich die Bücher neugierig an. Als er begriff, um was es sich handelte, wurde er blass.

»Zania hat eine Schwäche für Details«, sagte ich. »Soll ich Ihnen einige Eintragungen vorlesen?« Ich schlug ein Buch an einer beliebigen Stelle auf, blätterte ein paar Seiten weiter und fand einen passenden Eintrag. »Zwölfter Juli«, sagte ich. »Reggie kam heute um halb elf rein und ging gleich zu der Dreiundzwanzigjährigen, die von einem Schneemobil gestürzt ist. Er zog die Vorhänge vors Bett und blieb einige …«

»Aufhören«, sagte Reggie. »Das ist Erpressung.«

»Nein«, entgegnete ich. »Keineswegs. Ich erspare Ihnen nur Schlimmeres. Das ist lediglich ein Vorgeschmack auf die Beweise, die Zanias Anwälte in der Zivilklage den Gerichten vorlegen werden, es sei denn, Sie nehmen schleunigst Vernunft an. Und wenn Sie meinen, Sie hätten jetzt schon Ärger am Hals, dann warten Sie erst mal ab, bis sich Patientinnen melden, die sich in diesen Eintragungen wieder entdecken. Wie viele Prozesse wollen Sie durchstehen, Reggie? Fünfzig? Hundert?« Ich war stinksauer, und er sollte es merken. Wut konnte ich sowieso noch nie gut verbergen.

»Was wollen Sie?«

»Ich will, dass Sie Zania Thompson einen Scheck ausstellen, über eine Summe, die so hoch ist, dass sie nicht mal im Traum auf den Gedanken kommt, Sie zu verklagen.« Dass Zania bei dem Gedanken, Reggie vor Gericht zu bringen, erblasst war und gar nicht die Absicht hatte, ihn zu verklagen, ließ ich lieber unerwähnt. »Die Summe muss hoch genug sein, damit sie nicht doch später ihre Meinung ändert und zu der Ansicht gelangt, sie könnte vor Gericht mehr erstreiten.«

Reggie warf noch einmal einen Blick auf die Tagebücher und seufzte. Dann zückte er seinen Füllfederhalter.

Wir saßen alle bei Marv und mussten bedrückt mit ansehen, was sich auf dem Fernsehschirm abspielte. Leila, diesmal ganz in Gelb, lieferte eine verblüffende Analyse der »Opfer«, die die »Inzestmaschine« von unschuldigen Familien forderte, wie die schreckliche Tragödie der Familie Carlson wieder einmal beispielhaft beweise. Suzy, die Vorsitzende des örtlichen VfbF-Ablegers, saß neben ihr, und mir fiel auf, dass sie immer noch zu demselben Frisör ging, der Anteile an einer Firma für Haarspray besaß.

Zwischen den beiden hockte der Gast der heutigen Sendung, ein Mann, der sich anhörte, als würde er den Fernsehreporter Peter Jennings imitieren – gleicher Sprachrhythmus, gleiche Modulation. Weder Mark Carlson noch ein anderer Vertreter der Familie war anwesend, aber das hielt Leila nicht davon ab, den Fall zu verhackstücken.

»Er wird immer noch vermisst«, betonte Leila. »Wieder ein Beispiel für ...«

»Die Frau treibt mich noch mal in den Wahnsinn«, sagte ich. »Sie weiß genau Bescheid. Sie stand in engem Kontakt zu der Familie. Sie weiß, dass Marks Tochter ebenfalls missbraucht worden ist.«

Marv schüttelte nur den Kopf. »Ich bin schwer enttäuscht von ihr«, murmelte er.

»Ich verstehe das nicht«, sagte Carlotta. »Die kann sich doch denken, dass Mark und seine Frau nur in dem Studio anzurufen brauchen und sie vor aller Welt bloßstellen können.«

»Sie weiß aber auch«, warf ich ein, »dass die Familie niemals an die Öffentlichkeit gehen würde, weil sie die Privatsphäre ihrer Tochter schützen will.«

Das Telefon im Studio klingelte, und der erste Anrufer lobte Leila in den höchsten Tönen und berichtete im weiteren Verlauf, seine von ihm getrennt lebende Frau habe fälschlicherweise Anzeige wegen Missbrauchs gegen ihn erstattet, damit ihm die Besuchserlaubnis für seine Tochter entzogen wird. Leila brachte ihr Mitgefühl zum Ausdruck. Suzy nannte ihm eine Kontaktadresse des VfbF.

»Das ist doch einfach unmoralisch«, protestierte Marv. »Die können doch überhaupt nicht überprüfen, ob der Mann seine Tochter missbraucht hat oder nicht.«

»Der Verein hat die Leute noch nie überprüft«, sagte ich.

»Wusstest du das nicht? Wenn man die fragt, woher sie die Sicherheit nehmen, dass alle Mitglieder unschuldig sind, kriegt man zur Antwort, wie viel Geld sie verdienen und dass sie alle solider Mittelstand sind.«

»Das ist doch unglaublich«, sagte Marv. Ich konnte nur staunen über so viel Naivität. In dem Moment meldete sich der nächste Anrufer im Studio. Wir waren wie elektrisiert.

»Hier ist Sam Carlson«, sagte die Stimme. »Ich wollte Ihnen nur sagen, dass Sie diesmal voll ins Schwarze getroffen haben.«

»Sind Sie es wirklich, Mr. Carlson?«, fragte der Moderator.

»Da haben Sie Recht, ich bin's«, sagte er. »Früher habe ich immer gedacht, ihr Fernsehleute hättet nur Scheiße im Kopf, aber diesmal habt ihr wirklich gute Arbeit geleistet.«

»Er ist betrunken«, sagte ich.

»Hört sich aber nicht so an«, meinte Marv.

»Doch«, sagte ich. »Er gehört zu denen, die die Silben nicht verschleifen. Er ist Gewohnheitstrinker.«

»Seid doch mal still«, sagte Carlotta.

»Geht es Ihnen gut, Mr. Carlson?«, fragte der Moderator. »Man hat sich schon Sorgen um Sie gemacht. Wo stecken Sie?«

»Das geht Sie einen Scheißdreck an. Manchmal halte ich es mit der Fettsau zu Hause nicht mehr aus. Sie verstehen schon.«

Leilas Haltung versteifte sich, und sie konnte den Schreck in ihrem Gesicht nicht verbergen.

»Mr. Carlson, ähem ...«

»Die alte Kuh hat mich angerufen«, sagte er. »Verfluchte Möse. Hat rumgeschrien und mich angebrüllt, wegen der Enkelin, dem kleinen Biest, das jetzt auf den Zug aufspringen will. Hat mich beschuldigt, ich hätte sie missbraucht. Ich werde die ganze Scheißsippe verklagen.«

»Wie kommt er damit durch?«, fragte Marv. »Werden solche Wörter nicht normalerweise mit einem Piepton unterlegt?«

»Das ist live«, flüsterte ich. »Echt live. Die lokalen Fernsehsender können sich die Zeitverzögerung, die man für die Erzeugung von so einem Piepton braucht, nicht leisten.«

»Psst!«, zischte Carlotta.

»Meinen Sie Ihre Frau?«, fragte der Moderator. »Hat Ihre Frau Sie angerufen?«

»Na klar, meine Frau«, sagte Sam. »Wen soll ich wohl sonst meinen, verdammt noch mal ...«

»Dann weiß sie also, wo Sie sich aufhalten«, platzte der Moderator dazwischen.

»Klar weiß sie das«, sagte er. »Wenn sie will, weiß sie es. Ich habe ihr schon mal gesagt, wenn sie nicht nett zu mir ist, dann gibt es da immer jemand anders, der nett zu mir ist.«

»Äh, Dr. Jenkins«, sagte der Moderator, »möchten Sie Mr. Carlson noch eine Frage stellen?«

Leila schüttelte den Kopf, aber Suzy wagte sich vor. »Ich bin Suzy Cartwright, Mr. Carlson. Ich bin Vorsitzende des örtlichen Vereins der fälschlich beschuldigten Familien. Sie sagen also, dass Sie unschuldig sind. Stimmt das?«

»Ja, verdammt noch mal«, sagte er. »Ich habe nichts gemacht, was sie nicht auch wollte. Gar nichts. So viel steht fest. Ich bin das Opfer in dieser Scheißsache. Verstehen Sie? Wenn hier jemand missbraucht wurde, dann ich.«

»Also Missbrauch durch falsche Vorwürfe«, stellte Suzy schnell fest.

»Ja, genau, Missbrauch durch falsche Vorwürfe«, erwiderte Sam. »Die Teenager heutzutage, die legen es doch geradezu drauf an, bei den Klamotten, die die tragen. Die legen es doch drauf an. Da kann man doch gar nicht anders als Mann.«

Schließlich hatte sich der Moderator wieder so weit gefangen, dass er dazwischenfunkte. »Vielen Dank, Mr. Carlson«, sagte er mit geschmeidiger Stimme und betätigte einen Schalter. »Ein Mann, der behauptet, Mr. Carlson zu sein, hat eben hier im Studio angerufen«, sagte er. »Ich möchte noch einmal betonen, dass wir nicht mit Sicherheit bestätigen können, ob es tatsächlich Mr. Carlson war. Nach der nächsten Durchsage sind wir wieder für Sie da.«

Es gab also doch einen lieben Gott, und er hatte Sam Carlson eine Flasche Whiskey beschert und den Fernseher für ihn eingeschaltet.

»War das wirklich Sam Carlson?«, wollte Carlotta wissen.

»Das war Sam, eindeutig«, antwortete ich.

»Ganz sicher?«

Marv und ich nickten beide. »Marv hat ihn kennen gelernt, und ich habe ihn durch die Scheibe im Beobachtungsraum gesehen. Glaub mir, das war seine Stimme und seine Art zu reden.«

»Das rückt den VfbF ja in kein gutes Licht.«

»Wenn es nach mir ginge«, sagte ich, »würde ich ihn zum Werbeträger für den Verein machen. Ich kann nur hoffen, dass die Öffentlichkeit ihn dazu macht. Ihr könnt sagen, was ihr wollt, Sam Carlson repräsentiert den VfbF.«

Carlotta verabschiedete sich, und ich wollte mich auch gerade auf den Weg machen, aber Marv bat mich, noch kurz zu bleiben. Er hatte wohl etwas auf dem Herzen, also willigte ich ein. Er kehrte ins Zimmer zurück, nachdem er Carlotta zur Tür gebracht hatte, und setzte sich mir gegenüber hin.

»Jody ist heute entlassen worden«, sagte er. »Sie zieht zu ihrem Bruder und seiner Frau.«

»Hm, keine schlechte Idee.«

»Eine sehr gute sogar. Ich habe seine Frau kennen gelernt. Eine sehr nette Person. Klarer Verstand, nimmt kein Blatt vor den Mund. Ich glaube nicht, dass Mr. Carlson die noch mal besuchen kommt. Sie hat sogar die Telefonnummer geändert, damit seine Mutter nicht mehr anruft. Sie haben mich beauftragt, dich zu fragen, ob du bereit wärst, Cindy zu behandeln.«

»Nein«, sagte ich. »Da gibt es einen Interessenskonflikt. Ich war schon anderweitig in diesen Fall verwickelt.«

»Das habe ich mir gedacht«, sagte er. Stille trat ein.

»Hast du schon was von Reggie Larsen gehört?«, fragte er.

»Ja, ich habe ihn vor ein paar Tagen getroffen. Es geht ihm nicht schlecht. Er ist aus dem Krankenhausbetrieb raus, was nur gut für ihn sein kann.

Wenn ich Zania bloß die richtige Frage gestellt hätte. Es war Mrs. Larsen, die an dem Tag, als ich das Gift abkriegte, bei ihr angerufen und sich auf einen Kaffee im Krankenhaus mir ihr verabredet hat. Ich hätte nur zu fragen brauchen, ob Zania sich mit jemandem treffen wollte.« Er sah mich fragend an. »Das Ketamin war für Zania gedacht, nicht für mich. Ich war nur so eine Art Blitzableiter.« Ich schüttelte den Kopf.

»Glaubst du, dass Mrs. Larsen wirklich sterben wollte?«

»Nein. Ich glaube, sie wollte nur erreichen, dass Reggie angerannt kommt und sich um sie kümmert, und da er ein Abgott für sie war, hat sie gedacht, er würde es schon wieder richten. Ich sag's nicht gern, aber ich glaube, es ist gut so, wie es jetzt ist. Der Staatsanwalt hätte von Rechts wegen Anklage erheben müssen. Die Frau hat versucht, zwei Menschen zu töten. Aber stell dir vor, eine Zweiundsiebzigjährige im Gefängnis! So weit wäre es gekommen. Ich glaube, sie hat sich eine Menge erspart.«

Wieder trat Schweigen ein, ein ungewöhnlich verlegenes Schweigen für Marv und mich. Ich hatte das Gefühl, dass er etwas hinauszögerte. Er hatte mich nicht gebeten zu bleiben, um dann über Dinge zu reden, über die er auch im Beisein Carlottas hätte reden können. »Wo ist Robin?«, fragte Marv.

»Adam kümmert sich gerade um sie. Er bleibt ein paar Tage, um zu helfen, bis Zania ein Kindermädchen gefunden hat.«

Das verlegene Schweigen trat wieder ein.

»Und wie kommt Adam mit Robin zurecht?«, fragte Marv.

»Er mag sie. Es war für uns beide überraschend. Ich habe Adam nie als den großen Kinderfreund gesehen. Wir mussten uns schon etwas umstellen. Keine Waffen mehr im Haus. Und«, fügte ich hinzu, »mit einem Kind in der Wohnung lässt sich unmöglich mit nur 250 Dingen auskommen. Windeln, Spielzeug, das summiert sich.

Marv, ich halt's jetzt nicht länger aus. Du guckst so komisch. Was ist los?«

Marv seufzte und stand auf. Ich erhob mich ebenfalls und folgte ihm. Er ging zu den Bildern an der gegenüberliegenden Wand des Zimmers. Sie standen immer noch in einer Reihe nebeneinander auf dem Boden, so wie ich sie angeordnet hatte.

»Du hast sie ja stehen gelassen«, sagte ich.

»Es hat etwas gedauert. Ich habe es erst nicht erkannt. Aber wegstellen konnte ich sie auch nicht. Eines Morgens dann stand ich auf, ich ging hin, und es fiel mir wie Schuppen von den Augen.«

Verwundert sah ich mir die Bilder an. Wenn man sie nebeneinander aufgestellt betrachtete, nach dem Zeitpunkt ihres Erwerbs geordnet, musste es einem ins Auge springen. Die Bilder wurden immer kleiner und dunkler. Zum Schluss hatte Marv nur noch winzige, schwarze, groteske Kunstwerke gekauft. Wie hatte er das nur übersehen können?

»Ich habe noch mal nachgedacht«, fuhr er jetzt fort, sich räuspernd, »über das, was du mir gesagt hast. Ich brauche etwas Abwechslung in meinem Leben.«

»Nicht nur du brauchst die, alle brauchen das«, sagte ich. »An was hast du gedacht? Ein Haustier? Katze? Hund?«

»An so was eigentlich nicht«, erwiderte Marv. »Aber im Grunde steckt doch der gleiche Gedanke dahinter.« Er bat mich in die Küche. Ich hatte keine Ahnung, was mich erwartete. Auf dem Tisch stand ein altes Schachbrett aus Pappe, mit Plastikfiguren.

»Schach?«, fragte ich.

»Ja«, sagte er, »als Kind habe ich viel gespielt. Ich war sogar ziemlich gut«

»Hast du mit diesem Spiel gespielt?«

»Ja, genau. Woher weißt du das? Es war dieses Spiel. Ich habe es in der Abstellkammer gefunden. Es ist schön, nicht?«

Ich lachte. »Du willst dir also keinen Hund zulegen?«

»Um Gottes willen, nein. Wieso?«

»Nur damit ich dich richtig verstehe, Marv. Inwiefern bringt dich das Schachspiel deinen Mitmenschen wieder näher?«

»Mich meinen Mitmenschen näher bringen? Das will ich doch gar nicht. Ich versuche ja gerade, mich von ihnen fern zu halten.«

»Aber zum Schachspielen braucht man doch andere Menschen, es sei denn, du trittst gegen einen Computer an.«

»Ja, klar, und im Moment spiele ich gerade gegen jemanden, der in Singapur lebt. Per E-Mail. Ich habe drei Wochen Zeit für den nächsten Zug.«

Ich sah ihn ungläubig an. »Wie lange dauert so ein Spiel denn?«, fragte ich ihn.

»Einige Jahre«, sagte er gut gelaunt.

Epilog

Das Lämpchen an meinem Anrufbeantworter blinkte, als ich nach Hause kam. Die Anruferin nannte ihren Namen nicht, sondern sagte nur: »Ich habe ihm gehörig in den Hintern getreten. Ruf mich an, aber nur, wenn du nicht zu beschäftigt bist.« Der Sarkasmus in ihrer Stimme war nicht zu überhören.

Ich rief trotzdem bei ihr an, neugieriger, als ich mir eingestehen wollte. »Also, Mama«, sagte ich. »Was hast du unternommen?«

»Hat mich genau einhundert Dollar gekostet«, sagte sie. »Mehr nicht.« Mama hatte sich noch nie gern von ihrem Geld getrennt. »Und Wilbur hat jeden Cent von seinem Geld zurückgekriegt, einschließlich Zinsen. Die habe ich noch draufgeschlagen. Ich habe Wilbur gesagt, er soll dem Kerl noch die Zinsen aufbrummen, und dann musste er zahlen.«

»Zieh die Geschichte nicht unnötig in die Länge, Mama. Ich bin ganz Ohr. Was hast du unternommen?«

»Wenn du nicht zu viel zu tun hast, kann ich es dir ja erzählen. Jemand musste dem armen Wilbur doch helfen.«

»Mama …«

»Na gut. Wenn man sich von hier aus auf den Binnenwasserstraßen fortbewegt, gibt es nur zwei Richtungen, Norden und Süden. Es sei denn, man will nach Frankreich oder so, aber dafür war das Boot nicht ausgestattet.«

»Stimmt.«

»Es geht auf den Herbst zu, und ich habe mir gedacht, Richtung Norden wird er nicht fahren. Nur dumme Menschen leben den Winter über im Norden.«

Ich ersparte mir eine Bemerkung. »Okay …«

»Trotzdem habe ich nördlich von hier auch bei einigen nachgefragt. Nur nicht bei so vielen.«

»Bei wem hast du nachgefragt?«

»Bei den Brückenwärtern. Auf den Binnenwasserstraßen gibt es viele Brücken, und die meisten werden noch von Brückenwärtern betrieben. Die Brückenwärterei ist ein einsames Geschäft. Da hat man den Tag über nicht viel zu tun.«

»Meine Güte.«

»Ist doch genial, findest du nicht? Man muss die Brücken passieren, wenn man nicht gerade aufs Meer hinaus will, aber dazu war er nicht der Typ. Er gehörte eher zu denen, die nachts in einem Hafen ankern wollen. Der liebte seine Bequemlichkeit.

Es hat nicht viel gekostet. Ich habe einfach jedem Brückenwärter im Umkreis von hundert Kilometern Richtung Süden und fünfzig Richtung Norden eine Beschreibung von dem Boot durchgegeben. Und habe dem Ersten, der das Boot sichtet, hundert Dollar geboten. Ich hatte Glück. Ein Wärter, kurz vor der Grenze zu South Carolina, hat ihn gesehen. Dann haben wir in den Bootshäfen in der Nähe angerufen, und tatsächlich, in einem hat er dann auch angelegt, diesseits der Grenze, in North Carolina. Auf der anderen Seite wäre es vielleicht ein bisschen schwieriger geworden, aber wir hätten ihn so oder so zu fassen gekriegt. Noch am gleichen Abend, als er in den Hafen einlief, hat der Sheriff sein Boot beschlagnahmt. Er durfte es erst wieder in Empfang nehmen, nachdem er die Summe gezahlt hatte, in bar. Plus Zinsen, natürlich.«

»Alle Achtung, Mama«, sagte ich und meinte es ehrlich.

Mama war ganz eingenommen von sich und redete in dem Stil weiter. Als ihre Selbstbeweihräucherung vorbei war, hatten wir uns nicht mehr viel zu erzählen. Mama hatte sich noch nie sonderlich für das interessiert, was mir im Leben so widerfuhr, deswegen waren Unterhaltungen mit ihr eher Monologe. Mama stellte keine Fragen.

Ich legte auf und dachte nach: Mama und Mrs. Larsen. Mama hatte mich meine Kämpfe immer alleine ausfechten lassen. Hatte sie je Partei für mich ergriffen? Hatte sie sich je für mich eingesetzt, in der Schule oder gegenüber sonst irgendeinem anderen Menschen in der weiten Welt?

Andererseits, fragte ich mich zum ersten Mal, war es jemals wirklich nötig gewesen? Wilbur, ja, der hatte sie jetzt wirklich gebraucht, unbedingt. Mit einem Schlag hätte er beinahe seine Firma verloren, den Lebensunterhalt für sich und seine Familie und seine Selbstachtung, und es war Mama, nicht ihre Tochter mit Harvard-Diplom, die die Brückenwärter angerufen hatte.

Wie hätte Reginald Larsens Leben wohl ausgesehen, wenn er in Mamas Familie groß geworden wäre? Auf jeden Fall hätte er in der dritten Klasse großen Ärger bekommen, sehr großen. Schwer zu sagen, welchen Einfluss das gehabt hätte, aber es hätte sich niemand mehr vor ihn gestellt und es ihm leicht gemacht, mit seinem Verhalten durchzukommen.

Das Leben mit Mama war kein Zuckerschlecken gewesen. Durchaus denkbar, dass man gerade einen Arm oder ein Bein verloren hatte, während sie dagesessen und einem die eigene Blödheit vorgehalten hätte, die einen angeblich erst in diese Situation gebracht hatte. Ich war mit gebrochenen Knochen nach Hause gekommen, und Mama hatte geschimpft: »Warum passiert dir immer so was?«, als hätte ich gleich morgens nach dem Aufwachen beschlossen, auf den Baum zu klettern und runterzufallen.

Natürlich hatte diese stiefmütterliche Behandlung, jedenfalls kam es mir jetzt so vor, auch ihre Grenzen. Sie war nicht heiß darauf, einem den Hintern zu versohlen.

Immer habe ich mir in meiner Kindheit jemanden gewünscht, der sich für mich einsetzte, der mich in seinen Armen wiegte, der mir vorlas, so wie ich es bei anderen Müttern und ihren Kindern beobachtet hatte. Mama löste stattdessen ihre Kreuzworträtsel und flüchtete zur Grand Ole Opry. Trotzdem, dachte ich. Trotzdem. Dieses seltsame Flackern hatte ich in Mamas Augen nie gesehen. Mama fraß ihre Kinder nicht auf. Sie ließ sich ihr Leben nicht von den Kindern diktieren, und trotzdem war sie irgendwie immer da – vielleicht weit weg, im Hintergrund –, aber sie war da, wenn man sie brauchte.

Zugegeben, Mama machte keinen auf warmherzig. Aber dann sollte man vielleicht mal Wilbur fragen, was ihm lieber war: das Mitleid seiner Mitmenschen oder die Tatsache, dass Mama auf die Idee kam, die Brückenwärter anzurufen. Ich hatte es ganz gut erwischt, was meine Eltern betraf, und viele Menschen auf dieser Welt hatten überhaupt nichts. Ich trank keinen Alkohol, deswegen konnte ich kein Glas heben, aber in Gedanken hob ich trotzdem eins auf diese kleine alte Lady in ihren bestickten Pullovern.

Adam lag, fest eingeschlafen, auf dem Boden im Wohnzimmer. Robin hatte schließlich auch kapituliert, obwohl ganz deutlich war, dass Adam als Erster eingepennt war; andernfalls hätte er Robin sicher ins Bett gebracht und sich selbst auch richtig hingelegt. Ich schüttelte erstaunt den Kopf, und mir fiel eine Fotoserie aus einer alten Ausgabe von *Life* ein: Man hatte einen Olympiasportler den ganzen Tag einem Kleinkind hinterherlaufen lassen, und er hatte alles tun müssen, was das Kind tat. Irgendwann im Lauf des Tages war der Sportler zusammengebrochen.

Eigentlich hat es die Biologie falsch eingerichtet. Es dürfte nicht sein, dass nur zwei Menschen für die Zeugung eines Kindes reichen. Zwei Menschen kommen gegen ein Kleinkind niemals an. Biologisch gesehen sollten mindestens sechs Menschen an der Zeugung beteiligt sein. Natürlich würde die Terminabsprache für den gemeinsamen Sex dazu führen, dass sehr viel weniger Menschen die Erde bevölkerten – aber welch ein Zeitgewinn für die Erwachsenen!

Behutsam hob ich Robin vom Boden auf, trug sie ins Bett und deckte sie zu: die uralte Gewohnheit der Mütter, dafür zu sorgen, dass ihre Kinder es auch gut haben. Ich ging zurück und sah hinab auf Adam. Ihn konnte ich nicht aufheben, also versuchte ich nur, ihn zu wecken, aber davon wollte er nichts wissen. Mit einer Handbewegung wischte er mich weg wie eine Mücke, und ich ließ ihm seinen Willen.

Ich ging ins Badezimmer, um zu duschen, machte die Schublade auf und nahm die Antibabypillen heraus. Aus irgendeinem Grund zögerte ich. Was sollte eine Frau über vierzig schon mit Antibabypillen anfangen? Es bestand nicht die geringste Chance, dass ich schwanger wurde. Außerdem schluckte ich die Pillen ohnehin schon eine ganze Zeit lang, wahrscheinlich war es gar nicht gut für den Körper, wenn man solche Sachen bis in alle Ewigkeit einnahm. Wahrscheinlich hatten sie die schlimmsten Nebenwirkungen. Wo hatte ich das doch gleich gelesen? Ich warf die Pillen in den Mülleimer und stieg unter die Dusche.

Danksagung

Schriftsteller werden bei ihrer Arbeit von einem ganzen Netzwerk hilfsbereiter Menschen unterstützt, die ihnen das Schreiben überhaupt erst ermöglichen. Schreiben ist kein Einmannunternehmen, und das gilt auch für mich. An erster Stelle möchte ich mich bei meinem Kindermädchen Minna Alanko bedanken, die sich rührend um meine Kinder kümmert, sodass ich die nötige Ruhe zum Schreiben habe. Ich möchte meinen Kindern Jazzy und Blake danken, die mein Heim mit Freude, Farbe und Leben erfüllen und mir die Energie geben, die es braucht, um weiterzumachen.

Ich habe festgestellt, dass der Freundeskreis im Laufe der Jahre immer wichtiger wird. Bedanken möchte ich mich bei Regina Yando, meiner Harvard-Lehrerin und Freundin, die mich und meine Arbeit in den vergangenen zwei Jahrzehnten begleitet hat. Ardis Olson war so freundlich, meine Bücher auf Genauigkeit in medizinischen Fragen zu überprüfen; ihre Freundschaft ist eine Bereicherung. Ich möchte meiner Jugendfreundin Jennie Jeffries dafür danken, dass sie wieder in mein Leben getreten ist, und Dalene Washburn, Suzanne Brooks, Lynn Copen und Linda Cope dafür, dass sie immer zu mir gehalten haben. Schreiben geschieht in einem Lebenszusammenhang, und diese Menschen tragen dazu bei.

Der Begründer der Aussagenanalyse, Avinoam Sapir, gewährte mir freundlicherweise Einblick in sein Material über menschliche Täuschungsmanöver. Er ist ein brillanter Kopf auf dem Gebiet der psychologischen Aufdeckung solcher Täuschungsmanöver. Danken möchte ich ferner meinen guten Freunden in der kleinen Gemeinde der Fachleute für Lügendetektoren. Donnie Dutton vom Department of Defense Polygraph Institute hat die entsprechenden Stellen im Text über Lügendetektoren überarbeitet und stand mir im Laufe der Jahre immer großzügig mit Rat und Tat zur Seite. Mein Dank gilt auch dem Pathologen Mark Witeck für seine Auskunft über Giftstoffe.

Meine Verlegerin Sandi Gelles-Cole ist ein Glücksfall für mich. Sie leistet hervorragende Arbeit. Helen Rees schätze ich nicht nur als Agentin, sondern auch als eine außergewöhnliche und begabte Freundin. Linda Marrow, meine Lektorin bei Pocket Books, bringt sich mit ihrem Humor ein und behält stets den Überblick, und sie glaubt an Michael Stone. Dafür bin ich ihr dankbar.

Schließlich gilt mein Dank meinem Freund Rick Holden, Polygraph-Experte und geschickter Vernehmer. Was ihn betrifft, kann ich die alte texanische Weisheit »Großer Hut, keine Rinder« nur umdrehen. Rick ist geradezu legendär, und er ist das einzig Wahre: Großer Hut, viele Rinder.

MINETTE WALTERS

»Die Geschichte vom bizarren Tod der Mathilda Gillespie fesselt durch eine Atmosphäre überwältigender und unentrinnbarer Spannung. Der englische Kriminalroman ist bei Minette Walters dank ihrer Souveränität und schriftstellerischen Kraft in den denkbar besten Händen.«
The Times

»Minette Walters ist Meisterklasse!«
Daily Telegraph

43973

GOLDMANN

ELIZABETH GEORGE

Verratene Liebe und enttäuschte
Hoffnung entfachen einen Schwelbrand
mörderischer Gefühle...

43771

GOLDMANN

GOLDMANN

SPIEGEL-Bücher bei Goldmann

Rudolf Augstein (Hrsg.),
Ein deutsches Jahrzehnt 12954

Tiziano Terzani,
Fliegen ohne Flügel 12952

Robert S. McNamara/
Brian VanDeMark, Vietnam 12956

John Douglas/Mark Olshaker,
Die Seele des Mörders 12960

Goldmann • Der Taschenbuch-Verlag